Manuela Martini

OUTBACK

BASTEI
LÜBBE

BASTEI LÜBBE TASCHENBUCH
Band 14821

Erste Auflage: November 2002

Vollständige Taschenbuchausgabe

Bastei Lübbe Taschenbücher ist ein Imprint
der Verlagsgruppe Lübbe

Originalausgabe

Umschlaggestaltung: Gisela Kullowatz
Titelbild: Corbis-Picture Press
Satz: hanseatenSatz-bremen, Bremen
Druck und Verarbeitung: Nørhaven Paperback A/S, Viborg
Printed in Denmark
ISBN 3-404-14821-5

Für meine Eltern und Mona und Sarah

PROLOG

Die Erde ist rot und heiß. Stachelgrasbüsche sprießen hin und wieder aus dem Boden, den die Sonne seit Jahrtausenden mürbe macht, dass er einreißt wie alte Haut. Risse wie nie genähte Narben, gezackt und tief und rot. Wind streift darüber, treibt luftige Ballons aus Dornen vor sich her. So lange, bis sie hängen bleiben an toten Eukalyptusästen.

Hinten durch die Ebene rinnt ein Bach – und in der Hitze flimmert eine staubige Straße. Dort, wo Bach und Straße unvermeidlich aufeinander treffen, hat man eine dürftige Holzbrücke gebaut. Gleich hinter der Brücke am Straßenrand parkt ein grüner Lieferwagen, Fahrertür geöffnet, Motor brummt. Ein Mann lehnt an der Kühlerhaube und hält sich die Ohren zu. Weiter unten aus dem Gebüsch am Bach gellt ein spitzer Schrei, der sofort erstickt. Dann folgt stoßartiges Keuchen. Hinter dem dürren Eukalyptusstrauch hat ein stämmiger Mann ein Mädchen unter sich. Auf ihrem dünnen Kleidchen sind bunte Blumen gedruckt, bunt wie eine Sommerwiese. Seine weiße Hand ist so groß wie ihr schwarzes Gesicht. Quetscht ihre Kiefer zusammen, presst ihre Nase, als solle sie zerbrechen, krallt die Finger in ihre Augen und Ohren wie in eine reife Frucht. Stößt zu, rasend wie wild gewordenes Vieh, reißt plötzlich die glasigen Augen auf, brüllt, wird steif wie ein Brett. Stille. Nur das Plätschern des Bachs und krächzende Laute der Vögel.

Er nimmt seine schlaff gewordene Hand von ihrem Gesicht, steht auf, zieht die braune, speckige Stoffhose hoch über weiße, dicht behaarte Schenkel und schnallt den Gürtel zu. Mit dem staubigen Stiefel tritt er dem Mädchen in die Seite, wie er es bei verendenden Tieren macht, um zu prüfen, ob sie noch leben. Das Mädchen krümmt sich, und er wischt mit dem Ärmel des karierten Hemdes über sein verschwitztes Gesicht, schlendert zum Wagen zurück.

Der Mann, der an der Kühlerhaube lehnte, ist schon eingestiegen, sieht dem anderen nicht mehr in die Augen.

Der klettert hinters Steuer, schlägt die Tür zu, löst die Handbremse, legt den ersten Gang ein und gibt Gas.

Der Lieferwagen wird kleiner.

Das Mädchen kriecht in den Bach, über die glitschigen Steine, streckt die Hand aus und bekommt eine Scherbe des Wasserkruges zu fassen. Das Kleid mit der bunten Blumenwiese ist jetzt zerrissen. In der roten Ebene ist es wieder still.

Shane

Detective Sergeant Shane O'Connor starrte auf die zwischen ihm und dem Gerichtsmediziner liegende Masse aus bleichen Knochen, an denen stellenweise Reste von Fleisch klebten, faserig und trocken wie das einer zu lang gegrillten Ente. Der Gestank von verwesendem Fleisch und Chemikalien würgte ihn. Ihm saß noch die letzte Nacht in den Knochen. Als er am Morgen aufgewacht war, das Hirn von zu viel Whisky wie an einem Bindfaden von der Schädeldecke hängend, hatte er gehofft, geträumt zu haben, doch seine aufgeplatzte Lippe bewies ihm, dass er sich tatsächlich geprügelt hatte.

Er warf einen Blick auf den Schädel, den Howard auf den Nebentisch gelegt hatte. Anstelle der Augen gähnten schwarze Höhlen, Nase und Wangenknochen waren seltsam deformiert, Maden hatten Löcher in die pergamentene Haut gefressen. Nur die üppigen, lockigen Haare um ihr winziges Gesicht sahen verstaubt aus. Die Zähne weiß und vollständig wie das Modell beim Zahnarzt. Shane schluckte gegen die Übelkeit an, blickte auf, sah in Dr. Howards kleine Brillengläser, die gerade die Fläche seiner Augen bedeckten, und konnte weder Trauer noch Ekel noch Grauen erkennen.

»Sauber abgetrennt vom Rumpf.« Howard deutete auf die scharfen Schnittkanten der Sehnen, die wie ausgedörrte Lederriemen vom hinteren Teil des Schädels herabhingen. Shane schwitzte, er spürte, wie ihm das Blut aus dem Kopf sackte, als hätte man ein Stauventil geöffnet.

»Wir können froh sein, dass er sie diesmal vergraben hat. Sonst wäre nicht mehr so viel übrig. Wieder enthauptet, mit Axt oder Beil, soweit ich das in dem Zustand noch erkennen kann, möglicherweise vor der Enthauptung auch gefesselt – wegen der Stellung der Beine. Der Stich im Bauch ebenfalls wie immer«, sagte Howard und sah auf. »Und was die Vierundsechzig-Dollar-Frage angeht: Die kann ich im Moment nicht beantworten, aber ich nehme an, dass wie in den übrigen Fällen kein Verkehr stattgefunden hat.« Howard zog seine Latexhandschuhe aus. »Strengt euch bloß an, dass ihr dem bald ein Ende bereitet!«

Shane O'Connor von der Homicide Squad in Brisbane, Queensland atmete auf, als er durch die Tür des John Tonge Center auf die Straße trat. Bei der nächsten Obduktion wäre Jack wieder mal dran.

Es war die vierte derartig zugerichtete Leiche, die innerhalb von sechs Jahren in einem Gebiet von fast tausend Quadratkilometern in Queensland gefunden worden war.

Die Opfer waren Frauen, die jüngste achtunddreißig, die älteste achtundvierzig. Der Mörder zwang sie offensichtlich, sich auszuziehen, dann fesselte er sie, knebelte sie mit einem Kleidungsstück, ließ sie niederknien und den Kopf auf einen Baumstumpf oder Ähnliches legen und enthauptete sie dann mit einer Axt oder einem Beil. Dann nahm er ihnen die Hand- und Fußfesseln wieder ab, stieß ihnen ein Messer in den Bauch und schleifte den Körper hinter ein Gebüsch oder warf ihn in eine Grube oder Schlucht, irgendwo in einem abgelegenen Gebiet.

Den Kopf und die Kleider stopfte er in eine Plastiktüte und vergrub sie zwanzig bis fünfzig Meter entfernt.

Nachdem seit einem halben Jahr keine Leiche mehr aufgetaucht war, hatte die Homicide Squad vor zwei Tagen von

Detective Greg Sutton aus Roma am Warrego Highway, vierhundertsechzig Kilometer westlich von Brisbane, einen Anruf erhalten. Dingofallensteller hatten unter dem steilen Abbruch eines Creekufers einen nackten toten Körper ohne Kopf gefunden. Unerwarteter Regen musste den vergrabenen Körper freigespült haben.

Während die örtliche Polizei sofort den Fundort absperrte, machten sich noch am selben Tag die Detectives Flinders und Ross aus Brisbane auf den Weg, das Auto beladen mit Computern und Equipment, das sie für ihre Ermittlungen brauchen würden. Sie quartierten sich in einem ehemaligen und leer stehenden Büro eines Pumpenherstellers in Roma ein und begannen, Personen zu befragen und Daten zu sammeln.

Schon am nächsten Tag, also gestern, spürte der Hund von Detective Sutton den abgetrennten Schädel auf. Er war hundert Meter vom Fundort des Körpers entfernt und nicht mehr als einen halben Meter tief im weichen Sand des ausgetrockneten Creeks vergraben, verpackt in eine weiße Plastiktüte ohne Aufschrift, zwischen den Kiefern eine hellblaue Unterhose. Die übrigen Kleider, ein hellblauer BH, ein violettes, enges T-Shirt, ein schwarzer Minirock und schwarze, abgestoßene Pumps steckten ebenfalls in der Tüte. Weder Ausweis noch Führerschein noch Portemonnaie hatte der Mörder zurückgelassen. Bis jetzt war die Tote eine Unbekannte, ermordet vor etwa einem halben Jahr. Das Missing Persons Bureau durchforstete seine Datenbank nach vermissten Personen. Wahrscheinlich konnte man bald die Identität der Toten klären.

Am Vorabend waren die Überreste in Brisbane eingetroffen. Heute Morgen lagen sie auf Howards Tisch.

Keith Duff

Noch immer war es Keith Duff übel. Er saß an der Theke des *Pub Coocooloora* und bestellte seine vierte Rum-Coke. Was für ein verdammter Tag!

Wie jeden Morgen hatte um sechs Uhr vierzig seine Armbanduhr gepiepst. Er war aus dem oberen Etagenbett des Wohnwagens gekrochen, den er mit John Flunders schon seit drei Wochen teilte, die Zeit, die sie als Roadworker im Outback arbeiteten. Am Vortag waren sie nach Coocooloora gekommen, einem Ort mit zweihundert Einwohnern, einem Pub, einer Tankstelle, einem Videoshop, einem Motel, einem Lebensmittelladen und zwei Kirchen. Noch einen Monat lief sein Vertrag, dann wollte er sehen, ob er weitermachen oder sich endlich um Sheree kümmern würde. Vor einem halben Jahr hatte er ihr schon die Hochzeit versprochen.

Er fuhr sich durchs Haar, spritzte sich Wasser ins Gesicht und zog seine Arbeitskleider an, die aus einem Paar dunkelgrüner Shorts, einem gleichfarbigen kurzärmeligen Hemd, dicken Socken von inzwischen undefinierbarer Farbe und seinen staubigen Boots bestanden. Bevor er die Tür öffnete, stülpte er seinen abgegriffenen Hut über die dichten schwarzen Haare. Die Sonne war gerade aufgegangen, John war schon aufgestanden und hielt bereits eine Kanne Kaffee bereit.

»Wieder so ein verdammter Tag«, sagte Keith, schaute in den wolkenlosen blauen Himmel und lachte. In den nächsten zehn Minuten tranken sie Kaffee und brieten ein paar Eier mit Speck.

Um sieben Uhr zwanzig schaltete Keith Duff den Presslufthammer an und begann, entlang einer mit Kreide auf die Teerfläche eines Parkplatzes gezeichneten Linie ein sechs

Meter langes und einen Meter breites Rechteck aufzuschneiden. Er schwitzte und setzte deshalb den Ohrenschutz ab. Sein ganzer Körper wurde vom Presslufthammer durchgeschüttelt. Nachdem er mit dieser Arbeit fertig war, kletterte John Flunders in den Bagger, schaltete den Motor an und begann, das Innere des Rechtecks herauszuheben.

Keith Duff stand nur einen Meter von der Grube entfernt, als er plötzlich in der gelblichen Erde in einer Tiefe von etwa sechzig bis siebzig Zentimetern etwas Bräunliches, Ledriges bemerkte. Er machte John Flunders im Bagger ein Zeichen, für einen Moment aufzuhören, und trat näher an die Grube. Wenn ihn nicht alles täuschte, war dieses bräunliche, lederartige Ding eine menschliche Hand. Keith Duff rief über das Two Way Paddy Dunegal an, den Polizisten in Coocooloora.

Shane

Es war Punkt acht und schon heiß, als Shane sich in den Wagen fallen ließ. Er schaltete die Aircondition ein; er hasste die Hitze in der Stadt. Dabei müsste er sich nach dreizehn Jahren, in denen er in Brisbane für die Homicide Squad arbeitete, langsam daran gewöhnt haben. Noch immer in Gedanken bei dem grausigen Anblick, fädelte er sich vorsichtig in den stockenden Verkehr ein und versuchte, das Bild der massakrierten Frau zu vergessen. Shane musste aber doch an seine Exfrau Kim denken, obwohl die der Toten nicht ähnlich sah. Manchmal wachte er nachts auf mit diesem Traum, dass er an einen Tatort gerufen wurde und vor ihm eine Frau lag, die er kannte. In einem solchen Moment war ihm danach, Kim anzurufen, doch dann wusste er plötzlich nicht mehr, was er sagen sollte, und ließ es sein. Seiner Tochter Pamela schickte er alljährlich zum Geburtstag Geld. Sie war inzwischen fünfzehn. Purer Zufall, dass er vor drei (oder waren es vier?) Monaten Kim bei Woolworth begegnet war – vor der Eiscremetruhe.

»Wie geht es Pamela?«, hatte er gefragt.

Sie quälte aus ihrem blassen Lotusblumengesicht ein Lächeln hervor. Ihre Mutter stammte aus Taiwan.

»Gut. Sie will zur Polizei«, antwortete sie, wusste nicht, dass ihm ihre Worte wie ein Baumstamm in den Magen donnerten. Seine Tochter wollte zur Polizei – und er würde sie nicht einmal mehr auf der Straße wiedererkennen.

»Zur Polizei? Dann muss ich ja doch einen guten Eindruck bei ihr hinterlassen haben!« Er grinste, mechanisch, hilflos, wie er es eben immer machte, damit die anderen dachten, ihn könne nichts aus der Fassung bringen.

Sie streifte ihn mit ihrem Blick, der dann über die Tiefkühlgerichte glitt. Sie kennt ja diese Sprüche, fiel ihm ein.

»Ich hoffe, sie sieht dir immer noch ähnlicher als mir«, spaßte er weiter, war aus einem unerklärlichen Grund erleichtert, als sie endlich den Einkaufswagen losließ, an den sie sich die ganze Zeit wie an eine Schiffsreling geklammert hatte. Sie knipste eine modische Lederhandtasche auf, zog ein Foto aus dem Portemonnaie. Er betrachtete das lächelnde, dunkelhaarige Mädchen mit der hellen Haut und den leicht schrägen Mandelaugen im weißen Tennisdress.

»Sie hat die letzten Schul-Tennismeisterschaften gewonnen.«

»Warum wird sie nicht Tennislehrerin?«, fragte er. Er wollte etwas Lustiges sagen, damit sie seine traurige Leere nicht erahnen konnte. Sie steckte das Foto zurück ins Portemonnaie und schloss die Handtasche. Er hatte nicht gewagt zu fragen, ob er es behalten dürfe.

»Ich muss los«, meinte sie, und er sah ihr nach, wie sie sich wieder an den Einkaufswagen klammerte, hinter den Süßigkeiten verschwand, eilig, ohne sich noch einmal umzudrehen. Als er an der Kasse zahlte, merkte er, dass er fast alles vergessen hatte, was er hatte einkaufen wollen.

Shane steuerte den weißen Toyota Corolla Baujahr fünfundneunzig in die Tiefgarage des Police Headquarters in der Roma Street 200. In der Eingangshalle musste er sich durch eine lange Schlange junger Menschen zwängen. Er befürchtete eine Demonstration, sah dann aber im Vorbeigehen das Schild mit der Aufschrift *Bewerbungen hier* und darunter einen Pfeil. Bombensicher, hieß es, sei das Gebäude, und man meinte damit, dass die Computer und Daten geschützt wurden, wenn in der Eingangshalle eine Bombe explodierte. Dann würden sich durch einen magnetischen Mechanismus in Bruchteilen von Sekunden die Türen der galerieartig um die bis zum Dach hin offene Eingangshalle angeordneten Stockwerke schließen und im leeren Kern des Gebäudes Feuer und Druckwelle ersticken.

Er nickte dem Pförtner mit dem roten Gesicht und dem schuhcremeschwarz gefärbten Haar und Schnauzbart zu, grüßte den Sicherheitsbeamten, hielt seine Erkennungsmarke an die elektronische Kontrolle der Schranke, die sich daraufhin öffnete und sich hinter ihm wieder schloss, und eilte in den Aufzug.

Jack, seit zwei Jahren sein Kollege, schluckte hastig einen Brocken Sandwich hinunter, sein fußballförmiger Kopf erschien dabei noch praller. Er deutete auf Shanes aufgeplatzte Lippe.

»War wohl eine scharfe Nummer, was? Ist wieder dein südländisches Blut mit dir durchgegangen?«

Shane O'Connor machte eine wegwerfende Handbewegung und ließ sich hinter seinen Schreibtisch auf den Drehstuhl fallen. Seine Mutter stammte aus Nizza, eine dunkelhaarige Schönheit mit schwarzen großen Augen und einem großen Mund wie Fanny Ardant. Das hatte immerhin mal eine italienische Sekretärin behauptet, die in seiner Abteilung arbeitete und das Foto seiner Mutter in seinem Apartment auf einem Regal entdeckt hatte. Eines Nachts. Er hatte bis dahin noch nie etwas von Fanny Ardant gehört.

»Und, was sagt er, Howard?«, fragte Jack ungeduldig.

Shane unterrichtete ihn über die Fakten, während Jack immer nervöser wurde. Wie eine Echse, dachte Shane jedes Mal, wenn Jack sich aufregte. Dann schoss seine spitze Zunge zwischen den Lippen hervor, seine Augen wurden zu starren Echsenaugen und seine Bewegungen ruckartig. Vielleicht war Jack ja wirklich eine Echse, überlegte er und warf einen Blick auf dessen Hände. Doch sie hatten keine Schuppen und keine Krallen. Im Gegenteil, Jack kaute die Nägel bis aufs Fleisch ab.

Jack brummte etwas Unverständliches, legte das angebissene Sandwich auf den Schreibtisch und ging zur Pinnwand, die sie seit Aufnahme der Mordfälle aufgehängt hatten. »Wir haben übrigens gerade einen Hinweis von Kathy bekommen.« Er meinte Detective Sergeant Kathy McKenzie aus dem Missing Persons Bureau. »Eine gewisse Jennifer Miller, zweiundvierzig Jahre, wurde von ihren Eltern vor einem halben Jahr als vermisst gemeldet. Sie beschrieben ihre Kleider folgendermaßen: violettes T-Shirt, schwarzer Rock. Nehmen wir erst mal an, dass es sich tatsächlich um Jennifer Miller handelt. Hab schon ein Foto.« Er steckte das Foto einer Frau mit Sommersprossen und rotem, üppigem Haar zu den Fotos der anderen ermordeten Frauen auf die Landkarte Queenslands. »Wann ist sie ermordet worden?«, fragte Jack.

»Vor circa einem halben Jahr, meinte Howard«, antwortete Shane.

»Okay.« Jack trat zwei Schritte zurück. »Also, ein Gebiet von etwa tausend Quadratkilometern. In diesem Umkreis muss der Täter irgendwo wohnen oder arbeiten. Oder er ist Lkw-Fahrer oder so was. Mein Gott, hier sind acht Leute damit beschäftigt, und wir kommen einfach nicht weiter. Der Boss verliert langsam die Geduld. Die Presse heizt ihm ganz schön ein. Keine Ahnung, wie lange wir an dem Fall noch rumknobeln dürfen!« Er schnaufte. »He, erinnerst du dich an den ›Fall Hancock‹, vier ganze Jahre haben wir gebraucht, um den Kerl zu fassen.«

Shane nickte. Er konnte sich nur allzu gut an den Fall erinnern. Der ›Fall Hancock‹ hatte ihm die Beförderung gebracht. Kim war unendlich stolz auf ihn gewesen, und er hatte endlich das Gefühl gehabt, etwas erreicht zu haben. In den darauf folgenden Monaten arbeitete er noch härter, weil er seiner Beförderung gerecht werden und beweisen wollte, dass er sie verdient hatte. Sein Privatleben reduzierte sich auf ein paar Stunden Schlaf, ein hastiges Frühstück, einen flüchtigen Kuss. Seine Tochter bekam er kaum noch zu Gesicht. Entweder schlief sie noch, wenn er zur Arbeit musste, oder sie schlief schon, wenn er irgendwann nachts nach Hause kam, erschöpft und mit den Bildern ermordeter Menschen vor Augen und den Lügen der Verbrecher im Ohr. Oft schreckte er in den wenigen Stunden Schlaf, die er bekam, auf, versuchte vergeblich, wieder einzuschlafen, stand schließlich auf, ging zum Kühlschrank und schüttete Bier in sich hinein, was ihn manchmal tatsächlich müde machte. Er kroch ins Bett, vorsichtig, damit er Kim nicht weckte, doch sie hatte meist schon längst bemerkt, dass er aufgestanden war. Später trank er härtere Sachen, um die Bilder und Laute zu vertreiben. Kim trennte sich von ihm, reichte schließlich die Scheidung ein. Nachdem sie mit Pamela an der einen Hand und einem

Koffer in der anderen das Apartment verlassen hatte, trank er noch mehr und verbrachte seine freie Zeit mit Pferdewetten. Schließlich sagte er sich, dass es so nicht weitergehen konnte, versuchte, weniger zu wetten, den Alkohol durch Sex zu ersetzen und sich auf seine Karriere zu konzentrieren. Was ihm alles nicht allzu gut gelang. Seine Lippe schmerzte.

Detective Senior Sergeant Al Marlowe, Koordinator in der Homicide Squad, kam herein, ein ungeschlachter riesiger Mann, dessen schiefe, grobe Nase seine Vergangenheit als Ringer glaubwürdig machte. Wie stets trug er ein zu enges Hemd und zu kurze Hosen, dabei hatte er vor mindestens dreißig Jahren aufgehört zu wachsen.

»Shane, wie siehst du denn aus?«, sagte er und zeigte beim Lachen seine langen, wie Kraut und Rüben übereinander gewachsenen Zähne.

»Reden wir von was anderem, Al.«

»Ich hab dich für die Leitung der Teams bei diesen verdammten Serienmorden vorgeschlagen.«

»Danke, Al! Welche Ehre!« Offenbar geht es mit meiner Karriere doch bergauf, dachte Shane.

»Schon gut. Jack, du bist sein Stellvertreter.«

»Ist recht«, murmelte Jack, ihm lag nicht allzu viel an seiner Karriere, mehr an Ann, seiner Frau, wie er Shane gegenüber immer wieder betonte. Allerdings hatte Shane manchmal den Verdacht, dass Jack das nur behauptete, um seinen Neid nicht zu zeigen.

Das Telefon klingelte, Jack nahm ab, verdrehte die Augen. »Der Commissioner«, zischte er und reichte Shane den Hörer.

»Shane, kommen Sie mal rüber!«, bellte der, und es gehörte nicht allzu viel Menschenkenntnis dazu, um zu ahnen, dass es sich um keine gute Nachricht handelte.

Als Shane in das Zimmer trat, hielt der Commissioner eine Zeitung vor sein Gesicht, sodass Shane die Schlagzeile deutlich lesen konnte:

Serienkiller-Detective in Schlägerei verwickelt!

Shane glaubte, in sich zusammenzusacken.

Der Commissioner, ein durchtrainierter, stets sorgfältig frisierter Mann in den Fünfzigern, der seine schmalen Lippen meist zusammengepresst hielt, als schützte er sich so davor, dass ihm ein unbedachtes Wort entglitt, drehte die Zeitung um und las: »*Kein Wunder, dass es keinen Fortschritt im Frauen-Serienkiller-Fall gibt. Einer der maßgeblichen Detectives ist ein brutaler Schläger und Trinker.*« Er sah Shane an und fragte: »Wollen Sie auch das Bild sehen? Damit keine Zweifel aufkommen, ist Ihr Name abgedruckt.« Er sah ihn über den Rand seiner Brille hinweg an. »Haben Sie etwas dazu zu sagen?«

Shane warf einen Blick auf das Foto, das ihn zeigte, einen Zweiundvierzigjährigen mit grau meliertem, lockigem Haar, einer feinen, geraden Nase – wie er einen gut angezogenen Herrn am Kragen hatte und gegen eine Mauer presste.

»Sie werden verstehen, Shane, dass wir in unserer momentanen Situation alle erwarten, dass wir diesen Serienkiller-Fall endlich lösen, und dass wir Sie in dieser Situation nicht in der Position halten können.« Er setzte eine Lesebrille auf und sah auf ein vor ihm liegendes Papier. »Es ist eine weitere Leiche ohne Kopf gefunden worden, die aber allem Anschein nach nichts mit den Serienmorden zu tun hat. Es ist nämlich eine männliche Leiche. Gefunden in«, er hielt das Papier näher an seine Augen, »Coocooloora. Neunhundert Kilometer von hier entfernt. Da haben wir Sie aus dem Schussfeld.« Er ließ das Papier sinken und lächelte süßlich mit den zusammengepressten Lippen.

»Und die Pressekonferenz? Und die Tote in Roma, ich war

eben in der Gerichtsmedizin – und Marlowe hat mich gerade als Teamleiter vorge ...«

»Übernimmt Ihr Kollege. Machen Sie sich gleich auf den Weg!«

»Kann diese verdammte Aircondition nicht ein einziges Mal weder zu kalt noch zu warm sein?«, brüllte Shane los, als er wieder in sein Büro zurückkam.

Jack starrte ihn erschrocken an.

»Ich frag dich, ist das zu viel verlangt? Wenn man hier zehn Stunden am Tag, fünf Tage die Woche schuftet? He? Ist das zu viel verlangt?«

»Shane, ein Sandwich? Ich hab noch eins übrig.« Jack griff mit seinen dicken Wurstfingern zur Tüte auf dem Schreibtisch.

»Steck dir dein verdammtes Sandwich sonst wohin, häng es dir meinetwegen um den Hals.«

»Shane, wenn du Probleme hast, du weißt, mit mir kannst du reden, ich bin dein Freund.«

»Da gibt es nichts mehr zu reden. Und die Aircondition kann mir auch scheißegal sein.«

Jack starrte ihn an, er hatte sogar aufgehört, an seinen Nägeln zu kauen. »Was ist los?«

»Ich hab es mir insgeheim schon immer gewünscht.«

»Was denn, um Himmels willen?«

»Die haben mich versetzt. Oder besser gesagt: abgesägt. Ich schick dir 'ne Postkarte, soll einen schönen Campingplatz dort geben. Reaktionäre Buschies, Männerschweiß und hässliche Frauen. Coocooloora – schon mal gehört?«

»He, sag schon, die haben dich dahin versetzt? Warum?«

»Weil sie verdammte Arschlöcher sind. Darum.«

»Aber Al hat dich doch als Leiter vorgeschlagen und ... und die Pressekonferenz ...«

Shane warf die Tür hinter sich zu. Er ärgerte sich, dass er es nicht fertig gebracht hatte, Jack alles Gute zu wünschen. Er hätte jetzt einen Whisky vertragen können.

Andy

Andy starrte durch die Windschutzscheibe, an der gelbes Fliegenblut klebte. Seit Stunden verschluckte die Motorhaube das bis zum Horizont gespannte graue Teerband. Kein Hügel, kein Baum wuchs aus dem Land empor. Nur Gras. Knöchelhoch, kniehoch, hüfthoch. Ohne Straße wäre man verloren. Hin und wieder tauchten ein paar magere Rinder auf, braune Brocken im Grasland. Emus reckten die hässlichen Hälse, begannen zu traben, ihre Körper wippten wie buschige Federboas, wenn sie mit dem Auto um die Wette liefen, dabei blitzschnell Haken schlagend, in jedem Moment fähig, dem Auto den Weg abzuschneiden. Auf verkohlten Baumstämmen hockten dunkle Raubvögel und warteten zuversichtlich auf totes oder lebendiges Fleisch. Rosafarbene Federn überfahrener Papageien, mit Blut auf den Teer geleimt, wehten mit ihren Spitzen im Wind. Am Straßenrand Reste von auf Motorhauben geschleuderte Kängurus, graue Fellhüllen und herausgerissenes Gedärm, gelblich schimmernd und schwarz von Fliegen. Aber auf dem Himmel klebten weiße Wolken wie Marshmallows auf einer hellblauen Tischdecke.

Seit zwei Stunden kauerte Andy auf dem Beifahrersitz von Scottys Lieferwagen, rumpelte mit ihm in Richtung Coocooloora. Vor zwei Monaten war er siebzehn geworden. »Sieht er nicht aus wie der kleine Mozart«, hatte Mary Scheller in Quilpie früher ausgerufen, wenn Andy in ihren Laden gekommen war, um einen Schraubenzieher, einen Eimer oder Seife zu kaufen. »Die kennt Mozart doch nur vom Silberpapier der Mozartkugeln, die ihre Tochter mal von einer Europareise mitgebracht hat«, murmelte sein Vater, ein kräftiger, bärtiger Deutscher mit grober Haut und lauter Stimme, wenn Andy ihn nach Mozart fragte. Andy kam nach seiner Mutter, einer zarten, hellhäutigen und nicht großen Frau, deren Vorfahren vor hundert oder mehr Jahren von Schottland nach Australien geschickt worden waren. Niemals konnten sie sich der Sonne aussetzen, ihre Haut verbrannte, ihre wässrigen, hellblauen Augen mussten sie durch dunkle Sonnenbrillen und breitkrempige Hüte schützen. Dort, wo die Hemden endeten, am Hals, im Nacken, an den Händen und im Gesicht, bildete sich ein Teppich hellbrauner Sommersprossen. Auch das Haar hatte Andy von ihr. Rote, dicke Locken, die er bis zum Kinn hängen ließ. Manchmal träumte er vom wolkigen Norden Europas, von dunkelgrünen Wiesen und grauem Meer, kalter Luft und Menschen, die so aussahen wie er.

Aus dem Radio dudelte Countrymusik, schmalzige Stimmen, von einsamen Nächten am Lagerfeuer singend und von der einzigen Frau, die sie je wollten, aber niemals bekamen. Scotty sang mit, traf niemals den Ton und kannte nur die Refrains. Scotty, um die fünfzig wohl, hatte eine Figur, die an zwei übereinander gestapelte Kürbisse erinnerte, die auf zwei Streichhölzer gesteckt waren. Ein braunes, viel zu großes Brillengestell klemmte sich am Kürbiskopf fest und hinterließ auf der knubbeligen Nase eine tiefe Kerbe.

»Wenn du schon achtzehn bist, Kleiner, nehm ich dich bis Peter Hills Laden mit«, hatte Scotty am Morgen in Quilpie gesagt, und dass er für Millers Bakery Backwaren auslieferte. Hills Laden in Coocooloora sei seine letzte Station. Coocooloora lag zweihundert Kilometer von Quilpie entfernt, am Rand des Mitchell Highways. Nach Lambina, wo man tonnenweise Opal aus der Erde holte, waren es fünfzehnhundert Kilometer weiter. Doch Andy stieg ein, obwohl er ihn »Kleiner« genannt hatte, weil er nur einsfünfundsechzig groß war. Er wollte so schnell wie möglich aus Quilpie fort. Kramte aus dem Rucksack auf den Knien eine Packung Zigaretten. Wollte nicht unhöflich sein, fragte:

»Auch eine?«

»Junge, in deinem Alter hab ich auch gedacht, nichts kann mich umhauen, hab gequalmt wie die Gangster im Fernsehen, und dann ist mein Vater gestorben. Frontalzusammenstoß auf dem Pacific Highway. Von da an hab ich nie wieder 'ne Zigarette angerührt. Und keinen Alkohol.«

»Warum?«

»Weil ich der Meinung bin, dass du dein Leben nicht behandeln darfst wie 'n Stück Scheiße«, antwortete Scotty.

Andy steckte die Zigarette weg, wollte keine Diskussionen. Er ging Konflikten immer aus dem Weg, flüchtete lieber in seine Träume. In ihnen war er derjenige, dem alle folgten, und keiner konnte ihn besiegen.

»Ich fahr nachher wieder nach Quilpie zurück. Falls du es dir anders überlegst ...« Scotty blickte durch seine Brille wie aus Wohnzimmerfenstern zu Andy herüber.

Der ist wie mein Vater, dachte Andy, starrte weiter durch die Windschutzscheibe, sagte: »Nein. Ich werd es mir nicht anders überlegen.«

Die Straße war breit genug für ein Auto. Wenn ihnen ein anderes entgegenkam, mussten beide auf den steinigen Seitenstreifen ausweichen. Aber ihnen begegnete selten ein Auto. Öfter scheuchten sie ein paar Schafe auf, die auf der Straße standen.

Sein bisheriges Leben war zu einem einzigen großen Irrtum zusammengeschrumpft. Beinahe wäre er am Morgen wieder umgekehrt, als er seinen Vater vor dem Wohnwagen hatte sitzen sehen, den Blick auf die aufgeschütteten Sandhaufen geheftet. Doch er fuhr ab, wusste, dass sein Vater hinter ihm immer kleiner werden würde. Er drehte sich nicht mehr um.

»Hab auch mal nach Opal gegraben«, erzählte Scotty in Andys Gedanken, nickte mehrmals mit dem schweren Kopf mit der Brille, »hatte aber kein Glück!« Er lachte. »Das ist nichts für mich. Brauch 'ne richtige Arbeit, bei der ich weiß, was am Ende rauskommt. Bin eben kein Glücksritter! Ja, ja – das ist verdammt lange her. Damals, in Yowah. Neben meiner Mine haben sie alle was gefunden – nur ich nicht!« Scotty lachte wieder. »Mann, oh, Mann, das waren Zeiten! Und du und dein Vater, habt ihr was gefunden?«

Andy zuckte die Schultern, sagte: »Manchmal.« Wollte nicht erklären, dass sein Vater und er seit fünf Jahren vergeblich den zweiten Level Opal suchten, die Schicht, die unter der ersten liegt, die der Vorbesitzer der Lease schon vor zwanzig Jahren gefunden und ausgebeutet hatte. Wollte nicht erklären, dass er nicht mehr an seinen Vater glaubte.

»Opale – das ist doch was für harte Jungs.« Scotty sah an ihm herunter, »von der Sorte bist du doch keiner.«

»Ich weiß 'ne Menge und kann mit Maschinen umgehen.«

Scotty fragte weiter: »Warum bist du ausgerechnet heute abgehauen? Bin neugierig. Na, komm schon, warum haut so einer wie du ab? Freundin?« Scotty zwinkerte ihm zu.

Andy schüttelte den Kopf, suchte nach einer Antwort, die Scotty zufrieden stellen und ihm die lange Geschichte ersparen würde. »Ich seh lieber fern. Im Fernsehen gibt es die schönsten Frauen. Und das Beste ist, dass man denen nicht antworten muss!«, erwiderte er.

Scotty lachte und schlug sich auf die Schenkel. Da lachte Andy auch.

»Also bist du wegen der Frauen abgehauen!«, meinte

Scotty, »in deinem Alter hab ich auch noch ans große Glück geglaubt! Aber nach und nach wird dein Glück immer kleiner, und du bist froh, wenn du wenigstens noch 'ne ganz schmale Scheibe erwischst.«

Er wollte endlich das große Glück, und deshalb hatte er an diesem Morgen seinen Vater allein im Camp in der Wüste zurückgelassen.

Moodroo

Moodroo kauerte sich zusammen. Fror. Lag da wie ein toter, schwarzer Embryo. Dann träumte er wieder den Traum, immer wieder denselben Traum, aus dem er nicht aufwachen konnte, wenn er so viel getrunken hatte.

Im Mund ein krabbelnder Knebel. Schmeckt nach ranzigem Fett und faulem Fisch. Fühler, spindeldürr und spitz, tasten sich über die Zunge, treffsicher bis in die Lunge hinunter. Haarige Beinchen schaben die Mundwände wund. Er weiß es, sie ist es wieder, hat ihn im Schlaf überrascht, sich in ihn gestohlen, die schwarze Kakerlake. Er würgt, hustet, will sie aus sich herausschleudern, doch sie bohrt die gezackten Beinchen mit den Widerhaken in sein Fleisch, ankert dreist in seiner Schleimhaut. Sein Kopf wirbelt herum, er bäumt sich auf, er wird ersticken – ersticken an der Kakerlake, die immer größer und schwerer wird. Er haut, schüttelt sich, bäumt sich erneut auf – und knallt hinunter auf etwas Hartes. Dann das Wagnis, die Augenlider zu heben.

Tonnenschwere Lasten schieben sich widerstrebend in die Stirn. Gleißendes Licht schneidet die Augäpfel in Scheiben. Unkraut, metallisch, sprießt aus aufgerissenen Polstern, Fischaugen-Sicht: Tisch, Sessel, Fernseher – aufgeblasen und prall bis zum Platzen. Stechender Schmerz wird dumpf, etwas hat seinen Kopf gerammt. Nässe, klebrig und warm auf den Händen. Plötzlich: Tisch, Sessel, Fernseher wieder schlank, jemand hat die Luft rausgelassen – nein, es war die Flasche mit Schnaps, die Fischaugenflasche vor seinem Kopf ist umgefallen. Die Kakerlake ist auch verschwunden.

Er rappelt sich auf, nur ein bisschen, damit er besser sehen kann. Er hat es geahnt. Es geht wieder los, sie kriecht unter dem Ritz der Badtür hervor, die rote, dunkelrote Lache, kriecht auf ihn zu, wird so groß wie ein See. Ganz langsam.

Aber trotzdem werden sie es gleich merken, die Kakerlaken, werden es riechen, sich draufstürzen wie auf rohes Fleisch. Er hört sie schon scharren und kratzen. Sie winden sich aus Steckdosen, klopfen in den Wänden, huschen unter dem Teppich hervor, schlüpfen aus dem Fernseher, regnen von der Decke, rutschen die Lampe herunter, krümmen sich in seinem Magen, seinem Gedärm, er würgt, kotzt ätzende Säure und Kakerlaken. Die ersten schmatzen schon, schlürfen die rote, zähe Flüssigkeit, die unter der Badtür hervorquillt – dabei hatte er es doch längst aufgewischt, ihr Blut.

Shane

Um zehn Uhr dreißig, drei Stunden nachdem Senior Constable Paddy Dunegal aus Coocooloora die Homicide Squad in Brisbane benachrichtigt hatte, saß Shane festgezurrt in sechstausendfünfhundert Fuß Höhe neben einem Kerl, der an seiner eigenen Langweiligkeit einzuschlafen drohte. Vor dem Start hatten sie zwei Sätze gewechselt, danach noch einmal einen. Alles klar? Um genau zu sein, war das noch nicht einmal ein richtiger Satz. Shane hasste es, zu fliegen, auf holprigen Pisten zu landen, in weißen Wolkenhaufen nichts mehr zu sehen, er hasste Turbulenzen und enge Sitze und taub machendes Getöse und angeberische, langweilige Piloten. Er hasste es, im strahlenden Blau des Himmels nach irgendwelchen Punkten Ausschau zu halten, die in Sekundenbruchteilen größer wurden, auf einen zuschossen und sich als andere Flugzeuge entpuppten. Und er hasste es, das alles angeschnallt wie in der Psychiatrie über sich ergehen zu lassen. Liebend gern verzichtete er aufs Fliegen. Und diesmal hätte er ganz besonders gern darauf verzichtet. Es sah nämlich ganz danach aus, als wäre es das tote Gleis seiner Karriere. Der Jet, den die Homicide Squad normalerweise zur Verfügung hatte, stand für ihn diesmal nicht bereit. Es handelte sich ja um nichts wirklich Dringendes. Und so musste er in dieser Seifenkiste fliegen.

Sein Hirn war noch immer gefüllt mit den Daten des Falles, den man ihm einfach weggenommen hatte. Dabei besaß der Fall schon längst ihn, ohne Fall war er nichts, eine Hülle, langweilig und leer. Das hatte ihm Kim einmal gesagt, als sie sich gestritten hatten. Da war er mit einem Mal still geworden.

Die ermordeten Frauen waren fast seine Kinder geworden, die er zu rächen hatte.

Das erste Opfer war eine achtundvierzigjährige Kassiererin, die bei Coles Supermarkt gearbeitet hatte. Auf dem Weg zu ihren Eltern, die sie übers Wochenende hatte besuchen wollen, hatte sie eine Reifenpanne gehabt. Man fand ihr Auto am Straßenrand nicht weit von Dalby, zweihundert Kilometer von Brisbane entfernt. Der Wagenheber lag neben dem platten Reifen. Ein Grundstücksmakler, der das Gebiet inspizierte, sah etwas Helles hinter einem Busch und nahm einen süßlichen Geruch wahr. Zuerst dachte er, es handele sich um ein totes, verwesendes Tier – Schafe und Rinder fand man öfter –, doch als er näher kam, erkannte er sofort die menschlichen Hände.

Das zweite Opfer war die dreiundvierzigjährige Deb Johanson, die sich auf der Rückfahrt von einem Wochenendtrip mit ihrem Freund gestritten und darauf bestanden hatte, drei Kilometer vor Barcaldine aus dem Auto auszusteigen. Zwei Tage später stolperte ein Familienvater über die Leiche. Er wollte zum Fischen und wählte für seinen Camper einen Platz unter Bäumen, den auch der Mörder ausgesucht hatte.

Die dritte und bisher vorletzte Leiche, die der achtunddreißigjährigen Anita Horwitz, entdeckte eine Reiterin bei ihrem morgendlichen Ausritt hinter einem gefällten Baum, unweit von Tambo am Mitchell Highway, zwischen Charleville und Longreach.

Bis auf den letzten Fall in Roma waren die Toten stets nach kurzer Zeit gefunden worden. Trotzdem hatten Vögel, kleinere Tiere und Ameisen oft Leichenteile bereits gefressen. Man fand Knochen in einem Vogelnest. Offenbar vergrub der Mörder die Leichen nicht, weil er um deren schnelle Verwesung wusste. Natürlich stürzten sich auch Fernsehen und Zeitungen auf die Morde und schürten so die Panik der Menschen.

Es gab Hinweise, doch bisher hatte keiner zu einer heißen Spur geführt. Immer wieder endeten die Ermittlungen in einer Sackgasse. Die Kollegen vom Bureau of Criminal Intelligence (BCI) analysierten seitdem die Morde. Die Enthauptung weise auf eine Hinrichtung hin und diene weniger der Absicht, die Identifikation des Opfers zu erschweren, sagten sie. Der Stich in den Bauch war offenbar ein weiteres Ritual, und sie rieten dazu, dieses Detail vor der Presse nicht zu erwähnen, um einem Verdächtigen vielleicht eine Falle stellen zu können. Eine übliche Praxis bei Serienverbrechen, ein dünner Strohhalm, die letzte Hoffnung, an die man sich klammerte.

Unter ihm sah das Land aus, als hätte man einen staubigen Kartoffelsack darüber geworfen. Kein Grün, kein Rot, kein Gelb, nur die Straße als ein heller Strich ins Braun geritzt. Bis zum Horizont kein Anzeichen menschlicher Besiedlung. Ab und zu mühte er sich, ihre Position anhand der Karte zu bestimmen, die zwischen ihm und Bob, dem Piloten, lag, blickte hinunter, auf der Suche nach einem Fluss, einem breiten, graugrünen Band, das sich durch das Kartoffelsackbraun schlängelte, oder der Kreuzung dünner Linien, geteerten oder ungeteerten Straßen. Manchmal erkannte er auf einer dieser schnurgeraden Linien eine sich fortbewegende Staubwolke, und wenn er genau hinsah, wurde die Staubwolke von einem winzigen, mückengroßen Punkt gezogen. Er hätte vor dem Start noch mal pinkeln oder aber auf den Kaffee verzichten sollen. Denn hier gab es hinter ihm nur noch zwei Sitze – keine Toilette.

»Da hinten kommt 'ne kleine Wolkenfront. Wird 'n bisschen ungemütlich, kontrollieren Sie mal Ihren Sicherheitsgurt«, sagte Bob plötzlich und grinste nicht mehr. In diesem Moment schoss Shane die Frage durch den Kopf, warum er nicht zur Verkehrspolizei gegangen war. Wenigstens war ihm bisher in Flugzeugen noch nie übel geworden. Ganz anders als auf Booten. Albtraumhaft hatte sich die Fahrt auf einem historischen Segelboot in Shanes Gedächtnis festgehakt. Die Yacht war ihm von Anfang an suspekt erschienen, nicht nur weil sie in diesem uralten Softporno mit Brooke Shields vorgekommen war, die er aus unerklärlichen Gründen nie gemocht hatte, nein, auch weil er am Hafen beobachtet hatte, wie touristenhaft aussehende Mädchen die Segel geflickt hatten. Doch Kim bestand darauf, sie lag ihm den ganzen Nachmittag in Coffs Havbour, wo sie während ihrer Reise an der Küste entlang vorbeikamen, in den Ohren, bis er schließlich aufgab und die Tickets für den nächsten Tag kaufte. Die Yacht, deren Namen er sofort vergessen hatte, obwohl er sich noch an die Galionsfigur erinnerte, eine großbusige Seejungfrau, was ihm ebenfalls suspekt, wenn nicht sogar blasphemisch vorkam, diese Yacht schipperte von Sydney, wo sie an dieser Hafenparade der historischen Schiffe teilgenommen hatte, nach Brisbane, immer nahe an der Küste entlang. Sie gesellten sich zu den anderen Passagieren an Bord, Touristen in Bermudashorts, Trägerhemdchen und Baseballkappen. Der Ozean machte einen trägen, unschuldigen Eindruck, und der Wind hatte sich verdrückt, sodass an Segeln nicht zu denken war. Kim strahlte.

Die ersten zehn Minuten, nachdem sie abgelegt hatten, bestaunte er noch die polierten Holzplanken, die verzierten, metallenen Knäufe und Hebel und Haken, freute sich auf die angekündigten Mahlzeiten und Drinks, stellte voller Stolz fest, dass Kim die schönste Frau an Bord war, wertete das Heben des Magens als kurze Umgewöhnungsphase vom Land- zum Wasserlebewesen und versuchte, das Schaukeln und Schwanken von rechts nach links romantisch zu finden. Über ihnen kreischten Möwen, der Schiffseigner erzählte, dass Brooke Shields während der Dreharbeiten zu *Die blaue Lagune* an jener Stelle des Bootes gesessen habe, der raubeinige Kapitän stand stur am Steuer, die Gischt sprühte, und Kim war überzeugt, dass sie gerade einen Wal gesehen hatte, als Shane seinen bereits die Speiseröhre hinaufsteigenden Mageninhalt nicht mehr ignorieren konnte und sich eiligst unter Deck auf die Toilette flüchtete. Was sein größter Fehler war.

Wieder oben starrte Kim ihn an, die Augen entsetzt geweitet. Ein schwaches »Mein Gott« entwich ihren Lippen, und sie schob ihn liebevoll, aber eiligst in die abgelegenste Ecke der Reling. Als er gegenüber das gelblich grüne Gesicht eines stattlich gebauten Herrn entdeckte, fühlte er sich besser.

Und der Herr sah auf seine goldblitzende Armbanduhr und sagte: »Noch dreieinviertel Stunden.«

Hin und wieder erspähte er Kim, die aufgeregt zwischen den Segeln und den Häppchen herumsprang, nach Delfinen und Walen Ausschau hielt und mit braun gebrannten Männern plauderte.

»Das liegt nur am unterschiedlichen Luftdruck«, erklärte Bob, als sie die ersten grauweißen Wattebäusche durchbohrten oder ihnen auswichen und dabei ordentlich durchgeschüttelt wurden. »Unter 'ner Wolke wird man hochgezogen, und dahinter plumpst man runter wie 'n Mehlsack.« Und er fügte hinzu: »Hinter Ihrem Sitz sind Kotztüten.«

»Ich musste noch nie im Flieger kotzen«, brüllte Shane lauter als notwendig.

Plötzlich war Bob zu einem anderen Menschen geworden. Vorbei seine Schläfrigkeit, verflogen seine Langeweile, mit wachen Augen verfolgte er die Wolkenberge, die auf sie zuzufliegen schienen, kurvte dynamisch mal nach links, mal nach rechts, stieg mal höher, fiel mal ab, tauchte geradezu virtuos durch den Himmel wie ein Fisch in den Korallen des Barrier Reefs.

Nach dreieinhalb Stunden Flugzeit deutete Bob aus dem Fenster und behauptete, da unten läge Coocooloora. Shane reckte sich nach vorn, so gut es in seinem Sicherheitsgurt ging, und konnte nicht mehr erkennen als kartoffelsackbraunes Land. Coocooloora – das Ende seiner Karriere. Eine Karriere, für die er seine Ehe verspielt hatte.

Andy

Auf einmal wollte er aussteigen. Die Mundschleimhaut war trocken wie Pergament, beim Schlucken klebte die Zunge am Gaumen fest. Er musste husten, es schmerzte, in seinen Augen staute sich Flüssigkeit, die Füße kribbelten, das Herz schlug gegen die Rippen. Er hätte nicht gehen dürfen, hämmerte das Gewissen in das Hirn. Scotty sang. Zum ersten Mal gab Andy es zu: Er hatte Angst vor der wirklichen Welt.

Seine Welt, das war die Lease in Queensland gewesen, die sein Vater für dreißig Jahre gepachtet hatte, ein zehntausend Quadratmeter großes Stück roter Wüste. Drei Stunden Autofahrt von Quilpie, dem nächsten Ort, entfernt und tausendzweihundert Kilometer von der Küste. Die erste Stunde fuhr man über eine geteerte Straße, die in eine staubige, holprige Piste überging. Gras wuchs nur noch in stacheligen, struppigen Büscheln auf der gelblichen, lehmigen Erde. Achtzig Kilometer weiter endete die Piste an einem Gatter, und von da an musste man den Reifenspuren vom letzten Mal folgen. Zwei Stunden Fahrt durch immer gleiche, geröllbedeckte rotschwarze Ebenen, die immer gleiche, flache Hügel voneinander trennten. Hatte man eine Ebene durchquert, begann die nächste. In Andys Fantasie verwandelten sich dann jedes Mal die toten Baumstämme auf der verkrusteten, rissigen Erde zu Saurierskeletten, die Äste der Stämme sahen aus wie verdorrte Nervenstränge, und die runden Felsbrocken wurden zu Eiern, die die Saurier gelegt hatten und aus denen jeden Moment ihre Jungen schlüpfen würden. Die hüfthohen, spitzen Termitenbauten, die in den roten Ebenen emporwuchsen, waren Wohnburgen von Marslebewesen, und die Piste, über die sie fuhren, war die Blutspur, die ein verletzter Urelefant auf seinem Weg zu seinem Friedhof hinter sich hergezogen hatte. Wenn Regen oder Wind die Reifenspuren vom letzten Mal weggewischt hatten, würde sich auch der beste Pfadfinder nicht mehr sicher sein. Und wenn es regnete, verwandelte sich die Erde in einen roten Sumpf. Jedes Vorwärtskommen wurde unmöglich. Man blieb ganz einfach im klebrigen Schlamm stecken, und wenn man ausstieg, um zu laufen, verlor man seine Schuhe.

Gestern Morgen war diese Welt plötzlich wie ein Luftballon an einer Nadel zerplatzt. Diese Nadel war Bernie.

Sonnenstrahlen hatten sich durch das Fliegengitter des aufgeklappten Wohnwagenfensters gezwängt, brannten auf sein Ohr, auf sein Auge, weckten ihn. Bald würde es im Wohnwagen so warm sein, dass man kaum noch atmen konnte. Andy tastete am Boden nach den Jeans, die er am Abend dort fallen gelassen hatte, kramte aus der Hosentasche ein fast leeres Päckchen Zigaretten und das Feuerzeug. Hier draußen gab es keinen Geruch – keinen Gestank, keinen Duft – und wenn sie nicht arbeiteten, auch kein Geräusch. Deshalb brauchte er eine Zigarette. Er ließ das Feuerzeug klicken, sog den Benzingeruch ein, hörte das Knistern des verbrennenden Zigarettenpapiers und sah den Tabak rötlich aufglühen. Dann schlug er die löchrige Bettdecke zurück, verschränkte die Arme unter dem Kopf und spürte die Morgenluft auf seiner nackten Haut.

Er blies den Rauch in die Luft, dachte an seine Mutter, wie sie stets gegen den Willen seines Vaters geraucht hatte. Am Morgen seines elften Geburtstags hatte sie ihm einen Schokoladenkuchen gebacken. Als er dann mit seinen Freunden Musik hörte, kam sie plötzlich herein, schlang die Arme um ihn, drückte ihm einen Kuss auf die Wange und sagte leise: »Ich vergesse dich nicht.« Er wusste nicht, was sie damit meinte. Sein Vater murmelte am nächsten Tag, dass Mary mit einem Mann auf und davon sei. Nach zwei Jahren lag eine Postkarte aus Perth von ihr im Briefkasten: Sie hätte jetzt einen Hund und ein Bed&Breakfast-Motel. Das lag jetzt sechs Jahre zurück. Seitdem hatten sie nichts mehr von ihr gehört.

Flucht nannte sein Vater das, Flucht vor Problemen, die sich immer im Leben stellten.

Auf seiner Armbanduhr war es halb sieben, sein Vater war bestimmt schon wach, wahrscheinlich saß er am Tisch und trank Kaffee, wartete, dass Andy endlich kam, um mit ihm raus zur Mine zu fahren. Nach ein paar Zügen stand er auf, zog die Jeans an, wühlte ein verwaschenes T-Shirt aus dem Kleiderhaufen auf dem Tisch, klappte die Tür des Wohnwagens auf.

»Elefantenfriedhof«, nannte er das Camp: drei baufällige Wohnwagen, die einen Ortswechsel nicht mehr überstehen würden, und drei Wellblechverschläge für Generator, Dusche, Klo. Dazwischen dürre verkohlte Bäumchen, auf deren schwarzen Zweigen manchmal kleine, dicke Vögel saßen. Der Himmel strahlte blau, königsblau, opalblau. Gegen Mittag, wenn es so heiß werden würde, dass man kaum noch atmen konnte, lagen weiße Schleier über dem Blau.

Andy schlüpfte in die staubigen Gummilatschen, schlurfte am Wohnwagen seines Vaters vorbei, vor dem sie einen moskitonetzbespannten Verschlag errichtet hatten. Sein Vater war doch noch nicht aufgestanden.

An den drei Metallfässern, die hinter dem Wohnwagen lagen, blieb er stehen, hielt einen zerbeulten Blecheimer unter den Hahn, der das Fass verschloss, drehte ihn auf. Bei der nächsten Fahrt nach Quilpie müssten sie Wasser kaufen. Dass er nicht mehr dazu kommen würde, wusste er in diesem Moment noch nicht. Er trug den Wassereimer zur Dusche, dem Blechverschlag, in dem ein Sack mit Zotte aufgehängt war, schüttete das Wasser in den Sack, zog sich aus, drehte die Zotte auf und zuckte zusammen. Über Nacht war das Wasser kalt geworden. Als er zurück zum Wohnwagen schlenderte, sah er, dass sein Vater beim Frühstück saß. Er hockte am Tisch unter dem Moskitonetz, seinen blauen Becher vor sich.

»Gut geschlafen?«, fragte er Andy, als der an ihm vorbei die Stufen zum Wohnwagen hinaufstieg.

Andy brummte. Er schüttete das noch warme Wasser aus dem Kessel auf zwei Löffel Bushells Instant Kaffee, holte drei Scheiben Toast und die süße Marmelade ihrer Nachbarin in Quilpie, Dora Hamilton, aus dem Kühlschrank und setzte sich zu seinem Vater an den Tisch.

»Du erinnerst dich doch an die Geschichte mit Terry«, begann plötzlich sein Vater.

Natürlich erinnerte er sich an die Geschichte, er kannte sie in- und auswendig. Aber er wunderte sich, warum sein Vater sie gerade heute wieder erzählte.

»Damals in Andamooka«, holte sein Vater aus, »als deine Mutter und ich angefangen haben zu graben, war da auch dieser Terry Walton. Wo der grub, fand er Opal! Terry war sicher schon zehnmal in seinem Leben Millionär! Und wenn er wieder einen dicken Fund hatte, dann ist er nach Sydney oder nach Las Vegas und hat gespielt auf Teufel komm raus, bis nichts mehr da war. Zweihunderttausend in einer Nacht waren da nichts. Einmal hat er sogar sein Ticket verspielt. Da mussten dann ein paar Freunde zusammenlegen und ihm ein Ticket schicken, weil er in Baden-Baden im Spielcasino saß!« Er lachte, schlürfte Kaffee und sah in die Weite.

Andy schob lustlos die Toastpappe in seinem Mund herum. Er wusste, dass die Geschichte noch nicht zu Ende war. Wenn er seinen Vater so betrachtete, erinnerte er ihn an den Kapitän der »Titanic«, darüber hatte er mal was im Fernsehen gesehen, in Schwarz-Weiß und zuckenden Bildern: groß und stattlich, mit Vollbart und den Bauch wie eine Trophäe vor sich herschiebend. Sein Vater würde das sinkende Schiff auch nicht verlassen.

»Aber da machte sich keiner Gedanken!«, ging es auch gleich weiter, »alle wussten ja, wenn Terry zurückkommt, dann findet er wieder Opal! Das war auch so. Bis auf einmal. Da war es mit einem Schlag vorbei. Peng. Nix mehr, gar nix mehr. Tja, er ist jetzt, soweit ich weiß, in einem Armenasyl in Sydney.«

»Letztes Mal hat er sich umgebracht«, konnte sich Andy nicht verkneifen zu sagen.

»Ach ja? Kann sein, hab ich vielleicht durcheinander gebracht mit ... mit ... mit Billy Eisenstein. Der ging doch glatt mit 'ner Taschenlampe und 'nem Schraubenzieher runter in seinen Stollen und kam mit Opal für tausend Dollar wieder raus! Das war ein Bursche, hat seinen Stollen mit Dynamit vermint. Ist ihm auch glatt einer ins Netz gegangen. Ich weiß noch, dem hat es das ganze Bein weggerissen!«

Andy fürchtete eine weitere Story, doch sein Vater wurde ernst, beugte sich vor, quetschte den runden Bauch an die Tischkante, kratzte seinen Bart.

Plötzlich hörte Andy ein langsam lauter werdendes Surren. Er stand auf und ging vor die Tür des Moskitonetzverschlags. Weit hinten in der roten Ebene quoll eine Staubwolke hoch.

Der Besucher war Bernie Stewart, lang und dünn, der ab und zu zur Mine kam, um für ein paar Tage mitzuarbeiten. Weil es ihm Spaß machte, wie er behauptete.

Er war noch um einen Kopf größer als Andys Vater. Und wenn Andys Vater der Typ Kapitän war, dann war Bernie der Typ Schiffsreeder, fand Andy – einer, der auch zur See gefahren war, jetzt aber lieber am Schreibtisch saß, weil er vor der Weite der Ozeane Angst bekommen hatte.

»Ich will doch der Erste sein, wenn du endlich deinen großen Fund machst!« Bernie lachte und zeigte dabei grünliche Zähne hinter einem räudigen Bart.

Der Motor des klapprigen Caterpillars dröhnte, die Sandkörner in jeder Ritze ließen die metallenen Gewinde und Gelenke kreischen und knirschen. Andy saß im Führerhaus hinter den Schaltknüpppeln und schaufelte den Sand, den der ehemalige Besitzer der Mine aus der Erde geholt und als Abfall liegen gelassen hatte, auf eine sich drehende Siebtrommel.

Sein Vater hockte mit Bernie in der engen, fensterlosen Alukabine, in die ein Förderband die dicken Brocken transportierte, die durch die Fliehkraft der Trommel nicht zerstäubt wurden. Wie Arbeiterinnen in einer Pralinenfabrik drehten sie die Brocken, sortierten die aus, auf denen sie im Schwarzlicht eine schillernde Opalader sahen. Später schlugen sie sie auf, in der Hoffnung, dass die Ader nicht nur ein dünnes Haar auf der Oberfläche war, sondern als dicke bunte Schicht den ganzen Stein durchzog. Immerhin brachte das Durchsieben des Abfalls des Vorgängers so viel ein, dass wenigstens die Kosten für die Maschinen und das einfache Leben gedeckt waren. Abfallhügel für Abfallhügel siebten sie durch, an manchen Tagen begannen sie an anderen Stellen tief in die Erde zu graben. Auf der Suche nach dem zweiten Level, der Schicht Opal, die der Vorbesitzer der Mine nicht gefunden hatte.

Fliegen stürzten sich auf jede feuchte Stelle, saßen haufenweise an den Augen, auf den Lippen, krochen in die Nasenlöcher und Ohren, ließen sich als schwarzer, krabbelnder Teppich auf dem durchgeschwitzten T-Shirt nieder. Die Sonne brannte vom Himmel, als wäre die Luft ein Brennglas.

Sie verbrachten den Tag auf der Mine, Bernie sah sich um, diskutierte mit Andys Vater, wo man graben müsse, während Andy versuchte, den Bagger wieder anzuwerfen, weil dieser sich plötzlich nicht mehr von der Stelle bewegen wollte. Da hörte er das Gespräch zwischen seinem Vater und Bernie.

»Ernst«, sagte Bernie, »In Lambina holen sie Opal raus, so groß wie Ziegelsteine, fünfhunderttausend Dollar in einer Woche, gute Qualität. Du kannst doch gar nicht mithalten. Hör auf.«

Andy konnte beobachten, wie sich sein Vater von Bernie abwandte und über das Land sah. Schließlich holte er tief Atem und erwiderte:

»Ich hätte schon tausendmal aufhören können. Aber um was zu tun?«

»Denkst du nicht auch mal an Andy?«, fragte Bernie. »Der Junge kann doch nicht sein Leben lang in dieser Trostlosigkeit nach etwas suchen, was es gar nicht mehr gibt!«

»Wir finden den zweiten Level. Ich weiß es. Wir sind ganz nah dran.«

Bernie wurde lauter: »Es gibt keinen zweiten Level. Sonst hättest du ihn schon längst gefunden – in fünf Jahren! Hör endlich auf, Andy zuliebe, dass der wenigstens noch 'ne Chance im Leben hat.«

Andys Vater drehte sich wieder zu Bernie um: »Misch dich nicht in Dinge, die nur Andy und mich etwas angehen. Und dass du mir nichts zu ihm sagst, das mit Lambina und so! Jetzt hilf mir mal, da drüben sind 'n paar Brocken, die ich noch nicht aufgeschlagen hab!« Und damit war für seinen Vater das Thema beendet.

In diesen wenigen Minuten verlor Andy seinen Glauben. Er wollte nicht zu den Verlierern gehören. Er würde nach Lambina abhauen, tausendfünfhundert Kilometer weiter – und dort reich werden. Und dann würde er zurückkommen, und sein Vater würde einsehen, dass es richtig gewesen war.

Am Abend, als sie zu dritt am Tisch unter dem Vorbau saßen und ein paar Flaschen lauwarmes Hahn-Bier tranken, die Bernie mitgebracht hatte, fragte Andy, ob Bernie ihn am nächsten Tag nach Quilpie mitnähme.

Sein Vater sprach von da an nicht mehr. In dieser Nacht konnte Andy nicht schlafen. In Quilpie wartete er eine Stunde, bis er in Scottys Lieferwagen stieg. Sein Vater hatte ihm noch nicht einmal mehr Auf Wiedersehen gesagt.

Moodroo

Moodroo blies blaue Rauchringe in die Luft, sah ihnen nach, wie sie unter dem Balkon des *Coocooloora-Pubs* hervor – und über die Straße schwebten und sich dort langsam auflösten, wenn sie nicht vorher von einem der vorüberfahrenden Autos zerfetzt wurden. Sein Kopf tat ihm weh, sein ganzer Körper war ein Klumpen Schmerzen. *Fucking Life!*

Vor ein paar Jahren waren noch andere da gewesen, mit denen er rauchen und trinken und den Rauchringen hatte nachblicken können. Mit denen er die Songs gesungen hatte, die nicht drei Minuten dauerten wie die der Weißen, sondern Tage, Monate, ein halbes Jahr. Wenn die Vögel auf ihrer Wanderschaft über Coocooloora hinwegflogen, dann sangen sie den Song drei Tage und drei Nächte, und die, die im nächsten Ort wohnten, über den die Vögel zogen, sangen ihn weiter, und so fort. Und wenn die Vögel zurückkamen, sangen sie ihn auch wieder.

Doch jetzt begann er die Songs zu vergessen. Und wenn er die Songs nicht mehr wusste, hörte er auf zu sein.

Wer würde sich um ihn kümmern, wenn er tot war? Die

Zeremonien – wer würde sie noch kennen und dafür sorgen, dass sein Geist nicht wieder in den toten Körper zurückkehrte?

Früher war die Welt weit und groß und voller Leben und ohne Zeit gewesen. In jedem Moment war Vergangenheit und Zukunft und Gegenwart zugleich gewesen. Doch sie hatten die Vergangenheit vergessen, Zukunft gab es nicht mehr, und die Gegenwart war tot. Er gehörte zu den Letzten seines Tribes. Mit ihm würde die Welt sterben.

Am besten war das Leben zu ertragen, wenn er gar nicht mehr wusste, ob sein Arm wirklich sein Arm war und sein Bein sein Bein und sein Kopf sein Kopf. Er war nichts Ganzes, alle Glieder schwebten, flogen herum. Das Einzige, was sie zusammenhielt, war das Schwarz seiner Haut. *Fucking Blacks, fucking Whites!* Seine Glieder begannen, sich langsam wieder zusammenzuschrauben, quietschend, schrill, *Fucking Beer!* Er musste was trinken, damit das wieder aufhörte, er wollte schweben – wie der Geist der Ahnen über das Land. Früher.

Der Himmel wurde dunkler. Regen würde einsetzen. Das wusste er noch, alles andere hatte er schon längst vergessen. Das große Sterben hatte schon lange begonnen. Er rundete seine Lippen, hauchte einen Ring in die Luft. Ein Windstoß zerriss ihn, bevor er über die Straße schweben konnte. Er hatte Angst vor der Nacht, die bald kommen würde. Dann kehrten sie zurück, die Geister der Toten, für deren ordentliches Begräbnis er nicht gesorgt hatte. Er musste trinken, dann würde er sie vielleicht nicht bemerken.

Shane

Shane stieg aus dem Flieger. Die Hitze hatte ihn mit dem Polster verschmolzen. Die Hose war vom Schweiß klebrig geworden, sein dezent gestreiftes Halbärmelbaumwollhemd auch. Ein Polizeiwagen rollte auf ihn zu, während sich Hunderte von schwarzen und roten Fliegen durstig auf seinen Schweiß stürzten.

Hinter das Steuer des Polizeiwagens, der exakt vor seinen Füßen stoppte, hatte sich ein Kloß in Uniform gequetscht, der sich nun aus dem Auto mühte und sagte:

»Paddy Dunegal. Hat man Sie strafversetzt?« Ein Endfünfziger mit weit auseinander stehenden Schweinsaugen, einem dichten, grauen Fellbewuchs auf dem Kopf, tief sitzenden abstehenden Ohren und einem runden, fetten Kinn unter einer grobporigen Knollennase. Das Uniformhemd unter seinen Achseln spannte und war dunkel von Schweiß.

Shane ignorierte die Bemerkung und schüttelte die Hand. Er nahm nicht die schwarze Sonnenbrille ab, während er knurrte: »Shane O'Connor.«

»Aber ob Sie es glauben oder nicht, mir gefällt es in dem Ort. Wir sind wie 'ne große Familie. Und das hier, das hat es noch nie bei uns gegeben.« Der Polizist schnaubte durch seine Kartoffelnase, und Shane wusste, dass mit Paddy Dunegal nicht zu spaßen war. Er setzte sich auf den Beifahrersitz des Wagens.

Paddy Dunegal schlug die Tür zu, und Shane bemerkte den Schweißgeruch im Auto.

»Irgendein Hinweis, um wen es sich bei dem Toten handeln könnte?«, fragte Shane, während Paddy Dunegal den Wagen startete. »Jemand vermisst hier in der Gegend?«

»Nein. Keiner. Lediglich 'ne Frau vor zwei Jahren, ist aber

wieder aufgetaucht, in Darwin. Hatte sich in 'nen Fleischpasteten-Verkäufer verliebt, der sich dann als Heiratsschwindler entpuppte!« Paddy sah zu ihm herüber. »Eins sag ich Ihnen, hier hat es so was noch nie gegeben!« Und es klang, als empfände er es als persönliche Beleidigung, dass jemand es wagte, Unruhe in sein Reich zu bringen.

Die breite Straße war voller Schlaglöcher, denen sich nicht immer ausweichen ließ. Rechts und links der Straße schlossen sich die Vorgärten einfacher Häuser an. Lehmfarbige Rasenflächen zeugten von der Trockenheit. Grau fleckige Caravans klebten an den dünnen Wänden der Häuser, deren Bewohner entweder zuerst im Caravan gelebt und dann das Haus daran gebaut hatten oder zur Erweiterung des Hauses einfach einen Caravan dazugestellt hatten. Eine Schule, ein Haus mit der Aufschrift CWA, Country Women Association. Wie er diese Orte hasste.

Shane sah niemanden auf der Straße. Kein Wunder, dachte er, schließlich war es ein Uhr mittags und über dreißig Grad heiß. Sie bogen in eine Seitenstraße und fuhren etwa einen Kilometer stadtauswärts. Am Ende der geteerten Straße konnte Shane auf der rechten Seite einen großen Parkplatz sehen, einen Bagger, Autos und mindestens zwanzig Menschen.

»Detective Philipp Russell aus Charleville ist vor 'ner Stunde zurück nach Charleville gefahren, hatte 'nen wichtigen Termin.« Dunegal stapfte los.

Shane ärgerte sich, dass der für die Region zuständige Polizist nicht dageblieben war.

»Wir haben alles abgesperrt«, sagte Paddy.

»Das hoffe ich!«, murrte Shane, schritt ein paar Meter über einen offensichtlich erst kürzlich geteerten Parkplatz zu der Gruppe von Menschen, die von einem rot-weißen Band davon abgehalten wurden, näher an die Grube heranzutreten. Da blieb Paddy Dunegal plötzlich stehen, sodass Shane beinahe auf ihn geprallt wäre.

»Falls Sie es nicht wissen sollten: Ich hab mal einen gefährlichen Mörder gefasst. Und zwar allein.« Er lockerte seinen Hemdkragen und streckte Shane den Hals entgegen.

»Seh'n Sie die Narbe? Nur einen halben Zentimeter von der Halsschlagader, an den Rippen hab ich auch eine.«

Shane hoffte, er würde sich jetzt nicht auch noch sein schweißnasses Hemd vom Leib reißen.

»Dass die mich bei der Beförderung überseh'n haben«, fuhr Paddy Dunegal fort, ohne sich zu entkleiden, »ist mir ganz recht. Mir gefällt es hier. Und meine Leute verteidige ich wie 'ne Schlangenmutter ihre Jungen.«

Shane ging davon aus, dass eine Schlangenmutter ziemlich unangenehm werden konnte, obwohl er sich mit Schlangen nicht auskannte. Er bückte sich unter dem rot-weißen Band und stand direkt vor dem Aushub. Unter ihm lag ein zweifellos menschlicher Körper ohne Kopf und ohne Kleidung in einem weit fortgeschrittenen Verwesungsstadium. Er hätte nicht sagen können, ob der Tod genauso lange oder länger zurücklag als bei der Leiche, die er am Morgen bei Howard gesehen hatte.

Ein dünnhäutiger, filigraner Mann hüpfte wie eine graue Heuschrecke am Rand der Grube herum, damit beschäftigt, die Hände der Leiche mit Plastikbeuteln zu verkleben, damit eventuell vorhandene Gewebereste unter den Fingernägeln oder Fingerabdrücke untersucht werden könnten.

Ein anderer, bulligerer Mann mit militärischem Bürstenhaarschnitt machte gewissenhaft von allen Seiten der Leiche Aufnahmen.

»Das ist Constable David Webster.« Dunegal schlug seinen ins Uniformhemd gequetschten Arm auf die Schulter eines jungen, schmächtigen Polizisten, der an der rot-weißen Absperrung wartete. Sein kupferfarbenes Haar stand borstig in alle Richtungen ab. David Webster fiel dabei fast vornüber in die Grube, streckte Shane eifrig die Hand entgegen. Sie war feucht und warzig, wie Shane leider zu spät feststellte.

Plötzlich spritzte Adrenalin in seine Blutbahn, riss ihn heraus aus seinem Zustand der müden Übellaunigkeit. Im weißen papierenen Overall sprang sie in die Grube. Die Gerichtsmedizinerin. Er fühlte sich hypnotisiert von ihrem glänzenden, asiatisch glatten langen Haar, das ihr trotz Pferdeschwanz bis zwischen die Schulterblätter reichte und das, offen und nach vorn geworfen, ihre Brüste streicheln würde, so dachte Shane, bemerkte plötzlich, dass er seinen Mund nicht ganz geschlossen hatte, und holte das eiligst nach. Gegen die beginnende Erektion konnte er nichts tun.

»He, Detective, Sie sind doch der Detective! Also, dafür lass ich keinen Sarg ankarren!«, krächzte es aus einer anderen Richtung. Shane entdeckte eine graue Vogelscheuche in einer rosafarbenen Kittelschürze, die ihm höchstens bis zu den Achseln reichte.

»Ah, Abigale, das ist Detective Shane O'Connor«, begrüßte Paddy Dunegal die alte Frau, die unablässig ihren grau gelockten Kopf schüttelte.

»Das ist Abigale Hicks, die Bestattungsunternehmerin.« Dunegal schob, für seinen Körperbau besonders sanft, die alte Dame am Stock in Richtung Shane.

»Letzte Woche hatten wir 'n schönes Begräbnis, 'n weißer kleiner Sarg, ich hab noch 'n paar kurze rote Rosen draufgesteckt. War die kleine Miller, war wirklich süß«, krächzte sie aus ihrem winzigen weißen, faltigen Vogelgesicht. Der Stock schien das schwerste an ihr zu sein, das, was sie am Boden hielt, wenn Wind aufkam.

Shane wusste nicht, ob sie mit »süß« das Mädchen oder den Sarg meinte. Er reichte ihr die Hand, verärgert, dass man ihn aus seinen Fantasien riss.

»Aber das hier ist wahrscheinlich einer der alten Ureinwohner«, plapperte Abigale Hicks weiter, »die wollen ja sowieso lieber in 'nem Baumstamm beerdigt werden. Ich geh jetzt. Hab noch 'ne Menge Schreibkram zu erledigen. Ach Gott, und heut ist ja Mittwoch. Wahrscheinlich steht er schon vor der Tür.«

»Oh, Abigale, hast du 'nen neuen Verehrer?« Paddy Dunegal lachte, dass Fettbauch und Fettkinn waberten und seine Schweinsäuglein zu Speckfalten wurden.

»Nachdem du ja regelmäßig einschläfst!«, erwiderte sie, ohne eine Miene zu verziehen.

Paddy lachte noch lauter, sagte: »Ist sie nicht köstlich, die alte Hexe?«

Wo ist *sie?*, überlegte Shane indessen, reckte sich, um die asiatische Schönheit zu erspähen – erfolglos.

»Aber wenn's dich beruhigt, ich erwarte keinen Verehrer, sondern den Blumenstrauß von meiner Tochter«, meinte Abigale. Sie wandte sich an Shane: »Schickt sie mir alle zwei Wochen, weil sie mir zu meiner Beerdigung keine Blumen kauft, sagt sie.«

»Praktisch veranlagt, Ihre Tochter. Ist sie verheiratet?«, bemerkte Shane.

»Was?« Abigale hielt sich die Hand ans Ohr.

»Abigale hört schlecht«, erklärte Paddy.

Abigale schüttelte den Kopf, als sie sich erinnerte, stocherte mit ihrem Stock herum, bis sie ein paar Zentimeter vor ihren Füßen den geeigneten Platz fand, stützte sich auf den Knauf und schob den rechten Fuß vor. »So, ich werd ja hier nicht mehr gebraucht. He, Detective, wenn Sie länger hier sind, besuchen Sie mich mal, freu mich über 'nen jungen Mann, der 'ne Tasse Tee mit mir trinkt!«, meinte sie im Weggehen.

Shane sah ihr nach, wie sie mit ihrem Stock zu dem klapprigen Utility in undefinierbarer Farbe zockelte, an der Tür rüttelte, fast rückwärts umfiel, als die Tür quietschend aufsprang, und sich irgendwie hineinhievte.

»Sie fährt noch?«, fragte Shane.

»Was dagegen?«, blaffte ihn Paddy an, und Shane wusste, dass er jetzt die Schlangenmutter war.

Der Roadworker Keith Duff, ein Mann mit kurzen Armen wie ein Känguru, stellte sich vor und erklärte, dass sein Vorgänger Alkoholprobleme gehabt und vor einem halben Jahr unter anderem die Stromkabel für die Beleuchtung des Parkplatzes vergessen habe. Weshalb er, Keith, mit seinem Kollegen ein Stück der geteerten Fläche wieder habe aufreißen müssen, wobei er diesen Fund am Morgen gemacht habe.

Shane notierte sich den Namen und die Firma in seinen Notizblock. »Und was war vorher an der Stelle?«

Keith Duff zuckte mit den Schultern.

»He, Paddy, was war vorher an der Stelle?«, fragte Shane verärgert.

Jemand löste sich aus der Gruppe von Menschen, die er noch nicht richtig zur Kenntnis genommen hatte. Ein Mann wie einer dieser Stiere, die sie in Europa durch die Straßen jagten und in den Arenen zu Tode stachen. Nicht besonders groß, aber muskelbepackt. Er stand auf kurzen, massigen Beinen, die die schmutzigen Jeans zu sprengen drohten, die Füße in den abgewetzten Lederstiefeln stampften wie Hufe nervös auf den heißen Teer. Den Hals zurrte ein fleischiger Trapezius untrennbar zwischen den Schultern fest, sodass er kaum aus dem verschwitzten beigefarbenen Arbeitshemd herausschaute. Anstelle der Hörner thronte ein steifer, hoher Akubra auf dem, wie Shane fand, polnischen Quadratschädel. Schwielige, nikotingelbe Finger hatten einen qualmenden Zigarettenstummel eingeklemmt.

»Was soll hier schon groß gewesen sein?«, raunzte er. »Sehen Sie sich doch hier um! Hier wächst kein verdammtes Gras. Nichts für Rinder. Nichts war hier. Gar nichts.« Seine Stimme klang, als führe ein kräftiger Windstoß durch einen rostigen Blechschuppen.

»Na, dann ist ein Parkplatz natürlich 'ne geniale Lösung«, sagte Shane. Schon jetzt hing ihm dieser ganze Ort mit seinen idiotischen Einwohnern zum Hals heraus. »Gehört das Grundstück Ihnen?«, wandte er sich an den bulligen Fremden.

»Verdammt noch mal, ja. Ich bin übrigens Billy Henderson. War auch ein harter Kampf. Und jetzt das!« Billy Henderson warf den filterlosen Zigarettenstummel in die Grube. Worauf die Heuschrecke von der Spurensicherung ihn anblickte, als hätte er damit sein Leben verspielt.

»Harter Kampf?«, wiederholte Shane.

»Schon mal was von Native Title gehört?«, schnauzte Billy und begann, sich mit einer Hand eine neue Zigarette zu drehen, »aber davon habt ihr in der Stadt ja keine Ahnung! Ihr seid fein raus, habt einfach beschlossen, dass eure Städte und Gärten und Häuser von den Abos nicht geclaimt werden dürfen. Clever! Aber uns lasst ihr hängen! Scheißregierung!«, wetterte er. Seine Halsschlagader trat fingerdick hervor.

»Billy, ich erwarte Sie morgen um zehn im Büro in der Polizeistation. Da erklären Sie mir das noch mal.«

»Hören Sie, ich erklär es Ihnen auch gern hier und jetzt.« Billy baute sich breiter vor Shane auf, der ihn jedoch leicht um einen Kopf überragte. »Hier kommt 'n Bowlingclub hin, mit Spielautomaten, Bar, Restaurant und 'n paar schicken Zimmern. Und das alles auf meinem Grundstück.« Er wartete die Antwort nicht ab und stampfte mit kurzen Schritten zu einem weißen Toyota Landcruiser, neuestes Modell.

»Gehört die Stadt ihm?« Shanes Laune näherte sich dem Nullpunkt.

»Nein, nur das Motel am anderen Ende der Stadt«, knurrte Paddy.

»Etwa ein Zehn-Sterne-Schuppen?«, bemerkte Shane.

»Sind Sie der Detective?« Dunkelrote Lippen, ungeschminkt, formten diese Frage direkt vor ihm. *Sie.* Die Gerichtsmedizinerin. Hatte ihre langen, schlanken Arme in die Hüften gestemmt. Sie war genauso groß wie er, einsfünfundsiebzig maß er sie in Gedanken und stürzte in ihre dunklen Augen. Sicher beherrschte sie Tai-Chi und Karate und Jiu-Jitsu und und Wu ... irgendwas.

»Doctor Eliza Lee.«

»Shane. Shane O'Connor«, erwiderte er, Desinteresse vortäuschend. »Hab Sie noch nie gesehen«, fügte er möglichst kalt hinzu. Und, beiläufig: »Arbeiten Sie für Howard?« Er zwang sich, an ihr vorbeizuschauen. Doch ihm entging nicht ihr spöttisches Hochziehen eines Mundwinkels und das Zucken einer Augenbraue.

»Ich arbeite für das John Tonge Center«, antwortete sie und lächelte überlegen. Ihre Stimme, samtig dunkel. Im John Tonge Center in Brisbane war unter anderem das gerichtsmedizinische Institut untergebracht. Warum zum Teufel konnte er jetzt nicht einfach mit ihr hier abhauen, ins nächste Motel oder auf einen Rücksitz? »Und Sie«, sagte sie und fixierte seine aufgeplatzte Lippe, »gehören offensichtlich zu den Schlägern Ihrer Zunft.«

Die Lippe hatte er schon vergessen; er zögerte einen Moment, um seine Worte wie Pfeile abschießen zu können. Sie müssten sie treffen – genau zwischen die Augen. Er holte Luft. »Ich arbeite für die Polizei von Queensland.«

»Und Sie haben kleine, stechende Augen ohne Lider?«, fragte sie.

»Wieso?«

»Was verstecken Sie denn sonst hinter Ihren schwarzen Panzergläsern?«

Reflexartig nahm Shane die Sonnenbrille ab und hätte sich im gleichen Moment dafür ohrfeigen können.

»Ah«, murmelte sie und zog eine ihrer vollkommen geschwungenen Augenbrauen hoch, als seine stahlblauen Augen zum Vorschein kamen – die schon die abgebrühtesten Frauen hatten dahinschmelzen lassen, erinnerte sich Shane. Hastig setzte er die Sonnenbrille wieder auf.

Sie lächelte flüchtig und triumphierend, bevor sie einen sachlichen Ton anschlug: »Wie ich schon nach Brisbane berichtet habe, handelt es sich nicht wie in den vorangegangenen Fällen um eine weibliche, sondern um eine männliche Leiche, die enthauptet wurde. Das Opfer hatte übrigens einen Waden- und Schienbeinbruch links.«

»Wieso sollte plötzlich ein Frauenmörder einen Mann umbringen?«, warf Paddy ein, dessen Anwesenheit Shane schon ganz vergessen hatte.

Shane ärgerte sich darüber, dass die Gerichtsmedizinerin ihn so einfach stehen gelassen und dass Paddy den Schlagabtausch mitbekommen hatte.

»Aber wo ist der verdammte Kopf?«, fragte Paddy und kratzte sich unter seiner Mütze das Fellhaar. »Wie ich mitbekommen habe, waren der Kopf und die Kleidungsstücke bei den anderen Fällen immer in der Nähe vergraben. Hab ich Recht? Also, ich würde Ihnen nicht raten, den ganzen Platz aufreißen zu lassen. Da hat Billy sicher was dagegen.«

Shane fühlte Übelkeit in sich aufsteigen. Der Alkohol der letzten Nacht zirkulierte noch immer in seinen Gefäßen, und die Ereignisse der letzten fünf Stunden trugen auch nicht gerade zu seinem Wohlbefinden bei. Schlecht gelaunt fuhr er Paddy an: »Eins merken Sie sich: Ob Billy oder sonst irgendjemand irgendetwas gegen die Art meiner Ermittlungen hat, ist mir scheißegal! Ich will, dass der Parkplatz aufgerissen wird. Und zwar komplett.« Dabei konnte es ja auch sein, dass der Mörder diesen Teil des Rituals nicht kopiert hatte – und der Kopf nicht in der Nähe, sondern ganz woanders vergraben war. Aber das behielt er für sich.

»Wo kann ich hier wohnen?«, fragte Shane. »Ich kann mich

nicht entscheiden, ob im *Hilton* oder im *Hyatt*. Was würden Sie mir empfehlen?«

»Die Zimmer im Pub sind ganz in Ordnung«, antwortete Paddy Dunegal, ohne zu lächeln, und Shane seufzte über so wenig Humor.

Paddy drückte die Schwingtür des *Coocooloora-Pubs* auf. Countrymusik jammerte aus den Boxen, ein paar Spielautomaten fiepten, Männer mit Hüten lehnten an der Theke vor einem Bier. Die Luft roch nach Fett, Zwiebeln und Zigarettenqualm. Es war haargenau so, wie Shane es sich vorgestellt hatte.

»Hi, Paddy! Das ist ja 'ne Geschichte, und das bei uns!«, rief die Frau hinter der Theke, eine blasse Mittfünfzigerin mit einem Kopf wie ein Huhn, unreiner Haut und fettigen, dunkelblonden Haaren. »Der Frauenkiller hier bei uns! Ich hab schon den ganzen Tag 'ne Gänsehaut!«

»Hallo, Kate!« Dunegal hob die Hand zum Gruß. »Das war nicht der Frauenkiller. Diesmal hat es einen Mann erwischt.«

»Oh, Gott, jetzt ist ja keiner von uns mehr sicher!«, seufzte Kate. »Was darf es sein, Steaks oder Hamburger?«

»Für mich 'n Steak und 'n Bier, den Hamburger hatt ich schon die letzten beiden Male. Man soll sich ja abwechslungsreich ernähren, predigen sie uns doch immer, die Ernährungsbesserwisser!«

»Und für Sie?«, fragte Kate, sie meinte Shane. »Sie seh'n so aus, als hätten Sie was Kräftiges nötig. Die Steaks sind zart!«

»Das will ich hoffen!«, meinte Paddy, lachte und ging zu einem Tisch. »Letztes Mal sind mir fast die Zähne drin stecken geblieben! Das ist übrigens Detective Shane O'Connor, direkt aus Brisbane! Benehmt euch 'n bisschen, damit er keine schlimmen Sachen von uns Buschies erzählt.«

»Hallo, Detective Shane!«, schnurrte Kate.

»Ich nehm auch das Steak«, entschied Shane, bemühte sich um ein höfliches Lächeln und setzte sich Dunegal gegenüber. »Und eine Cola.«

»Diese ganze Stimmungsmache gegen das Cholesterin und so. Ich sag immer, an irgendwas muss man ja sterben! Dann doch lieber an 'nem Herzschlag als an Krebs«, redete Paddy munter weiter. Kate brachte die Getränke. Paddy nahm einen Schluck. »Meine Frau hat stets drauf geachtet, dass ich nichts Falsches gegessen habe. ›Paddy, keine Steaks mehr‹, hat sie gesagt, ›und die fetten Pommes sind auch tabu!‹« Er lachte kurz. »Dann ist sie zuerst gestorben – vor mir. Dabei war sie nie krank! Lungenkrebs.« Er trank das Bier aus. »Sie und Lungenkrebs! Ihr Leben lang hat sie keine Zigarette angerührt!« Er starrte ins leere Bierglas.

Shane fürchtete eine Lebensbeichte.

»Es hat nicht so lange gedauert, aber, wissen Sie, danach bin ich aus der Kirche ausgetreten. Wenn es einen Gott gibt, dann kann er so ein Leid nicht zulassen. Ach, reden wir von was anderem! Von fremden Toten. Fällt leichter.« Er schwieg.

»Sind Sie schon lange hier?«, fragte Shane schließlich. Paddy Dunegal war ihm noch immer unsympathisch, und Shane erwartete einige Knüppel, die Paddy ihm zwischen die Beine werfen würde. Es konnte nicht schaden, seinen Gegner genau zu kennen.

»Das kann man wohl sagen. Letztes Jahr hatte ich mein fünfunddreißigjähriges Jubiläum!«

»Nie 'ne Versetzung?«

»Doch, schon, bin schon rumgekommen, aber nachdem meine Frau tot war, wollt ich hierhin zurück. Tja, und seit sieben Jahren bin ich wieder hier. Gefällt mir. Ist alles meine Familie. Meine Tochter ist verheiratet und hat zwei Kinder. Mein Sohn studiert in Melbourne Literatur. Fragen Sie mich nicht, wie er darauf gekommen ist, ich weiß es nicht. Haben Sie Kinder? Kate, noch 'n Bier – zwei Bier!«

»Nein, für mich noch eine Cola«, rief Shane. »Ja, ich habe eine Tochter, aber sie lebt bei ihrer Mutter.« Shane registrierte Widerwillen, Paddy etwas über sein Leben zu erzählen.

»Hm. Ja, ja, das ist schon was mit den Kindern. Da freut man sich, wenn sie größer werden und man ihnen was beibringen kann, und dann wollen sie nichts mehr von einem wissen, werden einem ganz fremd.« Paddy schwitzte. Er wischte sich die Stirn und den wulstigen Nacken mit einem Taschentuch, das fast so groß wie ein Handtuch war.

»So, Achtung, heiß!« Kate brachte die Steaks mit Pommes frites. »Guten Appetit!« Sie senkte die Stimme: »Weiß man denn schon, wer der Tote ist?« Sie warf schnell ein paar Blicke zur Seite und sprach dann noch leiser: »Und der Mörder – meinen Sie etwa, dass es jemand von hier ist?«

Shane zuckte die Schultern. »Wer weiß? Möglich ist alles.«

Paddy schüttelte den Kopf. »Ich wette mit Ihnen, Shane, dass der Kerl mit der Leiche im Auto durch den Ort gefahren ist und gedacht hat, das ist 'n guter Platz, da am Ende der Stadt. Da wird nie jemand was finden. Und dann hat er die Leiche dort vergraben. Reiner Zufall, dass der da vorbeigekommen ist. Der Mörder ist keiner von uns. Ich kenne hier alle wie meine Kinder.« Dunegal kaute und schwitzte. »Kate, das Fleisch ist prima!«

»Danke, Paddy.« Kate, die den Nebentisch abwischte, lachte spitz und kokett. »Ich kann mir ja nicht leisten, gleich zwei Polizisten zu vergiften!« Doch dann änderte sie plötzlich ihren Ton und flüsterte: »Vielleicht war es ja einer von den Blackfellas. Wenn die gesoffen haben, nicht wahr, Paddy…?« Ihre flinken Huhnaugen warfen Paddy einen um Unterstützung heischenden Blick zu, der Shane nicht entging. Dann eilte Kate zurück hinter die Theke. Sie trug dreiviertellange Leggins, bunt gemustert. Ihre Oberschenkel waren dicker als die Paddy Dunegals. Die Steaks waren verkohlt und die Pommes frites fettig.

»Sie sind sicher der Detective aus der Stadt«, erklang in diesen Moment eine Stimme, und Shane drehte sich um.

»Das ist Jeff Patterson vom Outback-Radio in Charleville«, stellte Paddy Dunegal den langen, hageren Kerl mit dem langen Gesicht vor. »Er macht alles, was mit Unfällen, Katastrophen und anderen weltbewegenden Themen zu tun hat. Jeff, das ist Detective Shane O'Connor aus der Zivilisation, geschickt, um unseren Barbareien auf den Grund zu gehen«, meinte Paddy. »Setz dich.«

Jeff rückte einen weiteren Stuhl an den Tisch und verzog sein langes Pferdegesicht zu einem Lächeln. Die Gesichtshaut drohte zu zerreißen, als er seine blendend weißen riesigen Zähne wie auf Beute lauernd bleckte. Seine hellen Augen flackerten. Er hätte auch ein durchgeknallter Gaul sein können, ging es Shane durch den Kopf. Unter Jeffs Haut traten die Sehnen und Adern hervor.

»Detective, wie gehen Sie jetzt vor? Das ist ja wohl kein Opfer dieses Frauenkillers!« Jeff hatte sein Aufnahmegerät gezückt und hielt es mit langen, sehnigen Fingern, die mühelos fast jedem Lebewesen den Hals umdrehen konnten, Shane unter die Nase. Der schob es zur Seite wie einen verdorbenen Fisch.

Paddy stopfte eine Ladung Pommes frites in den Mund und sagte kauend: »Der Detective kennt die Leute hier ja nicht.« Er schluckte, seine Worte klangen nun etwas deutlicher. »Bin ziemlich sicher, dass die auch nicht gerade heiß drauf sind, mit einem Fremden aus der Stadt zu reden. Da hilft Ihnen Ihre ganze Ausbildung nichts, O'Connor!« Seine Schweinsaugen leuchteten triumphierend auf. »Ich meine, das hat man ja schon bei Billy Henderson gesehen. An den kommen Sie nicht ran«, redete Paddy weiter, schluckte erneut und schüttete Bier hinterher. Von seinen Lippen troff Fett, und auf seiner Stirn standen Schweißperlen wie Fettaugen auf einer Suppe.

»Zuerst reißen wir den Parkplatz auf und suchen den Kopf«, erwiderte Shane ungerührt. Dabei bemerkte er Paddys zornig zuckende Mundwinkel, ein Flackern in Kates Augen und Jeffs überraschtes Lächeln.

Andy

Im Nachhinein fiel es Andy wieder ein: Das Erste, was er von Coocooloora gesehen hatte, war das kugeldurchsiebte SHELL-Schild neben dem Highway.

Willkommen in Coocooloora, zehn Minuten bis zur Tankstelle, stand da in roter Schrift, und jemand hatte das zweite O von »Coocooloora« exakt durchschossen.

Dann: Werbeschilder für eine Autowerkstatt, Best's Coffee-Shop, Übernachtungen im Stonewall-Motel, Lunch und Dinner im *Coocooloora-Pub*.

Morgen bin ich schon in Lambina und stecke meinen Claim ab, dachte er. Die Häuser standen nun dichter beieinander. Bei vielen blätterte der Anstrich von der Holzfassade wie die Rinde von Eukalyptusbäumen. Dachrinnen und Fensterläden hingen schief, bereit, vom nächsten Windstoß mitgerissen zu werden. Wäschespinnen mit Hosen und bunten Hemden ächzten heiser im Wind, eingerissene Fliegentüren schlugen auf und zu. Auf den Rasenflächen der Vorgärten parkten rostige Autos und zerbeulte Caravans zwischen kümmerlichen Bäumchen und trockenen, blütenlosen Büschen. Ein einziger Mann mit Shorts und weißen Kniestrümpfen führte seinen Hund, einen fetten Dackel mit kurzen Beinen, die Straße entlang. Der Hund setzte sich zum Kacken auf den kurz geschnittenen Rasen der Adventskirche, eines größeren, aber einfachen Holzgebäudes. Andy reckte den Hals. Im Vorbeifahren konnte er beobachten, wie der Mann vergeblich versuchte, den Hund woanders hinzuzerren.

»Hier war früher 'n bisschen mehr los, weil jeder durchfuhr, der zur Küste wollte, aber seitdem sie den Highway ausgebaut haben ...« Scotty versuchte, den Schlaglöchern auszuweichen. »Gab wohl auch 'n bisschen Ärger mit den Abos, na ja, das Übliche. Hier soll aber jetzt 'n Bowlingclub hin mit Spielautomaten und so.«

Andy hörte nicht zu. Er war viel zu müde, und außerdem wusste er, dass er sowieso nicht bleiben würde.

»Findest sicher einen, der dich weiter mitnimmt«, meinte Scotty.

Andy kurbelte das Fenster hinunter, damit ihn der Wind erfrischte. Eigentlich sah es in Quilpie fast genauso aus. Dort gab es vielleicht ein paar Straßen und Häuser mehr als hier.

Er sah einen langen Balkon mit der Aufschrift: Pub Coocooloora. Und davor einen massigen Aborigine mit grauschwarzem Haar, der ihnen nachstarrte.

Erst als Scotty sagte: »So, Junge, Endstation!«, bemerkte Andy, dass sie in einen Hinterhof gefahren waren. Scotty stellte den Motor ab. Plötzlich herrschte Stille. Für einen Moment dachte Andy, dass es schön wäre, schon angekommen zu sein.

»Aber da du gerade einmal da bist, kannst du mir was reintragen helfen.« Scotty kletterte aus dem Auto, und Andy sah, dass eines seiner dünnen Beine steif war. Er rutschte vom Sitz und stand plötzlich in der warmen Sonne.

»He!«, hörte er von hinten Scotty rufen und ging um den Lieferwagen herum. Scotty stand im Laderaum und ließ auch schon einen Karton mit Broten in Andys Arme fallen. Er selbst packte sich einen kleineren Karton, hinkte auf seinen dürren Beinen voraus zu einer grauen Eisentür und stieß sie auf.

Andy sah in eine dunkle Höhle. Er war noch vom grellen Sonnenlicht geblendet. Der Geruch kam ihm bekannt vor – es roch nach Schinken, Schokolade und Putzmittel. Er stolperte hinter Scotty durch den düsteren Lagerraum und gelangte über einen schmalen Pfad zwischen Kartons, Kisten, Eimern und Tüten in den Laden.

»Hi, Scotty!«, hörte Andy eine Frau hinter den Regalen rufen, sah einen blonden Pferdeschwanz wippen, dann ihren Mund und erschrak, weil ihm sofort in den Sinn kam, dass er diesen Mund jetzt gern küssen würde. Sie war vielleicht vierundzwanzig oder fünfundzwanzig.

»Sie haben hier eine Leiche gefunden«, erzählte sie. Sie war so aufgeregt, dass sie Andy nicht wahrnahm. »Unten, wo sie den Parkplatz für den Bowlingclub gebaut haben!«

»Jesus!« Scotty stellte den Karton ab und stöhnte. »Hier in diesem verschlafenen Kaff? Ermordet?«

Sie zuckte die Schultern. »Die schicken jemanden von der Küste hierher. Ist das nicht schrecklich? Ein Mord hier bei uns!«

Scotty wiegte den Kopf hin und her. »Warum nicht hier? Jeder Ort ist so gut oder so schlecht wie der andere.« Er wandte sich an Andy: »Du hörst ja, wie es hier zugeht. Sieh lieber zu, dass du so bald wie möglich weiterkommst.«

Sie seufzte. »Ja, fast überall ist es besser als in Coocooloora.«

Er wusste, dass er rot wurde. Bemerkte ihren goldenen Ring am Finger.

»Ihr trinkt sicher noch 'nen Kaffee?«, fragte sie und machte schon einen Schritt auf eine Glastür zu, hinter der ein Rollo heruntergelassen war.

»Oh, nein danke, aber der da kann sicher was vertragen«, meinte Scotty und wies auf Andy. »Er war schon im Auto 'n bisschen müde. Tja, die Jugend, guckt zu viel fern. Also, Jo, nichts für ungut, aber ich muss los, hab heut noch 'n paar

Fuhren und muss rechtzeitig zu Hause sein!« Scotty verabschiedete sich mit einem Fingertippen an einen imaginären Hut auf seinem Kürbiskopf, klopfte Andy aufmunternd auf die Schulter und hinkte durch den engen Gang zwischen den Regalen hindurch nach draußen.

Andy drehte sich um und rannte ihm nach. »He, was soll ich verdammt noch mal hier?«

»Willst du doch wieder zurück nach Quilpie?« Scotty blinzelte durch die Wohnzimmerfensterbrille. »Nur keine Angst, mein Junge, du hast doch noch dein ganzes Leben vor dir!« Er lachte und zog die Wagentür zu. Der Lieferwagen fuhr rückwärts aus dem Hof und bog in die Hauptstraße ein.

Andy ging zurück in den Laden. Während er zwei Cola-Dosen aus dem Kühlschrank nahm, spürte er, dass sie ihn beobachtete. Dann schob er die Dosen auf die Ablage vor der Kasse.

»Ist schon okay. Statt Kaffee«, meinte sie.

Er wollte sie nicht ansehen, aber er tat es doch. Und es dauerte, bis seine Augen von ihren Augen loskamen. Ihre waren honigbraun. Gerade wollte er gehen, als die Türglocke bimmelte. Ihre Augen rissen sich los, sie sah zum Eingang.

Ein knochiger, vollbärtiger Alter schlurfte mit schlammverkrusteten Schuhen herein. »Hi, Jo«, krächzte er und tippte an seinen Hut, der aussah, als schliefe er darauf, und das seit zwanzig Jahren. »Das ist ja ein Ding, möchte wissen, wer der Tote ist!« Er bleckte nikotingelbe Zahnstummel, stopfte die Hände in die Hosentaschen, als wären sie Kartoffeln, und wippte auf den Spitzen seiner schmutzigen Stiefel. »Gehst du nicht raus und guckst dir das an?«, wollte er von Jo wissen.

»Nein.«

»Hm. Na ja, dem haben sie die Klamotten ausgezogen, ich meine, der, der ihn da reingelegt hat.« Er schüttelte den

Kopf. »Brrrr, ich sag dir, ist kein schöner Anblick, so 'n Toter. Zum Glück sieht man sich selbst nicht, wenn es einen mal erwischt!« Er kicherte kurz. »Kommen halt zu viele Fremde her.« Der Alte kramte unter Verrenkungen die Hände aus den Taschen, kratzte sich den verfilzten Bart und bemerkte dann Andy. »Auch nicht von hier.« Er musterte ihn von oben bis unten.

»Bin auf der Durchreise.«

»Ja ja, auf der Durchreise sind sie alle, die Jungen, was will so einer wie du auch hier in diesem Nest? Was, Jo?« Er suchte bei Jo Zustimmung. Doch sie kramte unter dem Ladentisch nach Tüten.

»Willst sicher an die Küste!« Er wippte wieder auf den Schuhspitzen.

»Nein. Nach Lambina.« Andy fühlte sich unwohl.

»Lambina?« Der Alte zog die flache Stirn in Falten. »Ja ja, hab davon gehört. Opale, was? Soll aber nix mehr zu holen sein. Alle Claims schon weg. Und die Abos geben nix her. Haben ihren Native Title drauf. Haben überall ihre dreckigen Pfoten drauf, wo es was zu holen gibt. Na ja, is' bei uns ja hoffentlich vorbei. Würd mich nicht wundern, wenn die mit dem Toten da was zu tun hätten.« Zu Andy gewandt, sagte er: »Ich würd an die Küste geh'n, wenn ich so jung wär wie du. Was, Jo?« Der Alte gab ein krächzendes Lachen von sich, meinte: »Haben gestern grad von Peter gesprochen. Ist doch wieder Pferderennen und Rodeo!« Er schüttelte den Kopf. »Is 'n Jammer, Jo!«, seufzte er, »sag Peter 'nen schönen Gruß!«

»Was wolltest du, Rick?«

»Ach, ja, hätt ich fast vergessen, die Zeitung von heute?«

»Sicher.« Sie griff hinüber zum Zeitschriftenstapel. Er gab ihr einen Dollar, nahm die Zeitung, drehte sich im Weggehen noch einmal um und meinte: »Solltest dich beeilen, Junge, von hier wegzukommen, es gibt Regen. Ungewöhnlich für die Jahreszeit.«

Andy sah ihm nach. Die Türglocke bimmelte, und dann war er wieder mit ihr allein. Etwas hinderte ihn daran, jetzt einfach Auf Wiedersehen zu sagen und aus der bimmelnden Tür zu treten, wie der Bärtige es gerade eben getan hatte.

»Er hat Recht. Wenn man erst mal hier festsitzt ...«, bemerkte sie schließlich und machte sich überaus gewissenhaft ans Ordnen der bereits gewissenhaft ordentlich gestapelten Zeitungen.

Andy ging zur Tür. Als er die Tür aufzog, bimmelte es.

»Du hast deine Cola vergessen!«

Er drehte sich um, nahm die beiden Dosen wie geweihte Gaben aus ihrer Hand, konnte ihre Finger für eine Sekunde berühren.

Wieder auf der Straße, fragte er sich, was so eine Frau wohl an solch einen verlorenen Ort verschlagen hatte. Es war zwei Uhr mittags. Er sollte sich beeilen wegzukommen. Wenn er Glück hatte, konnte er heute Abend schon dreihundert oder vierhundert Kilometer weiter sein.

Und so stapfte er den brüchigen Bürgersteig entlang, den Unkraut durchbohrte. Niemand begegnete ihm. Die Läden hatte man aufgegeben, die Scheiben schon Monate nicht mehr geputzt, in den Schaufenstern gähnende Leere. An manchen Türen klebten noch angerissene Aufkleber *Sale* und *VisaCard*, *Push* und *Pull.* Andy legte die Hände an eine der Scheiben, sah hinein. Von den Wänden blätterte der Putz. An einem Schrank hing ein vergilbter Bilderkalender mit einem Foto, das schneebedeckte Gipfel und eine Blockhütte zeigte, im Vordergrund Kühe auf einer grünen Wiese. Von den Wänden baumelten Steckdosen an blanken Drähten; Teppichfliesen schimmelten grünlich. An manchen Stellen hatte man sie weggerissen, darunter jetzt sichtbar grauer Beton, auf dem der Teppichklebstoff gelbbraune Schlieren hinterlassen hatte. Hier will keiner bleiben, dachte Andy.

Vielleicht war jemand im Pub, der ihn mitnehmen konnte. Seltsam, dachte er, dass gerade heute und hier eine Leiche gefunden wurde.

Shane

Nach dem Lunch fuhr Shane mit Paddy zur Polizeistation, einer dünnwandigen Baracke wie die umstehenden Häuser, die man wegen der üblichen Überflutungen des Warrego Rivers auf Stelzen gestellt hatte. Er hätte sein Quartier auch in Charleville aufschlagen können, doch er bevorzugte es immer, so nah wie möglich am Tatort zu sein. Paddy Dunegal allerdings schien nicht besonders begeistert zu sein, als Shane seinen mitgebrachten Computer und Drucker auf dem Schreibtisch installierte, der dem Paddys gegenüberstand und offenbar lediglich als Papierablagefläche benutzt worden war. Paddy grunzte mürrisch.

Shane erledigte die notwendigen schriftlichen Arbeiten, schrieb einen »SITREP«, einen Situation Report, ließ die Baufirma kontaktieren, die die Bauarbeiten ausführte, und ordnete an, den damals angestellten Arbeiter ausfindig zu machen, dem der Fehler unterlaufen war. Anschließend las er noch einmal die Aussage des Arbeiters, der die Leiche gefunden hatte, und telefonierte mit seinem Kollegen Jack im Brisbaner Headquarter.

Jack hatte keine Neuigkeiten, er erzählte: »Jetzt machen die uns da oben ganz schön Feuer unterm Arsch! Ich komm die nächsten Tage nicht mehr zum Schlafen. Ann ist schon jetzt verdammt sauer!«

Shane erinnerte sich, dass Ann wie Kim am Anfang stolz auf ihren Mann und seinen Erfolg gewesen war und gern das höhere Gehalt in Anspruch genommen hatte, dann aber, als Erfolg und Geld selbstverständlich geworden waren, plötzlich von ihrem Mann verlangt hatte, sich mehr der Familie zu widmen. Über kurz oder lang würde es Jack wahrscheinlich wie ihm ergehen. Aber das sagte er ihm jetzt nicht.

Er wählte die Nummer des für die Region zuständigen Detectives Philipp Russell in Charleville, der aber nicht erreichbar war. Als er auflegte, ärgerte er sich immer noch, dass Philipp Russell es nicht für nötig hielt, sich mit ihm in Verbindung zu setzen. Russell war es doch, der sich hier in der Gegend auskannte und auf dessen Hilfe er angewiesen war. So musste er sich zunächst mit Paddy Dunegal und dessen Assistenten Webster begnügen.

Der heuschreckenähnliche Kollege von der Spurensicherung kam herein, um Shane mitzuteilen, dass sie den Kopf noch immer nicht gefunden hatten und morgen mit den Arbeiten fortfahren wollten.

»Dr. Lee«, berichtete er weiter, »ist schon mit der Leiche abgeflogen und wird Sie morgen und in den nächsten Tagen informieren.«

Sie war also gegangen, ohne sich von ihm zu verabschieden, dachte Shane.

Goldene Strahlen lugten durch die heruntergelassenen Plastikjalousien. Es war sechs, und er schwitzte noch immer. Noch hatte er keine Ahnung, in welcher Richtung er ermitteln sollte. Ein Mörder, der wie der gesuchte Frauenmörder vorgegangen war und doch einen entscheidenden Unterschied gemacht hatte: Er hatte einen Mann und keine Frau ermordet. Und: Wer machte sich die Mühe, erst den Kopf einer Leiche abzutrennen und sie dann doch dort zu verbuddeln, wo eine Teerschicht ihr Wiederauffinden so gut wie unmöglich machte? Der Frauenmörder wollte, dass die Leichen gefunden wurden. Warum musste der Mörder seinem Opfer den Kopf abschlagen? Also wieder ein Psychopath? Oder ein Ritual? Hatte Kate doch nicht so Unrecht mit ihrer Bemerkung, dass der Täter ein Aborigine sein könnte?

Für heute würde er Schluss machen. Zum Abendessen würde er wieder in den Pub gehen und später ein Stockwerk darüber schlafen. Eliza Lee lag vielleicht schon mit jemandem im Bett. Oder sie war eine dieser Ehrgeizigen, stand noch im Labor und schnipselte an Leichen herum. Die Aussichten waren nicht sehr erfreulich.

Andy

Er ging an einem kläffenden Hund auf einem Wagen vorbei, der an dem kurzen Strick zerrte, mit dem er am Geländer der Ladefläche angebunden war, und spitze Zähne fletschte, überquerte die Straße und stieß die Schwingtür des Pubs auf. In einer Kneipe weiß immer einer Bescheid, wie es weitergeht, dachte Andy. Keine zehn Sekunden brauchte er, um zu wissen, dass das keine gute Idee gewesen war.

Schummriges Licht, Geruch nach abgestandenem Zigarettenrauch und säuerlichem Bier, dunkle, schwere Tische und Stühle. Außerdem fünf Männer. Zwei mit karierten Hemden und zerknitterten Hüten lehnten lässig mit einem Bier an der Bar, ein anderer, mit struppigem Haar und Bart, der seinen

Bizepsumfang mithilfe eines ärmellosen Shirts herauszustellen versuchte, spielte gelangweilt an einer der Pokermaschinen, die neben der Tür angebracht waren und immer wieder dieselbe dümmliche Melodie trillerten. Die anderen beiden Männer hockten mit ihrem Bier am Tisch und redeten leise. Hinter dem Tresen zapfte die einzige Frau im Raum Bier. Blechern klimperte einer dieser ewig gleichen Countrysongs aus den Lautsprechern. Die Köpfe wandten sich ihm zu, als er hereinkam.

»Ein FourX«, bestellte er an der Theke.

»Bist du schon achtzehn?«, fragte die Frau und musterte ihn.

Andy bemerkte, dass ihre Haut großporig und pickelig war.

Die Männer lachten. Sie lachte auch, meinte: »Na ja, die Cops sind ja weg«, und zapfte ein Bier. Die Männer lachten wieder.

»Zwei fünfzig«, forderte sie und stellte das randvolle Glas auf das Frottee-Deckchen auf dem Tresen.

Andy zählte das Geld passend ab. Dann nahm er einen Schluck und versuchte, seine Abneigung gegen diesen Ort zu überwinden. »Ich muss heute noch weiter in Richtung Süden. Gibt es die Möglichkeit, dass mich vielleicht einer mitnimmt?«, fragte er in die Runde. Doch niemand antwortete.

»Wenn ich hier fremd wär, würd ich auch abhauen! Wo sie doch gerade den Toten gefunden haben«, bemerkte die Frau an der Theke.

Der am Spielautomaten schaltete sich ein: »Kate, red nicht so, der denkt sonst, allen Fremden geht es so.« Er grinste breit unter seinem schwarzen Bart, der wie ein räudiger Straßenköter unter seiner Nase hing. Das Loch in diesem Fell war sein Mund. Die Männer lachten wieder.

In dem Moment kam Rick, der knochige Bärtige, den Andy in Jos Laden getroffen hatte, vom Klo. Er machte noch seinen

Gürtel zu. Rick erkannte Andy wieder. »He, Junge, bist ja immer noch da!«, krächzte er. Die Frau zapfte ein Bier und stellte es dem Bärtigen hin.

Andy fühlte sich unwohl unter diesen zotteligen, gelangweilten Männern. Viel zu lange war er schon hier. »Ich such noch 'ne Mitfahrgelegenheit Richtung Süden«, wiederholte er deshalb.

»Warum fährst du nicht zur Küste, wie ich es dir gesagt hab?«, fragte Rick und stürzte das Bier hinunter.

Es braute sich etwas zusammen, vielleicht nur, weil sie nichts zu tun hatten und er aussah, als könnte er sich nicht wehren.

»So 'n Arschgesichtchen wie du gehört an die Küste zu Mama!«, fing dann auch prompt der am Spielautomaten an.

»Oder zu den Schwanzlutschern!«, brummte einer an der Theke, worauf alle laut lachten, nur Rick und die Frau an der Theke nicht. Da kam der Alte noch näher zu Andy.

Andy blickte in Ricks Mund. Die gelben Zahnstummel sahen wie die letzten Baumstümpfe im abgeholzten Regenwald aus.

In Ricks Stimme lag eine Drohung: »Jos Mann ist 'n feiner Kerl. Auch jetzt noch. Nie ein Wort der Klage, nie ein Wort des Jammers! Hat davor die fettesten Karpfen rausgezogen, war immer großzügig bei seinen Kumpels, hat nie zu viel gesoffen und hat keine andere neben Jo gehabt, obwohl es genügend gegeben hat, die sich ihm zu Füßen gelegt haben ...« Er warf einen kurzen Blick auf die Frau hinter dem Tresen, die sich jedoch schulterzuckend mit einem »Tt« abwandte. Alle waren still geworden und hörten ihm zu. Alle schienen zu wissen, worum es ging, alle außer Andy. Doch bevor er fragen konnte, fuhr Rick fort:

»Und deshalb lassen jetzt auch alle Jo in Ruhe. Auch wenn es Gelegenheiten gäbe. Weil wir es ihm schuldig sind, kapiert?« Er sah Andy eindringlich an.

Besser, wenn er jetzt ginge. Warf noch ein Lächeln in die Runde und ging zum Ausgang. Bruce Willis machte das auch so.

Draußen hatten sich die dunklen Wolkenberge näher geschoben. Er beschloss, weiter durch die Stadt bis zu der auf dem Ortsschild angekündigten Tankstelle zu gehen. Dort würde ihn sicher jemand mitnehmen. Er hatte wirklich nicht vor, noch eine Stunde länger in Coocooloora zu bleiben.

Zwei Pick-ups und ein klappriger Pajero fuhren an ihm vorbei. Er ärgerte sich, dass er nicht gleich zurück zum Highway gegangen war. Doch er wollte nicht umkehren. Etwa fünfhundert Meter weiter sah er das rot-gelbe Shell-Emblem zwischen den Hausdächern hervorragen. Dort würde er es versuchen; wenn er kein Glück hatte, konnte er immer noch zum Highway zurückkehren, beruhigte er sich.

Die Tankstelle: ein Dach über zwei Zapfsäulen, eine schiefe Garage als Werkstatt mit einem winzigen Raum als Büro. Allmählich zweifelte Andy an Scottys Behauptung, er fände jemanden, der ihn nach Lambina mitnehmen könnte. Er sah in die Werkstatt, in der eine Hebebühne aufragte und eine lange Werkbank in wenigen Sekunden unter der Last des Haufens ölverschmierter Werkzeuge zusammenzubrechen drohte. Erst dann bemerkte er neben dem Büro den Parkplatz, den Holden Kombi mit aufgeklappter Motorhaube und den Tankwart, der gerade Öl nachfüllte. Sonst war niemand da.

»Hi!«, grüßte Andy. »Ich muss heut noch nach Süden. Wie komm ich hier weg?«

Der Tankwart im roten Overall schüttelte den letzten Tropfen Öl vom Hals der Plastikflasche in den Tank. Er war ein kräftiger, mittelgroßer Typ, so groß und so alt wie Andy, aber breit wie ein Schrank.

»Brady«, sagte der Tankwart, wischte die ölige Hand an einem Lumpen ab und streckte sie ihm entgegen. Sie war groß wie eine Schaufel. Seine Augen in dem quadratischen Schädel wie blaue Stecknadelköpfe, breite Lippen wie ein Fisch. Er warf die leere Ölflasche in den zwei Meter entfernt stehenden Mülleimer und traf. Dann ließ er die Motorhaube überraschend sanft hinunter, bis sie einrastete.

»Vielleicht kann dich einer mitnehmen, der fährt weiter in Richtung Westen, kann mal mit dem reden.« Brady ging zur Fahrertür und stieg ein. »Musst du heut schon weg?« Er ließ den Motor an.

»Bin schon lange genug hier!«

»Na ja, hast Recht, is' nicht grad aufregend hier. Aber mein Bruder und ich feiern heut 'ne kleine Party, bist eingeladen!« Brady legte den Gang ein.

»Was für 'ne Party?«

»Wir feiern immer irgendwas. Kannst auch bei uns pennen. Haben 'n Häuschen da hinten.« Brady deutete mit dem Daumen aus dem geöffneten Seitenfenster. Andy reckte den Hals, sah in die angegebene Richtung. Kniehohes Gras, sonst nichts.

Brady fuhr rückwärts und parkte den Wagen ein paar Meter weiter vor der Mauer der Werkstatt. Eine Party wäre gut. Auf der Mine gab es das nie, und in Quilpie war es auch nicht aufregend. Außerdem hätte er eine Übernachtungsmöglichkeit. Am nächsten Morgen könnte er früh los und hätte den ganzen Tag. Er nahm sich vor, noch zwei Stunden zu warten. Wenn ihn bis dahin jemand mitnehmen würde, würde er fahren, wenn nicht, würde er bleiben. Wie russisches Roulette. Entweder knallte die Kugel aus dem Lauf, und man war tot, oder es machte nur ›Klick‹. Und so hockte er sich an den Straßenrand vor der Tankstelle, öffnete eine der beiden Cola-Dosen und wartete.

Plötzlich donnerte ein Lastwagen mit Schotter auf der Ladefläche an ihm vorbei, bog am Ende der Straße in einen Weg ein, verschwand hinter den letzten Häusern. Ab und zu kam Wind auf, fegte den Staub über den löchrigen, wie von Motten zerfressenen Asphalt. Dann klang es, als regnete es Diamanten.

Shane

Das Zimmer roch muffig. Nach Mottenkugeln und einem scharfen Putzmittel. Der grünliche Teppich sah so borstig aus, dass ihm bei der Vorstellung graute, jemals darauf barfuß laufen zu müssen. Das einzelne Bett stand mit Kopf- und linker Seite direkt an der Wand. Toilette und Dusche waren nachträglich eingebaut worden und mit einer Schiebetür, die klemmte, vom Raum abgetrennt. Neben dem Bett war eine winzige Ablage an der Wand angebracht, gerade groß genug für die üblichen Hotelbibeln und einen Wecker. Gleich in der Ecke hinter der Tür stand ein kleiner Kühlschrank, den man nur öffnen konnte, wenn die Zimmertür geschlossen war. Daneben befand sich ein brauner Plastiktisch mit einem orangefarbenen Plastikstuhl. Auf dem Tisch stand ein schuhkartongroßer Schwarz-Weiß-Fernseher. Er riss das Fenster auf. Musik von unten drang herauf. Schräg gegenüber, auf der anderen Straßenseite über dem Supergrocer, dem Lebensmittelladen, brannte Licht. Er nahm eine lange, heiße Dusche, legte sich aufs Bett, versuchte sich auf das Buch zu konzentrieren, das er mitgebracht hatte, und hoffte, dass ihn der Schlaf irgendwann überfallen würde. Wenn er wenigstens ein Bier trinken könnte. Er dachte an Eliza Lee und daran, mit wem sie jetzt wohl im Bett lag, erlebte noch einmal den Flug, sah zwischendurch immer wieder die misshandelten, toten Körper und schlief schließlich ein.

Überall spielten sie Weihnachtsmusik, und in den Shopping Malls posierten langbärtige Nikoläuse in dicken roten Mänteln und mit kleinen Mädchen auf den Knien. Es war Weihnachten, Heiligabend, und er hatte Dienst mit Steve.

Schon seit einer Woche herrschte brütende Hitze, und an diesem Abend war es kein Grad kühler. Kim war mit Pamela zu ihren Eltern nach Sydney gefahren, und er war froh, nicht allein zu Hause zu hocken.

Sie hatten die Nachtschicht. New Farm. Nicht unbedingt die ruhigste Gegend in Brisbane. Aber bis halb eins war alles relativ problemlos verlaufen. Eine Schlägerei zwischen einem eifersüchtigen Ehemann und einem Freund der Ehefrau in einer Pizzeria, alle hatten mehr als genug gesoffen. Die Männer kamen für die Nacht in die Ausnüchterungszelle. Vorher waren sie von einer besorgten Nachbarin in eine Wohnung im Valley gerufen worden. Sie vermutete eine wilde Schlägerei im Nebenhaus. Als er mit Steve dort ankam, hatte ein Mann seine Freundin blutig geschlagen, das Aquarium zertrümmert, den Fernseher aus dem Fenster in den Vorgarten geworfen, das Telefonkabel herausgerissen und noch ein paar unschöne Sachen mehr angerichtet. Doch im Grunde waren das die üblichen Fälle. Dann aber bekamen sie jenen Anruf, den er seit fünf Jahren nicht vergessen konnte.

Die Zentrale schickte sie ein paar Straßen weiter, wo ein Mann mit einem Messer Amok lief. Shane erinnerte sich noch, wie er und Steve auf der Fahrt Witze über die Freundin eines Kollegen rissen.

Der Mann hockte auf den Stufen, die ins Haus führten. Ein

schlaksiger Weißer, der selbst im Sitzen noch riesig erschien. Er starrte ins Leere und murmelte: »Ich war's.« Der Lichtstrahl von Steves Taschenlampe fiel auf den Briefkasten, aus dessen Öffnung der Griff eines Bowiemessers ragte. Shane zog es heraus. Bis zum Schaft klebte dunkles Blut daran. Steve legte dem Mann die Handschellen an, und Shane ging ins Haus.

Es war ein Mietshaus mit zwei Etagen. Er schaltete das Licht an, entsicherte den Revolver, darauf gefasst, einen weiteren Durchgeknallten mit einem Messer auf sich zustürzen zu sehen. Die erste Zimmertür war verschlossen, die zweite stand einen Spalt offen; er glaubte, ein leises Röcheln zu hören, es brannte kein Licht. Shane leuchtete durch den Spalt, konnte nichts erkennen und zwängte sich blitzschnell in den Raum. Dort drückte er sich an die Wand, den Revolver im Anschlag. Als er das Licht einschaltete, traf sein Blick ein blutiges Stück Fleisch. Der Mann atmete noch. Aus unzähligen Schnitten und Schlitzen troff Blut, das in dunkelroten Flecken in den Teppich sickerte. Er konnte es nicht erklären, aber er spürte, das war noch nicht alles. Über Funk rief er die Ambulanz und machte sich auf den Weg nach oben. Die mit abgetretenem Teppich belegten alten Holzstufen knarrten, das Haus war heruntergekommen. Im oberen Stockwerk befanden sich drei Türen. Hinter der ersten lag das Bad, hinter der zweiten ein leerer Raum. Hinter der dritten Tür sah Shane das, was ihn bis heute bis in seine nächtlichen Träume verfolgte.

Zuerst starrte er in ihre aufgerissenen Augen, und eine Zehntelsekunde später auf eine blutige Höhle, deren Wände Muskeln und Sehnen bildeten. Die Frau war so gut wie enthauptet. Für einen Moment sackten ihm die Knie weg, er stützte sich auf eine Stuhllehne und musste sich übergeben.

Shane fuhr hoch, dieselbe Übelkeit kroch wieder aus seinem Magen nach oben, er stürzte aus dem Bett aufs Klo und übergab sich erneut. Der Mann hatte seine Mutter ermordet, die ihn jahrelang gedemütigt hatte. Er saß noch immer im Gefängnis.

Den Rest der Nacht ließ Shane das Licht eingeschaltet.

Andy

Das Haus wuchs aus dem wogenden Feld heraus. Von der Straße aus, über die er mit Brady in dessen Kadett fuhr, erkannte man nur einen Teil des Giebels. Zwei Kilometer ortsauswärts waren sie gefahren und bogen nun in einen schmalen, gewundenen Schotterweg ein. Der Himmel hatte sich dunkelviolett gefärbt. Dort, wo die schweren Wolken hingen, sah er schon schwarz aus. Seit einer Stunde blies der Wind heftiger, und mit ihm kamen auch die Wolken näher. Es wurde Nacht.

Brady parkte den Wagen direkt vor dem Haus auf einem Stück nachlässig gemähter Wiese.

Das Haus war eines dieser einstöckigen Hütten aus weiß gelackten Holzdielen, die seit zwanzig Jahren nicht mehr gestrichen worden waren. Solche Häuser gab es überall. Sie sahen verlassen aus, waren es aber meistens nicht. An der Seitenfront klebte eine große, überdachte Veranda. Das Grundstück, das das Haus umgab, sah genauso aus wie das Land entlang der Straße: Büsche, ein paar niedrige Eukalyptusbäume, rissige Erde.

»He, gib Acht!«, mahnte Brady, als Andy hinter ihm die Holztreppe hochstieg. »Das Ding muss repariert werden.« Und Andy konnte sich gerade noch mit seinem Fuß von der morschen Holzstufe auf die nächste retten, die einen stabileren Eindruck machte. Brady zog die löchrige Fliegentür auf und trat gegen die Holztür, die ächzend aufsprang. Ein modriger Geruch quoll aus dem dunklen Innern. Er schaltete das Licht ein. Eine einzelne von der Decke hängende Glühbirne warf gelbliches Licht auf den schmalen, düsteren Flur, von dessen Wänden sich eine alberne Blümchentapete ablöste.

Andy stapfte hinter Brady her über einen klebrigen Linoleumfußboden im Fliesenimitat-Muster, während Brady eine Tür nach der anderen aufriss.

»Die Küche!«

Andy warf einen Blick hinein. Wie in unserem Wohnwagen, dachte er. Stapelweise schmutziges Geschirr.

»Mein Zimmer.« Poster von Heavy-Metal-Bands und Kricketstars an den Wänden. Auf dem Bett haufenweise Kleider und Bettzeug, daneben, auf dem fleckigen Teppich, Comic-Hefte. Brady ließ die Tür offen stehen. »Und da, Mikes Zimmer.«

Ein schmales Bett, ein hoher Schrank, hinter dessen Türen Klamotten hervorquollen und jeden Moment das Türschloss zu sprengen, das ganze Zimmer zu überfluten und jedes Lebewesen unter sich zu ersticken drohten.

»Und das?«, fragte Andy.

»Das?« Brady zuckte für eine Zehntelsekunde zusammen, das konnte Andy sehen. »Das war das Zimmer meiner Eltern. Mein Alter ist schon seit ein paar Jahren tot, und unsere Mutter mussten wir in die Klapse bringen. Alzheimer.«

»Tut mir Leid.«

Brady ging hastig an der Tür vorbei.

»Hier im Wohnzimmer kannst du pennen. Auf der Couch.«

Sie standen in einem altmodisch eingerichteten Zimmer mit abgeschabten Möbeln und vergilbten Tapeten. Er ließ sich auf das zerfledderte, grünliche Sofa mit dem verschlissenen Plüschbezug fallen. »Und eine Veranda gibt es auch. Man kann die ganze Nacht draußen sitzen, quatschen, trinken und rauchen. Hab gerade erst das Fliegennetz hier überall geflickt!« Brady sprang wieder auf und schob die Tür auf, die nach draußen führte. Die Verandadielen waren morsch, man hätte sie längst streichen müssen.

Andy gefiel es hier bei Brady. Endlich einmal nicht allein. Er ließ sich in einen der beiden brüchig aussehenden Schaukelstühle fallen und zog ein Päckchen Zigaretten aus der Hosentasche. Sie rauchten, tranken Bier, schaukelten. Bald würde es dunkel sein. Die Grillen zirpten.

»Komisches Leben auf so 'ner Mine. Muss man wohl für geboren sein. Ich könnt so was nicht. Brauch immer 'n paar Leute zum Quatschen, 'ne Kneipe, muss rumfahren – was man halt so macht«, sagte Brady plötzlich.

»Ich hab es einfach nicht mehr ausgehalten!« Andy fühlte sich endlich verstanden.

Da kam Mike. »He, ihr Säcke – habt ihr mir auch was übrig gelassen?« Mike zog sich einen alten Ohrensessel aus dem Wohnzimmer auf die Veranda, ließ sich reinplumpsen.

Andy fand, dass er aussah wie ein nicht ganz fertig gewordener Brady. Alles war ein wenig grober als bei seinem Bruder. Der Körper, der Kopf, die breiten, unförmigen Fischlippen, die Augenbrauenwülste. Überhaupt wirkte Mike, als wäre er zwar nicht besonders helle, aber ein guter Kumpel, und schließlich kam es ja darauf an, sagte er sich.

»Mike sorgt immer für was zu trinken, stimmt's?«, meinte Brady.

»Ja, ja.« Als Mike lachte, sah Andy, dass seine hinteren Backenzähne fehlten.

»Andy will nach Lambina, Opale finden! Hab ihn aber erst mal davon abgebracht«, erzählte Brady und öffnete eine neue Flasche aus dem Karton, den Mike mitgebracht und auf die Veranda gestellt hatte.

»Opale?« Mike kratzte sich am Hinterkopf.

»Da muss man richtig schuften – wär nix für mich!«, murmelte Brady.

»Hat auch seine guten Seiten«, erwiderte Andy, »du bist immer im Freien, sitzt nicht von neun bis fünf im Büro, bist dein eigener Boss, abends gibt es Lagerfeuer unterm Sternenhimmel.« Aber er wusste, dass er das alles beschönigte. Er war ganz und gar nicht sein eigener Herr, und Lagerfeuer gab es nur, wenn jemand sie besuchte. »Und dann ist da natürlich der Reiz, Millionen zu machen«, fuhr Andy fort. »Es gibt Gewinner und Verlierer, die einen finden Opale, die anderen finden nie was.« Andy zuckte die Schultern. »Niemand kann dir sagen, woran das liegt.«

»Und was bist du? Gewinner oder Verlierer?« Brady grinste Andy herausfordernd an.

Der zögerte einen Moment, dann lachte er und antwortete: »Gewinner natürlich!«

»Habt ihr plötzlich auch so 'nen Hunger wie ich?«, fragte Brady. Er stand auf und briet ein paar Eier. Sie aßen auf der Veranda. Der Mond leuchtete wie eine alte Bahnhofslampe durch die Wolken. Nur die hellsten Sterne blitzten ab und zu auf.

Andy fühlte sich wohl. Das war es, was er sich immer gewünscht hatte. Warum musste er wieder von hier fort?

Als hätte Brady seine Gedanken gelesen, sagte er: »Du kannst hier bleiben, solange du willst!«

Irgendwann schleppten sie sich ins Haus, weil es kalt geworden war. Bevor Andy sich auf dem Sofa auf die Seite drehte, dachte er noch an seinen Vater im Camp, verscheuchte aber das Bild schnell wieder, wie eine lästige Fliege. Als er in der Ferne die raue Stimme eines Didgeridoos hörte, überwältigte ihn der Schlaf.

In der Nacht wachte er auf, tastete sich im Dunkeln zum Klo. Auf dem Rückweg zur Couch verlief er sich, sein Fußzeh stieß an etwas Hartes, Metallisches. Er schrie kurz auf und fluchte, suchte an der Wand nach dem Lichtschalter, den er endlich fand. Das Licht zuckte auf, und er starrte auf einen offenen Kasten, aus dem die aufblitzende Klinge einer Axt ragte, die seine Augen blendete. Erzählten nicht alle von dem Mörder, der seine Opfer mit der Axt enthauptete?

»He, suchst du was?«, erklang in diesem Moment eine Stimme hinter ihm. Er drehte sich um. Vor ihm stand Brady in Boxershorts. Breit wie ein Klotz.

»Hab mich verlaufen in eurem Riesenhaus ...«

Brady musterte ihn mit zusammengekniffenen Augen, klappte mit dem Fuß den Deckel des Kastens zu und brummte: »Mach nächstes Mal gleich das Licht an.«

Andy nickte. Das war Zufall, sagte er sich, hier hatte bestimmt jeder eine Axt im Haus.

Shane

Als er aufstand, fiel ihm ein, dass heute Freitag war. Er hoffte, wenigstens am Sonntag zurück in Brisbane zu sein. Shane frühstückte in *Best's Coffeeshop*. Schlang einen zu stark gerösteten Toast mit zu süßer Orangenmarmelade hinunter, spülte mit dem Rest Kaffee nach und ging, um in Paddy Dunegals Wagen zu steigen, der gerade anrollte.

»Na, gut geschlafen?«, fragte Paddy.

»Ich werd es weiterempfehlen«, murmelte Shane, seine schlechte Laune nicht verbergend. Er bemerkte an Paddys Wange eine Schlaffalte.

»Als ich in Ihrem Alter war, hab ich den Ärger aber nicht so raushängen lassen.«

Das, was am Donnerstag noch ein stattlicher Parkplatz in tiefem Teerschwarz gewesen war, hatte sich in einen Bombenkrater verwandelt. Dunegal stellte den Wagen an der Straße ab. Shane ging voraus zu der dünnhäutigen Heuschrecke, dem Kollegen von der Crime Scene Spurensicherung, der Talbot Wood hieß, wie Shane inzwischen wusste, und der die Arbeiten leitete. Shane und Paddy stiegen über Brocken von mit Teer verbackener Erde.

»Wo verdammt noch mal ist der Kopf?« Shane blickte suchend über die umgegrabene Erde. Die Heuschrecke gab ein Zeichen, und der Roadworker, der die Leiche entdeckt hatte, schaltete den Bagger aus.

»Noch nichts gefunden. Sieht schlecht aus, wir sind fast durch«, rief Talbot dienstbeflissen zu ihnen herüber.

»Da haben Sie den Salat. Jetzt kriegen Sie wohl ziemlichen Ärger mit Billy Henderson. Der will hier endlich seinen Spielclub mit Motel bauen. Und jetzt so was!«, brummte Paddy und schaffte es, die Arme vor seiner fassartigen Brust zu verschränken. Dann sah er zu Talbot. »Wenn Sie nicht gleich diese alberne Kappe da gegen 'nen richtigen Hut umtauschen, bröckeln Ihnen heute Mittag die Ohrwascheln ab!«

Talbot griff panisch an seine durchsichtigen Ohren, deren Ränder vom Sonnenbrand rot glühten.

»Man merkt, dass Sie noch nicht lange hier draußen bei uns im Busch sind!« Paddy schüttelte den Kopf.

»Ach, hören Sie mir mit diesem Billy Henderson auf!«, fuhr Shane ihn an. »Der kann mich mal.« Der Stein, den Shane mit dem Fuß wegkickte, verfehlte nur um ein Haar Dunegals Polizeiwagen.

Paddy Dunegal klappte erst den Mund wieder zu, als der Stein tatsächlich über die Motorhaube hinweggesaust und in den Staub gefallen war. Er sah Shane an, doch der zuckte nur mit den Schultern.

»Haben Sie denn 'nen Hut?«, fragte Talbot, seine Ohren ängstlich mit den Händen bedeckend.

»Wir müssen den Kopf finden. Jedes Mal war der Kopf nicht weit vom Körper vergraben«, herrschte Shane den armen Talbot an. »Was ist da drüben? Warum haben Sie da den Parkplatz noch nicht aufgerissen?«

Talbot drehte sich erschrocken wie ein zurechtgewiesener Schüler in die Richtung, in die Shane zeigte. »Aber das ist doch viel zu weit entfernt. Sie haben doch selbst gesagt, dass der Kopf sonst immer in der Nähe des Körpers war«, lamentierte er.

»Dann ist es verdammt noch mal diesmal anders. Soll ja vorkommen! Fordern Sie Verstärkung an!«, ordnete Shane an und stapfte zurück zum Wagen. Paddy stolperte hinter ihm her.

»Einen Hut – können Sie mir einen Hut vorbeibringen?«, rief Talbot noch, doch niemand interessierte sich für ihn.

»Tja, offenbar ist kein Kopf da. Oder wollen Sie noch die ganze Stadt umgraben lassen?«, japste Paddy, am Auto angekommen.

»Wenn Sie es genau wissen wollen: am liebsten ja!« Mit wütender Nachdrücklichkeit ließ sich Shane auf den Beifahrersitz fallen.

Paddy schnaubte, als er sich hinters Steuer quetschte.

»Worauf warten Sie noch, Paddy? Hier im Auto werden Sie den Kopf bestimmt nicht finden.«

Paddy schnaubte erneut mit deutlicher Verachtung, und seine Kartoffelnase blähte sich zu einer Auberginennase. »Ich weiß zwar nicht, wie es Ihnen geht, aber ich muss jetzt was zwischen die Kiemen kriegen«, murrte er und ließ den Motor an.

»Dann schauen wir doch mal bei unserem Hauptverdächtigen vorbei.«

Paddy glotzte Shane mit seinen weit auseinander stehenden Schweinsaugen an, kratzte sich sein fellartiges, verschwitztes Haar, während Shane es genoss, ihn zappeln zu sehen.

»Wer ist ... der Hauptverdächtige?«, stammelte Paddy schließlich.

Shane grinste und setzte die Sonnenbrille wieder auf, die er kurz zum Putzen abgesetzt hatte. »Ihr Billy-Darling.«

Billy Hendersons Motel lag auf der dem Parkplatz entgegengesetzten Seite des Ortes – anderthalb Kilometer hinter dem *Pub Coocooloora* – und hätte eine Kulisse aus *Fred Feuerstein – The Flintstones* sein können: Es trug den Namen STONEWALL, die Buchstaben aus Brettern an die im Blockhausstil gebaute Wand genagelt. Shane erkannte durch das überdachte, jedoch zu den Seiten und zur Küche hin offene Restaurant den breiten, kompakten Rücken Billys mit dem kräftigen Stiernacken. Er schob gerade den Riegel des Kühlraums zurück. Rockmusik knarzte leise aus den Lautsprechern.

»Billy!«, brüllte Paddy.

Shane ließ seinen Blick über die nicht gerade rege besucht wirkende Motelanlage schweifen. Sie bestand aus einem eingezäunten, kleinen ovalen Pool und den üblichen aneinander gereihten, einstöckigen Wohneinheiten und den Parkplätzen davor. Kein einziger Wagen parkte dort.

»Yeah?« Billy kam mit einem großen, schweren Beutel blutigen Fleischs aus einem Kühlraum hinter der Küche.

»Seid ihr zum Helfen gekommen? Hier fällt zum Dinner ein ganzes Rudel hungriger Touristen ein«, keuchte er mit seiner heiseren Raucherstimme und drängte sich mit dem Fleisch an Shane vorbei. Im Mundwinkel steckte eine kurze, selbst gedrehte Zigarette. Ohne seinen Akubra erschien sein mächtiger Schädel noch quadratischer. Er hätte gegen eine Betonwand rennen können und hätte wahrscheinlich nur eine Platzwunde davongetragen. Shane fiel Billys graue Haut mit den Bartstoppeln auf. Die glanzlosen graublonden Haare könnten auch einen Schnitt vertragen, dachte er. Billy warf den Beutel mit Schwung auf die Ablage neben dem voluminösen Grill.

»Ich dachte eher, Sie könnten mir helfen«, erwiderte Shane.

»Wüsste nicht, wie.«

Shane fiel auf, dass Billy einen schnellen Blick auf Paddy warf, bevor er ein großes Messer aus dem vor schweren Metzgermessern strotzenden Messerblock zog und den Beutel aufschnitt. Blut tropfte auf den Steinfußboden.

»Wenn Sie immer noch auf diesem verdammten Stück Land rumhacken wollen, auf dem die Arbeiter den Toten gefunden haben und das zufällig mir gehört, dann hab ich nichts Neues für Sie.« Er drückte die Zigarette in einem Aschenbecher aus und begann dann mit präzisen Bewegungen, das Fleisch in dicke Scheiben zu schneiden. »Das hat Ihnen Paddy sicher auch schon gesteckt.«

»Klar, Billy, ich hab ihm erklärt, dass er bei dir auf dem Holzweg ist.« Bei diesen Worten grinste Paddy.

Shane setzte seine Sonnenbrille ab und starrte in Paddys zuckende Schweinsaugen.

»Ich sag Ihnen eins, Detective«, Billy hörte auf zu schneiden, seine Hals- und Nackenmuskeln wölbten sich, die Spitze des gewaltigen Fleischermessers zeigte auf Shanes Bauch, »der Busch, der lebt nur, weil Leute wie ich uns abrackern. Ohne uns wär das ganze verdammte Australien nur eine dünne Kruste entlang der Küste.« Er ließ endlich das Messer sinken und fuhr fort: »Und keiner wäre je bis hierher gekommen, hätte Gold gefunden und Zinn und Saphire und all die verdammten Bodenschätze, die sie nach Japan verscherbeln. Australien wäre ohne uns ein Scheißdreck!« Er legte das Messer ab. »Und dann kommen so Typen wie Sie aus ihren klimatisierten Büros in den Hochhäusern an der Küste und beschuldigen Leute wie mich, einen umgebracht zu haben, nur weil ich in diese verschlafene, verdammte Stadt ein bisschen Leben, einen Club, reinbringen will! Los, Paddy, sag ihm, dass es so ist!«

Paddy zuckte die schweren, runden Schultern. »Sicher ist es so.«

Shane sah von einem zum anderen. Was wurde hier für ein Spiel gespielt?

»Wenn hier einer Stunk macht«, begann Billy wieder und stemmte die Arme in die Hüften, »dann sind es die verdammten Blackfellas. Die wollen nicht arbeiten, hauen ständig ab. Wir hatten ein Zimmermädchen, das fehlte immer, wenn es was zu tun gab. Die kriegen ihre Unterstützung vom Staat, und wir sind zu blöd und schuften.« Ein Anfall von Raucherhusten unterbrach seinen Redefluss. »Das Grundstück gehört mir. Der Native Title wurde nicht beantragt. Es wäre auch niemals erfolgreich gewesen. Es leben ja nur noch zwei aus dem Clan. Das wäre nie durchgegangen.«

»Ich hab Sie nicht beschuldigt, Billy.« Shane lächelte kalt. »Warum also regen Sie sich so auf? Ich frage mich nur, warum hier alle so aggressiv auf die Aborigines reagieren.«

Schon wieder ein nervöser Blickaustausch zwischen Paddy und Billy. Shane ahnte, dass er doch nicht ganz auf dem Holzweg war. Wohin der Weg schließlich führte, wusste er nicht.

»Rutschen Sie mir den Buckel runter, Detective, ich hab 'ne Menge zu tun. In zwei Stunden kippt ein Bus hier sechzig senile Touristen aus, weil das Restaurant in Charleville wegen Renovierung geschlossen hat. Wenn das neue Motel steht, dann zieh ich das größer auf mit den Barbecues, da wird viel mehr los sein.« Er schnitt weiter Steaks, und seine Bewegungen erschienen Shane regelrecht zärtlich.

»Dann wird der gute Morgan auch nicht drum herumkommen, bei dir seine Barbecues zu veranstalten!«, lachte Paddy, doch Billys Blick verdüsterte sich.

»Morgan?«, hakte Shane nach.

»Ja«, plapperte Paddy, der Billys Blick nicht bemerkt hatte, gut gelaunt weiter. »Guter Typ von der Whole Nation Party. Sein Bruder führt die Farm weiter. Die größte übrigens hier. Alter Familien ...«

»Es reicht, Paddy!«, herrschte Billy den Polizisten an, der daraufhin sofort verstummte und dümmlich-entschuldigend grinste.

»Haben Sie ein Problem mit den Morgans?«, fragte Shane.

Billy richtete sich auf. Blut tropfte vom Messer und von seinen Händen. Das Blut aus der Folie war über seinen Arm gelaufen und in den Stoff seines Hemdes und seiner Hose gesickert. »Paddy wühlt alte Geschichten auf«, knurrte er.

»Was für Geschichten?«

»Bullshit. Es ist alles Bullshit. Ich hab jetzt zu tun. Löchern Sie Paddy mit dem Zeug.« Billy ließ sie einfach stehen und verschwand im Kühlraum.

»Ich hab immer noch nichts in den Magen gekriegt«, brummte Paddy übellaunig.

Wenn ich nur wüsste, wonach ich suche, dachte Shane, als er wieder im Auto saß.

Als sie am Pub vorüberglitten, bemerkte Shane einen massigen Aborigine, dessen Blick sich tief in Shanes Augen bohrte. In diesem Moment fühlte er sich wie ein aufgespießter Schmetterling unter der Lupe des Schmetterlingsforschers, gelähmt, hilflos, ohne Chance zu entkommen. Es war, als hätte dieser Blick die dicken Decken, die er über seine Ängste und Zweifel gehängt hatte, um sie zu ersticken, für einen Moment weggerissen.

Moodroo

Moodroo starrte dem Rauch seiner Zigarette nach. Heute blieben die Ringe lange unversehrt, wenn sie unter dem Dach des Pubs hervorquollen und über die Straße schwebten. Der Wind der letzten Tage hatte sich gelegt. Jetzt war es fast windstill.

Er hatte sie an den Augen erkannt, als sie plötzlich mit diesem Engländer vor ihm gestanden hatte. Dabei war sie schon nicht mehr da gewesen, als er geboren wurde. Ihre Augen waren Känguru-Augen. Groß und braun und ängstlich.

Moodroo sah hinauf in den Himmel. Die dicken Wolken hingen über der Stadt. Als würden sie nie wieder weiterziehen.

Hinten, wo die kleine Straße von der Hauptstraße abzweigte, war er geboren worden. Dort, wo jetzt der Parkplatz war. Die Minengesellschaft hatte damals doch nichts gefunden. Wenn Moodroo länger hinsah, konnte er sie immer noch sehen. Die Hütten. Und seine Mutter und die Tanten und die anderen Kinder. Sie waren noch da. Es war Land der Ahnen und damit auch sein Land. Warum mussten sie ausgerechnet dort ein Motel mit Spielautomaten hinstellen? Als hätten sie anderswo nicht genug Platz dafür. Der Geist geht dahin zurück, woher er gekommen ist. Der Parkplatz war zum Danger-Platz geworden. Warum war niemand mehr da, der Bescheid wusste?

Sie war mit dem englischen Journalisten gekommen und hatte gefragt, ob sie für ein paar Wochen bei ihm, Moodroo, wohnen könnten. Sie hatte ab und zu gekocht. Sie redete nicht viel; sie war anders. Wie eine Weiße. Verstand ihn nicht. Sie hatte mit Schwarzen nichts zu tun. Sie malte wie die Weißen. Warum war sie zurückgekommen? Und warum mit ihm, der wollte, dass sie sich erinnerte? Sie hätte nie zurückkommen dürfen. Hier war ihr Danger-Platz. Doch sie konnte die Zeichen nicht erkennen. Weil sie das Dreaming vergessen hatte.

Grace hatte es ihr und dem Journalisten erzählt. Dass ihre Großmutter gegen das Gesetz verstoßen hatte. Die Großmutter musste getötet werden. Aber es musste so sein. So ist das Gesetz. Alles hat seinen Grund. Auch dass der Journalist getötet wurde. Und sie.

Er sah dem Rauchring nach, der nicht hinaufstieg, sondern tiefer sank und schließlich von einem vorbeifahrenden Mitsubishi mitgerissen wurde. Er ließ den Zigarettenstummel vor seine Füße fallen und trat ihn langsam aus. Dann steckte er seine großen, fleischigen Hände in die ausgeweiteten Taschen seiner Cordhose und machte sich auf den Weg in das Haus, das ihm die Regierung gebaut hatte und das er nicht liebte.

Shane

Und niemand hat was gemerkt? Nee, das glaub ich nicht. Die irren sich auch mal, die Wissenschaftler«, sagte Kate, die gerade die Zapfhähne polierte. Sie schüttelte ihren Hühnerkopf und hielt kurz inne. Es lief keine Musik, und niemand spielte an den Automaten.

»Wie soll 'n so was funktionieren?«, schaltete sich Jeff vom Outback-Radio ein, der einzige Gast außer Paddy, seinem rothaarigen Assistenten Webster und Shane. »Wer soll das überhaupt gewesen sein, ich meine, der Tote? Hier wird doch keiner vermisst, oder?«

Paddy lehnte an der Theke, biss in eine Fleischpastete.

»Wer sagt denn, dass das nicht doch ein Grab von den Blackfellas war?«, warf Kate ein, während sie das Spülbecken polierte.

»Oh, Kate, hast du schon mal gehört, dass die ihre Leute enthaupten, bevor sie sie begraben?«, erwiderte Jeff.

Kate verdrehte die Augen und ging in die Küche.

Jeff schüttelte den Kopf. »Also, Detective, jetzt schalten Sie doch sicher das Missing Persons Bureau ein. Und die kriegen vielleicht raus, wer das sein könnte, richtig?« Er schnalzte mit der Zunge, die so groß wie eine Ochsenzunge zu sein schien. »Tja, bis dahin können Sie ja unsere schöne Gegend genießen. Übernächste Woche findet 'n großes Rodeo statt, da haben Sie sicher Ihren Spaß. Und in Charleville ist morgen 'n Pferderennen. Also, Detective, Sie werden sich bestimmt nicht langweilen!« Jeff grinste. »Und Sie halten mich auf dem Laufenden, ja? Ich Sie auch. Vielleicht hat einer meiner Hörer ja was mitgekriegt oder hat 'nen Tipp.« Jeff zählte Geld auf den Tresen und ging.

»Ich frag mich, warum man Sie dafür hier braucht. Könnten wir auch selbst machen, was, Webster?«, meinte Paddy und grinste dabei.

Webster, der sich an einem Glas Orangensaft festhielt, warf einen scheuen Blick auf Shane, errötete und zuckte schüchtern die Schultern. Kate kam mit einer weiteren Fleischpastete für Paddy zurück.

»Hätte nichts dagegen. Ehrlich gesagt, gibt es aufregendere Orte«, antwortete Shane und trank den Rest seiner Cola.

Im Büro fand er eine Nachricht auf seinem Schreibtisch: Er solle den für die Region zuständigen Detective Philipp Russell in Charleville zurückrufen. Der Kollege hat sich also schließlich doch bequemt, sich mal zu melden, dachte Shane. Am anderen Ende der Leitung hörte er wenig später ein kurzes Brummen, dann erklang Russells monotone Stimme, die seinen Überdruss am Job verriet:

»Shane O'Connor? Ich hab die Nachricht, dass sich dieser Bauarbeiter, der den Unfug mit den Stromkabeln verzapft hat, vor einem Monat, am zweiundzwanzigsten September in Syndey vor die U-Bahn geworfen hat. Seine Frau hat ihn übrigens am Tag zuvor verlassen. Mit der dreijährigen Tochter.«

Shane erinnerte sich an jenen Abend vor drei Jahren, an dem Kim mit Pamela an der einen Hand und einem Koffer in der anderen ausgezogen war. Einen Monat später hatte sie die Scheidung eingereicht.

»Hallo? Sind Sie noch dran?«, fragte Philipp Russell.

»Ja, ja.«

»Das war's.«

»Moment, wir sollten ein Meeting veranstalten. Heute Abend«, schlug Shane vor.

»Heute Abend geht nicht.«

»Morgen.«

»Am Samstag?« Die Stimme klang empört.

»Genau. Am Samstag. Neun Uhr.« Shane legte auf. Philipp Russell schien genauso kooperativ wie Paddy Dunegal zu sein. Er versuchte, seine Wut herunterzuschlucken und sich auf den Fall zu konzentrieren. War der Tod des Bauarbeiters Zufall?

Webster kam zurück, schüttete Wasser in die Kaffeemaschine.

»Wie gefällt es Ihnen eigentlich hier?«, fragte Shane ihn.

Webster wurde rot; er zuckte die schmächtigen Schultern. Sein hellblaues Uniformhemd war mindestens eine Nummer zu groß. Es stand viereckig an den Schultern ab. »Ich hab es gern ruhig.« Er blinzelte mit seinen rotblonden Wimpern.

»Keine Freunde? Freundin?«

Rote Flammen bildeten sich an Websters pickligem Hals. Er lachte nervös. »Na, ja. Aber mir gefällt es hier.«

Shane wollte ihn nicht weiter quälen. Da war er wieder, dieser bohrende Gedanke, dass man ihn loswerden wollte. Coocooloora, das Ende seiner Karriere. Er würde hier verschimmeln – oder noch besser – vertrocknen oder irgendwann so fett wie Paddy und so gelangweilt wie Philipp Russell sein. Als Webster ihm eine Tasse Kaffee hinstellte, riss Shane sich wieder zusammen und machte sich an die Arbeit. Je zügiger er vorankam, desto schneller war er wieder in Brisbane.

Am Nachmittag quälte sich das Fax aus der Maschine, die als Prototyp des ersten Faxgerätes, das jemals erfunden wurde, durchgehen konnte.

»Sagen Sie nichts gegen die alte Matilda, funktioniert immer, ohne Mucken«, hatte Paddy auf Shanes herablassende Bemerkung erwidert. Warum er das Faxgerät Matilda, die Schreibmaschine Clara und die Kaffeemaschine Eleonore nannte, erklärte er nicht näher. Das Auto, der Computer und die Revolver hingegen waren in Paddys kleiner Welt männlich. Das Auto hieß Charlie, der Computer Robby und die Waffen Mickey. Sicher nannte Paddy seinen Schwanz Willy, dachte Shane.

Ob der Tod durch die Dekapitation eingetreten war, ließ sich leider nicht mehr feststellen, da es zu spät für Blutuntersuchungen war, schrieb Eliza Lee. Eine Verletzung setzte blitzschnell die Produktion und Wanderung von Leukozyten in Gang, die an der verletzten Stelle die eintretenden Bakterien angriffen. Wäre also im lebendigen Zustand die Dekapitation vorgenommen worden, hätten sich diese Leukozyten an den durchtrennten Gewebeteilen befunden. Der Tote war etwa fünfundvierzig Jahre alt, einsfünfundsiebzig bis einsachtundsiebzig groß und circa siebzig bis achtzig Kilo schwer. Der Kopf musste mit einem kräftigen

Schlag eines scharfen und schweren Gegenstandes, einer Axt womöglich, abgeschlagen worden sein. Nach dem Winkel der Knochenbeschädigung zu urteilen, war der Schlag direkt von oben durchgeführt worden. Offenbar hatte der Kopf also auf einer ebenen Fläche gelegen, als mit der Axt oder einem ähnlichen Gegenstand zugeschlagen worden war. Mit hoher Wahrscheinlichkeit war das Opfer gefesselt worden, nach dem Tod aber wieder losgebunden worden. Auffallend war ein alter Bruch des linken Waden- und Schienbeins – typisch für einen Beinbruch beim Skifahren, wie Eliza anmerkte.

Die Ergebnisse der DNA-Untersuchung würden noch eine Weile brauchen.

Bei der Leiche war nichts gefunden worden – keine Uhr, kein Ring, keine Gürtelschnalle, keine Schuhe –, nichts, was näher Auskunft über die Identität des Toten hätte geben können.

Sie hatte Röntgenaufnahmen gemacht, die gegebenenfalls mit vorhandenen verglichen werden konnten. Sofern es irgendeinen Anhaltspunkt dafür gab, um wen es sich überhaupt handelte. Eliza würde ihn selbstverständlich auf dem Laufenden halten und schickte ihm viele Grüße. Den letzten Satz hatte sie per Hand dazugeschrieben, was Shane wieder hoffen ließ.

Die Kollegen aus Charleville hatten ihre Proben und Filme nach Brisbane geschickt. Die Filme würden im Fotolabor des Police Headquarters entwickelt und weiterverarbeitet werden. Die Aufnahmen waren in einer Dreihundertsechzig-Grad-Rotation gemacht worden. Die Spezialisten in Brisbane würden die Fotos nebeneinander setzen und einscannen, sodass man virtuell den Fundort betreten und sich umschauen konnte.

Die Untersuchung der Finger- und Fußabdrücke war Sache der Kollegen in der Fingerprint-Abteilung. Sie würden ihre Ergebnisse mit Finger- und Fußabdrücken aus der nationalen, staatenweiten Datenbank vergleichen, um die Identität des Toten zu klären.

DNA-Untersuchungen und weitere chemische und biologische Analysen wurden im John Tonge Center, Brisbane durchgeführt, zu dem auch die Leichenhalle gehörte. Da die Leiche unbekleidet gewesen war und bisher noch keine Kleider gefunden worden waren, gab es auch von dieser Seite keine Anhaltspunkte, die zur Klärung der Identität beitragen konnten.

Aus der Forensik in Brisbane teilte man mit, dass der Unbekannte sicher nicht länger als ein halbes Jahr tot war. Nach den Berechnungen, die er unter Einbeziehung der klimatischen Bedingungen innerhalb dieses Zeitraums in dieser Region gemacht hatte, sei er ziemlich sicher, erklärte der zuständige Sergeant. »Wir haben Glück gehabt, dass der Körper vergraben war, sonst wäre wahrscheinlich nichts mehr übrig außer ein paar abgenagte Knochen in einem Umkreis von Kilometern«, fügte er hinzu.

Shane legte auf und trank seine siebte Tasse Kaffee. Vom Missing Persons Bureau forderte er eine Liste und Fotos aller im letzten halben Jahr in der Gegend zwischen Longreach, Charleville und Roma als vermisst gemeldeten männlichen Personen an.

Auf der Suche nach allen innerhalb des vergangenen Jahres begangenen Verbrechen in der Umgebung von Charleville und Coocooloora, durchforstete er die Datenbank.

Er fand Hauseinbrüche, Diebstähle im Supermarkt, Autodiebstähle, mehrere Einbrüche in den Bottleshop, Schlägereien, Delikte wie Körperverletzung, Fahrerflucht, Vergewaltigung – das Übliche.

Siebter Januar. Bewaffneter Raubüberfall auf die Tankstelle in der King Street, Charleville. Um einundzwanzig Uhr zehn zwang ein

Mann mit einem Messer den Angestellten an der Kasse, das Geld herauszugeben. Er hatte sein T-Shirt übers Gesicht gezogen, erbeutete achthundertzwanzig Dollar und verschwand dann in der Dunkelheit. Der Angestellte beschrieb den Täter folgendermaßen: ca. achtzehn Jahre alt, blondes Haar, ein Meter fünfundsechzig groß, schlank, mit weißem T-Shirt und dunklen langen Hosen. Möglicherweise Kaukasier.

Shane blätterte weiter, er wusste nicht, was er suchte. Irgendetwas, das einen Hinweis auf den Toten geben konnte. Irgendetwas.

Weitere Überfälle auf die Heinemann's Country Bakery, auf einen Elektronikladen in der Wills Street, auf E.W. Wilkinson's Schmuck- und Blumenladen, auf das China-Restaurant Ming Court und den Modeladen Pall Mall. Mehrere Selbstmorde, ein paar Messerstechereien und Schießereien, aber nichts, was Shane in irgendeiner Weise als einen Hinweis betrachten konnte. Dann aber berührte ihn etwas:

Am dreißigsten April, Suizid einer Frau namens Betty Williams, Teilaborigine, neununddreißig Jahre alt. Malerin, wohnhaft in Brisbane. Sie war auf Besuch bei ihrem Bruder Moodroo Graham. Der fand sie in einer mit blutigem Wasser überlaufenden Badewanne. Bevor sie sich die Pulsadern aufgeschnitten hatte, hatte sie einen Abschiedsbrief geschrieben. Die Kopie des Briefes lag bei den Akten. Die Handschrift hätte von einer Dreizehnjährigen stammen können:

Warum quälst du mich? Ich habe dir nichts getan. Wenn man um die Liebe gebracht wird, ist es aus.

Er schluckte, und sein Magen fühlte sich plötzlich an wie damals auf dem Schiff, als er seekrank geworden war.

»He, vertragen Sie die Luft hier nicht?« Paddy, der gerade hereinkam, starrte ihn an. »Ich sag Ihnen, es wird noch viel heißer, das ist erst der Anfang. Hier gibt es keine kühle Seebrise.«

Der aufsteigende Ärger bekämpfte wenigstens die Übelkeit. »Kannten Sie Betty Williams?«, fragte Shane.

»Wie kommen Sie denn auf die?« Paddy kratzte sich sein fellartiges Haar. »Na ja. Ist hier als Kind aufgewachsen, war lange weg und kam dann auf Besuch, um sich umzubringen.«

»Seltsam, oder?«

Paddy zuckte die Schultern. »Hab schon Seltsameres erlebt.« Er zog die Schublade auf, holte eine Tüte heraus.

»Ihr Bruder hat sie gefunden«, sagte Shane mehr zu sich selbst als zu Paddy.

»Versteh gar nicht, warum Sie sich dafür interessieren«, brummte Paddy mit vollem Mund, er hielt einen Donut in der Hand.

»Meine Schwester hat sich umgebracht«, erwiderte Shane, ohne dass er es gewollt hatte. »Hat sich in ihrem Abschiedsbrief für das schlechte Timing entschuldigt, weil sie es gerade an Weihnachten tat, den ›Green Dream‹ an Weihnachten träumte.«

Paddy hörte auf zu kauen und blickte zu Boden.

Bitte vergebt mir meinen miserablen Sinn für den richtigen Zeitpunkt, hatte sie geschrieben. Shane kannte die Worte auswendig. Ein Rest von dem grünen Zeug hatte noch in der Spritze geklebt, die in ihrer Vene gesteckt hatte. Nembutal, das man nahm, um Tiere einzuschläfern. Hatte es aus dem Giftschrank der Tierklinik mitgehen lassen. Sie war Tierärztin gewesen.

»Tut mir Leid«, brachte Paddy hervor und legte den angebissenen Donut zurück in die Tüte.

Wieso hatte er es Paddy gegenüber erwähnen müssen? Wollte er Mitleid? Verständnis? Zeigen, dass er doch nicht so ein harter Bursche war?

»Wollen Sie 'nen Rum?«, fragte Paddy plötzlich mit ungewohnt leiser Stimme. Ohne Shanes Antwort abzuwarten, öffnete er eine Schreibtischtür, nahm eine halb volle Anderthalb-Liter-Flasche Bundaberg Rum heraus, griff, ohne aufzustehen, zu den Gläsern, die neben den Tassen unter der Kaffeemaschine standen, und goss ein.

»Oft begreift man im Leben erst hinterher, was man verloren hat. Coke ist mir ausgegangen«, meinte Paddy. Es war das erste Mal, dass Shane einen kleinen Hauch von Sympathie für diesen fetten Polizisten empfand. Sie tranken den Rum pur, schweigend, dann verabschiedete sich Paddy, brummend wie immer.

Shane lehnte sich in seinem Schreibtischsessel zurück und hätte gern einen weiteren Rum getrunken. Heute Abend würde er nicht mehr viel in die Wege leiten können. Hoffentlich fand Eliza Lee endlich etwas Brauchbares heraus. Dieser Fall schien sich sonst irgendwo im Nebel zu verlieren. Er wollte sich gerade doch noch einen Rum genehmigen, als er bemerkte, dass Kathy McKenzie vom Missing Persons Bureau ihm eine Mail geschickt hatte.

Zwei Personen waren von ihren Angehörigen, die ebenfalls in Charleville lebten, als vermisst gemeldet worden. Wie es aussah, schien jedoch keine der Personen infrage zu kommen. Shane schickte eine Mail an Kathy und bat sie in einem weiteren Umkreis nach Vermissten zu suchen.

Alle achtzehn Minuten wurde in ganz Australien eine Person als vermisst gemeldet. Fünfunddreißigtausend Personen jährlich. Die Hälfte davon waren Jugendliche und jüngere Leute, die ausrissen, sich aus Abhängigkeiten befreiten, ein neues Leben oder überhaupt ihr Leben beginnen wollten. Und nicht immer wollten so genannte »Vermisste«, dass man sie wieder aufspürte.

Vielleicht war der Tote aber auch woanders ermordet und dann erst nach Coocooloora geschafft worden, dann stünde er nicht auf der Liste. Es könnte natürlich auch möglich sein, dass der Tote niemals als vermisst gemeldet worden war. Weil er weder Familie noch Freunde hatte, keinen Beruf, kein Bankkonto, keinen Wagen ... Doch an diese Möglichkeit wollte Shane nicht denken. Jetzt noch nicht.

Wer also war der Tote? Sein Gespür sagte ihm, dass hier einige Leute mehr wussten, als sie zugaben. Wie könnte er sie zum Sprechen bringen? Er spürte, dass sich der Fall noch eine Weile hinziehen würde. An ein Wochenende mit Eliza war also nicht im Entferntesten zu denken. Mit dem nächsten Telefonat ließ er sein Zimmer im Pub für eine Woche reservieren.

Andy

Andy war mit Brady zur Tankstelle gefahren, hatte aber nicht gewagt, ihn zu fragen, warum er in der letzten Nacht so seltsam wegen der Axt reagiert hatte. Brady müsste doch wissen, dass er, Andy, nicht so einer war, der in den Sachen anderer Leute herumschnüffelte. Dass Brady so etwas annahm, beleidigte ihn ein wenig. Aber er würde ja sowieso heute wegfahren, warum sollte er dann noch einen Freund verärgern?

Am Nachmittag würde er auf den Schwager des Tankstellenpächters warten, der in Lambina gewesen war. Danach würde er entscheiden, was er tun wollte. Allmählich machte er sich immer mehr Gedanken über sein Vorhaben. Am Anfang war alles noch so einfach gewesen. Er hatte sich zu Bernie ins Auto gesetzt und war losgefahren. Jetzt, gerade mal zweihundert Kilometer weiter, blieb er in einem langweiligen Kaff hängen und kam nicht mehr weg. Sein anfänglicher Mut hatte ihn verlassen, die Aufbruchstimmung war verpufft, eingeschlafen beim vielen Warten und verdorben durch die Geschichten anderer.

Seit zwei Tagen wartete er. Nein, eigentlich wartete er seit Jahren. Auf die Kommandos seines Vaters, auf einen Opal-Fund, auf den nächsten Tag, auf das Glück. Gestern hatte er auf den gewartet, der ihn mitnehmen sollte, und jetzt auf einen Schwager eines fremden Tankstellenpächters.

Andy schlenderte am Pub vorbei und überlegte, was wohl passieren würde, wenn er da noch einmal hineinging. Auf der anderen Seite sah er im Schaufenster des Lebensmittelladens Jo, die blonde Frau. Sie klebte Plakate mit Sonderangeboten auf die Scheibe. Einen Moment zögerte er, dann entschied er hineinzugehen. Er könnte ihr Auf Wiedersehen sagen. Andy winkte ihr zu, doch sie schien zu erschrecken. Dennoch ging er in den Laden. Die Türglocke bimmelte, und Jo stieg aus dem Schaufenster. Ihr Gesicht war rot, bemerkte er jetzt.

Die Vorstellung, dass sie geweint hatte, machte ihn verlegen.

»Wie geht's?«, fragte sie, seinem Blick ausweichend.

Er zuckte die Schultern.

»Ich dachte, du seist schon weg«, fuhr sie fort.

Er fing ihren Blick ein, hielt ihn fest. Ihre Augen brannten sich in seine Seele, machten ihn unsicher. Andy schüttelte den Kopf. »Man sagt, dass es keinen Sinn hat, nach Lambina zu gehen.«

»Was hat schon Sinn?« Sie sah ihn an, bis er sich losriss.

»Ja, dann ... Auf Wiedersehen«, erwiderte er und drehte sich um. Er drückte die Klinke hinunter, als ihn das Geräusch eines dumpfen Schlages lähmte. Für den Bruchteil einer Sekunde erkannte er in ihren Augen Panik, dann riss sie auch schon die Tür zum Büro auf und stürzte die Treppe hinauf. Andy stand an der Tür und wartete – auf irgendetwas.

Sie rief nicht, sie schrie. Und er rannte die Treppe hinauf, darauf gefasst, etwas unvorstellbar Schreckliches zu sehen.

Blut, aufgerissene Augen, Gedärme. Er stolperte über einen dicken Teppich, der den Boden des schmalen Flurs bedeckte, auf eine Tür zu, aus der rötliches Licht fiel. Jo stand vor zugezogenen, schweren beigefarbenen Vorhängen, die die Welt draußen ließen, hatte die Hände vors Gesicht geschlagen, unfähig, etwas zu tun.

Dann sah er ihn. Im Schlafanzug auf dem Teppichboden vor dem Bett, neben dem umgekippten Rollstuhl. Wie ein Fötus gekrümmt, bleich und dürr. Seine Augen weit und flehend. Zuerst dachte Andy wirklich, der Mann sei tot, und beugte sich über ihn, da bemerkte er, dass sich der Brustkorb hob und senkte.

»Er ist nicht tot«, sagte er. Er glaubte, sie zu beruhigen, stattdessen flüsterte sie:

»Ich weiß!« Dann fiel sie vor dem Mann auf die Knie, zupfte an einem der schlaffen Arme. »Er wollte ins Bett.« Sie zitterte und begann mit merkwürdig starren Händen über das Haar des Mannes zu streichen, als wäre es scharf oder spitz und würde das Fleisch ihrer Handflächen aufritzen.

Andy nahm die Sache in die Hand, er fühlte sich Jo zum ersten Mal überlegen. Der Wunsch, sie zu berühren, wurde übermächtig. Sie war so nah, ihr Gesicht neben seinem, nur wenige Zentimeter entfernt – ihrer beider Gesichter über dem ihres Mannes, über dessen um Hilfe flehenden Augen. Für einen Moment dachte er noch an Flucht, den Urinstinkt; er hätte sie jetzt mitgenommen. Warum sprach der Mann nicht? Konnte er nicht sprechen?

Andy schob den Rollstuhl zur Seite, griff mit einem Arm unter die Schultern, mit dem anderen Arm unter die Kniekehlen des Mannes, hob ihn hoch. Jos Mann fühlte sich starr wie ein Holzstuhl an. Andy legte ihn aufs Bett. Er war schwerer, als er aussah, Andy musste schnaufen. Sie deckte ihn zu. Pflichtbewusst, schuldbewusst. Sie sah ihrem Mann dabei nicht in die Augen. »Danke«, sagte sie zu Andy.

Im Hinausgehen fiel Andys Blick auf eine Fotografie. Auf dem Foto hatte der Mann seinen Arm um Jo gelegt. Langsam stieg Andy die Treppe hinunter, einen Hauch von Schuld mitnehmend.

Sie stand direkt hinter ihm, als er sich umdrehte. Ihre Hände umfassten sein Gesicht, zogen ihn zu ihrem Mund, ihre Lippen küssten seine. Wunderbar weiche, warme Lippen. Er verscheuchte das Bild des hilflosen Mannes aus seinem Hirn wie einen Schwarm Fliegen. Seine Mauern bröckelten, stürzten ein; er wusste plötzlich, dass es richtig war, hier zu bleiben, richtig gewesen war, seinen Vater zu verlassen, dachte, das Glück ist jetzt und hier, er würde es festhalten – da ließ sie ihn los, sah ihn an wie einen Verbündeten. Sie hatten jetzt ein Geheimnis.

»Hi!«

Andy drehte sich um. Neben ihm fuhr ein roter Pick-up, und aus dem Fahrerfenster blickte ein Mann, den er im Pub gesehen hatte.

»He, du wolltest doch nach Süden. Ich kann dich bis Charleville mitnehmen!«, rief der Mann.

Für einen Moment bewegte sich nichts mehr. Alles stand still, hörte auf zu atmen. Kein Geräusch drang zu Andy vor. Er wusste, dass er jetzt nur Ja sagen müsste, und er wäre frei. Frei von den Meinungen und Bedenken anderer, frei von ihr, frei, einfach das zu tun, was er für richtig hielt. Er müsste nur in dieses Auto steigen. Aber sie hatte ihn geküsst. Das hatte alles verändert. Und er hörte sich antworten: »Danke. Aber ich bleib noch 'n paar Tage.«

Der Mann zuckte mit den Schultern und gab Gas.

An der Ecke entdeckte Andy einen Videoshop.

Moodroo

Er musste in die Wüste. In den Sternenhimmel sehen. Die Milchstraße und die sieben Schwestern. Jetzt gleich. Konnte sie nicht mehr ertragen, die hässlichen Häuser mit ihren Fliegentüren und Gittern vor den Fenstern und den schäbigen Caravans in den Vorgärten und den zurechtgestutzten Bäumen. Brauchte sie sofort, die Stille, samtig wie ein Katzenfell. Die Stille, in der er wieder den Lizard hören konnte, wie dessen Füße und Leib über die Erde kratzten, Sandkristalle aneinander reibend. Vielleicht hatte er das Dreaming doch noch nicht ganz verlernt, das Wissen, wie alles zusammenhing, das Land und die Menschen und die Tiere und die Geschichten, die Songs. Die Ahnen riefen zum Inquest auf, zur Befragung nach der Schuld. Sie wollten den Schuldigen. Der Schuldige musste getötet werden. Er musste ihrem Ruf folgen.

In die Plastiktüte vom Lebensmittelladen warf er alle neun Bierdosen aus dem Kühlschrank und ging aus der Tür. Ohne Schlüssel und ohne Schuhe.

Andy

Er zog die mit Plakaten von amerikanischen Filmen zugeklebte Glastür auf. Es roch staubig. Hoffentlich hatten sie auch ein paar neuere Filme, dachte er. Der winzige Raum bestand aus Regalen, die mit Videokassetten voll gestopft waren, und einer hohen Theke an der dem Eingang gegenüberliegenden Wand. *The Siege* mit Bruce Willis hatten sie und auch alle *Stirb-langsam*-Filme und *Das fünfte Element* und

Das Mercury Puzzle und *Last Man standing.* Ob Brady und Mike einen Videorekorder hatten? Es rasselte, als das Mädchen den Vorhang aus Plastikstreifen vor dem Hinterraum zur Seite schob, an die Theke trat und ihn anstrahlte.

Das Erste, was ihm an ihr auffiel, waren ihre großen Brüste, die sich unter dem engen roten T-Shirt wie hochgezüchtete Birnen abzeichneten und sich in derselben Höhe wie die Theke befanden, sodass das Mädchen sie bequem dort ablegen könnte.

»Kann ich helfen?«, fragte sie und riss seinen Blick hoch zu ihrem Gesicht. Jetzt erst bemerkte er, dass sie sonst gewöhnlich aussah mit ihrer blassgrauen Haut, dem mittelbraunen, glatt herunterhängenden Haar. Fünfzehn oder sechzehn schätzte er sie; ihr Mund stand etwas vor, weil ihr Kinn zum Hals hin abfiel.

»Nein, ich sehe mich nur ein bisschen um, danke!«, antwortete Andy. Er drehte sich zu einem der Regale an der Wand und las die Titel auf den Videohüllen.

»Neu hier?«, wollte sie wissen.

Andy nickte, ihm fiel ihre piepsige Stimme auf, die so viele Mädchen hatten oder sich angewöhnten. »Auf der Durchreise.«

»Ah. Ist ja auch nichts Besonderes hier.« Sie machte eine wegwerfende Handbewegung und setzte rasch ein bedauerndes Lächeln auf. »Wo geht's hin?«, fragte sie weiter.

Gestern hätte er die Frage noch ohne Zweifel beantworten können.

»Der Lebensmittelladen da drüben ...« Er deutete durch das kleine, staubige Fenster auf die andere Straßenseite. »Ist nicht leicht für die Frau, was?« Jo war nicht mehr im Schaufenster zu sehen, stellte er fest.

In ihrem Blick bemerkte er Skepsis. Sie zog ihr enges T-Shirt straff – aus Verlegenheit oder wollte sie ihm mit ihren üppigen Körperformen imponieren?

»Jo Hill? Soll ich dir ein Geheimnis verraten?« Ihre Augen blitzten. Hatten sie nicht einen hinterhältigen Ausdruck?

Andy zuckte die Schultern, Gleichgültigkeit vortäuschend. Dabei brannten Jos Lippen noch immer auf seinen.

Sie beugte sich weit über die Theke und kam Andys Gesicht so nahe, dass er zurückwich. »Alle warten nur drauf zu sehen, mit wem sie's treibt! Und mit wem sie abhaut! Die ist ja zwanzig Jahre jünger als er. Und nicht aus der Gegend. Mit dem Leben hier kam sie auch vorher nicht klar. Vor dem Unfall ihres Mannes.« Sie stellte sich wieder gerade hin. »Aber ich habe kein Mitleid.« Ihr Ton war schnippisch. »Jeder hat eben sein Schicksal zu tragen. Wo wohnst du? Ich heiße übrigens Anne.« Sie lächelte und zeigte dabei große gelbe Zähne.

Doch Andy war schon an der Tür.

»He, und wie heißt du?«, rief sie ihm nach, aber er tat so, als hätte er die Frage nicht mehr gehört.

Was sollte das heißen, alle warten nur darauf zu sehen, mit wem sie's treibt? Hatte der Kuss ihr also nichts bedeutet?

Die dicken Äste loderten endlich auch. Das verbeulte Blech einer alten Kühlerhaube, das Brady als Windschutz hinter das Feuer gestellt hatte, reflektierte die orangegelben leckenden Zungen der Flammen. Andy stach mit dem Spaten ins Feuer, schaufelte die glühende Holzkohle heraus und legte sie auf den gusseisernen, fest verschlossenen Topf, den er einen halben Meter weiter in ein Erdloch gestellt hatte. Sorgfältig verteilte er die Glut um den Topf herum, hörte das Fleisch im Topf zischen.

»Lambina«, hatte der Schwager des Tankstellenpächters erzählt, »war der Reinfall meines Lebens. Ging mit 'n paar tausend Dollars hin, kam mit nichts zurück. Hat nur 'n paar Monate gedauert. Die haben mich sabotiert. Jeden Tag war was anderes an den verdammten Maschinen kaputt. Und nachts haben die von der Nebenmine in meine reingegraben und meine Mine ausgeraubt. Ich hatte nämlich wirklich was gefunden. Aber ich war zu blöd und hab nicht unten gepennt. Irgendwann musst du halt auch mal wieder an die frische Luft. Was willst du machen, wenn du allein bist? Die wollten meinen Claim. Haben sie schließlich auch gekriegt. Du bekommst sowieso keinen Claim mehr. Alles voll. Und neue sind nicht in Sicht. Das Land gehört den Abos, die verkaufen erst wieder was oder erteilen irgendeine Genehmigung, wenn sie Geld brauchen. Such dir was anderes, Lambina ist verlorene Zeit.«

Jetzt grillte Andy mit seinen Freunden vier Kilo Rinderfilet, das Brady während der Reparatur aus einem Kühlwagen gestohlen hatte. Sie hatten die Sessel und Schaukelstühle herunter in den Garten geschafft und um das Feuer gestellt. Zikaden zirpten, hin und wieder schrie ein Vogel auf. Am schwarzen Himmel leuchteten die Sterne.

»Wenn du so ein Moralapostel bist, musst du halt was anderes essen«, hatte Brady auf Andys Einwand hin erwidert. Er hatte dabei die Augen zu schmalen Schlitzen zusammengekniffen und sein Kinn vorgeschoben. Andy war wieder aufgefallen, wie verschlagen er aussah, und er hatte die Bedenken weggeschoben wie eine alte Truhe, die er nie wieder öffnen wollte. Endlich hatte er Freunde gefunden, Typen, die sich einfach nahmen, was sie wollten, und nicht wie er selbst ihr ganzes Leben mit Warten verbrachten. Vielleicht war ihre Art zu leben gar nicht so schlecht? Und was machte es schon, sich ein bisschen was zu essen zu nehmen?

»Wir sind ein Superteam!« Brady steckte sich ein Stück Fleisch in den Mund. Mike, der im Ohrensessel hing, nickte und kaute. Andy schnitt sich ein weiteres Stück Braten ab.

»Mike hat das Bier beschafft, ich das Steak, und Andy hat gut gekocht!«, fuhr Brady mit vollem Mund fort.

Als Brady erwähnte, dass Mike das Bier »besorgt« hätte, wurde Andy klar: Es war geklaut. Mike hatte keinen Job und klaute, was sie so zum Leben brauchten.

»Gib mir noch ein Stück von dem Fleisch!«, forderte Brady und hielt Andy den Teller hin. »Könnten doch mal wieder was unternehmen.« Andy säbelte ein Stück vom Braten ab.

»Super Idee!«, erwiderte Mike und schüttete Bier hinunter.

»Und du, was meinst du, Andy?« Brady kaute.

»Mhm«, machte Andy und nickte.

»Okay – und was tun wir?« Brady sah in die Runde.

»Könnten nach Eulo, in den Puff«, schlug Mike vor und pulte sich mit den Fingern ein Stück Fleisch aus den Zähnen.

Brady lachte, dass ihm beinahe das Essen aus dem Mund fiel. »He, Andy! Eulo, das musst du doch kennen!«

»Wieso?« Andy zuckte die Schultern.

Brady schlug Mike auf die Schenkel. »Ist das wahr? Unser Andy kennt Eulo nicht, die verfickte Hure von Eulo?«

Mike lachte genauso laut und schlug Brady ebenfalls auf die Schenkel. Wenn er, Andy, nicht schon ziemlich beschwipst gewesen wäre, hätte er darüber den Kopf geschüttelt. Doch so schüttelte er nur den Kopf, weil er tatsächlich noch nie etwas von dieser Hure gehört hatte.

»Also komm, klären wir unseren Freund mal auf!«, begann Brady und beugte sich vor.

»Ja, klären wir ihn mal auf«, wiederholte Mike wie ein Papagei.

»Also, da war 'ne Frau, 'ne verdammte Hure, genauer gesagt«, nuschelte Brady. Er hatte schon den starren Blick der Besoffenen.

»'ne Hure im Puff«, warf Mike ein. Brady nickte und fuhr fort:

»Genau, 'ne Hure im Puff in Eulo, und die war besonders scharf auf die verfickten Schwänze von Opalgräbern!«

»Und denen hat sie«, fiel Mike ihm ins Wort, doch Brady hielt ihm den Mund zu und redete selbst weiter:

»... denen hat sie die beschissenen Opale abgefickt. Die mussten mit Opalen bezahlen. Ist stinkreich dabei geworden.«

Mike kicherte und nickte unablässig, bis Brady ihm den Rest Bier aus der Flasche überschüttete und vor Lachen brüllte. Mike erstarrte sofort, und Andy fürchtete eine Schlägerei zwischen den besoffenen Brüdern. Doch dann fing Mike ebenfalls an, vor Lachen zu brüllen.

»Die Hure von Eulo – vielleicht hat die deinem Alten auch die Opale abgewichst, und der hat einfach nur behauptet, er hätte keine gefunden!« Brady schlug sich wieder auf die Schenkel, Mike grölte, und Andy verdrängte hastig sein schlechtes Gewissen, weil er seinen Vater nicht verteidigte.

»Und wann fahren wir?« Mike japste aufgeregt nach Luft.

Brady schüttelte den Kopf und lallte: »Mann, du weißt doch, dass so was 'n Haufen Kohle kostet! Und Opale haben wir ja nicht, stimmt's, Andy?«

Andy lachte. Er fühlte sich noch ein klein wenig nüchterner als die beiden anderen. »Nein, keine Opale.«

»Da hörst du es, Bruderherz, keinen einzigen verfickten Opal! Wir müssen uns andere Weiber suchen. Ach, an der Küste gibt es tolle Weiber!«, sprach er weiter.

»Wieso bist du dann noch hier?«, fragte Andy.

»Ach«, Brady verzog das Gesicht, zog seine Augen zu Schlitzen zusammen, »natürlich sind die süß. Rennen doch alle jeden Tag an den Strand! Kannte mal eine, die hatte vielleicht Titten!« Er beschrieb mit den Armen einen weit ausladenden Bogen. »Wie zwei reife Wassermelonen, da läuft dir das Wasser im Mund zusammen. Und erst die Beine!« Brady lachte, und Mike fiel in das Lachen mit ein.

»Sag schon, warum bist du nicht dort?«, beharrte Andy.

»Wo soll ich denn da wohnen, he? Hier hab ich 'n Haus, 'nen Job und 'n ruhiges Leben und ab und zu mal was mit der aus dem Videoshop. Und was glaubst du, was so eine von der Küste für Ansprüche hat? Nee, liegt mir nicht, die seh ich mir lieber von weitem an!« Dann fügte er noch hinzu: »Bis ich mal genug Kohle hab, dann hau ich hier vielleicht ab, geh an die Küste und kauf mir 'n Boot. So 'ne lange Yacht. Da laufen mir dann die Weiber nur so nach, und ich such mir die Schönste raus!« Er brüllte wieder vor Lachen und schlug sich auf die Schenkel. »Mike, Bier ist alle!«, rief er dann, und sein Bruder stand auf, um Nachschub aus dem Haus zu holen.

»Weißt du, Mike und ich sind froh, dass wir einen Freund haben. Es ist nicht leicht, Freunde zu finden.« Brady kaute an einem Stück Fleisch. »Man muss Vertrauen zueinander haben, damit man zusammen Gefahren überstehen kann. Mike und ich haben Vertrauen zueinander, weil wir Brüder sind. Okay, es gibt auch Brüder, die haben kein Vertrauen zueinander, aber wir haben es. Wir machen alles zusammen. Manche denken, wir sind Zwillingsbrüder, aber das stimmt nicht. Mike ist ein Jahr später geboren als ich. Und weißt du, das beste Gefühl im Leben ist, wenn man sich auf jemanden verlassen kann. Du verstehst, was ich meine. Dann kannst du jemandem vertrauen, blind, in jeder Situation, weißt du? Dann lässt er dich nicht im Stich, fällt dir nicht in den Rücken, egal, was ist. Weil er auf deiner Seite steht. Vielleicht versteht man den anderen nicht immer, aber man vertraut ihm, vertraut darauf, dass es schon richtig ist, was er macht. Verstehst du, was ich meine?« Brady war ganz nah an Andy gerückt, verlangte eine Antwort.

Andy fühlte sich plötzlich unwohl.

Brady legte eine Hand auf seine Schulter. Schwer und breit. Die Hand würde ihn niederdrücken, wenn er jetzt versuchte aufzustehen. »Verstehst du, was ich meine?«, wiederholte Brady flüsternd.

Andy nickte hastig. Er hätte gegen Brady keine Chance. Außerdem war Brady betrunken, und Betrunkene waren unberechenbar. »Klar, schon«, antwortete er schnell, »aber ...«

»Was aber?«, flüsterte Brady, und die Hand auf Andys Schulter wurde schwerer. »Was aber?«

»Ich meine ... ich meine, wenn ... wenn es nicht richtig ist, was der andere tut ...«

»Siehst du, genau das ist es, was ich gerade gesagt habe. Man vertraut darauf, dass der andere das Richtige tut. Er wird schon seine Gründe dafür haben.« Noch immer nahm Brady seine Hand nicht weg. »Du wirst es schon noch kennen lernen, dieses Gefühl, sich auf den anderen verlassen zu können, egal, was man tut!«

»Egal, was man tut?«, wiederholte Andy.

»Egal, was man tut«, sagte Brady und nahm endlich seine Hand von Andys Schulter.

Shane

Am Samstag frühstückte Shane wie die Tage zuvor in *Best's Coffeeshop.* Er genehmigte sich diesmal ein paar Eier und Speck zu Toast, Kaffee und Orangensaft, weil er glaubte, einen langen Tag vor sich zu haben. Nach dem Meeting in Charleville mit Detective Russell und Kollegen würde er sich ein wenig Spaß beim Pferderennen gönnen.

»Du verspielst dein ganzes verdammtes Gehalt«, hielt ihm Jack, sein Brisbaner Kollege, immer wieder vor. Aber Shane zuckte stets nur die Schultern und erklärte ihm, dass er sich ja sonst nichts gönnte. Urlaub hatte er seit der Scheidung nicht mehr gemacht, er fuhr einen Dienstwagen, sein Apartment zahlte er bis zu seinem sechzigsten Lebensjahr in kleinen Raten ab, und die Alimente für Pamela hielten sich in Grenzen. Also, warum sollte er sparen und sich den einzigen Spaß nicht gönnen? Es ging ihm ja noch nicht einmal ums Geld.

Schon um acht Uhr morgens flimmerte der schwarze Asphalt der Straße. Das verfluchte Auto, das ihm Paddy besorgt hatte, besaß noch nicht einmal einen Kassettenrekorder. Er schaltete das Radio ein, Jeffs Outback-Sender, etwas anderes schien man hier sowieso nicht empfangen zu können. Auch wenn er die Countrymusik nicht mochte – es war immerhin besser, als die einstündige Fahrt bis Charleville nur das Brummen des Motors zu hören oder Selbstgespräche führen zu müssen. Wenigstens funktionierte die Aircondition. Er stellte den Cruise-Schalter auf Tempo hundertzehn.

Gleichmäßig surrte der Wagen dahin. Nur ab und zu kam Shane ein anderes Fahrzeug entgegen. Mal ein Truck mit Rindern, mal ein Milchauto oder ein Lieferwagen, hin und wieder ein Nissan Patrol oder ein Toyota Landcruiser. Plötzlich dachte er, wenn er auf der einundsiebzig einfach weiterführe, wäre er morgen in Sydney, am Ozean. Am Wochenende fuhr er öfter an die Goldcoast, spielte ein bisschen im Casino in Surfers Paradise und betrank sich mit Lewis, einem Expolizisten, den sie vor drei Jahren zum Krüppel geschossen hatten und der seine hohe Versicherungssumme in ein Apartment in Broadbeach investiert hatte. Nachdem er nur noch auf einem Bein stand und Krücken brauchte, hatte ihn seine Frau verlassen. Seitdem saß er allein in seinem Dreihundertfünfzigtausend-Dollar-Apartment und soff sich das Hirn aus dem Schädel. Als Shane ihn das letzte Mal besucht hatte, war es schon schwerer geworden, sich mit ihm zu unterhalten. Er war aggressiver geworden, und seine Wohnung verkam. Manchmal, in seinen selbstkritischen Stunden, sah Shane sich selbst wie Lewis – als einsamen Alkoholiker in einem verwahrlosten Apartment. Dann beruhigte er sich mit der Tatsache, dass ja jede Woche Angie, seine Putzfrau, kam. Sie würde seine Wohnung in Ordnung halten und ihn finden, wenn er krepiert war.

Sogar durch die Scheibe konnte er spüren, wie die sengende Sonne die Rinde der Bäume beizte und die allerletzten Tropfen Feuchtigkeit aus den Blättern presste, während er im klimatisierten Schatten mit Radiosound durch die lebensfeindliche Trockenheit fuhr wie durch einen Safaripark.

Am oberen Rand des Seitenfensters entdeckte er ein paar riesige, graue Kängurus, die rasch wieder hinter den Büschen und Termitenhügeln verschwanden. Er wusste nicht, warum, aber er musste plötzlich an die Delfine denken, die er und Kim so gern beobachtet hatten, wenn sie das Wochenende an der Küste verbracht hatten. Kim liebte Delfine, und manchmal, wenn sie nahe genug am Strand entlangzogen, beeilte sie sich, ins Wasser zu kommen, und schwamm ihnen entgegen. Dabei warnte er sie immer wieder, dass man Delfine schon bei Vergewaltigungen beobachtet hätte – aber da lachte sie nur und wurde ein wenig rot.

Draußen war Mulgaland. Silbergraue, niedrige Büschel auf roter Erde. Mulga bedeckt zwanzig Prozent des australischen Kontinents. Gerade im unfruchtbarsten Gebiet findet man die höchste Dichte von Büschen. Indem sie die Nährstoffe tief aus der Erde ziehen und sie ihr wieder zurückgeben, wenn sie ihr Laub verlieren, funktionieren diese Pflanzen als Nährstoffpumpen. Das hatte ihm schon als Kind sein Vater erklärt, der ihn, Shane, lieber als Naturforscher gesehen hätte als als Polizisten, wie sich selbst. Die Produktivität dieser Pflanzen kann anhand der Menge des Laubfalls gemessen werden, der zwischen vierhundert Gramm pro hundert Quadratmetern und sechzig Kilogramm (nach einer Reihe von Jahren mit reichlich Regenfall) liegt. Ein Charakteristikum des Mulgalandes ist die Unzuverlässigkeit von Niederschlägen. Die nadelartigen Blätter sind vertikal aufgerichtet, um weniger Hitze aufzufangen – wie eine Person, die aufrecht steht und deren Beine weniger von der Sonne verbrannt werden als die Schultern, sagte Shanes Vater immer. Dank des hohen Ölanteils der Blätter und der kleinen Oberfläche reduziert sich der Verlust von Feuchtigkeit durch Verdunstung enorm. Außerdem vergrößert auch die silbrige blaugrüne Farbe der Blätter die Reflexion von Licht und Hitze. Die Form des Busches erinnert an einen Regenschirm, sodass das Wasser wieder in den Umkreis der Wurzeln geleitet werden kann. Es braucht schon eine ganz besondere Fähigkeit zur Anpassung, um dort draußen zu überleben ...

Gerade glaubte Shane, wieder ein Känguru zu sehen, als ihm auffiel, dass das Wesen nicht sprang und überhaupt eher menschliche Bewegungen vollführte. Er trat leicht auf die Bremse, die Landschaft glitt nun langsamer vorüber, und er konnte das Wesen genauer beobachten. Es war tatsächlich ein Mensch, ein Aborigine mit einem beigefarbenen Hemd, einer beigefarbenen Hose und einer Tüte, der barfuß über die heiße rote Erde stapfte wie andere Menschen durch eine Fußgängerzone. Shane drosselte weiter die Geschwindigkeit, fuhr nun fast parallel zu dem in der Ferne Wandernden. Er wusste selbst nicht, warum der Anblick ihn so erstaunte, ja irgendwie erschreckte. Schließlich drehte er die Musik lauter und drückte den rechten Fuß aufs Gaspedal, bis der Mensch hinter dem Rahmen des letzten Seitenfensters verschwunden war.

Ein Schwarm rosa-weißer Galah-Papageien flog von der Straße auf, viel zu spät für die Geschwindigkeit des Wagens. Reflexartig zog Shane den Kopf ein, als zwei der zuletzt auffliegenden Vögel gegen die Windschutzscheibe zu klatschen drohten. Doch sie hatten Glück. Sie entkamen dem Tod im letzten Moment.

Andy

Der Schrei gellte bis in seinen Schlaf. Er riss die Augen auf, stürzte auf die Veranda und sah in der Morgendämmerung, wie Mike mit nacktem Oberkörper und Boxershorts aus dem Haus rannte, einen schwarz glänzenden Revolver in der Hand, sein Gesicht zur Fratze verzerrt. Mike zielte, drückte ab, ein Knall – jetzt endlich erkannte Andy die braune sich windende Schlange; rotes Fleisch klaffte. Ein weiterer Knall und die unsichtbare Kugel riss eine neue Wunde in den braunschwarzen Schlangenkörper, schleuderte ihn hoch in die Luft, ließ ihn zucken wie unter Strom und dann schlaff zu Boden fallen. Mike schrie und ballerte eine Kugel nach der anderen auf die längst tote Schlange, bis das Magazin leer war und der Revolver nur noch ein metallisches »Klick« von sich gab. Dann griff er mit der bloßen Hand die zerfetzte, blutige Schlange und schlug sie mit weit ausholenden Bewegungen immer und immer wieder auf einen Ast, bis der Leib in Stücke fiel. Als Mike sich umdrehte, blickte Andy in dessen weit aufgerissene, leuchtende Augen. Aus seinem Mund troff schaumiger Speichel.

»Ich hab sie totgemacht. War 'ne Brownie. Ich wär tot gewesen, wenn die mich gebissen hätte. Oder Brady. Oder du.«

»Das hast du gut gemacht«, hörte Andy eine Stimme hinter sich.

Brady stand in der Verandatür. »Komm jetzt wieder rein.« Als Mike ins Haus trat, meinte Brady: »Setz dich auf die Veranda, ich mach uns Frühstück.«

»Ich musste sie töten.« Mike schlotterte, sein rotes Gesicht war plötzlich blass geworden. Und seine Augen erschienen Andy groß und ängstlich wie die eines gefangenen Kaninchens.

»Ja. Natürlich hast du sie töten müssen. Es war richtig. Jetzt setz dich da hin und ruh dich aus.« Brady schob seinen Bruder, dessen Blick irgendwo in weite Ferne gerichtet war, auf die Veranda, rückte einen der alten Schaukelstühle zurecht und drückte ihn hinein. »Pass auf ihn auf«, sagte er zu Andy, »ich geh in die Küche.«

Andy ließ sich in den anderen Schaukelstuhl fallen, stieß sich ab, schaukelte und beobachtete Mike, der starr in seinem Sessel saß.

Es war noch früh am Morgen. Gerade erst war die Sonne aufgegangen. Ihre Wärme ließ die Feuchtigkeit der Nacht langsam verdunsten. Gidgea-Bäume verströmten ihren beißenden Geruch. Zwei Coocaburras kreischten.

Mike atmetet hastig.

»Warum hast du so 'ne Angst vor Schlangen?«, fragte Andy schließlich.

Mike richtete seine geweiteten Augen auf ihn, schien ihn erst jetzt wahrzunehmen. Es dauerte einige Sekunden, bis er antwortete. Und dann sprach er ganz langsam: »Ich hab keine Angst.«

Andy blickte an ihm herunter. Sein nackter Oberkörper war sehr weiß, und seine Haut sah zart aus. Die Muskeln waren weit entwickelt, aber von einer Fettschicht umhüllt, sodass Mike nicht eigentlich sportlich aussah. Seine Kraft wurde festgehalten und gebändigt von dieser Schicht Fett, von den Kaninchenaugen und ... von Angst.

»Klar hast du Angst gehabt. Du hast ja jetzt noch Angst!« Andy lachte.

Mikes Augen verwandelten sich mit einem Mal in schmale Schlitze, wie Andy sie bei Brady bemerkt hatte, als er die Axt entdeckt hatte.

»Ich habe keine Angst. Merk dir das. Ich hab nie Angst. Nie und vor nichts! Frag doch Brady!« Seine Stimme war drohend. Und sein Gesicht wurde rot.

»He, jetzt raste nicht gleich aus, ist schon okay! Natürlich hast du vor nichts Angst.« Andy lachte immer noch. Mike kam ihm lächerlich vor. Wahrscheinlich war er sogar unterbelichtet, hatte 'ne Schraube locker, war behindert. Sicher, das hätte ihm ja gleich auffallen müssen! Er grinste Mike an, geringschätzig, verächtlich, wie er selbst spürte. Noch im selben Augenblick sprang Mike auf, warf sich mit seinem ganzen kompakten Körper auf Andy, riss ihn vom Schaukelstuhl auf die morschen Bretter der Veranda, griff in Andys Haare und schlug dessen Kopf mit aller Kraft auf den Boden.

Andy versuchte, sich aufzurichten, doch Mike auf ihm war so schwer, dass er trotz größter Kraftanstrengung den Rücken nur wenige Zentimeter vom Boden hochbekam, um gleich von Mike einen Schlag in den Magen verpasst zu bekommen, der ihn aufschreien ließ und ihm die Luft nahm, sodass er glaubte zu ersticken.

Doch in dem Moment wurde Mike von ihm geschleudert, und Andy blickte an gespreizten Beinen über sich hoch.

Drohend sah Brady auf ihn hinunter. »Merk dir eins, Kumpel. Du kannst jeden anderen verletzen und beleidigen. Ist mir scheißegal. Aber wenn du es mit meinem Bruder machst, bin ich sogar fähig, dich umzubringen. Kapiert?«

Andy nickte. Sein Kopf fühlte sich an wie Watte, schien nicht mehr Teil seines Körpers zu sein. Im Mund bemerkte er den metallischen Geschmack von Blut. Sein Magen krampfte sich zusammen.

Brady reichte ihm die Hand, half ihm aufzustehen und lächelte plötzlich. »So, jetzt gebt euch die Hand und vertragt euch wieder«, meinte er. Und Mike streckte Andy wie auf Kommando den Arm entgegen.

Andy blieb nichts anderes übrig, als einzuschlagen, das wusste er, sonst bekäme er es mit Brady zu tun. Mike lächelte sogar, als er Andys Hand drückte.

»Und jetzt gibt's was zu mampfen.« Brady verschwand und kehrte wenige Sekunden später mit einer Pfanne Eier und Speck und einer großen Kanne Kaffee zurück.

Shane

Nach einer Stunde Fahrt steuerte Shane den Wagen durch die Straßen Charlevilles. Am Ende der Hauptstraße erkannte er das Schild *Polizeistation.* Er parkte direkt vor dem Eingang neben einem blau-weißen Polizeiwagen und schloss den Wagen ab. Als Shane sich umsah, konnte er nur dicke Frauen sehen, mit und ohne Kinderwagen, schwarze und weiße. Manche schlurften eben mit Gummilatschen und langen, weiten T-Shirts, die über undefinierbaren Beinbekleidungen hingen, aus Läden auf die Straße. Andere gingen hinein oder vorüber. Als sie Shane sahen, starrten sie ihn an, ohne zu grüßen. Er erinnerte sich an Kates Warnung am vorigen Abend:

»An denen in Charleville beißen Sie sich die Zähne aus!«

Und mit einem »Na, dann mal viel Erfolg in Charleville!«, hatte sich Paddy von ihm verabschiedet, seltsam lächelnd, was Shane gleich stutzig gemacht hatte. Im Nachhinein erkannte er, dass Schadenfreude dahinter gesteckt hatte.

Das Dienstgebäude war etwas größer als das in Coocooloora, sah aber sonst exakt genauso aus. Shane lief die vier Stufen hinauf, immer zwei auf einmal nehmend.

Detective Philipp Russell, sicher zehn Jahre älter als Shane, ein kleiner, gedrungener, o-beiniger Mann mit kurz rasiertem Schädel und eng zusammenstehenden Knopfaugen, ließ einen abschätzenden Blick über Shane gleiten, als der ihm die Hand reichte.

»Sie haben sich ja schon gleich mit unserem Billy Henderson angelegt, hab ich gehört. Zum ersten Mal hier?« Philipp Russells Stimme klang gelangweilt, so, als hätte er diese Frage schon viel zu oft gestellt und wäre dabei immer wieder daran erinnert worden, wie lange er selbst schon hier ausharrte.

Shane nickte.

»Kannte 'nen Kollegen von Ihnen. Kevin Morrison«, sprach Russell weiter.

»Ja, er ist vor ein paar Jahren aus dem Dienst ausgeschieden«, erinnerte sich Shane. »Magengeschwüre.«

»Und von euch bekam er 'ne Postkarte und seine Frau 'nen Blumenstrauß, was?« Philipp Russell schüttelte den Kopf. »So ist das. Nach ein paar Jahren ist man vergessen. Es zahlt sich nicht aus, sich kaputtzumachen.« Russell seufzte und sah Shane nicht mehr an.

Es lag Shane auf der Zunge zu entgegnen, dass man so nicht denken dürfe – wie sähe es denn dann in der Welt aus, wenn jedem alles gleichgültig wäre? –, aber er sagte nichts. Er hatte Angst, dass er in zehn Jahren genauso denken würde.

»Das ist Senior Constable Andrew Cassidy«, erklärte Philipp Russell und wies auf einen Kollegen, der alle anderen um einen Kopf überragte. Dünn wie die aus Holz geschnitzten Mimis, die Geisterwesen der Aborigines, und blass, gehörte er offenbar zu den Menschen, die niemals auffallen wollen, aber allein wegen ihrer körperlichen Erscheinung dies stets tun.

»Nett, Sie kennen zu lernen, Detective«, meinte Andrew Cassidy und lächelte schüchtern.

»Und ich bin Laura. Laura Winter, die Sekretärin.« Eine rotbackige und kräftige, aber nicht wirklich dicke Frau in den Dreißigern strahlte ihn an. Nicht nur ihn. Sie strahlte jeden an und goss jedem Kaffee ein. Shane war froh, dass sie nicht sein Typ war.

Er setzte sich auf die Ecke einer Tischplatte, während die anderen auf Stühlen saßen oder wie Russell an der Wand lehnten. Shane fasste kurz die Fakten zusammen, erwähnte auch die Ähnlichkeiten mit dem Frauenmörder-Fall. Erinnerte an die achtundvierzigjährige Kassiererin bei Coles, die ihre Eltern übers Wochenende hatte besuchen wollen und bei Dalby eine Reifenpanne gehabt hatte, an die Dreiundvierzigjährige, die drei Kilometer vor Barcaldine aus dem Auto ihres Freundes ausgestiegen war, an die achtunddreißigjährige Frau, die man bei Tambo gefunden hatte, und schließlich an Jennifer Miller, zweiundvierzig, deren Leichnam in einem Creek bei Roma vergraben worden war und den Shane bei Howard auf dem Tisch hatte liegen sehen.

»Aber«, fuhr er fort, »wir haben es in Coocooloora mit einem männlichen Opfer zu tun. Die übliche Bauchverletzung wurde dem Toten nicht beigebracht, die Leiche wurde vergraben, was bei allen anderen Leichen, außer bei Jennifer Miller, nicht der Fall gewesen war – und dabei so vergraben, dass sie unter normalen Umständen niemals gefunden worden wäre. Wir sollten also von einem separaten Fall ausgehen. Vielleicht hat der Mörder, aus welchen Gründen auch immer, den Frauenkiller imitieren wollen, von dem man in jeder Zeitung liest und in jedem Fernsehkanal hört. Wer weiß? Wichtig ist für uns zunächst, die Identität des Toten zu klären. Daher brauche ich alle Informationen, die Sie auftreiben können.«

Shane sah in die Runde. Niemand sagte etwas. »Die Leiche wurde an einer Stelle vergraben, die entweder schon am nächsten Tag oder in den darauf folgenden Tagen mit einer Teerschicht versiegelt wurde«, fuhr er fort. »Frage: Warum hat der Täter den Toten ausgerechnet an dieser Stelle vergraben? Wusste er, dass dieser Platz geteert werden und die Leiche dann für immer verschwinden würde? Nächste Frage: Wer wusste davon?«

Philipp Russell antwortete mit besonders gelangweilter Stimme: »Jeder, der sich dafür interessierte. Spätestens als die Bauarbeiter anfingen, war es allgemein bekannt.«

Die anderen nickten.

»Stellen wir einen Zeitplan auf«, sprach Shane weiter. »Der Parkplatz wurde geteert am ...«, er sah auf seine Notizen, »am Donnerstag, den dritten Mai. Der Tote muss also vor dem dritten Mai dort vergraben worden sein. Die Forensik teilte mir mit, dass der Todeszeitpunkt ungefähr ein halbes Jahr zurückliegt. Das kann sechs Monate heißen oder sieben, acht oder neun oder fünf. Fünf Monate können wir aber ausschließen, da zu diesem Zeitpunkt bereits der Parkplatz geteert war. Definitiv letzter Todeszeitpunkt kann also nur der zweite Mai sein. Die Arbeiten begannen, wie mir die Baufirma mitteilte, am siebenundzwanzigsten April. Die Arbeitszeiten der beiden Bauarbeiter: sieben Uhr dreißig bis vier oder fünf Uhr. Wenn der Tote während der Bauarbeiten dort vergraben wurde, musste das also zwischen fünf Uhr am Nachmittag und sieben Uhr morgens passiert sein. Allerdings schliefen die Arbeiter in einem Bauwagen direkt an der Baustelle. Sie hätten also Geräusche hören können. Das Risiko für den Täter wäre meiner Meinung nach zu groß gewesen. Ich gehe deshalb davon aus, dass der Tote vor dem siebenundzwanzigsten April dort vergraben wurde. Was meinen Sie?«

Alle nickten – bis auf Webster, der ebenfalls an der Besprechung teilnahm und der rot angelaufen war.

»Sind Sie anderer Meinung, Webster?«, fragte Shane ihn.

Webster wurde dunkelrot, auf seinem Hals bildeten sich rote Flammen. »Am Sonntag, den dreißigsten April wurde das Rugby-Spiel zwischen Broncos und der Mannschaft aus Sydney ausgetragen. Vielleicht waren die Arbeiter danach im Pub.«

Niemand antwortete. Shane starrte ihn an und wunderte sich, dass er den pickligen Jungen unterschätzt hatte.

»Nicht schlecht. Kriegen Sie raus, wo die Jungs an diesem Tag waren. Kate weiß es vielleicht. Ansonsten möchte ich, dass wir eine umfangreiche Befragung durchführen, um die Identität des Toten zu klären.«

»Vergessen Sie nicht die Presse. Womöglich erinnert sich jemand an etwas Auffälliges«, brummte Philipp Russell.

»Gut. Übernehmen Sie das bitte. Außerdem brauche ich eine Zusammenfassung über die Aktivitäten der Aborigines wegen des angestrebten Native Title.«

»Was hat das denn mit dem Mord zu tun?«, fuhr Philipp Russell auf.

»Haben Sie vergessen, dass es wegen des Geländes, auf dem der Tote gefunden wurde, Auseinandersetzungen mit den Aborigines gab?« Shane machte sich nicht die Mühe, Philipp Russell anzulächeln, weder freundlich noch hochmütig.

»Warum hat man nur Sie hergeschickt?«, fragte Philipp Russell da auch schon, und Shane hörte den herausfordernden Ton in Russells sonst so monotoner Stimme.

»Weil niemand in Brisbane zu entbehren ist«, entgegnete er schnell, um keine weiteren Fragen aufkommen zu lassen. Er hoffte nur, dass sich die Sache mit der Schlägerei nicht bis hierher verbreitete. Dann wäre er geliefert. Wer hätte dann noch Respekt vor ihm, wenn sie erführen, dass man ihn abgeschoben hatte? Nach anderthalb Stunden beendete er die Besprechung und war froh, dass wenigstens das kleine Vergnügen des Pferderennens auf ihn wartete.

Andy

Andy rauchte einen Joint, und Bradys Hinterkopf vor ihm sah aus wie ein haariger Luftballon. Da musste er lachen. Mike drehte sich um, auch ein haariger Ballon mit einer nackten Seite und einer Nase. Ein Luftballon mit einer

Nase. Andy lachte, trank Bier aus der Dose. »Schon mal in Charleville gewesen?« Bradys Frage von heute Morgen schwirrte ihm durchs Hirn und seine, Andys, Antwort: »Nein.« Das musste ein paar Stunden her sein. Er fühlte sich unheimlich gut, da auf dem Rücksitz, unterwegs mit Freunden. Als er die Augen schloss, war er plötzlich im Camp. Wind wehte. Der feine Sand setzte sich in jede Pore. Mit der Augenflüssigkeit vermischte er sich zu einer zementartigen Masse, die die Augenwinkel verstopfte, Zunge und Zähne anfühlen ließ, als wären sie mit einem staubigen Kaninchenfell überzogen, und die Lunge eines jeden Lebewesens von innen her versteinerte – ganz langsam, Atemzug für Atemzug.

Er saß oben im Führerhaus des Baggers, wie jeden Tag, acht Stunden. Rammte die Schaufel immer wieder in die Erde und spielte das Siegfried-Spiel. Die Baggerschaufel war dann der gefräßige Drache, der über die aufgegrabenen Löcher kreiste, plötzlich auf den harten Boden wie auf Beute hinabstieß, rasend und brüllend in die Erde biss, an der lehmigen Erde zerrte wie am blutigen Fleisch eines Feindes. Wenn er den Hebel umlegte, ließ das eiserne Gebiss widerwillig von seiner Beute ab, gab besiegt die herausgerissene Erde auf dem großen Erdhügel frei.

Oder er war ein ehemaliger Raumschiffkommandant, sah aus wie Bruce Willis, der auf einen fremden Planeten verbannt wurde und dort mit anderen Gefangenen schuften und Uran abbauen musste. Natürlich wurde er der Anführer der Rebellen, die ein Raumschiff kaperten und ins Weltall flohen. Von dort ließen sie den verhassten Gefängnisplaneten explodieren. Manchmal aber stellte er sich auch vor, dass er auf einen rot glimmenden, riesigen Kristall stieß, der das ewige Licht der Menschen wäre. Andy war sich nicht sicher, ob er eine besonders blühende Fantasie hatte. Auch sein Vater hatte seine Welten. Andy wusste nicht, was er gedacht hatte, wenn er dauernd die Erde betrachtet, Gesteinsbrocken aufgeschlagen oder einfach nur dagestanden hatte. Plötzlich hatte er angefangen, von irgendetwas zu reden, was für Andy keinen Sinn ergeben hatte. Andy hatte schon lange nicht mehr richtig zugehört. Schließlich hatte sein Vater ihm auch nicht zugehört.

»Ist das nicht 'n netter Laden? So klein und so abgelegen«, hörte er Brady sagen. Andy rappelte sich auf, sah aus dem Seitenfenster. Sah Häuser, Autos. War das Charleville?

Zuerst nahm Andy an, dass sie einkaufen wollten, doch als Brady den Wagen an dem winzigen Bottleshop vorbei und in die nächste Seitenstraße steuerte und parkte, fragte er sich, was sie hier wollten. Als Brady unter dem Sitz eine schwarze Strickmütze hervorzog, wünschte er, er wäre nicht mitgekommen.

»Bin gleich wieder da.« Brady drehte sich zu Andy um, zwinkerte ihm zu. »Oder willst du gehen?«, fragte er und hielt plötzlich den kleinen, schwarz glänzenden Revolver in der Hand, mit dem Mike noch am Morgen auf die Schlange geschossen hatte.

Andy schüttelte den Kopf. Wenn er wenigstens noch klar denken könnte. Wie viele Joints hatte er geraucht? Wie viel Bier getrunken? Er konnte sich nicht mehr erinnern. Warum auch, eigentlich war es egal, genauso, wie es egal war, dass er hier im Auto saß. Alles scheißegal. Durch den Schleier seiner Wimpern sah er Brady aussteigen, Mike rutschte hinters Steuer, trommelte mit den Fingern aufs Lenkrad – zu einer Musik, die Andy nicht hörte.

Irgendwann wurde die Beifahrertür aufgerissen. Andy schob mühsam die Augenlider hoch.

»He, alles klar. Los, fahr los, langsam.« Brady, dieser haarige Luftballon, drehte sich wieder nach hinten um und zog unter seinem Pulli zwei Anderthalb-Liter Flaschen Bundaberg Rum hervor.

»Und zum Wetten?«, fragte Mike, während er losfuhr.

Brady grinste, griff in die Hosentasche und wedelte mit einem Bündel Geldnoten.

Shane

Shane parkte vor der Rennbahn, dem Warrego Racing Cours. Schon von weitem erkannte er zwischen den Menschengruppen den langen Jeff Patterson mit dem Pferdegesicht, und als er näher kam, fielen ihm wieder dessen schlauchartige Adern am Hals und an den sehnigen Armen auf. Die Hitze schien jedes Gramm Bindegewebe ausgetrocknet zu haben.

»Hallo, Shane, hätte nicht gedacht, dass Sie kommen!«, rief Jeff, als er Shane entdeckte.

»Haben Sie geglaubt, ich könnte was Besseres vorhaben?«

»Ehrlich gesagt, ja.« Jeff lachte, zündete sich eine Marlboro an. »Und, was sagen Sie zu unserer Allwetter-Pferderennbahn! Wir sind mächtig stolz drauf. So was finden Sie in der ganzen Gegend nicht! Sie sollten am siebzehnten Juli, am Matilda Highway Race Day, oder im November beim Charleville-Cup da sein, da ist hier was los, kann ich Ihnen sagen.«

»Na, wenn die Ermittlungen sich weiterhin in dem Tempo dahinschleppen, werd ich den Cup im November sicher nicht verpassen.« Bis dahin waren es noch zwei Monate ...

»Ich hab übrigens im Outback-Radio über den Fall berichtet und um nähere Hinweise gebeten. An mich oder an die Polizei in Coocooloora. Bis jetzt hat allerdings bei mir noch keiner angerufen. Morgen werde ich es noch mal bringen«, fügte Jeff hinzu.

»Danke. Wer ist denn hier der Favorit?«

»Oh, kommen Sie, schauen wir uns die Pferdchen mal näher an.«

Hinter dem Zaun führten die Betreuer die Pferde auf und ab.

»Was halten Sie von der Nummer drei?«, fragte Shane, während er den schwarzen Hengst mit der kräftigen Hinterhand und dem gereckten Hals beobachtete.

»Hm. Wird von Tim trainiert«, meinte Jeff und lehnte sich gegen den Zaun. »Der muss auch da sein. Ich seh ihn gerade nicht, aber er ist da. Tim ist 'n alter Hase, hat immer zwei, drei Pferde laufen, mischt immer ein bisschen mit, aber nie ganz vorn.«

»Die Vier hat lange Schritte«, stellte Shane fest.

»Ja, sieht ganz gut aus. Warten Sie, die Vier ... Misty Might ... Na ja, könnte man wagen. Die Wetten stehen eins zu acht. Wollen Sie auch noch ein Bier?«, fragte Jeff.

Es dauerte nur zwei Sekunden, bis Shane Ja sagte. Wenn sie ihn schon degradierten, durfte er auch wieder trinken, fand er. Es war ja nur ein Bier.

Jeff kam mit dem Bier zurück, Shane trank und setzte zwanzig Dollar auf Sieg von Misty Might.

»Na, wenn Sie gewinnen, müssen Sie mich auf was einladen!«, bemerkte Jeff.

Shane lachte, dann blickte er sich um. »Kennen Sie die meisten Leute hier?«, wollte er wissen.

»Klar, wenn man wie ich schon fünfundzwanzig Jahre hier lebt, bleibt das nicht aus. Der da drüben ist übrigens Billy Hendersons Vater Ian, Sie wissen schon: der Mann, dem das Land mit dem Parkplatz gehört. Ist Vorsitzender der Historical Society, sozusagen das Gedächtnis der Stadt.«

Schon war Jeff zu dem stattlichen älteren Herrn Anfang siebzig getreten, der einen hohen, steifen Akubra und ein gut gebügeltes beigefarbenes Hemd über einer grauen Hose trug, unter der Boots hervorsahen. »Tag, Ian.«

»Hi, Jeff, wie läuft's?«, erwiderte Ian Henderson, ein hagerer, schlaksiger Mann, aus dessen faltigem Gesicht eine energische Nase ragte. Er kniff trotz des Schatten spendenden hohen und makellos sauberen Hutes die Augen zusammen.

»Nicht zu schlecht. Das ist übrigens Detective Shane O'Connor aus Brisbane.«

Shane streckte ihm die Hand entgegen, die Ian Henderson überraschend lasch drückte.

»Mein Sohn Billy hat ja schon Ihre Bekanntschaft gemacht. In Coocooloora bleibt nichts geheim.«

Shane erwartete ein Lächeln, aber Ian lächelte nicht. »Ja, dann kann mir ja sicher bald jemand verraten, wer der Tote ist und wer ihn umgebracht hat«, entgegnete er, ebenfalls ohne zu lächeln.

»Tja, ich denke, das war jemand von außerhalb, das hat alles nichts mit uns zu tun. Was meinst du, Jeff?«

Der Radio-Journalist bleckte sein Pferdegebiss. »Dafür möchte ich nicht meine Hand ins Feuer legen, Ian!«

»Wie auch immer, ich muss mal rüber zu den Jockeys. Bis dann! Nett, Sie kennen gelernt zu haben, Shane.« Ian tippte mit einem Finger an seinen Hut. Shane sah ihm nach, wie er mit weit ausgreifenden Schritten in der Menge verschwand.

»Ian hatte hier eine große Schlachterei. Als die Preise gefallen sind, hat er verkauft. Das ist schon viele Jahre her. Hat 'n Haus an der Küste, aber ich glaube, er hält sich mehr hier als dort auf. War ein guter Freund von Alfred Morgan, einem großen Farmer der Gegend. Der alte Morgan ist vor ein paar Jahren gestorben. Sein Sohn John hat die Farm übernommen. Donald, der andere Sohn, sitzt in Brisbane. Ist Politiker.« Jeff reckte den Hals. »Donald ist heute sicher nicht da, den hab ich schon seit Jahren nicht mehr gesehen, aber John ist öfter hier. Wenn er sich mal 'ne Pause gönnt. Ist 'n richtiges Arbeitstier. Es gehört schon allerhand dazu, eine Farm am Laufen zu halten. Meine Mutter wollte immer eine Farm haben, aber mein Vater meinte, das sei nichts für ihn. Die große Verantwortung für die Tiere ... Stellen Sie sich vor, Sie haben sieben Jahre lang Dürre, und ein Rindvieh nach dem anderen stirbt, ohne dass Sie was dagegen tun können. Oder betrachten Sie die Preise! Mit Schafen können Sie heute kein Geld mehr machen. Einige Leute hier sind deswegen schon ganz schön in die Knie gegangen.«

Der Startschuss knallte.

»Dieser Typ da oben, das ist der Einzige weit und breit, der kein Fernglas braucht. Der hat so gute Augen, dass er jedes Pferd aus der Entfernung erkennen kann. Dabei ist er schon über sechzig«, erklärte Jeff und zeigte auf den Kommentator oben in seinem Turm. Einen unförmigen Riesen mit fliehendem Kinn, neuem, hohem Akubra und einer lächerlich bunten, kurzen, breiten Krawatte über dem gestreiften Halbärmelhemd.

»Altersweitsichtigkeit. Cheers«, meinte Shane.

»Und Southern Cross vor Shadow Prince.« Die Stimme des Kommentators wurde im Rhythmus des Galopps schneller, begann sich schließlich zu überschlagen. »Dann Misty Might vor Bold County, All or Nothing vor Bourbon Rose, Misty Might kommt von innen, jetzt vor Shadow Prince – Southern Cross vor Misty Might, All or Nothing vor Shadow Prince, Misty Might gegen Southern Cross, Bold County auf Platz drei, gefolgt von All or Nothing, Shadow Prince fällt weiter zurück ...« Die Pferde stoben an ihnen vorbei, die schreiend bunt gekleideten Jockeys standen in den Steigbügeln.

»Misty Might jetzt vorn, Misty Might, Bold County, Southern Cross, All or Nothing geht außen vorbei, holt auf ... Misty Might, Misty Might geht durchs Ziel, dann Bold County, All or Nothing, Shadow Prince, Bourbon Rose. Das war ein Rennen!«

»Gratuliere! Ihr Misty Might hat gewonnen«, stellte Jeff fest.

»Warum haben Sie nicht gesetzt?«, fragte Shane und warf die leere Bierflasche in den zwei Meter entfernt stehenden Mülleimer.

»Ach, hab zurzeit 'ne Pechsträhne!« Jeff verzog den Mund, und seine papierene Haut schien zu knistern. »Trau meinem Gefühl nicht mehr. Und dann mach ich's erst recht falsch. Ist mir mit Aktien passiert und mit den Frauen auch. Hier hat einer vor ein paar Monaten ein paar Dollars auf eine alte Mähre gesetzt und dreitausend Dollar gewonnen! Ist seitdem nicht mehr aufgetaucht.«

»Und wie hieß dieser Junge?«

Jeff zuckte die Schultern und grinste dann. »Oh, Shane, ich sehe die kleinen Zahnrädchen in Ihrem Kopf rotieren – könnte das der Tote sein? Mord aus Habgier? Hab ich Recht? Ist doch eines der stärksten menschlichen Motive, oder? Außer Eifersucht!«

»Ich könnte noch einen Assistenten gebrauchen!«, bemerkte Shane. »Wollen Sie nicht bei mir anfangen?«

Jeff schob Shane nach rechts. »Das ist John Morgan.« Vor ihnen stand ein Schrank von einem Mann, größer als Jeff, mit breiten Schultern wie ein Rugbyspieler und einem Lächeln wie amerikanische Schauspieler in ihren besten Jahren. Shane schätzte ihn auf Ende vierzig, graues Haar, weiße Zähne, markantes Kinn, blaue Augen – die meisten Frauen würden vor ihm auf die Knie sinken, dachte Shane.

»Hi, John, das ist ...«, begann Jeff, doch der Farmer fiel ihm ins Wort.

»Detective Shane O'Connor? Richtig? Hab schon von Ihnen gehört!« Er schüttelte Shane die Hand. Sein Händedruck war fest, und Shane bemühte sich, dagegenzuhalten. Er musste zu John aufsehen. Morgan trug Blue Jeans und eine dicke Gürtelschnalle, glänzende Boots und ein gebügeltes weißes Hemd, dessen Ärmel er aufgekrempelt hatte, sodass seine muskulösen, blond behaarten Unterarme zur Geltung kamen. »Wenn Sie sich für Rinder interessieren, kommen Sie mal rüber zu uns. Wir mustern in den nächsten Tagen, treiben das Vieh zusammen. Sind ein paar verdammt prächtige Exemplare dabei!«

»Danke, aber ehrlich gesagt interessieren mich Rinder erst als Steaks«, antwortete Shane, und John lachte laut.

»Sie sind zwar aus der Stadt, aber wenigstens kein verdammter Vegetarier! Wie viel zahlen Sie beim Metzger in der Stadt für ein gutes Filet?«

»Ich weiß nicht, meistens geh ich essen.«

»Ha, Shane, nicht verheiratet, was? Also, kommen Sie mal vorbei. Ich bin sicher, wir können Ihnen klar machen, dass dieser Tote hier nichts mit uns zu tun hat, was, Jeff?« Doch Jeff antwortete nicht. John fuhr fort: »War ein verdammt dummer Zufall. Aber wenn noch nicht mal jemandem aufgefallen ist, dass der Mann verschwunden ist, frag ich mich, was der für ein verdammtes Leben geführt haben muss? Also, wenn ich plötzlich verschwinde, vermissen mich sicher zwanzig Leute!«

»Dann können Sie ja beruhigt sein!«, erwiderte Shane.

John stutzte einen Moment und lachte dann wieder. Dabei zeigte er seine weißen Zähne. »Sie haben Humor, Shane, das gefällt mir.« Mit den Worten tauchte er wieder in der Menge unter.

»Sehen Sie, da hinten!« Jeff zeigte auf eine blonde hoch gewachsene Frau mit gebräunter Haut und aufrechter Haltung. »Das ist seine Frau. Eine exzellente Reiterin. Hat früher Preise im Campdrafting gewonnen.«

Shane unterdrückte sexuelle Wünsche und seufzte stattdessen.

Jeff lachte. »Tja, vielleicht finden Sie ja 'nen Grund, sie zu verhören.«

Shane beobachtete die Frau, wie sie ihrem Gesprächspartner, einem kleinen Dicken mit flachem Hut, ein bezauberndes Lächeln schenkte.

»Wofür denn sonst als für die Menschen soll man sich auch hier interessieren, wenn man mit Rindern und Schafen nichts anfangen kann, hab ich Recht?«

Shane nickte. »Wissen Sie, Jeff, um ehrlich zu sein, weiß ich überhaupt nicht, wo ich anfangen soll zu ermitteln.«

»Da beneide ich Sie nicht. Aber um Ihren Sieg! Vergessen Sie nicht, Ihren Gewinn abzuholen.«

Shane schlenderte mit den Händen in den Taschen zum Wettschalter. Er fühlte sich gut, wenn er gewann. Jetzt müsste Eliza Lee auftauchen. Er wäre genau in der richtigen Stimmung. Da bemerkte er nur ein paar Meter vor sich an der Bar John Morgans Frau. Der Gewinn konnte einen Moment warten, dachte Shane und drängelte sich durch die Menge zur Bar. »Mrs. Morgan?«

Die Frau drehte sich um, ihre gebräunte Haut glänzte vor Schweiß ein wenig feucht. Sie sah ihn mit offenem Blick an.

Er beneidete John Morgan. Wie er dieses einsame Leben hasste! »Shane O'Connor, Detective«, stellte er sich vor.

»Wenn Sie Lust haben, kommen Sie doch mal zu uns raus. Reiten Sie?«, fragte sie. Ohne Hintergedanken, fand er. Und außerdem sagte sie *uns* und nicht: Kommen Sie *mich* besuchen.

»Reiten hab ich verlernt. Aber ich überleg es mir. Noch viel Spaß heute ... Haben Sie schon was gewonnen?«

Sie lachte. »Nein. Ich wette nie.«

»Ja dann, alles Gute.« Shane ging endlich zum Wettschalter, holte hundertsechzig Dollar Gewinn ab und setzte fünfzig Dollar auf ein Pferd namens Black Lightning. Eine Viertelstunde später ging Black Lightning als Erster durchs Ziel, und Shane wusste, dass er gerade zweihundert Dollar gewonnen hatte.

»Das reicht wohl nicht ganz für 'ne Schlagzeile, aber für 'n Lunch im *Corones*«, meinte Jeff, und als er seine Hände in die Taschen steckte, fiel Shane wieder auf, wie sehnig sie waren.

Kaum saß Jeff auf dem Beifahrersitz in Shanes Wagen, schaltete er das Radio ein und rutschte so tief in den Sitz, als würde er nicht die nächsten fünf Minuten, sondern die nächsten fünf Stunden im Auto sitzen. Seine langen Beine stießen ans Armaturenbrett.

»Funktioniert nicht«, erklärte Shane. »Gibt sowieso nur zwei Sender. Ihren und noch einen. Machen Sie um Himmels willen dieses Ding wieder aus. Singen Sie mir lieber was vor.«

»Singen? Ich? Wissen Sie überhaupt, was Sie da so leichtfertig sagen? Fahren Sie geradeaus, die Hunter Street runter.«

Shane bog in die Straße ein.

»Ich hab tatsächlich mal gesungen. Im Kirchenchor. Ich war nämlich sehr religiös. Katholisch. Meine Mutter bestand darauf. Und darauf, dass ich in den Kirchenchor eintrat.«

»Okay, dann wohl doch lieber das Radio.«

»Ach, jetzt ist sowieso Simon dran. Wenn ich auf Sendung wäre, würd ich einschalten.« Er lachte und fuhr gleich darauf fort: »Der Murweh Shire Council hat zehn Millionen Dollar in Charleville investiert. Da staunen Sie, was? Sechs Komma sieben Millionen für den Schlachthof, eins Komma sieben Millionen für das neue *Mulga Country Motor Inn* auf dem Matilda Highway, zwei Millionen für das Department of Natural Resources und für den Wiederaufbau des RSL, des Veteranen-Clubs. Hat übrigens siebenhundert Mitglieder. Wenn Sie Spesen sparen wollen: Da gibt es ein Mittagessen für zwei Dollar.«

»Und das überlebt man?«

»Sehen Sie mich an.«

»Na ja, also eher nicht.«

»Jetzt links in die Parry Street. Außerdem gibt es ein Observatorium.«

»Ist ja 'n echtes Touristen-Eldorado, Ihr Charleville!«, murmelte Shane.

»Glauben Sie nur nicht, ich falle auf Ihre falschen Schmeicheleien herein. Ihr von der Küste habt eben keine Ahnung, was es bedeutet, hier draußen zu leben.«

»Genau diese Sprüche, Jeff, sind es, die mir Ihren verdammten Busch verleiden. Ständig müsst Ihr betonen, wie besonders euer Leben ist.«

»Okay, Shane, abgemacht, kein Wort mehr über unsere Fähigkeiten zu überleben, unsere sternklaren Nächte, unsere schönen Frauen ...«

»He, Jeff, hören Sie auf damit, sonst lass ich mich hier nieder und kauf mir 'ne Farm.«

»Muss nicht das schlechteste Leben sein. Hier rechts, in die Wills Street! Da drüben übrigens, das ist das Cobb & Co. Denkmal, wenn Sie mir noch den kleinen historischen Vermerk erlauben, Shane.«

»Ist schon recht.«

»Wussten Sie, dass die hier die Kutschen für das heiße, trockene Klima gebaut haben? Zuerst haben sie sie nämlich an Ihrer Küste, in Brisbane, gefertigt und mussten dann feststellen, dass das Holz in der Trockenheit im Südwesten platzte, weil es zu feucht war. War eben Tropenholz! Tja, und da haben sie beschlossen, hier 'ne Fabrik hinzusetzen. Stand bis in die Zwanzigerjahre, bis es Autos gab, und später ist sie abgebrannt.

»Wollen Sie damit andeuten, dass es den Menschen wie den Kutschen gehen wird? Wer hier nicht geboren ist, geht unter?«

»Das haben Sie gesagt! Ich habe das jetzt wirklich vollkommen ohne Hintergedanken erzählt.«

»Sie und ohne Hintergedanken. Das glaub ich Ihnen nicht!«

»Rechts in die Wills Street. Hier ist übrigens auch meine Arbeitsstelle.«

»Da haben Sie es ja nicht weit auf ein Bierchen!«

Der Himmel war weiß vor Hitze, als sie aus dem gekühlten Auto stiegen. Heißer Wüstenwind wehte lautlos durch die Straßen, jedes Tröpfchen Feuchtigkeit dabei aufsaugend. Die Zeit höchster Brandgefahr.

Sie betraten das pompöse Gebäude und setzten sich an die Bar. Ein paar Männer kannten Jeff, nickten ihm zu, schläfrig von Hitze und Bier.

»Na, gefällt es Ihnen? Ist im Stil der Zwanziger- und Dreißigerjahre restauriert worden«, erklärte Jeff.

»Also, hier hätt ich lieber ein Zimmer als in Coocooloora.«

»Aber in Coocooloora sparen Sie Spesen!«

»Denken Sie immer so?«

»Nein. Ich bekomme keine Spesen! Zwei Bier vom Fass. Wenn Sie 'nen Happen essen wollen, tun Sie sich keinen Zwang an.«

»Und Sie? Sie sehen eher so aus, als fielen Sie bald vom Fleisch.«

»Ach, ich war schon immer so dünn. Aber ich hab es nicht so mit dem Essen. Nehm die Nahrung lieber flüssig zu mir. Meatpie können Sie bestellen.«

»Ich hasse Meatpie. Ich nehm die Chops«, entschied Shane. »Ist der Schnee da echt?« Er war aufgestanden und betrachtete die Fotos an den Wänden.

»Wo?«

»Da auf dem Foto.«

»Ach, nein, das sind Hagelkörner. Im Sommer haben wir hier öfter mal Gewitter, Hagel- und Windstürme. Neunzehnhundertsiebenundvierzig gab es einen verrückten Sturm.

Am dreiundzwanzigsten November um drei Uhr nachmittags kamen große grüne Sturmwolken von Nordwesten auf die Stadt zu. Die Leute dachten, es gäbe einen normalen Sturm. Zuerst kam eine große Staubwolke mit Windstößen, dann fiel der Hagel mit enormem Lärm auf die Blechdächer, neunzehn Minuten lang ging er runter. Größer als Golfbälle waren die Hagelkörner. Das berichten zumindest diejenigen, die es wagten, aus dem Fenster zu sehen. Die Hagelkörner haben wie Kanonenkugeln Fenster und Dächer durchschlagen. Viele Haustiere und Ziegen sind umgekommen. Vierhundert Hühner sind allein auf einer Geflügelfarm erschlagen worden, Pflanzen, Bäume – alles kaputt. Dreißig Zentimeter soll die Schicht Hagelkörner gewesen sein, die Stadt sah aus wie auf 'ner Weihnachtskarte, abgesehen von den Zerstörungen. Glaser und Dachdecker konnten sich 'ne goldene Nase verdienen. Und dann haben sie das Eis genommen, um ihr Bier zu kühlen.«

Shane starrte auf eines der Fotos.

»Ja, das ist 'n schönes Foto. Die kleinen Schwarzen seh'n lieb aus«, erklärte Jeff mit dem Bier in der Hand. »Das ist übrigens da, wo die Leiche verbuddelt war.«

»Dann stehen die Kinder hier auf dem heutigen Parkplatz.«

»Exakt. Der da lebt noch.« Jeff zeigte auf einen kleinen Jungen, der ein Spielzeug aus Blech in der Hand hielt, das mit Draht zusammengebunden war. Er hatte traurige schwarze Augen.

»Moodroo. Wohnt auch immer noch in Coocooloora. Steht meistens am Pub rum. Seine Schwester kam vor kurzem mit einem Journalisten her. Der wollte ein Buch über sie schreiben. Na ja, er ist bei Nacht und Nebel mit 'ner anderen abgehauen, und sie hat sich die Pulsadern aufgeschnitten.« Er nahm einen Schluck Bier, »wie das eben so geht im Leben.«

»Sprechen Sie von Betty Williams?«

»Ja? Kennen Sie sie?«

»Hab zufällig ihre Akte gelesen.« Shane wusste nicht, warum ihn dieser Fall so verfolgte. Das ist eben dein Thema, hätte Kim jetzt gesagt, das hast du noch nicht verarbeitet.

Warum quälst du mich? Ich habe dir nichts getan.

Wenn man um die Liebe gebracht wird, ist es aus.

Er kannte noch den Wortlaut des Abschiedsbriefs.

Jeff zeigte auf das Foto daneben. Zwei Arbeiter auf altmodisch anmutenden Bulldozern lachten ins Objektiv des Fotografen. »Da hat man gedacht, hier gibt es Bodenschätze. Tja, wenn sie was gefunden hätten, wäre Coocooloora jetzt so was wie Broken Hill. Oh, Ihre Chops sind da. Hab ich Ihnen schon erzählt, dass meine Mutter in einer Wurstfabrik arbeitete? Jeden Tag gab es bei uns Wurst und Fleisch, und deshalb kann ich heut das Zeug nicht mehr sehen.«

Jemand sagte: »*Miller's Bottleshop* haben sie heute Morgen überfallen. Und keiner hat was beobachtet. Der arme Miller sieht doch sowieso so schlecht.«

Shane aß weiter. Das war nicht sein Revier. Plötzlich fiel ihm etwas ein: »Ach, Jeff, können Sie mir erklären, warum Billy Henderson nicht gut auf die Morgans zu sprechen ist? Er hat eine alte Geschichte erwähnt.«

Jeffs Mundwinkel zuckten. »Nein«, antwortete er ungewöhnlich knapp, »da habe ich keine Ahnung.«

Auf der Rückfahrt nach Coocooloora musste Shane an den Aborigine denken, der mit einer Tüte in der Hand durch die rote Wüste gewandert war.

Moodroo

Einst war die Erde flach und ohne besondere Gestalt, und es gab keine Blumen, keine Nahrung, keine Menschen. Dann irgendwann, irgendwie aus der Erde oder aus dem Meer, kamen die Schöpfer. Sie wanderten über den Rand der Erde, oder sie stiegen vom Himmel hinab und berieten, was existieren sollte. Wo sie gruben, sprangen Bäche aus der Erde, und dort, wo sie urinierten, flossen Flüsse. Die Schöpfer waren veränderlich in ihrer Gestalt. Manchmal waren sie Menschen, ein andermal Tiere, manchmal männlich, dann wieder weiblich, und sie erschufen alles. Sie schufen den Menschen und die anderen Kreaturen, sie verwandelten sich gegenseitig in Bäume und Gebirge. Sie schleuderten einen von ihnen in den Himmel, der dort zum Mond wurde, oder sie formten eine Frau und warfen sie hoch, um die Süßkartoffeln zu ernten, die dort als Sterne strahlten. Alles auf der Erde, alles, was wuchs, alles, was sich bewegte, und alle Form war von diesen Wesen erschaffen worden. Sie bestimmten Gesetze für Menschen und Tiere und die Zeremonien, die jeder Stamm befolgen musste. Und schließlich verschwanden sie, manchmal, indem sie sich selbst in geheiligte Dinge verwandelten, manchmal, indem sie in der Oberfläche eines Steins versanken und einen Abdruck hinterließen, den die Menschen sehen konnten und mit Farbe nachzeichneten.

Moodroo wanderte über das Land, barfuß, mit einer Tüte voller Bierdosen, und lächelte, wenn er auf einem Felsen den Fußabdruck eines Vorfahren erkannte.

Lange bevor die Weißen kamen, führte ihr Weg hier vorbei. Der Weg der Ahnen. Vom Känguruberg hinunter zwischen den Steinen des alten Kakadus hindurch, bis zum Wasser. Die Welt haben die Ahnen gemacht und sind zu den Felsen und zu Flüssen geworden.

Früher spielte er unten in dem Fluss mit den anderen Kindern. Und die Mütter und Tanten fischten. Manchmal sammelten sie auch Wurzeln und Knollen und Beeren und Blätter.

Als die weißen Männer mit ihren Bulldozern kamen, kehrten die Frauen mit den Kindern gerade zurück vom Buschnahrung-Sammeln.

Die Männer mit den großen Hüten und roten Gesichtern brauchten nicht lange. Mit ihren riesigen, brüllenden Ungetümen walzten sie die Hütten in die rote Erde. Dann war nichts mehr übrig, was an das Leben seiner Familie erinnerte. Die Frauen sahen zu und hielten die Kinder fest. Was hätten sie auch tun sollen? Ihre Männer waren auf der Jagd. Oder arbeiteten auf den Stations der Weißen als Viehtreiber. Sie kamen nur manchmal nach Hause. Die Frauen waren froh, dass die Weißen mit den Maschinen ihnen wenigstens nicht die Kinder wegnahmen. Den schwarzen Frauen nahmen sie die Kinder weg, die hellere Haut hatten. Sie sagten, das seien Mischlinge, und sie sollten aufwachsen und erzogen werden wie Weiße. Aber sie logen. Es sollte keine gleiche Schulbildung geben. Die Jungen wurden Viehtreiber bei den Weißen und die Mädchen Dienstmädchen. Er war froh, dass er ganz schwarz war, obwohl Lily, seine Mutter, hellere Haut gehabt hatte. Aber sein Vater war schwarz gewesen. Besser ganz das eine oder ganz das andere – und nichts dazwischen. Da gab es nur Probleme. Er hatte einen Auftrag.

Shane

Um sieben Uhr abends rollte sein Wagen endlich vor der Polizeistation in Coocooloora ein. Rasch nahm er die fünf Stufen. Er rechnete damit, dass er eine Stunde brauchen würde, um seinen Tagesbericht zu schreiben, und wunderte sich, als er Paddy am Schreibtisch sitzen sah.

»Haben Sie heute etwa auch Dienst?«, fragte Shane und schaltete den Computer an.

Paddy knurrte etwas Unverständliches.

Shane richtete seinen Ordner und die Datei ein. »Wissen Sie, wer neulich die dreitausend Dollar bei der Pferdewette in Charleville gewonnen hat?«

Paddy zuckte die Schultern.

»Na, kommen Sie, Paddy, ich denke, Sie kennen hier jeden!«

»Na ja, die meisten kenn ich auch. Also«, er kratzte sich am Kopf, »soweit ich weiß, war das ein Schafscherer aus Augathella, Herb ... Herb Richards heißt er.«

»Wissen Sie, ob er noch lebt?«

»Herb?« Paddy lachte ein donnerndes Lachen. »Den hab ich letzte Woche im Pub gesehen. Da war er noch quietschfidel, hat seine Bierchen gekippt und ist brav mit seinem Frauchen nach Hause gefahren.«

Es wäre auch zu einfach gewesen, dachte Shane, wenn sich Herb als der unbekannte Tote herausgestellt hätte.

»Sind Sie eigentlich hier aufgewachsen? Können Sie sich an den großen Hagelsturm erinnern?«

»Klar kann ich mich daran erinnern. Vergisst man wohl sein Leben nicht. Neunzehnhundertsiebenundvierzig. Ich wär beinahe draufgegangen. War mit John unterwegs.«

»John Morgan?« Shane sah ihn wieder vor sich, den amerikanischen Schauspieler in seinen besten Jahren mit den makellosen weißen Zähnen.

»Genau der.« Shane bemerkte Paddys Stolz. »Wir haben uns in 'ner Höhle von Aborigines verkrochen.« Er lachte tief und schüttelte den Kopf, war wohl ganz in der Erinnerung versunken. »Meine Mum hat Ängste ausgestanden, bis ich endlich wieder zu Hause war. Kniehoch lag der Hagel auf der Erde.«

Jetzt ist der richtige Moment, dachte Shane und sagte: »Paddy, was wird hier gespielt?«

Paddy stutzte. »Wie meinen Sie das?«

»Warum hat Billy Henderson so seltsam reagiert, als Sie die Morgans erwähnten?«

»Hat er das?« Die kleinen Augen starrten ihn an.

»Was meinte er mit ›alten Geschichten‹? Paddy, wenn ich eins ganz sicher nicht vertragen kann, dann ist es das, wenn jemand ernsthaft glaubt, er könnte mich verarschen.«

»Aber ich weiß beim besten Willen nicht, was ...«

»Billy Henderson und die Morgans ...«, fiel Shane Paddy ins Wort.

»Ach, das ist irgendeine alte Geschichte, wie Billy schon gesagt hat.« Paddy winkte mit seiner dicken Pranke ab. »Außerdem hat das was mit Billys Vater Ian zu tun. Das muss Sie gar nicht interessieren.«

»Paddy, was mich interessiert und was nicht, das entscheide ich immer noch selbst.«

»Ich weiß beim besten Willen nicht, was da passiert ist, irgendeine Frauengeschichte. Na ja, wie es halt immer kommt: Zwei Freunde verlieben sich in ein- und dieselbe Frau und bekriegen sich seitdem.« Paddy hatte kapituliert. Seine Arme hingen von den runden Schultern herab wie zu schwere Keulen.

»Also, der alte Ian Henderson und der alte Morgan haben sich in dieselbe Frau verliebt? Und wer war das?«

»Ich weiß wirklich nicht, warum Sie sich da festbeißen wie ein Hund an einem Gummiring.«

»Das ist das Einzige, was er hat, dieser Hund. Werfen Sie ihm ein Stück Fleisch hin, und er gibt Ruhe.«

Paddy starrte Shane an, als hätte er sich gerade tatsächlich in einen knurrenden, hungrigen Hund verwandelt.

»Kommen Sie, Paddy, packen Sie aus.«

»Ich weiß nichts«, brachte Paddy schließlich hervor, nahm seinen Hut vom Regal und stapfte aus der Tür.

Wahrscheinlich war es Sentimentalität, gestand Shane sich ein, die ihn dazu brachte, sich noch einmal die Akte von Betty Williams anzusehen. Malerin sei sie gewesen, erinnerte er sich. Die Fotos zeigten den mit T-Shirt und Shorts bekleideten Körper einer Frau in einer Badewanne, deren blutig gefärbtes Wasser über den Badewannenrand lief. Der Wasserhahn, so stand im Bericht, war nicht zugedreht gewesen. Das Wasser war über den Boden gelaufen und hatte sogar in der Küche gestanden. Wieso hatte sie das Wasser nicht abgedreht?

Auf dem nächsten Foto waren die aufgeschnittenen Handgelenke zu erkennen. In der Spüle in der Küche hatte sich laut Bericht eine Pfanne mit angebrannten Rühreiern befunden, auf der Ablage schmutziges Geschirr, der Abschiedsbrief, eine Schüssel mit Hackfleisch und ein zusammengeknülltes Geschirrhandtuch mit Hackfleischresten und Blutflecken. Im Protokoll stand, dass ihr Bruder Moodroo sie gefunden hatte. Shane hatte sich schon öfter vorgestellt, wie es gewesen wäre, wenn damals er anstelle der Putzfrau seine tote Schwester Christina gefunden hätte. Er sollte aufhören, sich mit diesem Selbstmord zu befassen. Doch irgendwie hatte er das Gefühl, dass damit etwas nicht stimmte. Was für ein Buch sollte über Betty Williams geschrieben werden? Sie war Teil-Aborigine. Gab es hier eine Wahrheit zu verstecken? Selbst wenn – was sollte das alles mit dem Toten ohne Kopf zu tun haben?

Andy

Als er wieder nüchtern war, wurde ihm klar, dass er in etwas hineingeraten war, in das er nicht hatte hineingeraten wollen.

Zurück in Coocooloora ließ er sich am Café absetzen und sah dem Ford Falcon von Brady und Mike nach, wie er mit brüllendem Auspuff über die Hauptstraße davonschoss. Andy brauchte Zeit zum Nachdenken.

Mit großen Schritten eilte er über die Straße und betrat *Best's Coffeeshop* durch die Schwingtür. Eine Neonröhre erhellte den großen Raum, saugte aus den Gesichtern jegliche Farbe. Hier hatte man schon lange nicht mehr renoviert, oder besser, hier hatte man noch nie renoviert, seitdem das Café wahrscheinlich vor zwanzig Jahren eröffnet worden war. Die Wände waren vergilbt, der Kunststoffbelag der Tische abgeplatzt, über den beiden langen Tresen die Speisekarte. Hamburger, Cheeseburger, Steakburger, Toasts, Salate, Pommes frites – das Übliche. Wie der Geruch: nach Bratfett. Die eine der beiden sich ähnelnden Frauen hinter der Theke (vermutlich war es die Tochter) nahm die Bestellungen auf und kassierte, während die Mutter die Sandwiches belegte und Pommes frites ins zischende Fett tauchte. Drei der fünf Tische waren besetzt.

Andy erkannte die Frau mit den Leggins und dem Kinderwagen wieder, die ihn vor ein paar Tagen beinahe umgefahren hätte. Sie hatte jetzt den Kinderwagen neben sich, schaukelte ihn mit der einen Hand, in der anderen Hand ein dickes Sandwich. Ein jüngeres Pärchen starrte wie hypnotisiert auf den Fernseher über der Theke, während ihr Kind schokoladeverschmiert unter dem Tisch herumrobbte. Niemand schien von dem Überfall auf Miller's Bottleshop in Charleville Notiz genommen zu haben. Im Moment wusste Andy nicht, ob er darüber erleichtert oder bestürzt sein sollte.

Er bestellte einen Kaffee und eine Fleischpastete, die, in Plastik verpackt, auf der Theke lag, setzte sich an einen Tisch in der Ecke und verbrannte sich am heißen Kaffee die Zunge. Die ältere der beiden Frauen hinter der Theke erinnerte ihn an seine Mutter. Als sein Vater kein Opal gefunden hatte, hatte sie auch in einem Café Zwiebeln schneiden, Hamburger belegen und Hackfleisch braten müssen. Wenn sie abends nach Hause gekommen war, hatte sie Hamburger mitgebracht. An den Geschmack erinnerte er sich nicht mehr, aber an den Geruch. An den Geruch seiner Mutter nach Bratfett. Ob sie wirklich inzwischen eine Bed & Breakfast-Pension hatte? Vielleicht schrieb sie es auch nur, um nicht zugeben zu müssen, nichts erreicht zu haben. Um nicht zugeben zu müssen, besser nie weggegangen zu sein. Er hatte ihr Gesicht vergessen. Vielleicht würde er auch bald das Gesicht seines Vaters vergessen. Sicher würde er es vergessen. Eigentlich erinnerte er sich schon jetzt kaum noch daran. Er hatte ihn nie richtig angesehen. Ob sein Vater auch ihn vergessen würde? Wie es ihm jetzt wohl ging? Ob es im Camp Regen gegeben hatte? Hatte er genug zu essen? Genug Diesel für den Generator? Er kannte sich nicht richtig mit dem alten Caterpillar aus, das hatte er immer Andy überlassen. Was war, wenn er sich verletzt hatte? Vielleicht sollte er zurückfahren und nachsehen, wie es ihm ging. Er könnte ja dann wieder hierher zurückkommen. Aber wie stünde er dann vor seinem Vater da? Der hätte wieder Recht gehabt, dass es Unsinn war wegzugehen, und er hätte seine Bestätigung, dass Andy ohne ihn nicht zurechtkam. Er hätte endgültig gegen ihn verloren. Nein, er konnte nicht mehr zurück.

Fast die ganze Straße konnte er von seinem Platz aus beobachten, den Pub, den Videoshop. Nur den Lebensmittelladen konnte er nicht sehen, weil der sich auf derselben Seite wie der Coffeeshop befand. Was tat *sie* gerade? Dachte sie noch an ihn? Warum hatte sie ihn geküsst?

»Ist das nicht schrecklich?«, sagte die jüngere der beiden Frauen zu Andy, während sie den Nebentisch abräumte. »Das da mit dem Frauenkiller!« Sie zeigte zum Fernseher. Fotos von vier Frauen erschienen auf dem Bildschirm. »Und jetzt noch bei uns dieser Tote! Vielleicht bringt er nun auch Männer um. Einfach jeden!« Sie flüsterte plötzlich: »Vielleicht ist er ja unter uns!« Dann drehte sie sich um und ging.

Für Horrorgeschichten hatte Andy sich noch nie interessiert. Er sollte zusehen, dass er wegkam. Morgen, sagte er sich, morgen würde er gehen.

Als er aus dem Café kam, war die Sonne gerade untergegangen. Noch immer regnete es nicht. Vielleicht würde es auch überhaupt nicht regnen, weder heute noch morgen noch übermorgen. Wenn jetzt ein Auto anhielt, würde er einfach einsteigen und mitfahren, egal, wohin. Doch die Stadt war wie ausgestorben.

Shane

Heute ist aber nicht viel los!«, stellte Shane fest, als er die Tür zum Pub aufstieß und in einen leeren Raum blickte. Doch die Musik plärrte aus den Lautsprechern, als wäre der Laden zum Bersten voll. Als Kate ihn bemerkte, drehte sie die Musik leiser und zapfte ein Bier.

»Ich hab es manchmal gern laut. Besonders wenn nix los ist. Die sind alle in Augathella drüben, da machen sie einmal im Monat 'n größeren Abend im Pub.« Sie hatte getrunken. Ihre Augen waren glasig, und ihre Zunge kam nicht ganz so schnell mit den Worten nach.

»Da verpass ich ja was!«, erwiderte Shane und griff zum Bier.

»Ich glaub, darauf können Sie gern verzichten. Ist nicht so wie bei Ihnen in der Stadt, Discos und was es da alles so gibt.«

Shane lachte. »Seh ich aus, als ginge ich in die Disco?«

Sie musterte ihn von oben bis unten und grinste dabei zweideutig. »Also, Sie können sich doch sehen lassen! Bei Ihrer Figur und Ihrem Aussehen können Sie sich vor Angeboten doch kaum retten, hab ich Recht? Jetzt weiß ich auch, warum man Sie hierher geschickt hat! Damit Sie mal ruhig gestellt sind!« Sie prustete los.

Er lachte und dachte, dass sie damit ins Schwarze getroffen hatte.

»Noch 'n Bier?«

»Nur wenn Sie eins mit mir trinken.«

Sie lächelte anzüglich, wie er bemerkte, wechselte das leere gegen ein volles Glas aus. Vielleicht bekam er so etwas aus ihr heraus.

»Erinnern Sie sich an das Rugby-Spiel zwischen Broncos und ... verdammt, jetzt hab ich die andere Mannschaft vergessen. Jedenfalls war's am dreißigsten April?«

»Oh, Jesus, brauch ich jetzt 'n Alibi?«

Shane lachte. »Nein. Ich würde gern wissen, ob Sie sich an die zwei Bauarbeiter erinnern, die den Parkplatz geteert haben.«

»Ja, ja, an die erinnere ich mich schon. Einer war ziemlich knackig!« Sie lachte, und ihre schlechten Zähne kamen zum Vorschein.

»Waren die beiden an dem Abend hier?«

»Herrje ...« Sie schien sich zu bemühen, sich zu erinnern. Schließlich schüttelte sie den Kopf. »Also, nein, beim besten Willen nicht. Ich interessiere mich nicht für Rugby.« Sie beugte sich über die Theke und fügte in vertraulichem und anzüglichem Ton hinzu: »Das sind doch alles Fleischklöße. Ich hab lieber die Schlankeren!« Sie lachte wieder. Und Shane lachte auch, um ihr Vertrauen nicht zu verlieren.

»Das Stück Land, das Billy Henderson gekauft hat – darauf haben tatsächlich die Aborigines Anspruch erhoben?«, fragte er, um wieder zum Thema zu kommen.

Sie wrang einen Lappen aus und begann das Spülbecken zu polieren, zapfte dann ihm und sich selbst ein weiteres Bier. »Niemand hat mehr davon geredet, bis diese dumme Leiche dort gefunden wurde! Da kommt doch alles wieder hoch.« Sie trank und leckte mit der Zunge den Schaum von den Lippen.

»Was?«

»Na, das mit der Vergangenheit und so. Aber, ich sag Ihnen, dieses ganze Gerede von der Reconciliation, der so genannten Versöhnung zwischen Weißen und Schwarzen, das bringt doch alles nur böses Blut. Man sollte endlich mal 'n Strich unter alles zieh'n.« Sie kam hinter der Theke hervor, um einen Tisch abzuräumen, auf dem noch Geschirr stand. »Wissen Sie«, fuhr sie fort und stapelte die Teller übereinander, auf denen noch ein paar Pommes und Soße übrig geblieben waren, »'ne richtige Aussöhnung kann's ja nie geben. Die kommen mit unserem Leben nicht zurecht – und wir nicht mit ihrem!« Sie zuckte mit den Schultern, nahm vom Nebentisch den Aschenbecher mit und ging zurück hinter den Tresen. »Ich will mit denen nix zu schaffen haben! Hab mal 'ne Schlägerei erlebt«, begann sie, wieder hinter der Theke, ihrer Festung, »da hat es beinahe einen Toten gegeben. Und das war mein Freund. Nur weil so ein dreckiger, versoffener Blackfella plötzlich ausgerastet ist und ihm 'ne Flasche auf'm Kopp zertrümmert hat! Mein Freund, der musste genäht werden, und 'ne Gehirnerschütterung hatte er auch – den Blackfella haben sie nach 'n paar Tagen Kittchen wieder laufen lassen. So geht das doch immer!« Sie trank das Glas aus.

Er beobachtete das Wabern ihrer Brüste unter dem grün karierten, tief aufgeknöpften Flanellhemd, das sie über ihrer geliebten Leggins trug.

»Die sollte man alle in Reservate in die Wüste stecken, dann wär Ruhe!«, murrte sie.

Nun kann sie wohl doch nicht mehr ihre Zunge im Zaum halten, dachte Shane. Tatsächlich, sie sah kurz nach rechts und links, um sich zu vergewissern, dass außer Shane niemand zuhören konnte, was sie jetzt gleich preisgeben würde. Dabei waren sie seit einer halben Stunde allein. Sie flüsterte:

»Ich glaub ja, dass das ein Toter von denen ist.«

»Warum?«, fragte Shane, ehrlich erstaunt.

Wieder sah sie sich hastig um, flüsterte: »Na, die haben den Platz verhext, damit er uns Unglück bringen soll. Er heißt bei denen Danger Platz.« Sie machte eine ausladende Geste über den leeren Raum. »Sehen Sie sich doch um, wenn irgendwo 'ne Goldmine gefunden oder sonst was gefördert wird, das Geld bringt, haben plötzlich ausgerechnet da ihre Ahnen geträumt!« Die letzten beiden Worte sprach sie pathetisch aus und verdrehte genervt die Augen. »Kein Wunder, dass da manch einem von uns der Geduldsfaden reißt«, fügte sie noch hinzu. Ihr Lallen wurde stärker.

»Wem?«

Doch Kate zuckte nur die Schultern. Ihr Kopf machte ruckartige Bewegungen, und ihre runden Huhnaugen flackerten nervös. »Man bemüht sich ja erst mal. Schließlich sind wir oder die meisten von uns ja Christen – aber auch wir sind nur Menschen, nicht wahr? Manchmal platzt einem eben der Kragen!«, sagte sie und widmete sich dem Polieren der Zapfhähne.

Er hatte das Gefühl, dass hier einige Leute unter einer Decke steckten. Wieso war man sich so einig in der Ablehnung der Aborigines? Der übliche Rassismus? Aber wenn es doch hier kaum noch Aborigines gab?

Sie beugte sich zu ihm herüber. »Ich sag Ihnen jetzt was, Shane.« Ihre Augen konnten ihn nicht fixieren. Er war sicher, sie hatte schon eine Menge Bier vor ihm getrunken.

»Shane«, ihr Gesicht verzog sich zu einem anzüglichen Grinsen, »Shane, ich mag Sie. Wirklich. Sie sind so anders als die Kerle hier.«

»Ich mag Sie auch, Kate, aber jetzt rücken Sie mal mit der Sprache raus: Was wollten Sie erzählen?«

Sie seufzte. »Aber versprechen Sie mir, dass Sie nicht sagen, dass ich Ihnen was ...«

»Natürlich nicht«, fiel er ihr ins Wort. »Schießen Sie los, Kate!«

Sie seufzte wieder und begann dann im Flüsterton: »Vor einem halben Jahr oder so kam hier eine Aborigine an, eine Halbaborigine. War Malerin.« Sie trank von ihrem Bier und legte dann die Hand auf seinen Unterarm, mit dem er sich auf der Theke aufstützte. Gerade wägte er ab, ob er sich jetzt besser höflich verabschieden und aus dem Staub machen sollte – schließlich wusste er schon von der Malerin –, als Kate fortfuhr: »Es heißt, dass ihre Mutter von einem Weißen aus der Gegend vergewaltigt worden ist, die Malerin also die Frucht einer Vergewaltigung war!« Ihr Blick bohrte sich in ihn, und der Griff ihrer vom Spülwasser aufgeweichten, feuchten Hände wurde fester.

Shane tätschelte ihre Hand und schob sie dann von seinem Arm. »Von wem soll ihre Mutter vergewaltigt worden sein?«

Für einen Moment schien Kate abzuwägen, wie viel sie ihm noch anvertrauen durfte oder ob sie vielleicht einen Preis dafür herausschlagen konnte, dann redete sie doch weiter: »Vom alten Morgan, heißt es. John Morgans Vater Alfred.«

»Wer behauptet das?«

Sie zuckte mit den Schultern. »Man munkelt es.«

»Wer?«

»*Man* munkelt es. Mehr weiß ich nicht.« Sie wandte sich ab, kicherte dann. »Und jetzt muss ich mal für kleine Mädchen.« Sie schob sich an der Theke vorbei zu der Tür, hinter der ein langer Gang zu den Toiletten führte.

»Behauptet das vielleicht dieser Journalist, mit dem Betty Williams gekommen ist und der ein Buch über sie schreiben wollte?«, rief er Kate noch nach. »Wo ist er?«

Sie drehte sich noch einmal um. »Abgehauen mit einer anderen. Wie die Männer das eben so machen.« Sie zog die Tür auf. »Und sie hat sich die Pulsadern aufgeschnitten. Wegen dieses Kerls.« Die Tür schlug hinter ihr zu.

Vom Münztelefon in der Ecke rief er Jeff an. Er war tatsächlich noch im Sender.

»Frank Copeland hieß der Journalist. Copeland, wie der Begründer unseres Radiokanals, hab ich mir deshalb gemerkt. Shane, tut mir Leid, aber ich bin auf Sendung. Muss Schluss machen!«

Am nächsten Morgen saß Paddy schon am Schreibtisch. Er aß gerade einen kaffeetriefenden Donut, als Shane hereinkam.

»Morgen«, brachte Shane heraus. Er erwartete ungeduldig einen Rückruf.

Mit vollen Backen kauend, reichte Paddy ihm ein Fax herüber. Shane überflog die Nachricht, dass Detective Philipp Russell mit drei gebrochenen Rippen in Charleville im Krankenhaus lag, als Resultat eines Sturzes von der Leiter beim Aufhängen einer Lampe in seinem Haus. Shane knüllte das Papier zusammen und warf es murrend in den Mülleimer.

Als das Telefon klingelte, nahm Paddy ab, maulte: »Ich komme mir schon vor wie Ihre Sekretärin«, und gab den Hörer Shane.

Es war Al Marlowe, der Koordinator von der Homicide Squad, der ihn bei seinen Recherchen so gut wie möglich unterstützte. Auf seinen Anruf hatte Shane gewartet. »Also, nachdem du mich gestern Nacht zur ungelegensten Zeit noch angerufen hast, hab ich Folgendes für dich herausbekommen: Gegen deinen Frank Copeland läuft ein Verfahren wegen Veruntreuung. Angezeigt wurde er von einer gewissen Lorraine Reynolds, Galeristin in Brisbane. Sie hat ihm einen Vorschuss für ein Buch gezahlt, und er ist damit abgehauen.« Er musste husten – Raucherhusten. »Shane«, fuhr er fort, »was hat er mit dem Toten zu tun?«

»Al, keine Ahnung. Vielleicht gar nichts. Vielleicht auch mehr. Es ist immerhin mal ein Name.«

»Hör zu, ich schicke jemanden zu dieser Galeristin, dieser Reynolds, und du siehst zu, was die Leute in Coocoo-Dingsda über Frank Copeland wissen.«

Shane verabschiedete sich, stand auf und schüttete Kaffee in die Tasse. Endlich schien sich eine Spur zu zeigen. Doch sie konnte sich ebenso gut als Irrtum erweisen, das hatte er allzu oft schon erlebt.

Näheres über Frank Copeland kam per E-Mail:

Frank Copeland, geboren am 4. April 1956, Journalist, geschieden, kam vor einem Jahr aus London nach Australien, wohnte in einer Pension namens The Place *in Brisbane. Arbeitete als freier Journalist für Magazine und Tageszeitungen. Seine Autoversicherung, eine Haftpflichtversicherung und seine Mobilfunkrechnung lässt er abbuchen. Das Kennzeichen seines Wagens, eines weißen Volvo Kombi, lautet: VBY 749. Die letzte Abbuchung vom Kreditkartenkonto war auf den 8. August datiert, liegt also zwei Monate zurück, die Rechnung kam von einer Tankstelle in St. George. Auf sein Konto gingen seit Februar nur noch regelmäßige Überweisungen aus England ein, die offenbar von einer Vermietung stammen. Über das Mobiltelefon wurde zuletzt im März eine Nummer in*

Brisbane angerufen. Von März bis September hat Frank Copeland also sein Mobiltelefon nicht benutzt. (Wenn er sich irgendwo im Busch aufgehalten hat, konnte er auch nichts damit anfangen.)

Nicht gerade sehr persönliche Informationen. Aber Shane hatte noch eine andere Quelle: Ted Stein, ein Londoner Expolizist, den er vor acht Jahren bei einer Schulung in London kennen gelernt hatte, der inzwischen aber die Polizei verlassen hatte und Privatdetektiv geworden war. Stein würde ihm gern einen Gefallen tun, schließlich hatte Shane damals ihm zuliebe auf eine blonde Langbeinige verzichtet. Der Verzicht hatte ihn nicht allzu sehr getroffen, da er doch mehr die Dunkelhaarigen bevorzugte. Aber Ted Stein war glücklich gewesen, und die Affäre dauerte immerhin ein halbes Jahr. Shane sprach ihm auf den Anrufbeantworter. In London war es jetzt drei Uhr morgens. Ans Ende der E-Mail über Frank Copeland war ein Foto von ihm angehängt. Shane klickte auf Print. Der Drucker sprang an. Wenige Sekunden später hielt Shane das Foto eines Mannes in der Hand, der in einer Menge wohl niemals auffiel. Ein Meter fünfundsiebzig groß, hager, unauffällige Nase, durchschnittlich hohe Stirn, braunes, drahtiges Haar, das an den Schläfen grau war und deutlich lichter wurde. Selbst an den graublauen Augen konnte Shane nichts Besonderes erkennen. Sie blickten in die Kamera und schienen doch nirgendwo hinzusehen. Allein der Mund drückte ein wenig Überlegenheit aus, ein Mundwinkel war weiter nach unten gezogen. Shane verschickte das Foto an die Kollegen in St. George mit der Bitte, an der Tankstelle, an der mit Copelands Kreditkarte gezahlt worden war, nachzuforschen, ob sich jemand an ihn erinnerte.

Paddy war von seiner Kontrollfahrt noch nicht zurück, einer Tätigkeit, die neben Donutessen und Biertrinken an dritter

Stelle seiner Hitliste stehen musste. Auch David Webster war unterwegs.

Bereits eine Viertelstunde später rief der Kollege aus St. George zurück. Niemand an der Tankstelle erinnerte sich an Copeland. Shane musste zugeben, dass er selbst sich auch nicht an ihn hätte erinnern können. Nervös trommelte er mit den Fingern auf die Tischplatte. Er hasste es, ohne Kollegen arbeiten zu müssen, niemanden zu haben, mit dem er sich austauschen konnte. Er fühlte sich wie im Treibsand gefangen, in dem er langsam, aber sicher versank. Dann aber war *sie* am Telefon. Dr. Eliza Lee, die Gerichtsmedizinerin.

»Hi, Detective.« Ihr leicht spöttischer Unterton war nicht zu überhören. Sie wusste, was sie bei ihm auslöste. »Um gleich zur Sache zu kommen«, fuhr sie fort, »Al Marlowe rief mich an, bat mich, alle möglichen Krankenakten und eventuell vorhandene Röntgenaufnahmen eines gewissen Frank Copelands zu besorgen. Haben Sie schon Hinweise, dass er der Tote sein könnte?«

»Nein. Außer einem nicht mehr benutzten Mobiltelefon haben wir nichts. Ich hoffe, Sie bringen uns weiter.« Eine kleine Pause am anderen Ende der Leitung entstand. Er wusste nicht, ob sie sich vielleicht gerade eine Zigarette anzündete. »Rauchen Sie eigentlich?«, fragte er.

Sie lachte kurz auf. »Kennen Sie etwa Gerichtsmediziner, die nicht rauchen?«

»Ich dachte, Sie könnten die Erste sein.«

»Sie haben zu viel erwartet.« Dann schlug ihr Ton um, was sie glänzend beherrschte, wie ihm schon einmal aufgefallen war. »Frank Copeland hatte vor drei Jahren eine Fraktur des linken Waden- und Schienbeins. Die Röntgenbilder aus London sind unterwegs. Wie Sie sich vielleicht erinnern: Ich habe eine solche Fraktur auch bei der Leiche festgestellt.« Sie machte eine kurze Pause, redete dann weiter: »Allerdings fehlt natürlich der endgültige Beweis: der Kopf mit den Zähnen. Vielleicht war Ihr Mann ja auch schon in Australien beim Zahnarzt. Schaffen Sie also den Kopf herbei, und ich kann Ihnen hundertprozentige Klarheit verschaffen, ob die Leiche Frank Copeland ist oder nicht.«

Shane holte Luft. Was bildete sie sich ein, so mit ihm zu reden? Schließlich war er nicht ihr Untergebener. »Sonst noch was?«, gab er zurück.

Sie antwortete nicht sofort. Hatte er es etwa geschafft, sie zu irritieren?

»Nein, das war alles.« Sie zögerte einen Moment. »Es sei denn, es interessiert Sie, wie ich das so schnell herausbekommen habe.« Er antwortete nicht, und sie fuhr fort: »Ich habe die Information aus London. Ein Londoner Cop hat sie mir beschafft. Ich hatte noch was gut bei ihm.«

Wie sie das aussprach, war nur eine Möglichkeit denkbar: Sie hatte was mit dem Cop gehabt. Shane ärgerte sich über sich selbst, dass er so etwas wie Eifersucht in sich aufsteigen fühlte.

Sie legte auf, und ihm war heiß.

»He, Shane, haben Sie gesoffen?« Paddy war hereingestapft und glotzte ihn verwundert an. »Sie sind ja knallrot!«

Shane murmelte etwas und eilte in die Toilette. Hastig spritzte er sich kaltes Wasser ins Gesicht.

Wenn der Tote tatsächlich Frank Copeland war, der Journalist, der ein Buch über die Teilaborigine Betty Williams schreiben wollte, und Betty Williams bei einer Vergewaltigung ihrer Mutter durch den alten Morgan gezeugt worden war, wie Kate erzählt hatte, dann wollte der Journalist genau das wahrscheinlich in seinem Buch erwähnen.

Konnte das für die Familie Morgan so unangenehm sein, dass man den Journalisten deshalb ermordete?

Kate im Pub erkannte den Journalisten auf dem Foto. Trotzdem kam ihre Antwort etwas zögerlich. »Ja, das könnte er sein. Na ja, ansonsten ... war eben 'n Pommie.« Die letzten Worte sprach sie mit einem betont englischen Akzent aus. Doch bevor sie selbst darüber lachen konnte, erinnerte sie sich an den Ernst der Angelegenheit und fügte mit tragisch anmutendem Tonfall hinzu: »Ich kann nicht glauben, dass das der Tote sein soll. Es ist so schrecklich, wenn man ihn kennt.«

»Es könnte der Tote sein – *könnte*«, betonte Shane.

In dem Moment stapfte Paddy herein. Er rief schon von der Tür her: »Kate, ein Bier – oder zwei!«

»Eins – ich nehm 'ne Cola«, erklärte Shane.

»Sind Sie krank?«, fragte Paddy provozierend. Doch Shane antwortete nicht.

»Auch was zu essen?«, wollte Kate wissen.

»Für mich das Steak. Hab ich schon seit zwei Tagen nicht mehr gehabt – werde noch zum Vegetarier. Und Sie, Shane, sollen hier bei uns ja nicht abnehmen. Sonst heißt es noch, die im Outback schlachten nicht nur Leute ab, sondern lassen auch noch Cops verhungern!« Paddy schlug gut gelaunt und begeistert über seinen Humor auf den Tresen, dass das Bier vor ihm überschwappte.

»Es ist dieser Journalist!«, rief Kate. »Frank, Frank Copeland!«

»Worum geht's?«, erkundigte sich Paddy und schüttelte den Kopf. Seine Schweinsaugen glänzten. Offenbar hatte er schon woanders ein Bier getrunken.

»Sagen Sie es ihm doch endlich!«, wandte sich Kate an Shane.

Shane legte ihm das Foto auf den Tresen. Paddy nahm es und schob den Unterkiefer mit dem fettigen Kinn vor.

»Ja, der war hier. Ist er das, der Tote?«

»Wir haben heute Kürbissuppe und auch Fisch!«, rief Kate, schon halb in der Küche.

»Nee, nee, ist ja fast so schlimm wie Gemüse!«, gab Paddy zurück. »Nehm das Steak, wie immer.«

Kate nickte und sah erwartungsvoll zu Shane.

»Ja, warum nicht mal die Kürbissuppe?«, entschied er.

Kate nickte zufrieden und verschwand in der Küche. Dabei wehte sie den Geruch von fettigen Pommes und säuerlichem Fisch herein.

Paddy ging mit seinem Bier zu einem der Tische und ließ sich schnaufend in den Stuhl fallen. Mit gerunzelter Stirn betrachtete er das Foto. »So, der ist es also.« Er legte die Fotografie auf den Tisch, nahm einen Schluck Bier. Mit der Zunge wischte er den Schaum von den Lippen. Schließlich sagte er:

»Native Title, das war das Blödeste, was die in Canberra haben tun können! Ich hab Tragödien erlebt, sag ich Ihnen! Familien, die seit Generationen ein großes Stück Land bewirtschaftet haben – und nicht nur das. Ich meine, die haben was für Australien geleistet, haben Leute in die Regierung geschickt, setzen sich für das Land ein, für die Bildung, was auch immer. Und dann nimmt man es ihnen weg. Sagt einfach: Danke, das war's! Zweihundert Jahre lang habt ihr das ganz gut gemacht, aber eigentlich gehört das Land ja den Aborigines, die haben nämlich unter dem dürren Baum, da, wo euer Haus steht, geträumt – von Kängurumännern und von weiß der Teufel was – ›und die wollen da jetzt ihre Hütten aufbauen. Deshalb müsst ihr nun gehen!‹ Sagen Sie, würden *Sie* das verstehen?!«

»Kürbissuppe!« Kate stellte den Teller mit Schwung vor Shane hin. »Steak kommt gleich. Also, ich kann's nicht fassen, dass dieser Tote hier noch als Lebendiger war.«

»Was hat der Native Title mit Frank Copeland zu tun?«, wollte Shane wissen, probierte die Suppe und verbrannte sich die Zunge.

»Copeland hat mit den Aborigines rumgehangen, mit Bettys Bruder Moodroo. Hat sich die alten Geschichten erzählen lassen, hat alles wieder aufgewühlt«, brummte Paddy mürrisch.

»Was?«

»Ach, kommen Sie, Shane, stellen Sie sich nicht so dumm! Das mit der Dreamtime und den Vorfahren. Billy Henderson hat Ihnen doch schon erzählt, dass er Probleme hatte, das Land zu kaufen. Die haben gesagt, ihre Vorfahren hätten da geträumt und dass da Heiligtümer seien. Und dieser Frank Copeland hat das alles wieder hochgeholt. Mit den Schwarzen kann man heutzutage Geld machen.«

Kate brachte das Steak. Paddy machte sich über das Essen her, als hätte er achtzehn ältere Geschwister gehabt, und rief mit vollem Mund: »Kate, noch ein Bier, auch Fleisch muss schwimmen, nicht nur Fisch, hab ich Recht?«

»Also, man muss sich nicht wundern, wenn's zu Mord und Totschlag kommt. Daran ist nur die Regierung schuld!«, behauptete Kate, die das Gespräch teilweise verfolgt hatte.

»Das heißt also, jemand hat Frank Copeland umgebracht, weil er sich für die Aborigines einsetzte und somit den Plänen von Billy Henderson, an der Stelle ein Motel mit Spielautomaten zu errichten, im Weg stand?«, konterte Shane und blickte provozierend in die Runde. Wie ihn das hier ankotzte!

Paddy ließ Messer und Gabel sinken. »Um Himmels willen, nein! Das soll gar nichts heißen!« Er kniff seine kleinen Augen zusammen und wurde im Gesicht rot vor Zorn. Dann erklärte er eindringlich und gestikulierte dabei wild mit dem Messer: »Wissen Sie, Shane, jetzt passiert nämlich genau das, was immer passiert und was ich ums Verrecken nicht leiden kann: Ihr aus der Stadt stempelt uns im Busch gleich als Rassisten ab!« Er schnitt ein Stück Fleisch ab, steckte es in den Mund und redete weiter: »Copeland hatte offensichtlich ein Verhältnis mit Betty Williams. Wie es im Abschiedsbrief hieß, hat sie sich ja umgebracht, weil er mit 'ner anderen abgehauen ist. Ihr Bruder Moodroo ist dafür bekannt, dass er schon in einige Schlägereien verwickelt war.« Paddy schluckte den Bissen hinunter und spülte mit Bier nach. »Bettys Bruder wollte seine Schwester rächen. Sie wissen, dass diese Kerle es mit der Rache ziemlich ernst nehmen. Früher auf jeden Fall. So, Moodroo erwischte also diesen Frank, brachte ihn um und verbuddelte die Leiche an einer Stelle, von der er wusste, dass sie in den nächsten Tagen mit einer Teerschicht planiert werden würde. Er nahm ja an, dass bestimmt niemals mehr jemand diesen verdammten Parkplatz aufreißen und drunter nachsehen würde!« Paddy steckte den letzten Bissen Steak, den er schon lange auf der Gabel aufgespießt hatte, in den Mund. Shane wusste nicht recht, was er von dieser These halten sollte. Paddy kaute ungewöhnlich lange auf einem Brocken Fleisch herum, schluckte endlich und schob den leeren Teller von sich.

»Und wieso hat er ihm dann den Kopf abgeschlagen?«, fragte Shane weiter.

»Hat's geschmeckt?«, erkundigte sich Kate und räumte die Teller weg.

Paddy grinste, lehnte sich behaglich im Stuhl zurück, seine momentane Überlegenheit so lange wie möglich auskostend. Schließlich antwortete er: »Kennen Sie nicht den Brauch, dass Aborigines ihre Toten nach einer Weile wieder ausgegraben und bestimmte Körperteile, die für den Toten eine besondere Rolle gespielt haben, weggenommen und noch mal woanders bestattet haben?«

Shane schüttelte den Kopf.

»Und was denken Sie, was der Name ›Coocooloora‹ bedeutet?«

Shane zuckte die Schultern. Paddy machte ihn gerade nach Strich und Faden fertig, versetzte ihm rechts und links eine Ohrfeige, und er, Shane, konnte nur noch zusehen, dass er irgendwie auf den Beinen blieb.

Über Paddys Gesicht breitete sich ein triumphierendes Grinsen aus. »›Coocooloora‹ ist Aborigine-Sprache und heißt ›Böser Geist‹.« Er wischte sich mit der Serviette den Schweiß aus dem Gesicht. »Aber woher sollten Sie das auch wissen?«

In Shane kochte es. »Worauf warten wir dann noch? Lassen Sie uns zu diesem ... diesem Moodroo fahren!«, brauste er auf.

»Ist nicht da, wollte ihn wegen was anderem sprechen. Ist nicht da.« Paddy verschränkte die Arme über seinem fetten Bauch und unterdrückte ein Gähnen. »Ist nicht da.«

»Dann treiben Sie ihn verdammt noch mal auf! Morgen will ich ihn sehen!«

Paddy hob müde die Augenbrauen. »Ja, aber nicht zu früh, dann haben die noch nicht ihren Rausch ausgeschlafen, und wir machen den Weg völlig umsonst.«

Shane spürte plötzlich, dass er diesen Polizisten hasste. »Und was ist mit der Vergewaltigung?«

Paddy riss mit einem Mal die Augen auf, und Kate schickte Shane einen bitterbösen Blick.

»Ich gebe Ihnen einen Rat, Shane«, begann Paddy, und seine Stimme bekam einen drohenden Unterton, »glauben Sie nicht alles, was man Ihnen erzählt. Man will Sie nur benutzen.«

Andy

In dem Moment, als er die Türglocke bimmeln hörte, war ihm klar, dass er sein Leben nur noch komplizierter machte. Er hätte auf die andere Straßenseite wechseln, nicht stehen bleiben, er hätte nicht durchs Schaufenster sehen und sie beobachten sollen. Aber er hatte nicht die Straßenseite gewechselt, war vor dem Laden stehen geblieben und hatte sie durchs Schaufenster beobachtet, wie sie Zeitungen einsortierte. Sie trug enge Jeans und ein kariertes Hemd darüber. Ihr Haar hatte sie heute hochgesteckt.

Er ging durch die Reihen, nahm eine Packung Nudeln, eine Dose gehackte Tomaten, Toast und ein Glas Orangenmarmelade.

Sie hämmerte auf die Tasten der Kasse, tippte jeden Artikel ein. »Sieben fünfunddreißig.«

Er kramte das Geld aus der Hosentasche.

Sie packte die Sachen in eine Plastiktüte. Sortierte die Münzen, die er auf das Band legte, in die Fächer der Kasse. »Ich dachte, du seist schon längst weg«, sagte sie endlich und sah ihn an, die Lippen schmal und unter den Augen bläuliche Schatten.

»Aber ich hätte mich doch verabschiedet«, antwortete er, dabei fiel ihm ein, dass er gestern in jeden Wagen eingestiegen und überallhin gefahren wäre – ohne sich zu verabschieden. »Es tut mir Leid«, erwiderte er, »das mit deinem Mann.«

Ihre Mundwinkel zuckten kurz, ihre Augen wurden trüb. Doch dann schob sie das Kinn vor, meinte: »Tja, Schicksal«, und zwang sich ein Lächeln aufs Gesicht. »Und jetzt?«, fragte sie.

Er zuckte die Schultern. Bemerkte die weißen Ränder ihres BHs an der Spitze des V-Ausschnitts, den das aufgeknöpfte blau-gelb karierte Baumwollhemd bildete. Ihre Haut sah zart aus. Hastig hob er den Blick und schaute ihr wieder ins Gesicht; er errötete, weil seine Blicke ihr nicht entgangen sein konnten. Eine Weile schwiegen sie. Plötzlich begann sie:

»Ich könnte eine Hilfe gebrauchen. Ich schaff das alles nicht allein.« In ihren Augen ein Leuchten. Seine Handflächen fühlten sich feucht an. »Ich kann dir aber nicht viel zahlen.«

Er hätte es auch umsonst gemacht.

Shane

Ein merkwürdiges, unangenehmes Gefühl hatte in dem Augenblick von ihm Besitz ergriffen, als er erfahren hatte, dass Betty Williams' Bruder Moodroo der Aborigine war, den er öfter vor dem Pub stehen sah, von dem er sich so durchschaut fühlte.

Am Ende Coocoolooras bogen sie in die Straße, die zum Parkplatz führte. Nur anderthalb Kilometer nach dem Parkplatz befand sich Moodroos Haus. Ein einfacher Kasten von etwa derselben Größe wie die Polizeistation in Coocooloora, auf ein Meter hohen Stelzen. Dort hatten Betty Williams und der Journalist für die zwei Wochen gewohnt, in denen sie sich in Coocooloora aufgehalten hatten – lebendig –, und dort hatte Moodroo seine Schwester Betty tot in der Badewanne gefunden. Moodroo verschwendete offenbar weder Fantasie noch Arbeit an das von der Regierung gebaute Heim. Der dichte Bewuchs niedriger Büsche, zahlreicher, aber dürrer Eukalyptus- und Gidgeabäume auf roter Erde entlang der Straße wurde durch das Haus kaum unterbrochen. Auf der Straße war ihnen kein Auto entgegengekommen. Es gab keinen Nachbarn weit und breit.

Das Erste, was Shane auffiel, war, dass Moodroos Haus von der Straße aus nicht sichtbar war. Zu viele Bäume und Büsche. Das Zweite war die Tatsache, dass man am Parkplatz und damit dem Fundort der Leiche vorbeifuhr, ehe man anderthalb Kilometer weiter in die Einfahrt zu Moodroos Haus einbog. Er wusste noch nicht, was er mit diesen Informationen anfangen sollte, behielt sie aber im Hinterkopf.

Sie stiegen aus. Niemand schien da zu sein. Hin und wieder sang ein Vogel, krächzte eine Krähe.

Im Vorgarten, einem wenige Meter breiten, gelbbraunen Rasenstück lagen leere Dosen wie Golfbälle verstreut. Shane trat gegen eine der Dosen, schoss sie scharf an Paddy Dunegals Oberschenkel vorbei und grinste. Und Paddy bemühte sich, diese Einlage zu ignorieren.

Langsam ging Shane um das Haus herum, während Paddy am Wagen stehen blieb. Vom irgendwann einmal angelegten Rasen war nicht mehr viel übrig. Moodroo gehörte sicher nicht zu den Menschen, die einen Rasenmäher vor sich herschieben oder in Blumenbeeten Unkraut jäten. Shane stand auf der Rückseite des Hauses und bemerkte dort einen weiteren Eingang. In zwei Schritten hatte er die vier Stufen genommen und zog die Fliegentür auf.

»Moodroo? Hallo?«, rief Shane. Als niemand antwortete, zog er die Fliegentür auf. Es gab keine weitere Tür. Wenn es einmal eine gegeben hatte, dann war sie entfernt worden. Vielleicht war es zu umständlich erschienen, zwei Türen öffnen und schließen zu müssen.

Jedes Mal, wenn Shane in ein Haus eintrat, dessen Tür ihm nicht von innen geöffnet wurde, spürte er dieses unangenehme Gefühl im Magen, auf alles gefasst sein zu müssen. Auf Blut, Verwesungsgeruch, Leichenteile, Tote, Halbtote, Gefolterte, Verrückte, die mit einer Kanone hinter der Tür standen – doch zunächst einmal war da nur abgestandener Essensgeruch, der ihm entgegenschlug.

»Ist wohl ausgeflogen, der Vogel!«, hörte er plötzlich Paddys Stimme. Er war von der Vorderseite her gekommen.

Shane stand in der Küche, in die er durch die Hintertür gelangt war, und blickte geradewegs über die Theke hinweg ins angrenzende Wohnzimmer. Die Küche voll von Geschirr, das offenbar nie weggeräumt wurde. Im Bericht über Bettys angeblichen Selbstmord stand, dass sich die Küche in großer Unordnung befunden hatte. Er zog die Fotos vom Tatort hervor, die er sich ausgedruckt und mitgenommen hatte. Auch damals hatte sich in der Küche auf der Ablage schmutziges Geschirr getürmt. Eine Schüssel mit Hackfleisch (so sah es jedenfalls aus) hatte dagestanden, daneben ein Handtuch und in der Spüle eine Pfanne mit angebrannten Rühreiern, gerade so, als wäre es Betty beim Kochen eingefallen, sich umzubringen. Der Boden war mit blutigem Wasser aus dem angrenzenden Badezimmer überspült.

»Sagen Sie, Paddy«, Shane zeigte auf die Fotos, »ist eigentlich niemandem aufgefallen, wie viele Rühreier Betty briet, bevor sie sich umbrachte?«

Paddy zuckte die Schultern.

»Würden Sie mit einem solchen Bärenhunger spontan zum Messer greifen und sich die Pulsadern aufschneiden?«

Paddy warf einen abschätzigen Blick auf das Foto, sagte: »Wer will schon wissen, was in so einem Menschen vorgeht?«

Der Abschiedsbrief hatte auf der Küchentheke gelegen. Dafür war eine kleine Stelle freigeräumt worden. Links von der Küche befand sich das Badezimmer, durch eine dünnwandige Schiebetür abgetrennt. Shane öffnete die nur angelehnte Tür zum Badezimmer. Auf dem grünlichen Linoleumboden lagen Kleidungsstücke, Schachteln, Zeitschriften. In einigen der sonst grauen Fugen der Badewannenverkleidung erkannte er dunkle Stellen. Es würde ihn nicht wundern, wenn es sich um getrocknetes Blut handeln würde. Auf dem Foto sah man ein mittelgroßes Küchenmesser vor der Badewanne liegen, auf dem Boden stand ungefähr ein Zentimeter hoch das Wasser. Es hatte den Anschein, als hätte Betty es aus der rechten Hand fallen lassen, nachdem sie sich in die

Badewanne gelegt und die Pulsadern aufgeschnitten hatte. Im Bericht stand, dass das Wasser noch immer gelaufen war, als Moodroo Betty gefunden hatte. Im Wohnzimmer hatte der Teppich das Wasser aufgesaugt. Das Wasser war kalt gewesen. Offenbar war das warme Wasser nach einer gewissen Zeit aufgebraucht gewesen.

Seltsam, dachte Shane, sich zum Sterben in eine Wanne zu legen, wenn das Wasser noch gar nicht eingelaufen war. Er ging ins Wohnzimmer und ließ seinen Blick über den zerfledderten Ohrensessel, die aufgeplatzten Polster der grünen Velourscouch und den fleckigen und abgetretenen Teppichboden gleiten. Paddy spähte in die anderen Räume, die vom Wohn-Esszimmer mit Küchenzeile abgingen.

»Tja, war wohl umsonst. Ich weiß auch ehrlich nicht, was Sie hier wollen.« Paddy zuckte mehrmals die Schultern, wischte sich den Schweiß aus dem Nacken.

Shane trat näher zu dem Bild über der Couch. Eine rahmenlose Leinwand mit erdfarbenen Kreisen und Schlangenlinien. Unterschrieben war es mit *Betty Williams.*

»Sagen Sie mal ehrlich, halten Sie das für Kunst?«, wollte Paddy wissen und kratzte sich den Kopf. Den Hut hatte er im Wagen gelassen. Shane ersparte sich eine Antwort.

»Wo kann er sein?«, fragte er stattdessen.

»Überall. Walkabout.«

Plötzlich stand er im Raum. Groß und schwarz und ernst, das Gesicht so fleischig und rund wie das Paddys. Er blickte die beiden Männer an – und Shane erstarrte für einen Moment.

»Moodroo Graham?«, sagte er schließlich sachlich, hielt ihm seinen Ausweis unter die Nase und klappte ihn wieder zu. »Shane O'Connor. Detective. Ich habe Ihnen ein paar Fragen zu stellen.«

Der massige Schwarze zuckte die Schultern. Shane roch seine Bierfahne. Moodroo hatte sich nicht von der Stelle gerührt. Mit glasigen Augen beobachtete er Shane.

»Oh Mann, richtig gemütlich hast du's hier!«, meinte Paddy. »Ich sag Ihnen doch, die lassen alles verkommen! Rausgeschmissenes Geld, was die Regierung ausgibt!«

Shane antwortete nicht, am liebsten hätte er Paddy vor die Tür gesetzt.

Langsam wie ein alter Elefant schlurfte Moodroo in billigen Gummilatschen durch den Raum zur Küchentheke, bückte sich, tauchte mit einer Dose VB in seinen fleischigen Händen wieder auf und ließ sich in den Ohrensessel fallen. Es zischte, als er die Lasche der Dose aufzog.

Shane sah zu, wie Moodroo den herausquellenden Schaum abschlürfte.

Paddy baute sich vor Moodroo auf. »Der Officer da ist von der Mordkommission!«, erklärte er.

Moodroo wischte sich den Schaum von den Lippen und sah Shane gelangweilt an.

Shane überwand sich und setzte sich in den zweiten zerfledderten Sessel. »Okay, Mister Graham. Betty Williams war Ihre Schwester?«

Moodroo blickte auf den Boden.

»Kannten Sie Frank Copeland?«

Moodroo antwortete noch immer nicht. Der Schaum sprudelte unentwegt aus dem Dosenschlitz, lief über seine Hände auf den Teppich.

»Hör zu, wir sind von der Polizei, und der hast du gefälligst zu antworten!«, brüllte Paddy, und Moodroo öffnete halb die Augen und gähnte.

Shane schüttelte den Kopf, er hätte ohne Paddy herkommen sollen.

»He, wir bringen den schon zum Sprechen!«, brummte Paddy und wollte Moodroo an dessen T-Shirt packen.

»Lassen Sie ihn!«, herrschte Shane ihn an. Paddy zog lautstark die Nase hoch und wich wütend zurück.

Moodroo sah müde auf.

»Mister Graham ...« Shane sprach ruhig. »Wenn Sie uns nicht antworten, müssen wir Sie im Büro befragen. Und das ist Ihnen doch sicher nicht so angenehm wie hier, hab ich Recht?«

Moodroo reagierte nicht mehr. Es hatte keinen Zweck. Und es würde auch keinen Zweck haben, ihn aufs Polizeirevier mitzunehmen. Moodroo verdrehte plötzlich die Augen, die Augenlider klappten zu, und er begann zu schnarchen. Paddy wollte gerade ansetzen, ihn an den Schultern packen und ihn wachrütteln.

»Nein, lassen Sie ihn. Er wird uns jetzt sowieso nicht mehr antworten.«

»Das ist doch sowieso alles keinen Penny wert!«, murrte Paddy, »reine Zeitverschwendung, wie ich gesagt hab.« Als er sich ins Auto plumpsen ließ, fügte er hinzu: »Die stellen einfach ihre Lauscher auf Durchzug! Die kümmern sich einen Scheißdreck um uns! Nur wir müssen immer nett und freundlich zu denen sein! Dabei ... Was wären die denn ohne uns? Ich komm deswegen zu spät zu meiner Rundfahrt.«

Zurück im Büro telefonierte Shane mit den Kollegen in Charleville, denen er das Foto von Frank Copeland geschickt hatte. Was an dem Gerücht dran war, dass Frank Copeland mit einer anderen Frau weggegangen war und Betty sich deshalb umgebracht hatte, konnte niemand sagen. Es blieb ein Gerücht. Tatsache war, dass sich die Frau bisher weder gemeldet hatte noch irgendein Hinweis auf sie eingegangen war.

Shane wartete noch auf Nachricht aus Brisbane. Hatte denn noch niemand diese Galeristin Lorraine Reynolds besucht, die Frank Copeland den Vorschuss für das Buch über

Betty Williams gezahlt und ihn dann angezeigt hatte, als er angeblich mit dieser geheimnisvollen anderen Frau verschwunden war? Er rief Al Marlowe an, der sich gleich meldete.

»Oh, Shane«, sagte er, und er klang gehetzt, »hör zu, wir sind hier wegen dieses Frauenmörders verdammt unter Druck. Die machen uns im Fernsehen gerade ziemlich fertig. Ich hab noch niemanden hinschicken können. Also, die Frage ist, ob du nicht rüberkommst und die Sache hier selbst übernimmst, falls du in diesem Coocooloora mal abkömmlich bist.«

Shane brauchte nicht lange zu überlegen, um zuzusagen. »Wie war die Pressekonferenz, die ich eigentlich geben sollte?«, wollte er noch wissen.

»Gut, gut! Jack hat sich tapfer geschlagen. Der kriegt das schon hin. Noch ein bisschen nervös, aber das gibt sich.«

»Wie schön.« Jack mit seiner Eidechsenzunge und seinen abgenagten Fingernägeln machte in der Stadt Karriere, während er selbst hier in jeglicher Hinsicht verkümmerte. Wenigstens kam er für einen oder zwei Tage aus Coocooloora raus. Vielleicht würde diese Galeristin ihm ein Motiv liefern, weshalb man Copeland umgebracht hatte. Vielleicht wusste sie ja etwas über die Vergewaltigung und ob Copeland darüber hatte schreiben wollen. Und möglicherweise konnte ihm die Galeristin auch erzählen, wegen welcher Frau Copeland Betty verlassen hatte oder hatte verlassen wollen. Weit war er ja nicht gekommen.

Shane flog am Samstagmittag in einer Ansett-Australia-Maschine von Charleville ab. Seine Gedanken kreisten immer wieder um die letzten Minuten vor dem Abflug. Webster hatte ihn nach Charleville gefahren. Beiläufig hatte Shane gefragt, ob er Frank Copeland gekannt habe.

»Ich hab ihn nur einmal kennen gelernt, da kam er zu uns mit 'ner Platzwunde überm Auge. Wollte Anzeige erstatten wegen Körperverletzung«, hatte Webster geantwortet.

Shane war überrascht gewesen. »Gegen wen?«

»John Morgan.«

Shane glaubte, sich verhört zu haben. »Frank Copeland wollte John Morgan anzeigen? Warum hat Paddy nichts davon erwähnt?«

Webster zuckte die Schultern. Er war rot geworden. »Paddy hat ihm abgeraten, hat ihm gesagt, John Morgan hätte sich auch schon über ihn beschwert. Und wenn er John anzeigen würde, würde auch John sofort Anzeige erstatten. Da ist Copeland gegangen.«

Shane dachte nach. War also doch etwas an dem Gerücht, dass John Morgans Vater Betty Williams Mutter vergewaltigt hatte? Und Frank Copeland hatte es an die Öffentlichkeit bringen wollen? Am liebsten wäre Shane gleich umgekehrt und hätte John Morgan auf den Zahn gefühlt. Warum musste er auch ausgerechnet jetzt nach Brisbane fliegen? Aber vielleicht hatte er ja, wenn er zurückkam, mehr Beweise.

Seit Toowoomba hatte er feuchte Hände. Endlich setzte die Maschine auf. Shane nahm ein Taxi in die Stadt, ließ das Seitenfenster herunter und sog die von Abgasen und Gummigeruch geschwängerte Luft bis in die kleinsten Lungenbläschen. Das hatte er vermisst: Stadtlärm, Stadtgestank, Stau, rote Ampeln, Hochhäuser, Radfahrer, Jogger, Brücken mit Stahlträgern.

»Wohin?«, fragte der Taxifahrer.

»Ann Street«, antwortete Shane.

Auf der dreispurigen Straße bremste ein Bus sie aus, und der Taxifahrer knirschte mit den Zähnen. Shane ließ das Fenster hochfahren, bevor der schwarze Ruß in den Innenraum strömte. Geschäfte, Bars, Cafés glitten vorbei, und Shane empfand im Bauch das warme Kribbeln des Nachhausekommens.

Die Tür der Frameless Works Gallery stand offen. Die Propeller metallisch blitzender Standventilatoren schleuderten ihm Luftstöße entgegen und ließen an der Wand neben der Tür geheftete Flugblätter und Broschüren flattern wie Blätter in einem aufkommenden Sturm. Shane ging langsam in den großen Raum, an dessen hohen Backsteinmauern großformatige Bilder hingen. Bilder mit Punkten, Kreisen, Bögen, Linien, erdfarben, manchmal schreiend bunt.

»Detective Shane?« Sie musste Mitte vierzig sein, lächelte stilsicher aus grünen Augen, die sie mit dunklem Lidschatten betont und zum Zentrum ihres Gesichts gemacht hatte. Ihre Lippen, schmal und blass geschminkt, blieben eher unbedeutend. Doch die beiden tiefen, sichelförmigen Falten neben den Mundwinkeln verhinderten, dass man sie unterschätzte. Sie trug einen dezenten grauen Anzug, eine moderne Fransenfrisur à la Meg Ryan und vermittelte mit jeder Faser ihres Wesens sowie ihrer Garderobe, dass sie hundertprozentig zu unterscheiden wusste, welche Kunst ihr Geld wert war und welche nicht.

»Lorraine.« Sie reichte ihm die Hand, streckte dabei ihren Arm weit aus, hielt ihn auf Distanz.

»Ist das alles Aborigine-Kunst?«, fragte er.

Sie lächelte mitleidig.

Sie ist arrogant, dachte er, kein Zweifel.

»Nein. Wir möchten wegkommen von diesem Begriff, mit dem man bald doch nur noch drittklassige Bilder in Touristenzentren meint.« Sie seufzte, strich sich mit einer grazilen Bewegung eine Strähne hinter das Ohr. »Leider. Viele Aborigines haben zweifellos ein besonderes Talent, mit Farben und Formen umzugehen.« Sie ließ ihren Blick durch den hohen Raum schweifen, in dem die Bilder wie in einem Tempel hingen. Ein Ausdruck von Besitzerstolz war nicht zu übersehen, eine Spur von Gönnerhaftigkeit auch nicht.

»Zum Beispiel Emily Kame Kngwarreye, die alte Dame, die niemals in ihrem Leben ein Kunstmuseum betreten hat. Ihre Bilder können Sie problemlos neben andere moderne Bilder von akademisch gebildeten Künstlern stellen.« Ihre grünen Augen wurden ein wenig wässrig, stellte er fest, sie schien sich in höhere Sphären hinaufzuschwingen. Einen Moment würde er sie noch lassen, so würde er sie kennen lernen, dann musste er sie zurück auf die Erde zerren.

»Aber das Problem ist der Markt. Das Verhältnis von Angebot und Nachfrage. Wenn Bilder inflationär angeboten werden, sinkt der Preis. Clifford Possum zum Beispiel verkauft seine Bilder, egal, an wen, weil er immer Geld braucht. Weil er seine Leute unterstützt. Am Ende bleibt kaum noch was für ihn. Dann muss er schleunigst das nächste Bild malen.« Lorraine seufzte, sie schien die Last des gesamten Kunstmarkts auf ihren Schultern zu tragen.

»Gute Bilder werden kopiert und kopiert und auf T-Shirts gedruckt. Schicken Sie ein Foto eines Bildes nach Hongkong, und Sie bekommen zig Kopien für ein paar Dollars.« Resigniert fügte sie hinzu: »Man hat zu viele Aborigines ermutigt zu malen, um Geld zu verdienen.«

»Ist es denn so verwerflich, für Geld zu malen?«

Sie stieß ein spitzes, künstliches Lachen aus. »Natürlich nicht, wenn die Qualität stimmt.«

Es war Zeit, sie auf den Boden zurückzubringen.

»Also, was war los mit Frank Copeland?«

Ihre Mundwinkel zuckten.

Moodroo

Er stopfte sich Pitjuri in den Mund, kaute und blickte durch den Bogen des Höhleneingangs hinaus auf das Land. Die Sonne würde bald untergehen. Auch hier hatte er Angst vor der Nacht. Aber vielleicht würden die Ahnen ihm beistehen. Weil er schon lange nicht mehr da gewesen war, musste er sich den Mimis wieder bekannt machen, den langen, dünnen menschenähnlichen Gestalten. Geister, die sich selbst an die Wand gemalt hatten. Vor langer, langer Zeit. Niemals hatte er gesehen, wie sie sich nachts aus der Felswand lösten und tanzten oder jagten. Sie jagten nur bei ganz ruhigem Wetter. Wenn es nicht regnete und kein Wind wehte. Der Wind würde ihre zarten Knochen brechen. Sie waren leichter als eine Feder. Aber sie sahen und hörten so gut, dass sich niemals ein Wesen unbemerkt von ihnen nähern konnte. Dann entflohen sie in ihren Felsenhimmel, hauchten an die Höhlenwand, die sich wie eine Tür öffnete und sich hinter ihnen wieder schloss.

Dann nahm er ihn in seine bedächtigen schwarzen Hände, den graubleichen Schädel. Sein Finger strich die Knochenwölbung über dem Loch der Augenhöhle entlang, spürte die Zacken der Knochennähte, fuhr über die scharfen Spitzen der Nasenwände, glitt hinunter zu den Zähnen. Der Schuldige muss nicht unbedingt der sein, der den Speer wirft, hörte er die Alten sagen.

Shane

Hielt er vielleicht gerade den Schlüssel zu dem Fall in der Hand? Im Taxi, das ihn zum Headquarter in der Roma-Street brachte, grübelte er, was Lorraine Reynolds wohl vor ihm verbarg.

Als er den Namen Frank Copeland erwähnt hatte, war ihm ein Zucken ihrer schmalen Lippen nicht entgangen. Sie hatte ihn in ihr Büro geführt, eine Art Lagerraum für hunderte weiterer Bilder mit einem Schreibtisch voller Papiere und einer kleinen, futuristisch anmutenden, in Giftgrün überzogenen Sitzgruppe.

»Gerade aufgegossen. Ich hoffe, Sie mögen grünen Tee«, hatte sie gesagt, als sie aus einer eleganten Teekanne aus weißem Porzellan in die passenden Tassen gegossen und sich dann ihm gegenüber gesetzt hatte, die Beine übereinander geschlagen wie distinguierte Schauspielerinnen in Talkshows. Dabei fielen Shane ihre großen Füße auf, deren makellos dunkelrot lackierte Nägel aus den modischen, offenen schwarzen Sandalen wie neugierige Münder hervorragten.

»Frank, ich meine Frank Copeland, kam aus England, ich habe ihn auf der letzten von Bettys Vernissagen kennen gelernt.« Sie holte Luft, fügte dann hinzu: »Wir hatten Differenzen, Frank und ich. Ich war gegen das Buch. Aber Betty wollte es. Nun ja, sie hat mich überredet. Und ich habe mich schließlich dazu bereit erklärt, es zusammen mit einem Verleger herauszubringen. Den Vorschuss von dreitausend Dollar habe ich gezahlt. Eine sehr großzügige Summe.« In ihren Augen erkannte er einen leichten Schleier. »Sie reisten nach Coocooloora, Frank und ... und Betty – und dann erhielt ich die Nachricht, dass sie sich umgebracht habe.« Sie hörte auf zu reden, ihr schmaler Mund zuckte ein wenig.

»Und dann haben Sie Frank Copeland angezeigt, weil er

sich nicht mehr meldete und die dreitausend Dollar Vorschuss von Ihnen hatte.«

Sie nickte schwach und deutete durch die offen stehende Tür des Büros hinaus auf eines der großformatigen Bilder an der Wand des Ausstellungsraumes. »Das Bild da rechts ist von Betty.«

Shane sah ein breites erdfarbenes Band, das sich über grünlich und rötlich schattierte Flächen schlängelte. Doch dann bemerkte er den roten Schatten eines durchschimmernden Dreiecks, das die Harmonie der Farben und Formen in ihrer Oberflächlichkeit demaskierte.

»Ich stelle Bettys Bilder seit fünf Jahren aus. Sie haben sich gut verkauft.« Da war sie wieder, die Geschäftsfrau, sie gewann an Selbstsicherheit. Zeit, eine Frage zu stellen.

»Hatten Frank und Betty ein Verhältnis?«

Lorraine antwortete zunächst nicht, sondern schenkte Tee nach, obwohl weder er noch sie mehr als einen Schluck getrunken hatten. Täuschte er sich, oder zitterten ihre Hände ein wenig? Es klirrte, als sie die Kanne absetzte.

»Wie war noch mal Ihre Frage?« Ihr Lächeln wirkte angestrengt, ihre Lippen waren plötzlich schmal wie Striche und die Falten um ihre Mundwinkel wie eingeschnitten.

Shane wiederholte die Frage.

»Wenn man Bettys Abschiedsbrief ernst nimmt, muss man wohl mit Ja antworten.« Sie klang schnippisch.

»Aus dem Abschiedsbrief geht hervor, dass sie verlassen wurde. Sind Sie sicher, dass Betty damit Copeland meinte?«

»Wen um Himmels willen soll sie denn sonst gemeint haben?« Lorraine wurde offensichtlich ungeduldig, und seine Fragen wurden ihr lästig.

»Sie war eine Frau in Ihrem Alter, warum sollte sie nur diesen einen Mann geliebt haben? Und welche Frau könnte das gewesen sein, um derentwegen Frank Betty verlassen hat?«

Lorraine antwortete nicht, sie starrte auf ihre Hände. Sie trug einen Silberring am Ringfinger der linken Hand, einen breiten, schweren aus gebürstetem Silber, und Shane fiel auf, wie glatt ihre Haut war.

»Sind Sie verheiratet?«, fragte er weiter.

Sie brauste auf. »Weshalb interessiert Sie das?«

»Empfanden Sie etwas für Frank Copeland?«

»Wie kommen Sie denn darauf?« Ihre sonst angenehme Stimme war schriller geworden. »Und wenn, wieso sollte ich ihn dann anzeigen?«

»Vielleicht waren Sie ja eifersüchtig auf Betty Williams, die Ihnen Frank während der Arbeit an dem Buch ausgespannt hatte. Vielleicht waren Sie ja deshalb gegen das Buch.«

»Was wollen Sie eigentlich?« Die Falten um die Mundwinkel wurden noch schärfer. Er antwortete nicht, wartete ab. Sie stand auf, ging mit weit ausholenden, langsamen Schritten zum Schreibtisch, der mit Papieren, Mappen und Büchern beladen war, hob Papiere hoch, verschob Bücher und hielt endlich eine Schachtel Zigaretten in der Hand. Hastig zündete sie sich eine an und sog ausgehungert den Rauch ein. Legte den Kopf in den Nacken und stieß den Rauch aus den Nasenlöchern aus. Sie wandte sich von ihm ab und starrte auf das bis zur Decke reichende Regal, in dem hunderte von Gemälden wie Bücher nebeneinander gestapelt waren.

Wie laut der Verkehrslärm war, der von draußen hereindrang, fiel Shane plötzlich auf. Warum sprach sie nicht weiter? Wovor hatte sie Angst? In dem Moment hätte er gern ihre Schultern und den sanften Bogen, den sie mit dem Hals bildeten, berührt, hätte gern gewusst, wie sie sich anfühlte und roch. Sie sah zerbrechlich aus. Hastig schob er die Gedanken beiseite.

Schnelle Schritte näherten sich vom Ausstellungsraum. Eine junge Frau, schwarz, Aborigine, vielleicht von den Torres Strait Islands oben im Norden Australiens, schätzte

Shane, in ärmellosem und bauchfreiem olivfarbenen Top, weiten Technohosen und Sportschuhen stand in der offenen Tür zu Lorraines Büro. Sie hätte eine von diesen glatzköpfigen, durchtrainierten Popsängerinnen sein können, dachte Shane.

»Lorraine, hi!« Sie nickte Shane zu. »Bin gleich wieder weg, aber Martin Oxley hat wegen heute Abend angerufen, es sei wichtig.«

»Sag ihm, ich rufe ihn gleich zurück.«

»Okay.« Sie verschwand mit weit ausgreifenden Schritten.

Er sah ihr nach. »Ihre Assistentin?«

»Tracy, ja.«

»Könnten Sie mir nicht auch eine Assistentin besorgen?« Er lächelte. Doch Lorraine ging auf die als Auflockerung gedachte Bemerkung nicht ein. Sie hatte sich wieder vollends unter Kontrolle, sagte:

»Sind Ihre Fragen nun beantwortet, Detective?«

»Was war das für ein Buch, das Frank Copeland über Betty Williams schreiben wollte?«

Lorraine betrachtete ihn, als wäge sie ab, ob er es wert sei, ihn in die persönliche Geschichte Bettys einzuweihen. Offenbar entschied sie sich dafür, denn sie zog eine Schublade des Schreibtisches auf und holte einen dünnen Stapel Papier hervor.

»Er hat mir kurz vor Bettys Selbstmord den Anfang des ersten Manuskriptentwurfs geschickt. Er wollte meine Meinung wissen.«

Shane streckte die Hand aus, doch Lorraine machte noch keine Anstalten, ihm die Seiten zu überreichen.

»Es ist das Original«, erklärte sie.

Auf dem Poststempel auf dem Umschlag las er: *25. April, Coocooloora*. Betty Williams hatte sich am dreißigsten April umgebracht. Die Arbeiten am Parkplatz hatten am siebenundzwanzigsten April begonnen, geteert worden war am dritten Mai. Vorausgesetzt, dass es sich bei dem Toten wirklich um Frank Copeland handelte, wovon Eliza Lee ja auf Grund der Röntgenaufnahmen mit ziemlicher Sicherheit ausging, hatte Frank also noch am fünfundzwanzigsten April gelebt. Falls er und nicht jemand anders das Kuvert zur Post gebracht hatte.

»Haben Sie danach noch mit ihm gesprochen, telefoniert?«

»Nein.« Sie schüttelte den Kopf.

»Hat Frank Copeland mal den Namen John Morgan erwähnt?«

»Nein, soweit ich mich erinnere ...«

»Was wissen Sie sonst noch über Frank Copeland?«

Sie zuckte die Schultern.

»Freunde? Familie? Könnte es jemand auf ihn abgesehen haben?«

Sie schüttelte den Kopf, wirkte abwesend. Shane stand auf, er wollte gehen. Ihre Augen, groß und fragend, richteten sich langsam auf ihn.

»Warum hat jemand es auf einen anderen Menschen abgesehen?« Sie stockte, hatte die Antwort vergessen oder seine Frage, zuckte dann erneut die Schultern, die Glut der Zigarette schon ganz nah an ihren Fingern.

»Geben Sie Acht«, warnte Shane, seine Hand bereits nach ihrer ausgestreckt.

Lorraine schreckte auf und drückte hektisch die Zigarette im Aschenbecher auf dem Schreibtisch aus. Sein Blick fiel auf eine Broschüre mit dem Foto einer Frau. Darunter stand der Name *Betty Williams.* Auf den Tatortfotos war ihm nur das goldblonde Haar bemerkenswert erschienen. Doch jetzt entdeckte er noch eine fremde, ja geheimnisvolle Schönheit. Betty Williams' blondes Haar, das sie straff nach hinten gebunden trug, stand in besonderem Kontrast zu ihrer hellbraunen Haut. Das Gesicht schmal und oval. Ihre breite Nase und die vollen Lippen waren unverkennbar ihr Aborigine-Erbe.

Selbst auf dem Foto noch schien sie dem Betrachter bis tief in die Seele schauen zu können. Sie hatte kein Lachen und Lächeln zu verschenken. Vielleicht nicht mehr.

»Auf dem Foto sieht sie nicht so aus, als hätte man ihr etwas vormachen können«, bemerkte er.

Offenbar überraschte er Lorraine mit der Bemerkung. Sie lächelte nervös. »Nein«, sagte sie. Ihr Mund zuckte wieder, und ihre Augen flackerten. »Betty Williams war eine außergewöhnliche Künstlerin.« Sie änderte ihren Tonfall, war wieder ganz die professionelle Galeristin. »Ich habe sie nie mit dem Label ›Aborigine-Malerin‹ verkauft. Sie thematisierte nicht das ›Aborigine-Sein‹ und den damit verbundenen Konflikt, wie es Robert Campbell jr, Richard Bell oder auch Gordon Bennett tun, die auch in Brisbane arbeiten. Sie war losgelöst, sie schuf Universelles.«

»Für wie viel verkaufen Sie Bettys Bild da draußen?«, wollte er wissen.

Lorraine sah durch ihn hindurch und antwortete leise: »Es ist unverkäuflich.« Dass er ging, schien sie nicht mehr zu bemerken.

»Wiedersehen«, sagte er, als er an Tracy vorbeilief, die am Boden kniete und ein Bild auspackte.

»Bye«, meinte sie, ohne aufzusehen.

Das Erste, was er sah, als er die Tür zu seinem und Jacks Büro öffnete, war ein smarter, glatt rasierter Junge, ein neuer Assistent, der an seinem, Shanes, Schreibtisch saß und mit mühevoller Sorgfältigkeit ein Formular ausfüllte.

»Spencer, das ist Shane – Shane, das ist Spencer, mein Assi.«

Sicher serviert er Jack eifrig Kaffee und Schinken-Käse-Sandwiches, dachte Shane.

»Hi, schon viel von Ihnen gehört, Shane!«, meinte Spencer,

widmetete sich aber gleich wieder seinem Formular, eifrig darauf bedacht, keinen Fehler zu machen.

»Na, Jack, du machst ja jetzt Karriere!« Shane hörte den gönnerhaften Unterton selbst, der nichts anderes als Neid veriet.

»Danke, Shane. Tut mir wirklich Leid, das mit dir, aber du wirst sehen, die rehabilitieren dich schon wieder.«

»Sicher, sicher.« Es klang bestimmt nicht sehr überzeugend.

»Mensch, Shane, du kannst froh sein, hier raus zu sein. Ist wirklich kein Vergnügen, der Fall«, berichtete Jack. »Ich komm überhaupt nicht mehr nach Hause. Ann will unbedingt noch 'n Kind und 'n neues Haus. Ich weiß nicht, wie ich das schaffen soll. Sei froh, dass du dir über so was keine Gedanken machen musst! Kaffee?«

Shane schüttelte den Kopf.

»Ich sag dir«, fuhr Jack fort, »das ist 'n Rummel mit dem Fall. Dauernd rufen irgendwelche Hellseher an. Neulich zum Beispiel hat eine behauptet, sie hätte 'n Foto von 'ner Vermissten in der Zeitung abgedruckt gesehen, und diese Frau hätte zu ihr gesprochen. Hätte gesagt: ›Wir sind noch mehr‹, und so 'n Zeug. Na ja, das war damals auch so, als sie diesen ersten so genannten Rucksackmörder gesucht haben.« Er kramte in den Unterlagen, die sich auf seinem Schreibtisch türmten, schwer wie Backsteine, und biss zwischendurch in sein Sandwich, das ihm Spencer gebracht hatte: Käse-Schinken.

»Tja, dann mal viel Glück«, erwiderte Shane.

Mit vollem Mund antwortete Jack: »Das kann ich brauchen. Und wie läuft es bei dir?«

»Vielleicht wissen wir, wer der Tote ist.« Shane druckte sich Frank Copelands Daten und sein Foto noch einmal aus, als Al Marlowe seine schiefe Boxernase zur Tür hereinstreckte. »Hier, das ist er vielleicht, unser Mann.« Shane schwenkte das Foto, das sich gerade mit Name und Adresse aus dem Drucker geschoben hatte.

»Der Mörder?«, fragte Al Marlowe und kräuselte seine Boxernase.

»Nein, der Tote in Coocooloora«, gab Shane zurück.

»Na, gute Arbeit! Jack, nimm dir mal ein Beispiel und lass mal ein Bild vom Mörder raus!«

Jack verzog das Gesicht und verdrehte die Augen.

»Also, Shane, du bleibst an dem Fall in Coo ... Wie, verdammt noch mal, heißt das verdammte Kaff?« Al sah ihn fragend an.

»Coocooloora – böser Geist.« Shane lächelte.

»Was?«, murmelte Jack.

»Also, du bleibst an dem Fall in Coocooloora dran«, wiederholte Marlowe. »Ist wichtig, dass wir für die Buschies auch was tun. Wie lange brauchst du noch?«, wollte er dann wissen und strich sich dabei über sein fettiges Haupthaar.

»Al, ich hab gerade erst angefangen! Du könntest mir mal jemanden zur Unterstützung schicken. Dieser Senior Constable Paddy Dunegal scheint mich nicht besonders zu mögen.«

»Unmöglich, Shane, das kannst du dir aus dem Kopf schlagen! Wir haben hier alle Hände voll zu tun mit diesem Serienmörder, ich kann noch nicht mal 'ne Praktikantin entbehren.« Das sagte er mit einem Augenzwinkern.

»Kannst dich beruhigen«, wandte sich Jack an Shane, »für mich hat er auch keine.« Er lachte, wie er immer lachte, wenn er zweideutige Bemerkungen machte und um Beifall heischte. Doch seine Bemerkung blieb im Raum hängen, wurde kalt und fahl.

»Ich muss also wieder mutterseelenallein zurück in die Wüste«, stellte Shane fest.

»Korrekt, Shane.« Al Marlowe drehte sich schon zur Tür. »Also gib Dampf. Je schneller du bist, umso eher darfst du dich hier wieder blicken lassen und den Luxus der Stadt genießen. Ach, und morgen früh um zehn erwarte ich dich bei unserem Meeting.« Die Tür fiel hinter ihm ins Schloss.

»So ist er halt.« Jack schüttelte den Kopf. »Aber er hat Recht. Gib ein bisschen Gas, und du bist bald wieder hier.« Als Shane aufstand, fragte Jack: »He, wann geh'n wir mal wieder auf 'n paar Drinks und ein Steak ins *Breakfast Creek Hotel?* Was machst du heut Abend?«

»Hab vielleicht was vor.« Shane wusste, dass er mürrisch klang.

»Aha, 'ne Weibergeschichte am Laufen?«

»Bye, Jack.« Shane stapfte hinaus und war froh, als die Tür hinter ihm zuschnappte. Ob Eliza heute Abend Zeit hatte?

Im Auto versuchte er, sie zu erreichen, doch im Institut nahm niemand ab. Halb fünf war es jetzt. Zeit genug, um einen Blick in die Pension zu werfen, in der Frank Copeland gewohnt hatte.

Moodroo

Es war schon längst an der Zeit, das puri-puri, die Zauberformel, aufzufrischen. Die heißen Finger der Sonne kratzten an den Wandbildern, trockneten die Farbe aus, dass sie bröckelte. Übermalen war gefährlich. Man musste den Geistern erklären, warum man es tat.

Das Auto war schon ganz verblasst, und der Hut des Weißen hob sich kaum noch von der rötlichen Höhlenwand ab.

Er nahm den flachen Stein und legte ein Stück Ocker darauf. Rot vom Blut eines heiligen Emus und Ocker von der Leber eines Kängurus. Er ging besonders sparsam damit um. Mit einem anderen Stein zerstieß er das Ocker zu einem feinen Pulver, gab ein paar Tropfen Wasser hinzu und ein bisschen Bienenwachs, das er auf seinem Weg gesammelt hatte. Der weiße Lehm kam aus dem Billabong, dem Zusammenfluss zweier Flussläufe, und das Schwarz war verkohlte Rinde. Zu allen Farben gab er ein wenig Wasser und manchmal Bienenwachs. Auch einen Rest Emufett hatte er aufbewahrt. Emufett mochte er besonders. Es machte die Farben geschmeidig und glänzend. Kein Regen und keine Feuchtigkeit könnten den Bildern so schnell etwas anhaben. Dann nahm er einen der Pinsel aus zarten Zweigen und tauchte ihn in die Farben ein.

Das Auto war bald wieder da, und unter dem Hut kam ein Mann zum Vorschein. Moodroo achtete darauf, dass er dessen Haut ganz weiß malte.

Er wiegte seinen schweren Kopf mit den grauschwarzen Locken nach rechts und links, sein Werk begutachtend. Diesmal musste das puri-puri wirken. Zu lange schon war er nicht mehr hier gewesen. Er hatte vergessen wollen. Wie die Weißen. Die wollten auch vergessen. Sie erinnerten sich noch nicht einmal mehr an ihre Großväter und Großmütter. Er hatte vergessen wollen, dass er anders war. Ganz hinten in der Höhle an der Wand entdeckte er die Form einer Hand. Gebeugt schlurfte er durch den Staub nach hinten, wo die Höhlendecke immer niedriger wurde, bis sie den Boden traf. Er legte seine Hand auf die Umrisse und bemerkte, dass die Länge seiner Finger die auf der Zeichnung um ein Vielfaches überragte. In dem Moment, als seine Hand den rauen Fels traf, wurde er klein wie ein Kind und wusste, wann die Wildorangen reif waren und wo der Ahne sich zum Schlafen hingelegt und im Traum tiefe Rillen in den Fels neben sich gekratzt hatte. Und er wusste, wann der blauzüngige Lizard aus seinem Winterschlaf erwachte und wo die Kängurus Wasser tranken. Er hörte an den Vogelstimmen und roch an den Düften der Bäume, welcher Tag im Jahr war. Und er spürte den harten und doch ein wenig gepolsterten Rücken einer Ahnin an seinem Bauch, die sich bückte und eine Wurzel ausriss, oder ihre rhythmischen Bewegungen, wenn sie einen Lizard immer und immer wieder auf die Erde schleuderte, bis er tot war. Er schmeckte die Süße der Honigameise und das weiche Innere der gebratenen Raupe. Der Rauch des Feuers am Abend brannte in seiner Nase, und vor seinen Augen tanzten die Funken, und er blickte in die großen schwarzen Augen seiner Tanten, die ihre mächtigen, weichen Körper wiegten. Die Sonne brannte auf die Baumwurzel in der flachen Grube im Sand, vor der sein Onkel saß und ein leicht gebogenes Stück Holz an die Biegung der Wurzel und den aus ihr sprießenden Baum hielt. Mit einem großen, flachen Messer schlug er Teile des Holzes ab, bis der Winkel der Biegung genau der von Wurzel und Baumstamm entsprach. Er schnitzte das Stück Holz an einer Seite flacher als an der anderen und war schließlich zufrieden, nahm Anlauf und schleuderte es mit elastischen Biegungen seines Körpers in den Himmel. Surrend und zischend kehrte es bald zurück. Die Männer waren zurückgekommen – jedoch ohne ein schlaffes Känguru auf ihren Schultern, ohne das in weiches Fell eingepackte Opossum, ohne den Federberg des Emus. Und wieder aßen sie das, was die Tanten und seine Mutter den Tag über gesammelt hatten. Jeder bekam etwas, auch wenn sie noch so wenig hatten. Er dachte an den Abend, als er das erste Mal bemerkt hatte, dass sein Onkel, der das große Känguru erlegt hatte, die kleinste Portion Fleisch bekam. Doch der lachte, umarmte seine Frau und seine kleine Tochter. Den Tag wieder überlebt zu haben und am Abend mit der Familie und den Freunden etwas zu essen zu haben war das größte Glück. Wer konnte schon in einer Wüste überleben außer Lizards und Mulga?

Langsam löste sich seine Hand von der Höhlenwand, und er war wieder allein. Da legte er sie noch einmal an den Felsen, neben die kleine Hand, hielt den flachen Stein mit dem Häufchen Ocker nahe an seinen Mund und blies den gelben Puder auf die Felsen. Er nahm seine Hand weg und blickte auf deren Abdruck. Seine Hand. Er war übrig geblieben.

Als er mit seiner Arbeit an der Wand zufrieden war, fügte er ein paar Linien zu dem Muster aus Kreisen und Rillen auf dem bleichen Schädel hinzu. Vor seine geöffneten Augen schob sich das Bild des Körpers seiner Schwester im blutigen Wasser. Er zog in Gedanken Linien – Linien von ihr zu dem Schädel im Sand, doch dann wurden die Linien blasser, und er konnte nicht mehr erkennen, wohin sie führten. Er musste wieder sehen lernen. Denn er hatte die Stimme der Alten in sich gehört, die von ihm verlangten zu töten. Der Inquest – das große Verhör – hatte begonnen.

Plötzlich quoll durch den steinernen Bogen des Höhleneingangs das rote Feuer der Sonne. Und Moodroo erinnerte sich, dass er vergessen hatte, seine Adern aufzuschlitzen.

Shane

Das Einzige, was er in der Pension herausfand, war, dass Copelands Sachen der Wohlfahrt gespendet worden waren und dass er seit dem achten Mai die wöchentlich fällige Miete, die er sonst immer in bar beglichen hatte, nicht mehr gezahlt hatte. Doch als vermisst hatte ihn niemand gemeldet.

Er war froh, als er nach Hause kam. Das Apartment im siebenstöckigen Hochhaus direkt am Fluss, ein paar Fotos und das halbe Kaffeeservice waren das Einzige, was ihm aus seiner Ehe mit Kim geblieben war. Und eine Tochter, die er in drei Jahren sechsmal gesehen hatte. An der Stelle seines Magens saß ein Sack Zement. Er parkte den Wagen auf dem überdachten Parkplatz, leerte den Briefkasten, schloss die Tür auf und vermied es, im Aufzug in den Spiegel zu sehen.

Das Apartment roch ungelüftet. Seine Nachbarin Heather, die ihre Einsamkeit seit Jahrzehnten jede Nacht in Alkohol ertränkte, briet Steaks, der Kochdunst stieg in den Entlüftungsschacht und strömte in Shanes Apartment wieder aus. »Kann man nicht ändern«, behauptete der Hausmeister. Manchmal überlegte Shane, wie es wäre, wenn statt des Essensgeruchs plötzlich süßlicher Verwesungsgestank hereinkäme.

Er riss die Schiebetür der Veranda zur Seite, und der Lärm der Autos und Trucks platzte herein. Ein gelb leuchtender Wurm kroch die Straße am Fluss entlang, und ein roter kroch ihm entgegen. Sie sollten einen Tunnel bauen, dachte Shane jedes Mal. Dann wäre es still wie in einem Sanatorium.

Sonnenuntergang, orange Fäden ins Weiß der Wolken gewoben. Jogger überholten Autos. Die blaue City Cat, das Wassertaxi, preschte heran, den glatten Wasserteppich zerschneidend, verlangsamte am alten Fabrikgelände die Fahrt, auf dem man bald Luxuslofts bauen würde, drehte bei, legte an Bretts Wharf an und flog mit den nächsten Passagieren wieder zurück in die City. Segeljachten schaukelten wie Konstruktionen aus Streichhölzern. Die Luft verwandelte sich langsam in einen orange-weißen Schleier.

In der Küche holte er die in der hinteren Ecke unter der Spüle vor sich selbst versteckte, angebrochene Flasche Gordons Gin, mixte sich einen Gin-Tonic, ging zurück ins Wohnzimmer und drückte auf die Wiedergabe-Taste des Anrufbeantworters.

»Hi, hier Su. Warum meldest du dich nicht? Hätte am Wochenende Zeit. Aber ich warte nicht ewig.« Das Einhängen des Telefonhörers war deutlich zu hören. Sie war blond und drall, und die Nacht mit ihr war eher durchschnittlich gewesen. Aber er musste ehrlich sein: Er gab sich auch keine besondere Mühe.

Warum rief sie ihn an? Erinnerte ihn, obwohl er nie mehr an One-Night-Stands, die er von Anfang an als solche anging, erinnert werden wollte. Jedenfalls niemals von der betreffenden Frau. Hoffentlich gehörte sie nicht zu der Sorte, die nun mit Beschimpfungen anfing.

»Shane, wieder mal nicht da, hier ist dein alter Dad. Ja, war zufällig in der Stadt, dachte, ich komm mal vorbei, aber ... Na ja, du warst nicht da. Fahr am Samstag wieder zurück.«

»Keine weiteren Nachrichten«, meldete die weibliche Stimme.

Sein alter Dad lebte seit fünf Jahren in einer Hütte am Strand von Fraser Island, nur ein paar Autostunden von Brisbane entfernt, und schrieb an einem Buch über Wale. Die einzigen Gründe, die ihn nach Brisbane führen konnten, wären eine ernsthafte Erkrankung oder ein unumgängliches Treffen mit seiner Exfrau, Shanes Mutter. Shane hoffte für seinen Vater, dass Letzteres zutraf. Den ersten Gin-Tonic kippte er sofort hinunter, goss sich gleich in der Küche nach, schlurfte barfuß hinaus auf die Veranda. Ein wie ein Christbaum beleuchteter Raddampfer stampfte den Strom herauf, Fetzen von Musik und das schmatzende Geräusch der eintauchenden Schaufeln wurden lauter und verebbten dann. Shane starrte auf den Fluss, als wäre er ein Fernseher.

Inzwischen war Fernsehen für ihn zum Einschlafmittel geworden. Dabei hatte er bei der Scheidung um den Fernsehapparat gekämpft. Er hatte überhaupt viel zu oft in seinem Leben um die falschen Dinge gekämpft. Doch diese Einsicht war ihm erst vor wenigen Jahren gekommen, genauer gesagt, an dem Tag vor fast zwei Jahren, als sein Vater ihn angerufen und gesagt hatte: »Deine Schwester hat sich umgebracht.«

Drei Tage hatte Shane sich mit Alkohol voll laufen lassen, bis er es doch noch fertig gebracht hatte, einen Krankenwagen zu rufen. Man lieferte ihn mit einer Alkoholvergiftung ein, die sich gewaschen hatte. Im letzten Moment wollte er eben doch nicht sterben.

An manchen Tagen bewunderte er seine Schwester, dass sie es durchgezogen hatte. Sie war schon immer konsequenter als er gewesen. Als sie sich mit neun den Unterarm aufgeschnitten hatte, wie sie es in den Western im Fernsehen gesehen hatte, und dasselbe von ihm verlangt hatte, damit sie richtige Blutsbrüder wie die Indiander würden, war er weggelaufen.

Der Gin floss die Kehle hinunter wie flüssiges Eisen, heiß und glühend. Mit dem Tonic war er sparsamer gewesen.

Die Urne ihrer Tochter hatte die Mutter im erdbeerfarbenen Kostüm abgeholt. Dad hatte zu der Zeit im Krankenhaus gelegen. Bekam vier Bypässe, interessierte sich für gar nichts mehr. Sie wollte die Urne bei ihm, Shane, loswerden.

»Was soll ich damit? Dass sie mir das antut! Hab ich sie dafür auf die Welt gebracht? Soll ich sie mir jetzt etwa noch ins Regal stellen?«, fragte sie, die Urne in der Hand, unter dem Arm ihre Krokodilledertasche. Dabei wippte sie auf den Zehenspitzen, in erdbeerfarbenen Pumps. Sie hatte zu allen Kleidern die passenden Schuhe, nur keine braunen, weil alle braune Schuhe trugen. Der Motor des silberfarbenen BMW lief.

»Komm endlich«, rief Willy am Steuer. Willy, seit zehn Jahren ihr wohlhabender Liebhaber. Willy, der ihr all das gab, was sich die Frau eines Detectives mit zwei Kindern nicht leisten konnte. Erdbeerfarbene Kostüme und Kroko-Tasche und Reisen nach Europa, zu irgendwelchen Verwandten nach Südfrankreich oder nach Griechenland.

»Die Akropolis musst du unbedingt sehen«, hatte sie zu

Shane gesagt. »Wer nicht in Europa war, weiß ja gar nicht, was Kultur ist! Wir hatten einen netten griechischen Führer. Er hat mich sogar zum Tanzen aufgefordert. Du weißt doch, zu diesem griechischen Tanz, und Willy war ganz hingerissen von den griechischen Statuen, diesen nackten Frauenkörpern! Na ja, ich hab ihn gelassen. Sie sind ja nur aus Stein, ha, ha!«

Damals hatte sich Shane noch aufgeregt, ihr vorgeworfen, Dad allein zu lassen. Doch als sein Vater regelmäßig mit lautem Schnarchen einnickte, wenn Shane über seine eigenen Eheprobleme und seinen Job reden wollte, hörte er auf, sich über die Beziehung seiner Eltern zueinander ein Urteil zu erlauben.

Sie hatte an der geöffneten Tür des BMW gelehnt, die Urne wie einen hässlichen und unverdient gewonnenen Pokal von sich haltend.

Shane hatte ihr die Urne mit der Asche seiner Schwester aus der Hand gerissen, hatte sich auf dem Absatz seiner nagelneuen schwarzen Schuhe umgedreht, in denen ihm schon nach zehn Minuten die Füße wehtaten. Im Pub angekommen, waren seine Fersen nur noch rohes Fleisch.

Einen Monat später fuhr er nach Rainbow Beach, mietete sich ein Schnellboot, raste eine Viertelstunde geradeaus hinaus aufs Meer, verlangsamte die Geschwindigkeit, öffnete den Deckel der Urne und ließ die Asche vom Fahrtwind aufs Meer hinauswehen.

Sein zweites Glas war leer. Er hatte zwei Möglichkeiten, was den Abend betraf: Entweder könnte er sich mit dem Rest Gin besaufen oder Eliza Lee anrufen.

Eliza Lee sei heute ausnahmsweise schon früher nach Hause gegangen, erklärte die Sekretärin am Telefon und rückte damit die erste Möglichkeit der Abendgestaltung in den Vordergrund. Doch warum sollte er nicht versuchen, sie zu Hause anzurufen? Er gab einen dringenden beruflichen Anlass vor und erhielt die private Nummer Elizas.

Dass sich der Anrufbeantworter einschaltete, wunderte ihn nicht; er hatte es sogar erwartet. Shane legte trotzdem nicht auf, wollte sich nicht den Klang ihrer Stimme entgehen lassen. Geschmeidig wie ihr Körper und in jedem Moment bereit, zurück- oder vorzuschnellen, zu fliehen oder anzugreifen. Der Piepton, das Signal für den Anrufer, jetzt eine Nachricht aufs Band sprechen zu können, traf ihn wie ein Peitschenhieb, und er legte sofort auf. Übel gelaunt und lustlos schlurfte er auf die Veranda zurück.

Unten auf der Straße war es ruhiger geworden. Lag an der Uhrzeit oder am Alkohol oder an beidem. Am gegenüberliegenden Ufer tanzten Lichter auf dem Wasser. Der Raddampfer hatte gedreht und stampfte wieder zurück in Richtung City. Er sollte jetzt besser aufhören zu trinken. Morgen würde er sonst durch die Hölle gehen. Außerdem wartete Arbeit auf ihn: das Manuskript Frank Copelands. Er nahm den Stapel Papier, den Lorraine ihm gegeben hatte, und setzte sich auf die Couch.

Geschichte Lilys:

Am Anfang ihres Lebens waren Feuer und Schmerz. Das war alles, an was sie sich erinnerte. Und dann sagten die Tanten und Onkel, dass ihre Mutter im Feuer verbrannt sei. Das war alles, was sie ihr sagten. Und als sie dachte, sie müsste auch sterben, kam die Wohlfahrt und holte sie weg von ihren Onkeln und Tanten.

Die dicke Weiße hat sie mit sich in den Zug genommen. Ein kleines, dünnes dunkles Mädchen. Die Weiße und der Polizist haben behauptet, es ginge ans Meer. Da wäre es schön. Viel schöner als da, wo sie herkam – aus den alten, stinkigen Hütten. Das dünne Mädchen hat es nicht verstanden, weil ihm die Hütten gefallen haben. Aber es hat nicht geweint. Denn seine Mutter war schon tot gewesen.

Doch als der Zug hielt, war da gar nicht das Meer. Sondern ein graues Haus. Es waren viele andere Kinder da, schwarze und nicht ganz so schwarze wie Lily. Tagelang hat sie geweint. Sie haben gelogen, da gab es gar kein Meer.

Im Heim waren Nonnen. Weiße Frauen mit schwarzen und weißen Gewändern und knochigen Händen. Auch ihre Gesichter waren knochig. Und ihre Zähne spitz. Der Boden, auf dem sie mit den anderen Mädchen schlafen musste, war kalt und aus Beton. Sie bekam nur ein Bettlaken, das sie auf dem Boden ausbreiten konnte und eine dünne Decke.

Tagsüber mussten sie hart arbeiten. Sie lernten, wie man kochte und putzte und nähte. Sie schrubbten den Boden, putzten Schuhe und gruben die lehmige Erde um. Die weißen Nonnen sagten dauernd, dass sie sauber sein müssten, sauber wie Weiße und nicht schmutzig wie Aborigines. Und deshalb mussten sie sich bürsten und waschen, bis ihre Haut brannte.

Als Lily älter war, schickten die Nonnen sie zum Arbeiten auf eine Farm. Das Geld bekam die Mission. Die Farm war groß, und es gab viel zu tun. Sie putzte, wusch die weiße Wäsche, nähte, tat alles, was die weiße Herrin und der weiße Herr wollten. Sie musste nicht auf dem Boden schlafen, sondern bekam einen mit Stroh gefüllten Sack. In der Nacht hatte sie Angst, doch es geschah nichts. Aber eines helllichten Tages.

Die Erde ist rot und heiß. Stachelgrasbüsche sprießen hin und wieder aus dem Boden, den die Sonne seit Jahrtausenden mürbe macht, dass er einreißt wie alte Haut. Risse wie nie genähte Narben, gezackt und tief und rot. Wind streift darüber, treibt luftige Ballons aus Dornen vor sich her. So lange, bis sie hängen bleiben an toten Eukalyptusästen.

Hinten durch die Ebene rinnt ein Bach – und in der Hitze flimmert eine staubige Straße. Dort, wo Bach und Straße unvermeidlich aufeinander treffen, hat man eine dürftige Holzbrücke gebaut.

Gleich hinter der Brücke am Straßenrand parkt ein grüner Lieferwagen, Fahrertür geöffnet, Motor brummt. Ein Mann lehnt an der Kühlerhaube und hält sich die Ohren zu. Weiter unten aus dem Gebüsch am Bach gellt ein spitzer Schrei, der sofort erstickt. Dann folgt stoßartiges Keuchen. Hinter dem dürren Eukalyptusstrauch hat ein stämmiger Mann ein Mädchen unter sich. Auf ihrem dünnen Kleidchen sind bunte Blumen gedruckt, bunt wie eine Sommerwiese. Seine weiße Hand ist so groß wie ihr schwarzes Gesicht. Quetscht ihre Kiefer zusammen, presst ihre Nase, als sollte sie zerbrechen, krallt die Finger in ihre Augen und Ohren wie in eine reife Frucht. Stößt zu, rasend wie wild gewordenes Vieh, reißt plötzlich die glasigen Augen auf, brüllt, wird steif wie ein Brett. Stille. Nur das Plätschern des Bachs und krächzende Laute der Vögel.

Er nimmt seine schlaff gewordene Hand von ihrem Gesicht, steht auf, zieht die braune, speckige Stoffhose hoch über weiße, dicht behaarte Schenkel und schnallt den Gürtel zu. Mit dem staubigen Stiefel tritt er dem Mädchen in die Seite, wie er es bei verendenden Tieren macht, um zu prüfen, ob sie noch leben. Das Mädchen krümmt sich, und er wischt mit dem Ärmel des karierten Hemdes über sein verschwitztes Gesicht, schlendert zum Wagen zurück.

Der Mann, der an der Kühlerhaube lehnte, ist schon eingestiegen, sieht dem anderen nicht mehr in die Augen.

Der klettert hinters Steuer, schlägt die Tür zu, löst die Handbremse, legt den ersten Gang ein und gibt Gas.

Der Lieferwagen wird kleiner.

Das Mädchen kriecht in den Bach, über die glitschigen Steine, streckt die Hand aus und bekommt eine Scherbe des Wasserkruges zu fassen. Das Kleid mit der bunten Blumenwiese ist jetzt zerrissen. In der roten Ebene ist es wieder still.

Zurück im Heim konnte sie nicht anders und erzählte der Nonne, was passiert war, denn sie wollte nie wieder dorthin. Da haben ihr die Nonnen den Mund mit Seife ausgewaschen und sie mit einem

Lederriemen geschlagen. Sie sah wohl so übel aus, dass sie einen Arzt geholt haben. Der hat gesagt, sie sei schwanger.

Die Nonnen haben sie ins Krankenhaus gebracht, als es so weit war. Sie hat sich auf das Kind gefreut, hat Mitleid mit ihm gehabt und wollte es lieben und für es da sein und niemals zulassen, dass mit ihm dasselbe geschieht wie mit ihr. Sie hat das Kind bekommen, es war ein Mädchen, das hat sie noch gesehen. Als sie es in die Arme nehmen wollte, haben sie es weggenommen, ihr eine Spritze gegeben, weil sie so geschrien hat. Sie haben ihr erklärt, das Kind sei gestorben. Und als sie später im Krankenhaus nachgefragt hat, haben sie behauptet, dass sie niemals dort gewesen sei, geschweige denn ein Kind geboren habe. Aber sie wusste, dass sie logen.

Shane wusste, wie es weiterging. Das Kind hieß Betty. Er las weiter:

Sie nannten das Mädchen Betty. Und weil sie noch klein, ihr Haar blond und ihre Haut auch sehr hell war, haben ein weißer Mann und eine weiße Frau Betty als ihr Pflegekind aufgenommen. Doch sie schrie ihnen zu viel, aß nicht, konnte nie allein sein, und ihre Haut wurde dunkler. Schließlich konnten sie Betty nicht mehr als griechisches Findelkind ausgeben. Da haben sie sie nach einem Jahr wieder ins Heim zurückgebracht. Es kamen noch mal weiße Eltern, aber bei ihnen blieb Betty nur ein paar Wochen. Eines Tages hieß es wieder, dass sie jetzt eine neue Mum und einen Dad bekäme. Da ist sie mit der fetten Frau, die schrecklich schwitzte, in ein Auto gestiegen und schließlich durch die grauen Straßen gefahren. Dort gab es nur Weiße. Gar keine Schwarzen mehr. Nur weiße Männer mit roten Gesichtern und hellen Haaren oder gar keinen Haaren auf dem Kopf und weiße Frauen mit kleinen Taschen und Hüten.

Vor einem Haus hielt das Auto. Die Frau packte ihre Hand und führte sie über den kurzen Rasen zu der Haustür. Sie hat ziehen müssen, denn das schwarze Mädchen wollte nicht aussteigen. Dann aber wurde die Tür des Hauses geöffnet, und eine andere weiße Frau nahm Bettys Hand. Die Hand der Frau war nicht fleischig, sondern so wie die abgenagten Knochen eines Kängurus. Und die Frau musste noch mehr ziehen. Aber dann war es doch im Haus, das schwarze Mädchen, und hinter ihm schlug die Tür zu.

»Sie ist doch dunkler, als man uns gesagt hat!«, schimpfte ein dicker Mann.

»Das ist Betty. Sie hat keine Mum und keinen Dad mehr«, hat die Frau zwei anderen Kindern erklärt. Die waren weiß. Und der Mann ging aus der Tür und warf sie ins Schloss.

Die Frau mit den Känguruknochenfingern behauptete, dass sie jetzt die neue Mum sei. Die anderen Kinder glotzten Betty an und berührten ihre Haare. Das eine Kind war ein Junge und ein bisschen kleiner als sie selbst, das andere war ein Mädchen wie sie.

In den Häusern und Läden, auf den Straßen und Plätzen – überall gab es nur Weiße. Und in der Schule starrten die Kinder Betty an und fragten, warum sie anders aussehe als ihre Geschwister.

»Weil sie eine andere Mum und einen anderen Dad hatte«, antwortete dann die Lehrerin an Bettys Stelle.

»Wo sind deine richtigen Eltern?«, wollten die Kinder wissen, und die Lehrerin erzählte, sie seien gestorben, und Betty habe jetzt neue Eltern.

Woran war ihre Mutter gestorben?

Als Betty nicht mehr so große Angst vor der Frau mit den Känguruknochenfingern hatte, fragte sie, woran ihre Mutter gestorben sei, doch da wurde die Frau plötzlich böse und antwortete, sie wolle nicht, dass jemand in ihrem Haus von Bettys alter Mum spreche. Und der neue Dad klatschte ihr eine Ohrfeige auf die Wange. Die anderen Kinder lachten sie aus und stießen sich beim Essen unter dem Tisch an.

Sie legten Betty, wenn die Eltern nicht hinschauten, abgenagte Hühnerknochen auf den Teller, und die Eltern sagten dann, sie sei ein verfressenes Stück. Oder die Kinder gaben ihr einen Extralöffel

Porridge, weil Betty Porridge nicht mochte, aber erst aufstehen durfte, wenn sie alles aufgegessen hatte. »Verwöhntes Stück!«, schimpften die Eltern dann.

Sie lachten oft über sie, und Betty wollte weinen, aber sie konnte nicht mehr weinen, weil sie ihre Tränen schon in den ersten Wochen aufgebraucht hatte.

In der Schule war Betty schlecht. Sie konnte nicht so reden wie die anderen Kinder, und wenn sie etwas nicht genau wusste, sagte sie auch nichts. Das legten ihr die Lehrer als Faulheit aus. Und als Dummheit. Wenn sie mit schlechten Noten zurück in das kleine Haus mit dem kleinen Garten und den kleinen Sträuchern kam, gab der Mann ihr eine Ohrfeige und brüllte und warf seiner Frau böse Blicke zu. Irgendwann hörte Betty, wie er seine Frau anschrie und ihr vorwarf, eine Idiotin ins Haus geholt zu haben. Die würde seine eigenen Kinder verderben!

Die anderen Kinder bekamen neue Kleider. Betty bekam deren alte, auch wenn sie ihr manchmal zu kurz waren. »Sie haben eben gute Noten«, meinte die Frau, »und dafür werden sie belohnt.«

Doch Betty konnte nicht erklären, warum sie schlechte Noten bekam. Sie konnte nicht erzählen, dass die anderen Schüler sie in der Pause traten, sie an den Haaren zogen und auslachten, ihre Bücher zerrissen und ihre Hefte mit den Hausaufgaben versteckten. Sie konnte nicht erzählen, dass die anderen Kinder sie nicht mitspielen ließen. Sie konnte nicht erzählen, dass sie am liebsten ins Meer gesprungen und niemals wieder an Land geschwommen wäre. Wenn es das Meer überhaupt gab. Denn bisher hatte sie es noch nicht gesehen.

Es kam der Tag, da erklärten ihre neue Mum und ihr neuer Dad, dass sie genug von ihr hätten und dass sie in ein Heim müsse. Da würde man ihr schon das Lernen beibringen. Sie sagten, dass sie enttäuscht von ihr seien, weil sie so wenig Dankbarkeit zeigte, dabei hätten sie sie doch gerettet.

Betty verstand nicht, was sie damit meinten.

Sie kam wieder ins Heim. Sie sprach nicht und lachte nicht und las nicht die Bibelstellen, als sie damit an der Reihe war.

Eines Tages, als sie wieder ihre Lippen zusammenpresste, anstatt den Bibeltext vorzulesen, packten drei junge Schwestern sie, legten sie auf einen Tisch, hielten mit einer Zange ein Stück Eisen ins Ofenfeuer, bis es orange glühte, und drückten es auf Bettys Unterarm. Es war ein D, und sie sagten, es bedeute Devil. Sie sei verdammt. Da war sie neun.

Als sie schon glaubte, ihr Leben ginge immer so weiter, kamen wieder ein Mann und eine Frau und nahmen sie mit in ihr Haus. Sie schrie nicht mehr, sondern blieb stumm, weil der Schmerz ihr zur Gewohnheit geworden war.

Doch der Mann und die Frau waren anders. Alles war anders. Es gab auch keine weiteren Kinder. Der Mann und die Frau schrien sie nicht an und schlugen sie nicht. Sie bekam genug zu essen, wurde nicht gezwungen zu sprechen, und der Mann und die Frau saßen abends an ihrem Bett und lasen ihr Geschichten vor. Und wenn sie nachts plötzlich doch schrie, weil sie einen schlimmen Traum hatte, kamen die beiden und setzten sich an ihr Bett, bis sie wieder einschlief. Sie wurden ihr Dad und ihre Mum.

Er baute Häuser in Brisbane, moderne, hohe, in der Stadt und am Fluss, und Betty durfte zusehen, wenn er sie zeichnete. Sie bekam Papier und Farben und begann zu malen.

Ihre Mum war Lehrerin, und Betty ging zuerst in ihre Klasse. Und kein Kind und kein Lehrer trauten sich, Betty zu hänseln. Ihre neuen Eltern nahmen sie überall mit hin, sagten, sie sei Aborigine, und sie hätten sich so sehr ein Kind gewünscht.

Betty war glücklich. Schrieb in der Schule gute Zensuren, sprach wieder und dachte nur noch ganz selten an ihre Mum, die gestorben war. Sie gewann bei Sportveranstaltungen jedes Rennen, und die Sportlehrerin wollte sie weiter fördern. Aber ihren Eltern war aufgefallen, dass Betty erstaunlich gut das, was sie gesehen hatte, nachzeichnete – und Betty entschied sich für die

Malerei anstatt für den Sport. Mit siebzehn bekam sie ein Stipendium für Malerei in Sydney.

Ein Jahr später, mit achtzehn, wurde ihr Einsicht in ihre Akte gewährt. Da fand sie einen Brief ohne Absender. Darin erfuhr sie, dass ihre leibliche Mutter nicht gestorben war.

Sie reiste nach Charleville, wo ihre Mutter lebte, und fand eine fünfunddreißigjährige traurige Frau, die ein seltsames Englisch sprach, das sie, Betty, kaum verstand.

Sie saßen am Tisch und schwiegen lange. Und plötzlich sah sie Tränen in die Augen ihrer Mutter steigen. Da weinte sie auch. Sie weinten beide, und ihre Mutter nahm sie in die Arme, und sie weinten um all die Jahre, in denen beide geglaubt hatten, die andere sei tot.

Die Mutter erzählte von ihrem Sohn Moodroo und von ihrem Mann, der leider viel trank und immer traurig war. Als sie hörte, dass Betty Malerin war, schickte sie sie zu einem Onkel in Alice Springs. Betty lernte überall Maler und Malerinnen kennen, Michael Nelson Tjupurulla, Uta Uta Tjangala, Clifford Possum Tjapaljarri, Emily Kame Kngwarreye ...

Sie wusste, dass sie anders war als sie, spürte, dass sie nie so malen würde wie sie. Sie war weiß erzogen worden, dachte weiß, fühlte weiß – aber sie wusste, dass sie für Weiße schwarz war.

An dieser Stelle hatte Frank einen großen Absatz gemacht. Er schrieb weiter:

Dieses Schicksal und diese Erfahrung wurden zum bestimmenden Thema ihrer Malerei. Sie weitete das Thema aus auf allgemeinere Erfahrungen von Ausgeschlossenheit, Entwurzelung, Isolation – Themen der modernen Gesellschaft. Reisen führten sie nach Europa und in die USA, ihre Bilder wurden ausgestellt ...

Betty Williams gehört heute zu den erfolgreicheren und auch international ausstellenden Malern.

Shane seufzte. Wie oft hatte er Aborigines wegen Diebstahls, Totschlags und so weiter verhaften müssen, die ähnliche Lebensläufe, aber nicht das Glück gehabt hatten, bei liebevollen Pflegeeltern aufgewachsen zu sein? Die »Stolen Children«, wie sie sich nannten, die Kinder, die aus Verbindungen zwischen Weißen und Aborigines hervorgegangen waren und ihren meist schwarzen Müttern von der Regierung weggenommen und in Heime gebracht worden waren, verband alle das gleiche Schicksal: Sie mussten mit ihrer Entwurzelung und ihrer Identität, um die man sie betrogen hatte, fertig werden. Shane wunderte sich nicht, dass viele dem Alkohol verfielen – wenn er selbst es schon tat, obwohl er weiß und gesund war, Eltern hatte, eine Wohnung, einen Job und früher sogar noch Frau und Kind.

Er hatte einmal einen Partner gehabt, damals, als er noch im Streifendienst tätig gewesen war, der Teilaborigine war und der ihm hin und wieder die Fakten dargelegt hatte, die so gern unter den Teppich gekehrt wurden.

»›Breeding out the color‹ hieß das Schlagwort aus den Dreißigerjahren«, hatte ihm der Partner erklärt. »Was den Plan beschrieb, Aborigines auszuradieren. Teilaborigines sollten Weiße heiraten, auf keinen Fall wieder Schwarze. So hoffte man, irgendwann die Aborigine-Frage abhaken zu können.«

Shane stand auf, er brauchte Luft. Er lehnte sich ans Verandageländer. Über den Kingsford Smith Drive donnerten nicht mehr ganz so viele Autos und Trucks wie tagsüber oder zu den Rushhours. Von weiter unten drang Rockmusik herauf.

Er kam in dem Fall nicht weiter. Alle verschwiegen etwas. Auch Lorraine. Er würde noch einmal mit ihr reden.

Sieben Uhr. Vielleicht war sie abends ja zugänglicher.

Die Telefonnummer fand er in seinem Notizbuch. Er rief an und erfuhr, dass am Abend eine Vernissage stattfand.

Vierzig Minuten später warf er die Taxitür zu und stieß die Tür der Galerie auf, aus der gelbes Licht in die Dunkelheit quoll. Die Ventilatoren arbeiteten noch immer. In der sonst leeren und geräumigen Ausstellungshalle standen dunkel gekleidete Menschen, in Gruppen gedrängt, und tranken Sekt. Gemurmel, Gelächter und verschiedenste Parfums hatten sich des noch am Nachmittag so luftigen Raums bemächtigt, ihn in Besitz genommen wie andersgläubige Eroberer einen Tempel. Wenn das Lorraines Klientel war, konnte sie bestimmt nicht über mangelnde Einnahmen klagen. Und plötzlich war er ganz sicher, dass die Aborigine-Künstler in den Gemälden ihre Geheimnisse nicht preisgaben und die Geschichten, die sie oft zu den Bildern dazulieferten, frei erfunden und in Wahrheit für sie bedeutungslos waren.

Er zwängte sich durch die Menge, vorbei an dunklen Jacketts und nackten Schultern, an grauen Dauerwellen, blonden Mähnen, Glatzen und Föhnwellen, warf einen Blick auf die kopierte Preisliste, die eine Dame in ihren beringten Fingern hielt, las: *15000 Dollar, 35000 Dollar, 28000 Dollar*, erhaschte einen Blick auf Lorraine in der Ferne, die ein apfelgrünes, seidiges Nichts trug und mit einem weißhaarigen Herrn in ihrem Büro verschwand, erspähte Tracy in einem engen schwarzen, kampfanzugähnlichen Gewand, kämpfte sich in ihre Richtung durch, machte sich mit einem »Hi, Tracy!« bemerkbar, konnte aber nur noch ihren Hinterkopf sehen.

»Hallo, Vincent!« Ein rothäutiger übergewichtiger Herr im Halbarmhemd streckte ihm die behaarte Pranke in den Weg.

Shane schüttelte den Kopf: »Nein, ich bin nicht Vincent.«

»Wirklich nicht? Vielleicht sein Bruder? Ein Verwandter?«

»Nein, tut mir Leid.«

»Trotzdem – finden Sie nicht auch, dass die Zeit der Dot-Paintings vorüber ist? Lorraine hat das verstanden. Letzten Monat zum Beispiel war ich in Alice. Herrgott, ich war vor zehn Jahren zum letzten Mal da. Aber heute? Da sehen Sie so viel Aborigine-Kunst, dass Ihnen schlecht davon wird. Da ist alles kaputt!«

»Das gibt's nicht, Herb, das ist ja Vincent! Aber sicher, Vincent!«, zwitscherte eine blondierte Siebzigjährige aufgeregt.

»Annie, er sagt, er sei nicht Vincent«, entgegnete der Rothäutige.

»Hast du ihn gefragt, ob er ein Bruder von ihm ist?«, plapperte Annie weiter, und Shane beeilte sich, in der Menge zu verschwinden.

Und dann erblickte er an der anderen Seite des Raumes auf einer schmalen Empore vor einem mindestens zehn mal zwölf Meter großen wuchtigen Bild *sie*. Wenn sie ihm gesagt hätte, sie wäre in dem kleinen Schwarzen mit dem tiefen Rückenausschnitt zur Welt gekommen, hätte er es geglaubt. Ihr schwarzes, seidiges Haar trug sie offen, die Spitzen reichten bis zu ihren Brüsten, bemerkte er. Eliza Lee hielt ein Glas in der Hand und unterhielt sich mit Tracy. In wenigen Sekunden hatte er sich zu ihr durchgewühlt, Entschuldigungen murmelnd, Ellbogenknüffe in Kauf nehmend.

»Sie wollen sich doch nicht etwa dieses Monstrum in die Wohnung hängen!«, sagte Shane.

Sie lachte und schüttelte ihre seidige Mähne, ein bisschen zu kokett, wie er fand. Damit verriet sie sich. »Warum nicht? Wo haben Sie denn Ihre Sonnenbrille gelassen, Shane?« Da war er wieder, ihr spöttischer Ton. »Ich gebe zu, ich habe Sie unterschätzt. Ich dachte, Sie interessierten sich eher für Rugby als für Kunst.«

»Und ich dachte, Sie verbrächten jede Nacht damit, Leichen zu sezieren«, konterte Shane.

Eliza brachte ein kurzes, säuerliches Lächeln zustande. »Das ist Tracy«, erklärte sie dann.

»Wir haben uns bereits kennen gelernt«, erwiderte Tracy. »Entschuldigt mich.« Sie stieg die drei Stufen der Empore hinunter und wurde von der Menge verschluckt.

»Was tun Sie eigentlich hier?«, fragte er.

Sie lächelte, zögerte, antwortete dann: »Sagen wir, ich pflege alte Bekanntschaften.«

»Verstehe.«

»Nein, sicher nicht.« Sie wurde plötzlich ernst, ihre schwarzen Augen drangen in seine. »Lassen Sie uns gehen.«

»Jetzt?« Nun geriet er doch etwas aus der Fassung. »Ich muss Lorraine noch etwas fragen.«

»Rufen Sie sie morgen an«, entgegnete sie ungeduldig und streifte wie zufällig mit der Hand seinen Arm.

»Nein, warten Sie, ich bin gleich wieder da.« Shane drängte sich zu Lorraines Büro vor. Die Tür stand offen. Lorraine redete noch mit dem älteren Paar, das aus ihm Vincent machen wollte, sah aber jetzt auf. Sie ging zu Shane, fragte leise: »Ja?«

Er sprach genauso gedämpft: »Miss Reynolds, ich muss wirklich alles wissen, was Sie wissen. Hatten Frank oder Betty irgendeine Ahnung, oder haben sie eine Andeutung gemacht, wer Bettys Vater ist?«

»Nein.« Ihr Ton war kühl. Dann aber blickte sie erstaunt an ihm vorbei. »Was hast du damit zu tun?«, wollte sie wissen.

Shane drehte sich um. Hinter ihm stand Eliza. Sie entgegnete: »Warum sagst du es ihm nicht.«

Shane sah von Eliza zu Lorraine und wieder zu Eliza zurück, die Lorraine nicht aus den Augen ließ.

»Es ist lächerlich.« Lorraine schüttelte den Kopf. »Und jetzt entschuldigt mich.« Sie ließ die beiden stehen, kehrte zu dem Paar zurück.

»Was meint sie?« Shane verstand nicht.

»Ich bin mit dem Taxi da«, erklärte Eliza knapp und wandte sich abrupt zum Gehen.

Er hatte das Gefühl, dass ihm nichts anderes übrig blieb, als ihr zu folgen.

Hinter ihnen flog die Tür ins Schloss, trennte sie vom Stimmengemurmel und dem Licht. Draußen wartete die Nacht, es war noch warm, der Verkehrsstrom war dünner geworden. Shane hielt ein Taxi an und rutschte neben sie auf den Ledersitz.

»Und jetzt?« Er hätte auch stundenlang mit ihr so durch die nächtliche Stadt gleiten können. »Was halten Sie von einem Drink?«

Sie nickte.

»Zur Brunswick Street, Ecke Arthur«, sagte er.

Der Taxifahrer, ein narbengesichtiger Junge mit kurz rasiertem Schädel, nickte und fuhr los.

»Treffen Sie sich noch mit Ihrer Exfrau?«, fragte sie plötzlich.

Er sah sie an, überrascht, und antwortete dann: »Nein. Und Sie?«

»Was meinen Sie?«

»Sind Sie verheiratet, oder waren Sie es?«

»Nein«, murmelte sie und sah aus dem Fenster.

»Was – nein? Sind Sie verheiratet?«

»Nein. Und ich war es auch nicht.«

Der Wagen hielt an einer roten Ampel. Durchs Seitenfenster konnte er in den neben ihnen stehenden Wagen blicken. Eine blasse, junge Frau starrte mit riesenhaften Augen zu ihm herüber. Die Ampel wurde grün, und der andere Wagen bog ab. Shane sah zu Eliza hinüber, die sich im selben Moment zu ihm drehte. Einen Moment glaubte er, sie wolle ihn küssen.

»Wie kamen Sie darauf, Gerichtsmedizinerin zu werden, Leichen zu sezieren?«, fragte er, wieder Distanz schaffend. Diesmal hatte er sie überrascht.

»Für die Geschichte reicht die Taxifahrt nicht«, gab sie kühl zurück.

Er wollte lustig sein und meinte: »Wir können ja einen Umweg ...«

»Nein«, schnitt sie ihm das Wort ab, »ich möchte jetzt die Geschichte nicht erzählen.«

»Schon okay. Ich wollte Sie nicht ausfragen«, entgegnete er ein wenig kleinlaut.

Das Taxi fuhr an den Bordstein. Eliza war schneller und bezahlte.

Shane erklärte: »Dafür lade ich Sie zu einem Drink ein.«

In der Bar war es schummrig; die südamerikanische Musik ließ nur eine Unterhaltung in nächster Nähe zu. Shane war schon lange nicht mehr hier gewesen.

Eliza lehnte sich an die lange Bar, sah sich um und fragte betont beiläufig: »Was halten Sie von Tracy?«

»Tracy? Wie kommen Sie jetzt auf sie?«

»Welchen Eindruck hatten Sie von ihr?«, hakte sie nach und nahm aus ihrer schwarzen Prada-Handtasche eine Schachtel Zigaretten.

»Mein Gott, ich hab mir keine Gedanken über sie gemacht, sie ist nicht mein Typ.« Er lachte, versuchte locker zu sein und die Nervosität, die er in ihrer Gegenwart empfand, zu verbergen.

»Haben Sie Streichhölzer?«, fragte sie den Barmann, der ihr sogleich welche reichte, und sie fuhr im selben Atemzug fort: »Lorraine hat ein Verhältnis mit ihr.« Sie zündete sich eine Zigarette an.

Er schluckte, das hatte er nicht erwartet. »Lorraine geht mit Tracy ins Bett?«

Sie sah ihm ungerührt in die Augen. »Lorraine hatte auch ein Verhältnis mit Betty«, fügte sie hinzu, und ihre Augen hätten nicht dunkler werden können.

»Betty Williams hatte Sex mit Lorraine?« Seine Lockerheit war vollends dahin. »Und was bedeutet dann der Abschiedsbrief? Ich meine, wenn Betty ein Verhältnis mit Lorraine hatte, wieso brachte sie sich dann wegen Frank um? Oder hatte Betty etwa auch etwas mit Frank? Oder ... oder ist der so genannte Abschiedsbrief Bettys gefälscht?«

»Ich nehme einen Gin-Tonic«, sagte sie, noch immer ernst. »Sie wollten mich doch einladen.«

Shane brauchte ein paar Sekunden, dann bestellte er bei dem schwarz gekleideten Barmann zwei Gin-Tonic.

Ohne den Drink anzurühren, fragte sie: »Tanzen Sie?« Sie wartete seine Antwort nicht ab, sondern ergriff schon seinen Arm. Er nahm einen kräftigen Schluck und ließ sich von Eliza auf die Tanzfläche ziehen, über die Lichtblitze zuckten wie Schiffssignale in einer nebligen Nacht.

An seiner Brust fühlte er ihr Herz schlagen. Hart und schnell. Seine Hand, die eben noch auf dem glatten Stoff ihres schwarzen Kleides gelegen hatte, schob sich weiter dorthin, wo sie nackte Haut fand, in den tiefen Rückenausschnitt. Ihre Schenkel drängten sich bei der Rumba zwischen seine. Sie tanzte die südamerikanische, enge Variante. Und er war froh, dass Kim ihn zum Tanzen gezwungen hatte. Shane nahm Elizas Duft wahr, sie roch nach frischer Frühlingsluft, und er konnte für Momente vergessen, wer er war, wünschte, die Musik würde nie enden. Als sie endete, hielt sie ihn fest, legte ihren Kopf seitlich an seinen, begann sich erst wieder zu regen, als das nächste Musikstück begann. Noch eine Rumba, stellte er erleichtert fest. Irgendwann waren ihre Lippen nur noch wenige Zentimeter von seinen entfernt. Als er sie berührte, schloss sie die Augen, wie er. Und jetzt vergaß er endlich auch, wer sie war.

»Ich wohne nicht weit«, hörte er sich dicht an ihrem Ohr flüstern.

Wenige Minuten später saßen sie in einem Taxi, und er hatte Angst, dass plötzlich alles wieder umschlug. Doch sie sagte nichts, und er legte seine Hand auf ihren Schenkel, dorthin, wo der Saum des Kleides endete.

»Wieso weißt du das über Lorraine?«, fiel ihm ein.

Eliza strich die Innenseite seines Beines hinauf, da wollte er keine Antwort mehr.

Das Taxi zahlte er. Im Aufzug hielt er sie fest, fürchtend, das Neonlicht könnte seine und ihre Bedenken heraufbeschwören. Die Aufzugtüren öffneten sich, Shane schloss das Apartment auf, schaltete den Dimmer-Schalter ein, die Tür fiel zu.

Er kam nicht dazu, ihr einen Drink anzubieten. Sie drängte ihn an die Wand neben die Kommode mit den gerahmten Fotos rechts neben dem Eingang, knöpfte sein Hemd auf, schnell und geschickt. Shane glitt mit den Händen an ihrem Hals entlang, umfasste ihre Brüste mit den hart gewordenen Spitzen, sie hatte ihre Hände an seinem Po, zwängte ihren Schenkel zwischen seine Beine. Er zog die Träger ihres Kleides über die Arme, bemerkte, dass der Verschluss ihres BHs vorne saß, öffnete ihn. Ihre Brüste fielen wie reife Äpfel in seine Hände, während ihre Hand über seinen Penis streifte. Er half ihr, den Reißverschluss seiner Hose zu öffnen, und schob ihr Kleid hoch. Sein Herz schlug wie ein Hammer auf einen Amboss, gleich müsste er aufhören. Er tastete seitlich nach der Kommode. Versuchte, die Schublade aufzuziehen, was ihm nicht gelang. Eliza half ihm. Er fand die Kondome, riss die Folie auf, streifte den Gummi über, hob ihren linken Schenkel und drang in sie ein. Sie kam sofort und er gleich darauf. Im selben Moment fühlte er auf ihrem Bauch etwas Wulstiges – eine lange Narbe, und er bemerkte einen beißenden Geruch. Aus den Entlüftungsschächten an der Decke quoll schwarzer Rauch.

Hastig zog er die Hose hoch, Eliza starrte ihn noch mit großen schwarzen Augen an, dann verstand auch sie.

»Es kommt von drüben!« Shane riss die Tür auf, sie stürzten zu Heathers Apartment nebenan.

»Heather!« Er klopfte, klingelte, doch nichts war von drinnen zu hören. Die Tür bestand nur aus dünnem Holz. Shane trat sie ein. Dichter, grauer Qualm quoll ihnen entgegen.

Er rief: »Heather?«, kämpfte sich durch den Rauch, dorthin, wo er offenbar herkam: aus der Küche. Shane tastete sich zum Backofen, aus dem dicker Qualm drang, es stank nach Verbranntem. Rasch schaltete er den Backofen aus, klappte die Tür auf – und noch dichtere Rauchschwaden kamen ihm entgegen. Er riss die Schiebefenster auf. Schließlich starrte er auf einen durchgebrannten Bräter mit einer undefinierbaren verkohlten Masse darin. Als er aufblickte, stand eine halb angezogene Heather mit rotem Gesicht und glasigen Augen im Türrahmen und hielt sich daran fest.

»Was is'n hier los? Muss wohl eingeschlafen sein. Oh, meine Lammkeule!« Sie hatte offensichtlich ein paar Schnäpse zu viel intus.

Eliza kam in die Küche.

»Ist 'n bisschen verqualmt hier. Haben Sie drüben so viel geraucht? Ich hab es aufgegeben.« Heather zuckte mit den Schultern, schwankte zurück ins Wohnzimmer und murmelte: »Muss ich mir doch wieder so 'ne verdammte Pizza bestellen.«

»Ich bin versichert, wegen der Tür«, erklärte Shane noch, als er hinausging. Im Hausflur sah er Eliza an und seufzte. »Tut mir Leid.«

Ihre Mundwinkel zuckten. »Ich ruf mir ein Taxi.«

»Ich könnte uns noch einen Tee machen oder einen Gin-Tonic.«

Sie schüttelte den Kopf. »Ruf mir ein Taxi. Ich warte unten.« Und sie drehte sich um und stieg die Treppen hinunter.

»Du hast mir immer noch nicht gesagt, wieso du das mit Betty und Lorraine weißt!«, rief er ihr nach.

Sie blieb stehen, blickte zurück, Verachtung in den Augen. »Du denkst wohl immer nur an deinen Fall.« Sie wartete die

Antwort nicht ab, sondern verschwand ohne ein weiteres Wort hinter der ersten Treppenbiegung.

Als er die Apartmenttür hinter sich schloss, dachte er an ihre Narbe.

Seit Stunden wälzte er sich im Bett hin und her, sah endlich auf die Uhr: drei Uhr vierunddreißig. Schließlich stand er auf, ging hinaus auf die Veranda, sog tief die feuchte Nachtluft ein und starrte auf den Fluss, auf dem nur noch das matte Licht eines Bootes flackerte. Er versuchte, an Eliza zu denken und dabei das Ende des Abends auszusparen. Irgendwann legte er sich in den Queensländer Liegestuhl und schlief ein.

Rückenschmerzen weckten ihn. Da loderte gerade die Sonne als Feuerball hinter der verzweigten Jacaranda auf dem gegenüberliegenden Hügel auf, um Minuten später von einer feuchten Dunstwolke wieder erstickt zu werden. Grauer Nebel kroch heran, während unten auf dem Kingsford Smith Drive Autos wie hungrige Fische in die Stadt drängten. Am Horizont tauchte hin und wieder die Autobahnbrücke im Dunst auf, die schnelle Verbindung zur Küste. Auf dem Strom blitzten manchmal silberne Punkte auf, wenn der Nebel einen Sonnenstrahl durchließ. Ein Ruderer glitt über die graugrüne Wasseroberfläche, die Paddel energisch durchziehend. Am gegenüberliegenden Ufer paddelten zwei Kajaks auf einen Steg zu, die Pfosten so dünn wie Zahnstocher. Jetzt blitzten Sonnenstrahlen in den Fensterluken und auf den blanken Bugs der weißen Motoryachten. Hinter der Nebelwand leuchtete die Sonne als silberner Taler, kreisrund, mit scharfem Rand.

Die Kajakfahrer hatten inzwischen gewendet, zogen an

den ins Wasser hängenden grünen Blätterkugeln der Bäume entlang. Zwei Citycats trafen sich in der Mitte des Flusses. Die eine fuhr in die City, die andere drehte bei, legte an Bretts Wharf an, der Endstation, um die Angestellten der Büros in der Stadt aufzunehmen: Wartende in dunkelblauen Anzügen mit konservativen Krawatten, die kurzen, korrekt geschnittenen Haare noch feucht. Das Dröhnen, Rattern und Donnern der Autos und Trucks unten auf der Straße wurde lauter und würde bis zu den frühen Morgenstunden des nächsten Tages nicht mehr abreißen.

Allmählich verzog sich der Nebel. In die Sonne konnte man nun nicht mehr sehen, sie war zu hell und zu groß. Am blau gewordenen Himmel wirkten die weißlich grauen Wolkenfetzen wie aus einem weißen Schafsfell herausgerissene Büschel. Alle Ruderer und Paddler waren jetzt verschwunden. Shane sah auf seine Armbanduhr. Es war Punkt sieben.

Um halb neun erreichte er Lorraines Galerie – gerade als sie die Tür von innen aufschloss.

»Ach, Sie«, meinte sie und klang weder überrascht noch erfreut. Unter ihren Augen lagen dunkle Ringe.

Er trat ein.

»Hatten Sie noch eine schöne Nacht?«, fragte sie spöttisch, während sie vor ihm herging.

»Warum haben Sie mir nicht erzählt, dass Sie ein Verhältnis mit Betty Williams hatten?«

Sie blieb stehen, drehte sich langsam um und lächelte triumphierend. »Hat sie es Ihnen gesagt, Eliza? Aber das ist ja heutzutage nicht mehr verboten, oder?«

Shane holte tief Luft. Er ignorierte seine abschweifenden Gedanken und zwang sich, kühl zu denken. »Waren Sie eifersüchtig?«

»Auf Frank?« Sie lachte leise. »Wenn ich jetzt Ja sage, bin

ich dann verdächtig? Mord aus Eifersucht?« Bitterkeit zog ihre Mundwinkel nach unten. Die dunklen Ringe gruben sich tiefer unter ihre Augen. Die Ventilatoren surrten.

Shane stutzte, bisher war noch keine Mitteilung an die Presse gegeben worden, dass es sich bei dem Toten in Cooclooora mit großer Wahrscheinlichkeit um Frank Copeland handelte. »Woher wissen Sie, dass Frank Copeland tot ist?«

Sie hielt ihm die Tageszeitung, die sie offenbar eben gekauft hatte, unter die Nase. Die Schlagzeile lautete:

Journalist geköpft und vergraben!

»Sicher war ich eifersüchtig. Ich fühlte mich betrogen, als ich von Bettys Selbstmord und ihrem Abschiedsbrief hörte!« Ihre Stimme zitterte, ihre Lippen waren schmal geworden, »Ich hasste sie in dem Moment dafür, dass sie ihr Leben so einfach weggeworfen hatte. Wissen Sie, sie hat in ihrem Leben schon so viel mitgemacht – und dann ... dann schneidet sie sich wegen so eines Kerls die Pulsadern auf!« Sie kämpfte mit den Tränen, sprach aber weiter: »Und sie hat noch nicht einmal versucht, mit mir zu sprechen! Verstehen Sie? Sie hat sich einfach umgebracht, einfach so! Wenn er nicht schon tot wäre, würde ich ihn umbringen.«

Jetzt standen doch Tränen in ihren Augen. Sie wischte sie nicht ab. »Jetzt bin ich eine Verdächtige, nicht wahr?« Lorraine verzog den Mund zu einem bitteren Lächeln. »Ich habe sogar mein Motiv selbst ausposaunt: Mord aus Eifersucht! Lesbe tötet Rivalen! Das ist doch ein gefundenes Fressen für die Presse!« Ihr Lachen klang höhnisch.

»Ich muss Sie bitten, sich zu unserer Verfügung zu halten. Möglicherweise werden Kollegen Sie noch einmal befragen«, erwiderte er.

»Ich werde also nicht gleich verhaftet?« Sie hörte sich an, als machte sie sich über ihn lustig.

»Auf Wiedersehen.« Shane drehte sich um und ließ sie stehen. Er verspürte ein wenig Mitleid mit ihr.

Er kam zu spät zum Meeting. Die Erinnerung an die Begegnung mit Eliza vergangene Nacht lag wie eine Folie über seinen Gedanken und machte es ihm unmöglich, sich zu konzentrieren.

Außer ihm selbst, Jack und seinem eifrigen Assistenten Spencer waren drei weitere Kollegen aus ihrem Team anwesend, die mit den Serienmorden beschäftigt waren. Tom McGregor, Geoffrey Biggs und Roger Philipps, außerdem Steve Himmelreich vom BCI, dem Bureau of Criminal Intelligence. Die Detectives Mike Flinders und Philipp Ross hielten sich noch in Roma auf, wo sie die Ermittlungen im Fall Jennifer Miller, der Frau, die man am Creek vergraben hatte, durchführten.

Ihr Koordinator, Detective Senior Sergeant Al Marlowe, kam als Letzter und schloss die Tür hinter sich. Er sah unausgeschlafen aus, und sein weißes Hemd saß so eng, dass man das weiße Unterhemd, das er darunter trug, nicht nur sah, sondern dass sich sogar dessen Nähte abdrückten. Wie immer hatte er leicht den Kopf eingezogen, so, als wollte er sich selbst vor seinem ungeschlachten Aussehen verstecken. Er blickte kurz in die Runde und sagte dann ohne Einleitung:

»Steve, du beginnst.«

Steve Himmelreich war mindestens ein Meter achtzig groß, brachte sicher seine hundertfünfzig Kilo auf die Waage und ließ Shane wegen seiner Masse stets an ein Nilpferd denken. Sein Bauch und Hintern waren so dick, dass er, wie Shane ab und zu beobachten konnte, sich nur vorsichtig durch die Schranke im Foyer zwängen konnte. Doch Steve war ein Feingeist, der mit seinem Walkman, mit dem er morgens in sein Büro kam, ausschließlich Violinkonzerte hörte.

Jetzt, von Al angespochen, blies er die ohnehin schon roten Backen, über die sich lockige Koteletten kringelten, auf, sodass sein rundes Gesicht mit der roten spitzen Nase wie eine Karikatur aussah, und begann in einem näselnden Ton in einer weitaus höheren Tonlage zu sprechen, als man von diesem bulligen Mann erwartet hätte.

»Wir konnten endlich eine Gemeinsamkeit der Orte finden, in deren Nähe die Leichen entdeckt wurden: Überall fand ein Rodeo statt. Ob es gerade an den Tagen abgehalten wurde, an denen auch die Morde begangen wurden, können wir in den Fällen nicht mit hundertprozentiger Gewissheit behaupten, da die Toten erst nach Monaten gefunden wurden und ein genauer Todeszeitpunkt nicht zu bestimmen war.« Er blickte in die Runde, vergewisserte sich der Aufmerksamkeit aller Anwesenden und fuhr dann fort: »Wir gehen davon aus, dass der Täter die Rodeos besucht hat. Allerdings war nur eines der vier Opfer auf dem Rodeo: die achtunddreißigjährige Anita Horwitz, in Tambo.«

Shane erinnerte sich. Ihre Leiche war von einer Reiterin gefunden worden.

»Sie hat dort Eis verkauft. Vielleicht hat der Mörder sie ja dort kennen gelernt. Aber niemand konnte uns da einen Hinweis geben.« Er holte Luft, sah jeden der Reihe nach an, prüfend, ob seine Ausführungen spannend genug waren, und sprach dann weiter: »Alle Frauen waren eher resolut, was die Befragungen ergeben haben. Ließen sich nicht alles gefallen und hatten keine Hemmungen, zu widersprechen oder sich mit jemandem zu streiten. Körperlich waren sie ebenfalls nicht gerade zart und zerbrechlich. Wir sollten daher von einem Täter ausgehen, der körperlich stark ist, oder ... wir sollten die Möglichkeit nicht ausschließen, dass wir es eventuell mit zwei Tätern zu tun haben, die im Team arbeiten.«

»Einer bedroht sie, der andere fesselt sie?«, fragte Al Marlowe.

»Ja.« Himmelreich nickte.

»Freunde? Brüder? Wie die Milat-Brüder, die Rucksackmörder?«, warf Jack ein und kaute an seinen Nägeln.

»Brüder, ja, vielleicht. Die These gefällt mir am besten. Da wir ja von einem Täter ausgehen, der einen starken Konflikt mit seiner Mutter austrägt. Er hat sexuelle Probleme, traut sich nicht an Frauen ran, hat immer wieder Abfuhren kassiert, lebt womöglich völlig unauffällig, geht wahrscheinlich auch einem ganz normalen Job nach, der ihn aber in der Region herumkommen lässt. Lieferant oder Lastwagenfahrer, eher ein unscheinbarer Typ, zurückhaltend, harmlos wirkend, wahrscheinlich sogar höflich, schließlich steigen die Frauen offenbar freiwillig in seinen Wagen ein. Er stammt womöglich aus einer zerrütteten Familie, bekam selbst keine Liebe, wurde vielleicht sogar missbraucht. Brüder könnten gemeinsam unter der Mutter gelitten haben und sich nun an ihr und jeder Frau rächen, die der Mutter in irgendeiner Weise ähnelt, ob im Aussehen oder im Verhalten. Wobei ich denke, dass eher das Verhalten ausschlaggebend ist, nicht das Aussehen, da doch die Opfer sehr unterschiedliche Typen sind. Jennifer Miller in Roma zum Beispiel hatte rote, lockige Haare, war einssechzig groß und drahtig. Deb Johanson, die in Barcaldine gefunden wurde, war einsdreiundsiebzig groß und siebzig Kilo schwer, hatte kurzes, dunkles Haar, Anita Horwitz in Tambo war blond, langhaarig und schlank. Also, wir sollten davon ausgehen, dass es eher das Verhalten war, was den oder die Täter an die Mutter erinnerte und dazu geführt hat, dass die Frau sterben musste. Vielleicht hat sie den Täter beleidigt, gedemütigt, ihn oder sie abgewiesen.«

Shane hörte sich fragen: »Könnte es sich auch um einen weiblichen Täter handeln? Wir kennen kaum weibliche Serienmörder, aber ...« Er wusste selbst nicht, was ihn dazu brachte. Die Erinnerung an Lorraine? Elizas Narbe über dem Bauch – ein Trauma?

»Sicher sollte man Ausnahmen nie ganz ausschließen.« Steve Himmelreich lächelte. Er genoss es stets, wenn er seine Kompetenz ausspielen konnte. »Doch welche Fälle von weiblichen Serienkillern sind uns bekannt?« Er unterbrach sich, genoss die Spannung im Raum. »Martha Needle zum Beispiel. Sie hat erst ihre ganze Familie getötet, dann begann sie, die Familie ihres neuen Liebhabers zu ermorden. Sie wurde achtzehnhundertvierundneunzig gefasst. Oder Martha Rendell, die alle drei kleinen Kinder ihres Liebhabers zu Tode folterte und neunzehnhundertneun als letzte Frau in Westaustralien gehängt wurde. Oder Caroline Grills, die zunächst aus Habgier und dann aus purer Freude am Morden tötete, mit Vorliebe Menschen aus ihrer Umgebung. Alle aufgeführten Frauen haben übrigens mit Gift getötet. Oder die Babysitterin Helen Patricia Moore vor zwanzig Jahren, die die ihr anvertrauten Babys erstickt hat.« Er holte Luft. Shane war sicher, dass Himmelreich die nächsten fünf Stunden über weibliche Serientäter referieren könnte. »Die Opfer waren meist Kinder, Babys oder stammten aus ihrer unmittelbaren Umgebung«, fuhr Himmelreich fort. »Es waren keine Fremden. Und: Da Frauen in den meisten Fällen körperlich schwächer als mögliche männliche Opfer sind, greifen sie meistens zu perfideren Methoden. Daher das Klischee der heimtückischen Giftmörderin.« Er wischte sich mit einem karierten Taschentuch über den Nacken und das Gesicht, obwohl die Aircondition eingeschaltet war, redete aber gleich weiter:

»Da fällt mir noch die Variante Ehepaar-Team ein. Denken wir an John und Sarah Makin, die so genannten ›Baby-Farmer‹, die ihren Lebensunterhalt damit verdienten, illegitime Kinder in Pflege zu nehmen, dann die Kinder umbrachten und trotzdem das wöchentliche Pflegegeld von den vertrauensseligen Müttern kassierten. Und vergessen wir nicht die Moorhouse-Street-Mörder Catherine und David Birnie, gefasst neunzehnhundertsechsundachtzig. Sie hat gemeinsam mit ihrem Mann die Frauen umgebracht, die er vorher tagelang vergewaltigt hatte.«

»Aber wie ist das mit dem Zwang, dass jemand immer und immer wieder seine Mutter umbringen muss, so wie es ja wohl der Frauenmörder tut?«, fragte Al Marlowe.

Steve Himmelreich nickte mehrmals, als hätte er diese Frage erwartet. »Das Verhaltensmuster, dass eine Frau immer und immer wieder ihre Mutter töten muss, kennen wir nicht. Dass ein Mann diesem Zwang unterliegt, ist dagegen nicht so selten. Also, ich gehe davon aus, dass wir es mit einem oder zwei männlichen Tätern zu tun haben.« Er lächelte Shane an. »Einem oder zwei männlichen Tätern, die sich auf dem Warrego Highway zwischen Dalby, Miles Roma, Charleville und dann den Mitchell Highway hinauf nach Barcaldine bewegen. Truckfahrer, Lieferanten, Leute, die viel unterwegs sind und begeisterte Rodeo-Zuschauer oder auch Rodeo-Teilnehmer sind. Wie gesagt, sie sehen eher harmlos und sympathisch aus, wahrscheinlich steigen die Frauen ja freiwillig ein. Das Alter sollten wir zwischen circa zwanzig und Ende vierzig ansiedeln. Das ist natürlich eine weite Spanne, aber im Moment wissen wir noch nicht mehr.«

Eine Weile herrschte Stille im Raum, da jeder damit beschäftigt war, die Informationen zu speichern und sie mit dem bisherigen Stand der Ermittlungen zu vergleichen.

»Shane, jetzt bist du dran«, brummte schließlich Al Marlowe.

Shane schreckte auf und begann dann, die Fakten des Falls in Coocooloora zusammenzufassen. »Möglicherweise handelt es sich bei dem Toten um Frank Copeland, einen Journalisten, der ein Buch über die Malerin und Teilaborigine Betty Williams schreiben wollte, deren Mutter in Coocooloora von einem Weißen vergewaltigt worden sein soll. Das jedenfalls schrieb er in seinem Buch, das er aber nicht vollendete. Betty Williams brachte sich in Coocooloora um, nachdem sie, wie aus ihrem Abschiedsbrief zu entnehmen ist, von Frank Copeland wegen einer anderen Frau verlassen worden war. Offenbar hatte sie eine Affäre mit Frank Copeland, dem Journalisten.« Shane blickte in die Runde. Alle hörten ihm gespannt zu, und er fuhr fort:

»Ob sie mit Frank etwas hatte, ist allerdings nicht sicher. Sicher hingegen ist, dass Betty Williams ein Verhältnis mit Lorraine Reynolds hatte, der Galeristin, die ihre Bilder ausstellte. Sie, Lorraine, war es auch, die der Polizei den Hinweis auf Frank Copeland gab. Sie zeigte ihn an, weil er mit dem Vorschuss, den sie für das Buch über Betty gezahlt hatte, durchgebrannt war. Das heißt – sich nicht mehr gemeldet hatte.«

»Was meinen Sie, Steve? Gehört der Fall zu den übrigen oder nicht?«, fragte Al.

Steve Himmelreich wog seinen mächtigen Kopf hin und her. Anders als bei vielen Menschen seines Körpergewichts, deren Kopf oft viel zu klein erschien, war der von Steve proportional passend. »Schwer zu sagen, Al. Besonders dieses Dreiecksverhältnis zwischen Lorraine, Betty Williams und Frank hat es in sich. Ich sehe Parallelen – Shane, verbessern Sie mich, wenn ich was vergesse. Erstens: Das Opfer wurde enthauptet. Wahrscheinlich sogar mit einem ähnlichen Gegenstand wie in den anderen Fällen, einer Axt. Der Kopf wurde übrigens noch immer nicht gefunden. Zweitens: Das Opfer war nackt. Drittens: Die enthauptete Leiche wurde entlang unserer Route Brisbane-Charleville gefunden. Nicht allzu weit von einem Highway entfernt.

Nun zu den Abweichungen. Erstens: Das Opfer ist männlich. Zweitens: Die Leiche wurde vergraben. Drittens: Sie wurde sogar so gut vergraben – nämlich an einer Stelle, die kurz darauf mit einer Teerschicht versiegelt wurde –, dass man sie normalerweise niemals gefunden hätte. Wenn wir also davon ausgehen, dass der Täter sich nicht allzu viele

Gedanken gemacht hat, ob die weiblichen Leichen nun gefunden werden oder nicht, hat er sich doch wesentlich mehr um das Verschwinden der männlichen Leiche gekümmert. Vielleicht wollte er sogar, dass man die weiblichen Leichen findet. Unter Umständen konnte er dabei eine gewisse Befriedigung ausleben. Bei dem Mann ging es ihm um etwas anderes. War das Opfer nicht Journalist?«

»Wir sind ziemlich sicher, dass es sich um den Journalisten Frank Copeland handelt, ja. Allerdings fehlt noch immer der Schädel – eine letzte Sicherheit haben wir also noch nicht. Eliza«, Shane berichtigte sich hastig, »Dr. Eliza Lee, die Gerichtsmedizinerin, hat nach Röntgenaufnahmen von Copelands Zahnarzt gefragt. Wir warten auf eine Nachricht.«

»Gut, Shane«, meinte Himmelreich, »gehen wir also vom im Moment Wahrscheinlichsten aus. Eine andere Möglichkeit haben wir zurzeit sowieso nicht. Journalisten decken gewöhnlich etwas auf, nicht wahr?« Steve Himmelreichs Stimme war noch höher geworden, und sein Gesicht glühte wie immer, wenn er erregt war.

»Meistens schreiben sie verdammten Bullshit!«, murrte Jack. Doch Himmelreich überhörte die Bemerkung und sprach weiter:

»Nehmen wir an, Copeland hat etwas recherchiert, was jemand verbergen wollte. Als er demjenigen zu nahe kam oder das Geheimnis lüften wollte, wurde er umgebracht. Wenn wir jetzt in dieser Richtung weiterdenken, gibt es meiner Ansicht nach zwei Möglichkeiten: Entweder hat der Journalist herausbekommen, wer der Serienmörder ist, und der hat ihn deshalb umgebracht. Dann hätte der Fall etwas mit unserem Frauenkiller-Fall zu tun. Oder aber der Journalist hat etwas anderes über jemanden herausgefunden. Dieser Jemand fand das sehr lästig, hat in der Zeitung über die Serienmorde gelesen und dachte, warum mache ich es nicht ebenso? Schiebe ich meinen Mord doch einem anderen unter!« Er wandte sich an Shane:»Sagten Sie nicht, Shane, dass er ein Buch über Betty, die Malerin, schreiben wollte?«

Shane nickte, und Steve glühte förmlich vor Eifer, als er fortfuhr: »Sehen Sie, da haben wir es doch! Betty Williams' Vater, der Vergewaltiger ihrer Mutter, soll ein Weißer sein. Vielleicht fürchtete er um seinen guten Ruf, vielleicht hat der Journalist ihn erpresst, wollte Geld, damit er den Namen nicht nennt. Und der Mann hat ihn aus dem Weg geräumt.«

»Der Mann, der in diesem Fall infrage käme, ist seit ein paar Jahren tot«, warf Shane ein. Er dachte an John Morgan und dessen Bruder, den Politiker. So jemand hatte einen guten Ruf zu verlieren. Auch wenn nicht er selbst, sondern sein verstorbener Vater Dreck am Stecken hatte.

Himmelreich lächelte nachsichtig. »Oder aber die Nachkommen übernehmen das.«

»Also, um es kurz zu machen«, schaltete sich Jack ein. »Der Fall hat nichts mit unseren Serienmorden zu tun.«

»Nach der letzten Ausführung nicht, aber wir spekulieren ja die ganze Zeit.«

»Oder aber«, wandte Jack ein, »es war tatsächlich ein Mord aus Eifersucht, begangen oder initiiert von ... von dieser Galeristin, dieser Lorraine.«

Steve lächelte. »Dann hat der Mord in Coocooloora auch nichts mit unseren Serienmorden zu tun. Lorraine tötete ihren Rivalen. Aber das wäre schon ziemlich weit hergeholt. Sie hätte nach Coocooloora reisen und ein Loch ausheben müssen. Vor allem hätte sie Copeland überwältigen müssen – er war ja nicht gerade klein. Nein, nein, das hätte sie doch viel einfacher haben können.«

»Als Allerersten müssen wir Klarheit über die Identität des Toten bekommen«, unterstrich Al Marlowe.

Sie besprachen das weitere Vorgehen im Fall der Serienmorde. Doch Shane hörte nicht mehr zu. Sein Fall hatte nichts mit den Frauenmorden zu tun. Er musste herausfinden, wer Bettys Vater war. Der konnte ein Motiv haben, den Journalisten aus dem Weg zu räumen.

Und dann war da noch Bettys Selbstmord. Warum hatte sie sich wirklich umgebracht, wenn sie Frank womöglich gar nicht geliebt hatte? Und was hatte es dann mit dem Abschiedsbrief und dem Gerücht auf sich, dass Frank Copeland eine andere Frau gehabt hatte?

Shane hatte das Gefühl, mit John Morgan, dem Farmer, reden zu müssen. So schnell wie möglich wollte er nach Coocooloora zurückkehren.

Andy

Im Lagerraum herrschte das reinste Chaos, das war ihm schon aufgefallen, als er dort zum ersten Mal mit Scotty durchgegangen war. Andy stapelte Kartons, offene und geschlossene, Kisten, Schachteln und andere Behältnisse, schwitzte und war glücklich.

»Ich hätte das schon viel früher machen sollen!« Jo seufzte. »Aber manchmal wird mir alles zu viel.« Sie setzte sich auf eine Kiste.

Sie braucht jemanden, dachte er. Wenn er nicht gekommen wäre, wäre ein anderer gekommen. Er war glücklich, dass es kein anderer gewesen war. Andy hockte sich auf eine Kiste mit Cornedbeef neben sie; er hätte jetzt gern die Hand ausgestreckt und sie Jo zwischen Nacken und Haar gelegt.

»Hast du eine Zigarette?«, fragte sie und drehte sich zu ihm um. Ihre Augen wirkten ausgebrannt, er bemerkte dunkle Ringe. Andy zog aus der Brusttasche seines Hemdes, das er über einen Karton geworfen hatte, ein Päckchen, schnippte zwei Zigaretten hervor und bot sie ihr an wie Lose bei einer Tombola. Als er ihr Feuer gab und ihr Mund ihm so nah kam, bekam er feuchte Hände

»Wenn er wüsste, dass wir hier drin rauchen!« Sie entspannte sich, lachte sogar und zog an der Zigarette, als wäre es ihre letzte oder die erste nach Jahren.

»Man hat hier das Gefühl, unter einer Käseglocke zu leben. Die Welt ist so weit weg.« Sie rauchte. Wenn sie den Qualm ausblies, schob sie den Unterkiefer vor.

»Nur einen Autotag bis zum Meer«, warf Andy ein, doch sie sprach einfach weiter:

»Man fühlt sich hier, als käme man nie wieder weg. Seitdem Peter den Unfall hatte, kommen wir sowieso nicht mehr weg.« Sie drehte sich zu ihm, suchte etwas in seinem Gesicht.

Er konnte ihr nichts geben und wandte beschämt den Blick ab.

»Bei lebendigem Leibe tot.«

Er wusste im ersten Moment nicht, wen sie meinte. Ihren Mann oder sich selbst. »Wie ist es passiert?«, fragte er und wagte wieder, sie zu betrachten. Hätte gern ihr Haar berührt. Es sah so blond und weich aus.

»Autounfall.«

Andy murmelte! »Es tut mir Leid.«

Sie hörte ihn offenbar nicht, sagte statt eines Wortes des Dankes: »Ich darf ihn nie mehr verlassen!«, warf die Zigarette auf den Boden, trat sie aus, als wäre es der letzte Funke Hoffnung, und programmierte ihre Mimik neu: Sie lachte mit dem Mund. »Ach, was red ich hier? Ich halte dich von der Arbeit ab und qualme die Lebensmittel voll!« Jo erhob sich, ließ ihren Blick durch den Raum schweifen und ging, ohne Andy anzusehen, in den Laden zurück. Ihre Augen hatten beim Lachen des Mundes gestreikt.

Sie schaukelten in den knarrenden Stühlen auf der Veranda von Bradys Haus und tranken Bier. Auf dem Verandadach hörten sich die feinen Regentropfen an, als leerte jemand Nadelkissen darüber aus. Schwarze Regenwolken hingen am Himmel wie voll gesogene Filzlappen.

»Dein Alter muss ja 'n echter Looser sein!« Brady schüttelte den Kopf. »Gräbt sein halbes Leben und hat nur Pech.«

»Mein Vater hat mal 'n opalisiertes Saurierskelett gefunden«, erwiderte Andy und merkte, wie er seinen Vater in Schutz nahm.

»Was für 'n Ding?«, wollte Mike wissen, während er sich am Kopf kratzte.

»Ein Saurierskelett, hat er gesagt!« Brady knuffte seinen Bruder in die Seite.

»Fünfzigtausend Dollar hat jemand ihm dafür geboten!« Andy sah das bunt schillernde Skelett vor sich, das sein Vater nicht verkaufen wollte.

»Fünfzig Riesen für so was?« Brady schüttelte den Kopf. »Für fünfzig Riesen hätte man ein Superauto gekriegt!« Er öffnete eine neue Flasche Bier. »Und, was hat er mit der Kohle gemacht?«

Eines Tages hatte es jemand aus dem Versteck unter dem Wohnwagen geklaut, aber Andy zuckte die Schultern; er wollte nicht, dass sie seinen Vater in Stücke rissen.

»Ach, ich sag es doch, ein Looser! Dein Vater ist ein verdammter Idiot! Kein Wunder, dass deine Mutter ihn sitzen gelassen hat! He, Mike, bring noch 'n Bier mit!«

Zum ersten Mal dachte Andy, dass er selbst auch ein Looser sein könnte. Bis jetzt hatte er es zu nichts gebracht. Noch immer war er nicht in Lambina, sondern dröhnte sich in einem Kaff die Birne zu.

Mike schleppte ein neues Sixpack an, knallte es auf den Boden.

»He, Andy, was hältst du davon, wenn du auch mal ein

bisschen Proviant mitbringst? Du sitzt doch jetzt an der Quelle«, meinte Brady.

»Ja, du bist doch den ganzen Tag in diesem Fressparadies!«, stimmte Mike seinem Bruder zu.

»Ich kann doch nicht meine Chefin beklauen! Das machst du doch auch nicht, Brady!«

Der lachte. »Ich hab ja auch keine geile Chefin! Die ist doch geil auf dich, oder? He, sag schon – mit so einem alten Wrack im Bett wie ihrem Mann! Fickst du sie? Hä, du fickst sie, hab ich Recht?«

»Quatsch«, murmelte Andy. Das Gespräch wurde ihm unangenehm.

Brady stieß Mike an. »Schau dir den Kerl an. Lügt wie gedruckt! Mir wär sie ein bisschen zu alt, was, Mike?«

»Ja, ja, zu alt!«, lallte Mike.

»Aber vielleicht braucht er ja so was. Hat doch früh seine Mutter verloren!« Brady sah Andy mitleidig an.

»Ihr spinnt ja! Ihr seid schon viel zu besoffen!«, schrie Andy nun.

Brady warf die leere Flasche über seine Schulter. Glas zersplitterte. Mike lachte.

»He, Andy, erzähl doch mal, wie ist sie denn so?«

»Was? Ich frag dich ja auch nicht über Anne aus!«

Mike lachte. Brady erwiderte scharf: »Lass Anne aus dem Spiel!«, lachte dann auch und legte den Arm um Andy.

Andy roch seinen süßsauren Schweiß.

»Na, komm schon, erzähl doch mal was! Wir sind doch deine Freunde! He, Mike, unser Freund ist noch Jungfrau, was?«

»Ach, hört doch auf!« Andy stand auf. Im Garten hörte er sie immer noch lachen.

Als er später ins Haus zurückkam, saßen die beiden im Wohnzimmer auf dem Sofa.

»He, Andy, schmeiß doch mal 'ne Kassette ein!«, rief Brady. »Einen von den Bruce-Willis-Filmen!«

Der Film begann, und Brady meinte:

»He, Andy, bist 'n guter Typ. Macht echt Spaß mit dir! Weißt du, was ich mir überlegt habe?«

Andy zuckte die Schultern. Er wäre jetzt am liebsten allein gewesen.

Shane

Die zweimotorige Maschine der Flight West Airlines setzte endlich auf dem Rollfeld auf. Manchmal wünschte sich Shane, dass Australien so klein wie England wäre und man den Zug nehmen könnte, anstatt zu fliegen.

Kaum war er in Charleville ausgestiegen, überfielen ihn wieder die Fliegen und die Hitze, schwer und stechend wie unsichtbares Gas. Schon jetzt sehnte er sich nach der Brise, die vom Brisbane River herüberwehte, und nach den schattigen, schroffen Schluchten zwischen den Hochhäusern der City.

»Gut, dass Sie wieder da sind«, sagte Webster, der ihn im Wagen abholte. Er strahlte und startete den Motor.

»Hat Paddy mich etwa vermisst?« Shane schnallte sich an.

Webster lachte, errötete und schüttelte den Kopf. Die borstigen Haare standen heute weniger ab. Aber wahrscheinlich waren sie nur einfach länger geworden.

»Wir sollten gleich mal bei John Morgan vorbeifahren«, schlug Shane vor. Er musste endlich Klarheit über diese Vergewaltigungsgeschichte bekommen.

Dunegals Assistent zuckte zusammen. »Wissen Sie, wie weit entfernt die Farm ist?«

»Hundertdreißig Kilometer, schätze ich.«

Webster lächelte gequält. »Ja, so ungefähr. Es ist nur, Paddy sieht es nicht gern, wenn ...«

»... wenn Sie mit mir arbeiten?«

Der junge Polizist nickte.

»Stört Sie das?«

Webster errötete, zuckte die Schultern.

»Sie können mich auch an meinem Wagen absetzen, ich finde allein hin.«

Webster zögerte einen Moment, nagte für Sekunden an seiner Unterlippe, wurde wieder rot und antwortete dann: »Nein, ich komm mit Ihnen.«

Graue Wolkenberge schoben sich ihnen am Horizont entgegen. »Sieht nach Regen aus.« Shane stellte die Sitzlehne tiefer.

Webster nickte. »Gestern Abend hat es ein bisschen genieselt. Aber Sie sollten mal im Sommer hier sein. Wenn es da ein paar Tage regnet, kommt man nicht mehr zu den Morgans raus. Dann bleibt alles im Schlamm stecken. Da nützt Ihnen auch der beste Vierradantrieb nichts. Helen Morgan will, dass sie endlich die Straße zu ihnen teeren, aber das muss erst beschlossen werden, und billig ist es ja auch nicht.«

Webster bog in die unbefahrene Hauptstraße Charlevilles ein. Ein paar Autos parkten vor den Geschäften. Die unbesetzten Tische vor einem griechischen Café unterm Dach der Kolonnade wirkten wie ausgestelltes Mobiliar. Vor einem gelblichen Holzhaus blickte ihnen eine junge Aborigine nach. Sie hörte auf, den Staub von der Terrasse zu fegen.

Während der anderthalbstündigen Fahrt zu John Morgans Farm sechzig Kilometer nördlich von Coocooloora versuchte Shane ein bisschen Schlaf nachzuholen, was ihm im Flugzeug nicht gelungen war.

Als er die Augen schloss, küsste er Elizas Mund, ihre Lippen, die ungeschminkt so dunkelrot wie Venenblut waren und die sich auf seinen anfühlten wie samtige, fleischige Blätter einer exotischen Blume, die er zum ersten Mal berührte. Er sah in ihre Augen, die sich schwarz in seine brannten, ihn ins Bodenlose fallen ließen. Er spürte ihr dunkles Haar auf seinem Gesicht, schmeckte ihren Atem und ihre Zunge – er schob ihr Kleid hoch, strich über Haut, samtig und glatt, und dann plötzlich der Schock: eine Geschwulst, ein Krater! Er riss die Augen auf – und sah sie trotzdem. Die Narbe. Violett und gezackt riss sie Elizas Bauch auf. Von der rechten Leiste quer hinauf bis unter den linken Rippenbogen. Und vor ihm standen sie auf, die ermordeten und geschändeten Frauen mit den aufgeschlitzten Bäuchen – in diesem Moment schreckte er auf.

»Tut mir Leid, aber ich hab ja gesagt, die Straße ist nicht geteert«, meinte Webster. Shanes Kopf war ans Seitenfenster geschlagen.

Der Wagen schlingerte und hüpfte über die rote Sandpiste. Immer wieder musste Webster das Steuer herumreißen, weil Kängurus hinter den niedrigen Büschen herausbrachen und ihren Weg kreuzten. Am Rand der Piste der aufgeplatzte Leib eines toten Rindes. Aasvögel mit Fetzen von Eingeweiden in den scharfen Schnäbeln flogen auf, als sie vorüberfuhren.

Wie er das alles hasste. Er verbot sich, weiter an Eliza Lee zu denken. Es machte alles nur noch schlimmer.

Zwanzig Minuten später öffnete sich das Land rechts und links der Piste, weitete sich zu gelblich grünem Grasland. Bäume und Büsche wurden selten. Eine Herde wilder Ziegen hetzte neben dem Wagen her, änderte schließlich die Richtung und entfernte sich.

Shane glaubte, in der Ferne die Bretterumzäunung einer Koppel und einen Truck mit zwei Anhängern zu erkennen. Sie kamen näher, und Shane konnte John Morgan mit seinen muskulösen Armen und einem hohen Akubra ausmachen. Mit einem langen Rohr trieb er die Rinder von einem Gehege ins nächste. Drei Männer mit löchrigen Hüten halfen ihm dabei.

Shane stieg aus, lehnte sich an die rauen, von der Sonne grau gebleichten, runden Balken der Umzäunung. Auf der Rückseite der Koppel stand ein Truck mit zwei Anhängern, in den die Tiere über einen schmalen Steg hineingetrieben wurden. Der Gang, der zur Rampe führte, war gerade breit genug für ein Rind. Befanden sich zwei Tiere hintereinander in dem Gang, wurde eine Metalltür zugeschoben, dass sie nicht mehr zurückkonnten. Zwei Männer mit Elektrostöcken trieben die Rinder unter lautem Rufen die Rampe hinauf.

»Ich denke, Sie interessieren sich nur für Steaks!«, rief ihm John Morgan zu.

Shane nickte.

»Dann bleiben Sie zum Barbecue.« John Morgan rammte das Tor zu, gerade noch rechtzeitig, bevor ein widerspenstiges Rind rückwärts aus dem Gang herausdrängen konnte. Die Hufe der mindestens hundertfünfzig Tiere auf der Koppel, wie Shane rasch überschlug, hatten den Staub mit der heißen Luft vermengt. Schon jetzt spürte Shane den pelzig stumpfen Geschmack im Mund.

Ein Rind, ein besonders helles mit lockigem Fell, überfiel Panik in dem schmalen Gang, es preschte nach vorn, quetschte sich neben das vor ihm stehende, sodass nun beide feststeckten, sich nicht mehr rühren konnten, während das hinter ihnen hereindrängende Rind mit seinen Vorderbeinen auf das vordere Rind stieg. Alle schrien fürchterlich. Ich hätte längst Vegetarier werden sollen, dachte Shane.

John und zwei seiner Männer öffneten das hintere Tor, sodass das letzte Rind wieder hinauskonnte. Die beiden feststeckenden Tiere traktierten sie mit Elektrostöcken, bis sich eines gegen das andere durchsetzte, sich losriss und nach vorn stürmte.

»Liefern Sie die Rinder jetzt ans Messer?«, fragte Shane.

»Nein. Die werden erst noch mal gut gefüttert«, rief Morgan herüber.

»Tut es Ihnen um die Tiere nicht Leid?«

Mit einem »Hoh, hoh« scheuchte Morgan ein Rind auf den engen Gang zu und schlug das Tor hinter ihm zu. Er schob seinen Hut in den Nacken und kam näher zu Shane, der auf der anderen Seite des Zauns stand. »Doch. Schließlich hab ich sie aufgezogen. Sind ein bisschen wie meine Kinder.« Er lachte. Seine weißen Zähne blitzten. »Aber ich muss auch von was leben. Oder?«

»Indem Sie Ihre Kinder umbringen?«

»Was wollen Sie, Detective?« Er stemmte die kräftigen, behaarten Arme in die Hüften und baute sich breitbeinig vor Shane auf.

»Wieso sind Sie mit Frank Copeland aneinander geraten?«

»He, schieben Sie mir da gerade was in die Schuhe?«

»Ich sammle nur Fakten.«

John Morgan blinzelte gegen die Sonne und antwortete dann: »Wissen Sie, hier im Busch überlebt man nur, weil Gastfreundschaft groß geschrieben wird. Ich hab Sie zum Barbecue eingeladen, und dabei bleibt's. Fahren Sie vor. Ich komme nach, wenn ich mit der Arbeit hier fertig bin.« Er drehte sich um und ließ Shane einfach stehen. Und Shane erinnerte sich, wie ihm als Kind sein Vater eine Ohrfeige gegeben hatte, weil er dem Vorgesetzten seines Vaters nicht Guten Tag gesagt hatte.

»Sehen Sie den Himmel! Wir bekommen einen schönen Sonnenuntergang!«, meinte Webster, bevor sie ins Auto stiegen.

Shane bemerkte erst jetzt die rosarot leuchtenden Wolken über dem weiten Land. Vögel hoben sich als schwarze Scherenschnitte am Himmel ab. Dort, wo die Sonne unterging, glühte die Wolke, die sie verbarg, hellorange.

»Bis jetzt hat es doch keinen Regen gegeben«, bemerkte Webster, als er den Motor anließ. »Aber das kann sich hier ganz schnell ändern.«

Der Weg zum Haus führte an einer leeren Wellblech-Halle vorbei, die an einer Seite offen war. Eine solche Halle diente auf den meisten Farmen als Flugzeughangar. Ein weiterer länglicher Wellblechschuppen wurde als Garage und Werkstatt benutzt. Drei rostige Autowracks, ein Jeep ohne Räder, ein Pick-up, dem die Türen fehlten, und ein verbeulter Lieferwagen, von dem die grüne Farbe abblätterte, standen davor. Zwei Pferde, ein schwarzes und ein braunes, grasten vor dem Metallgerüst des stillstehenden Windrads. Webster steuerte den Wagen vor eine hohe, dichte Hecke. Dahinter sah Shane den Giebel eines Hauses. Als Webster den Motor abstellte und Shane die Autotür zugeworfen hatte, fiel ihm die Stille auf. Nur Zikaden zirpten. Und hin und wieder krächzte ein Vogel. Ein Schauer durchrieselte ihn, ein Ziehen in der Herzgegend und im Bauch.

»Alles okay?«, fragte Webster, und Shane verscheuchte hastig das Gefühl, von dem er wusste, dass es Sehnsucht war.

Die offenen Fenster, aus denen das Licht in die Dämmerung drang, wirkten wie helle, rechteckige Lampions, aufgehängt in den Zweigen der den Weg säumenden Bottletrees. Vor ihnen erhob sich ein weitläufiges original Queensländer Haus. Lediglich die Glasfront war neu. Sie nahmen die Holzstufen zur breiten Veranda und standen vor einer Glastür, hinter der sich ein großräumiges Wohnzimmer mit alten, schweren Möbeln erstreckte.

Das Erste, was er von Helen Morgan sah, war ihr blonder

Pferdeschwanz, schwer und dunkelgelb wie feuchtes Stroh. Sie war halb von der geöffneten Kühlschranktür und der modernen Küchentheke verdeckt. Für einen Moment stellte er sich vor, sie wäre nicht mit John Morgan verheiratet, und er käme jetzt nicht, um einen Fall aufzuklären.

Shane klopfte, drehte den Türknopf und stand im Haus, direkt unter einem von der hohen, bis zum Giebel hin offenen Decke hängenden rotierenden Ventilator.

»Hi, Ihr Mann hat uns zum Barbecue eingeladen!«, begann Webster, da Shane im ersten Moment nicht imstande war zu reagieren. Ihr Lachen: ein Strahlen. Die Kühlschranktür fiel zu. Gab den Blick frei auf sandfarbene Shorts und gebräunte, muskulöse Beine, ein dunkelblaues ärmelloses Shirt und schlanke Arme. Er wollte Eliza vergessen.

»Shane? Nicht wahr?« Sie kam näher, schüttelte ihm die Hand. Auf ihrem gleichmäßig gebräunten Gesicht standen wieder feine Schweißtröpfchen, wie Sprühregen – oder Tau.

Webster errötete, als sie ihm die Hand gab. Shane bemerkte den goldenen Ring am Ringfinger ihrer starken Hand.

»Nehmen Sie einen Drink? Rum and Coke?«

»Ja, warum nicht?«, hörte Shane sich antworten. »Webster, Sie fahren ja.« Ein Drink würde nicht schaden; er würde vielmehr die Atmosphäre auflockern und dazu beitragen, die Wahrheit aufzudecken. Und deshalb war er ja schließlich hier, bestätigte er sich.

Das Glas war kalt, und das Kondenswasser befeuchtete seine Hände. Irgendwo musste ein Radio stehen, aus dem leise klassische Musik erklang.

»Ist es nicht zu einsam hier?«, fragte Shane, ohne nachgedacht zu haben, was ihm selten passierte.

Sie lachte, wischte sich mit dem Handrücken über die Stirn. War erhitzt vom angeschalteten Ofen, in dem ein Gemüseauflauf schmorte. »So einsam, wie Sie denken, ist es hier gar nicht. Wir haben sicher öfter Gäste als Sie.« Sie goss

Essig und Öl in ein Schraubglas, mischte Senf und eine andere Sauce dazu, schüttelte das Glas und sagte: »Ich glaube, Sie kennen den Busch nicht!«

Ihm fielen seine einsamen Abende mit Bier und Tiefkühllasagne vor dem Fernseher ein. Sie strahlte. Er spürte eine Übelkeit aufsteigen, kämpfte gegen den Gedanken an, der sich in ihn einfraß wie Säure: Was, wenn John Morgan Copelands Mörder wäre? Und ein noch ungeheuerlicherer Gedanke folgte: Würde sie ihren Mann dann verlassen? Wäre sie frei? Was wäre, wenn sie ihn bäte, nicht weiter zu ermitteln? Was würde er tun? Brachte er ihr die Gefühle entgegen, die er für Eliza empfand und die er sich verboten hatte?

Ein Poltern auf der Veranda riss ihn zurück. Die Tür flog auf. John und einer der Männer fielen ein, dröhnend lachend. Obwohl auf Strümpfen, stampften sie wie die Bullen auf der Koppel.

»Na, Shane, Sie werden ja gut versorgt.« Johns Stimme war noch genauso laut und rau wie draußen bei den Rindern. »Und der junge Kollege? Helen, hast du unserem Polizisten nichts angeboten?«

»Ich bin im Dienst!«, rief Webster mit roten Wangen.

»Wir nehmen schnell 'ne Dusche.« John und der andere Mann stampften über den erzitternden Dielenboden ins Innere des Hauses und hinterließen eine Wolke von Männer- und Rinderschweiß, die der Ventilator zerhäckselte.

»Sind Sie sicher, dass Sie nichts trinken wollen?«, wandte sie sich an Webster. Der sah fragend zu Shane. Als Shane nickte, bat er um ein Bier. Helen reichte Webster eine Flasche Carlton Midstrength in einem Bierkühler.

»Und Sie?«, fragte Shane.

»Später. Einer muss doch noch einen klaren Kopf bewahren.« Sie lachte und warf Salatblätter in eine Schüssel. Er überlegte, was sie damit meinte.

Als er den Namen Frank Copeland fallen ließ, erschrak sie,

und als er fragte, worüber sich Frank und ihr Mann gestritten hätten, zuckte sie die Schultern. »John wollte nicht darüber reden.«

Shane hatte sie nicht aus den Augen gelassen, überlegte, ob sie John liebte – und dann durchfuhr ihn plötzlich der Gedanke, ob sie vielleicht die Frau war, mit der Frank Copeland hatte weggehen wollen und wegen der sich Betty Williams umgebracht hatte. Und dass John vielleicht dahinter gekommen war und Frank ermordet hatte. Möglicherweise hatte Frank ihn ja erpresst. Wie würde John dastehen, wenn herauskäme, dass sein Vater eine Aborigine vergewaltigt hatte? Zu abwegig? Es hatten sich schon viel abwegiger erscheinende Spekulationen als zutreffend erwiesen.

John kam und roch nach Duschgel, seine blauen Augen waren rot vom Wasser und vom Staub. Er stopfte ein frisches gebügeltes Hemd in seine saubere Jeans und sagte: »Das ist Warren, und das ist Shane, unser Detective aus Brisbane, und sein Kollege Webster.«

»Hi, Shane!« Warren, groß und breit wie ein Bär, schlug mit seiner Bärenpranke in Shanes Hand ein. Sein glattes dunkles Haar war nass und der tiefe Seitenscheitel scharf gezogen.

John klopfte Shane auf die Schulter. »Sie sind der erste verdammte Detective, den ich zum Essen eingeladen hab! Noch 'nen Rum?« Er schüttete Bundaberg Rum aus der Anderthalb-Liter-Flasche und Coke auf die Eiswürfel und reichte Shane das Glas. Dann goss er Warren und sich selbst ein.

»Sie werden ja beim Heimfahren nicht kontrolliert!« John lachte blechern, Warren dröhnend. »Cheers!«

»Schatz, für dich 'nen Wein?«, fragte John Helen, die mit einem blitzenden Messer Karotten schnitt.

»Nein, nein, jetzt nicht, später.« Sie wirkte nervös.

»Na, wie finden Sie unser Heim?« John lächelte stolz. »Hat mein Großvater gebaut. Alles aus echtem, verdammtem

Hartholz! Haben Sie gesehen, wie lang die Parkettdielen sind? So was kriegen Sie heute gar nicht mehr.« Er schlug mit der Ferse seines bestrumpften Fußes ein paarmal auf den Holzboden. »Wir haben es ein bisschen umgebaut. Dass bei den Queensländern das verdammte Wohnzimmer im hinteren Teil ist, hat mir noch nie gepasst, da haben wir es hier vorn hingelegt. Hinten sind jetzt die Schlafzimmer, na ja, und die Zimmer der verdammten Kinder, die ja nur noch in den Ferien kommen. Hat 'n Batzen Geld gekostet.«

»Sie würden das hier niemals aufgeben, hab ich Recht?«, wollte Shane wissen.

John lachte: »Seh ich so aus, als würde ich was aufgeben? Unser Sohn Alan wird das hier mal übernehmen. Henry hat kein Interesse dran. Wir Morgans sind Kämpfer, einer von uns war sogar mit dem berühmten Leichhardt unterwegs.«

Shane sah ihn vor sich, den Deutschen Leichhardt, wie er mit ein paar Leuten und einem Aborigine-Führer auf Pferden ins unbekannte Innere Australiens vordrang. Angeblich wurde nur noch seine Gürtelschnalle gefunden ...

John lachte. »Wir Morgans lassen uns so schnell nichts nehmen!«

Warren ließ sich in einen der beiden Sessel vor dem Fernseher fallen.

»Sechzigtausend Hektar haben wir hier. Und dreieinhalbtausend Rinder. Aber reich werden Sie damit nicht. Haben Sie 'ne Ahnung, was allein der Zaun kostet? Oder so 'n verdammter D9, mit dem wir das Land clearen? Da stehen Sie gleich mit 'n paar Millionen in der Kreide.«

John warf ein T-Shirt von der Couch. Er wollte sich gerade hinsetzen, als Shane zwischen den Sitzkissen eine weiße Ratte entdeckte. In dem Moment hatte auch John sie gesehen. Er lachte: »He, Bruce, hab ich dich fast zu Hackfleisch gemacht!«, nahm das durch eine rosa Nase schnüffelnde Felltier vorsichtig mit seinen Händen auf – den Händen, die

Rindern die Hoden herausrissen, heiße Eisen auf ihr Fell brannten, Ohren einschnitten und Hörner absägten – und trug es hinaus auf die Veranda in seinen Käfig.

»Ist immer noch von den Kindern. Wir können Bruce ja nicht einfach in die Wildnis entlassen«, meinte er, als er wieder hereinkam. Er sah Shanes leeres Glas und schenkte ihm nach. »Verdammt gutes Zeug, was? Ein echter Bundaberg ist eben was Gutes!«, fuhr John fort, trank sein Glas leer und schenkte sich wieder nach. Er legte die Beine auf den niedrigen Couchtisch, auf dem zwei alte Ausgaben von *Country Living* lagen.

»Sie denken, wir hier im Busch kriegen nichts mit, verreisen nie, aber ich sehe mir jeden Tag die Nachrichten an. Ich hab mehr Ahnung, was da draußen los ist, als andere, die dauernd verreisen.«

Jemand hatte Gift in Tabletten gespritzt und erpresste nun die Pharmafirma, erklärte die Radiosprecherin.

Helen brachte eine Schale mit Chips. »Shane hat gefragt, ob ich Frank Copeland kenne.« Ihr nacktes Bein war Shane ganz nah.

»Das hat er von mir auch schon wissen wollen. Und alles nur, weil dieser verdammte Idiot die Stromkabel vergessen hat!« John haute sich auf die Schenkel. »Die Knochen wären doch sonst da unten vergammelt, und nichts wär passiert. Wem nutzt das jetzt alles? He, Shane, Sie wären doch auch lieber in ihrem verdammten Brissi geblieben, was? Jetzt hängen Sie in Coocooloora rum. Haben Sie 'ne Frau an der Küste?«

»Bin geschieden.«

»Ja, ja, geschieden. Ihr an der Küste seid alle geschieden.« Warren lachte, kratzte sich am Kopf, und John goss Rum und Coke nach.

»Hier sterben die Leute eher, als dass sie sich scheiden lassen«, ergänzte John.

»Hier so ganz ohne Frau«, er schüttelte den Kopf, »ist schon verdammt hart für 'nen Mann, was? Haben Sie von dem Jungen gehört, der in die verdammten Pflugmesser kam? Schatz, wie hieß der Junge noch mal? War doch der Sohn von den Hamms. Oder, Schatz?« Sie schien ihn nicht gehört zu haben. »Schatz! Der Junge, der in die Pflugmesser kam, war doch der Sohn der Hamms, oder?«, wiederholte John etwas lauter.

»Der Junge? Eddy? Nein, er war ihr Neffe«, antwortete sie, »du kannst die Steaks jetzt grillen. Gemüse und Salat sind fertig.«

»Okay, Schatz.« John sprang auf. »War 'ne ziemlich üble Angelegenheit. Der Fahrer hat erst gar nichts gemerkt. Als er den Jungen 'ne ganze Weile nicht mehr gesehen hat, ist er ausgestiegen und nach hinten gegangen. Von Eddy war nicht mehr viel übrig. War Brei aus Fleisch und Kleiderfetzen. Der Junge war noch nicht mal zwanzig, verdammt.« Er schüttelte den Kopf. »Wie wollen Sie Ihr Steak, Shane?«

»Blutig.«

»Grrrrr! Und Sie Webster?«

»Durch.«

John kippte den Rest Rum hinunter, stellte das Glas auf der Theke ab und stapfte die Holztreppe hinunter in den Garten.

»He, John, ich glaub, du brauchst da draußen Gesellschaft«, meinte Warren, kratzte sich den dunkel behaarten Arm und folgte ihm.

Shane blieb noch eine Weile sitzen. Er stellte sich vor, wie es wäre, Helen zu küssen, wie sich ihre Lippen auf seinen anfühlen würden und ob sie stöhnen würde.

»Dieser verdammte Fall. Ich wette, den löst ihr nie!«, rief John vom Garten herüber.

»Wieso?«, fragte Shane. Er riss sich vom Anblick Helens los, die den Tisch zu decken begann, stand auf, stolperte die Stufen hinunter in den Garten und kam rechtzeitig vor Johns Grill zum Stehen. Warren pinkelte gerade auf den Rasen.

»He, Warren, pass nur auf, dass du mir keine Flecken in den Rasen brennst. Der ist Helens ganzer Stolz!« John lachte blechern.

»Vielleicht ist es ja doch so ein verdammter Blackfella, wollte sterben und hat sich in die Grube gelegt«, brummte Warren beim Pinkeln.

»Vorher hat er sich noch den Kopf abgeschlagen und dann Sand über sich geschaufelt?« Shane schüttelte den Kopf.

»Ach, Shane, kommen Sie! Habt ihr die überhaupt mal richtig unter die Lupe genommen, die verdammten Blackfellas?« John wendete die Steaks. Fett zischte. Die eine Seite war schwarz verbrannt.

»Die haben ja sogar ihre eigenen Leute gegessen.« Warren wippte, schlug die letzten Tropfen ab.

»Wer?«, fragte Webster dazwischen, der Shane gefolgt war.

»Die verdammten Blackfellas! Traut sich nur keiner zu sagen.« Warren zog den Reißverschluss hoch.

»Wussten Sie, dass die das Fleisch von ihren Toten mit sich rumgeschleppt haben? Und wenn sie traurig wurden, weil sie an ihre Toten dachten, haben sie sich ein Stück Fett runtergeschnitten und es gegessen. Können Sie nachlesen. Darf man nur nicht laut sagen! Hier, Shane, Ihr verdammtes Steak. Halb roh.« John hielt ihm seinen Teller mit dem Flanken Fleisch unter die Nase. »Gehen wir rein.« Er trug die Steaks ins Haus.

»Uns haben sie schon mal Land weggenommen, als all die Soldaten aus dem Krieg kamen, Treeland nebenan hat auch mal uns gehört«, begann John wieder, als sie am runden Tisch saßen, auf den Tellern schwarz verbrannte Steaks, Shanes so unblutig wie die anderen auch.

»Sie meinen, Sie oder Ihr Vater hatten es gepachtet?«, vergewisserte sich Shane. Er saß Helen gegenüber.

»Richtig. Das war Crownland, gehörte dem Staat. Und als wir vor 'n paar Jahren das Land kaufen konnten, hab ich's gekauft. Das ist jetzt Freeholdland«, sagte John und klatschte sich einen vollen Löffel Gemüseauflauf auf den Teller.

»Aber trotzdem können die uns noch was nehmen, die Blackfellas!«, warf Warren ein und kratzte sich am Rücken. Er kratzte sich immer irgendwo, wenn er sprach, fiel Shane auf.

»Wenn die ihren Native Title durchsetzen, kriegen die das Recht, da ihre Hütten aufzubauen und ihre Versammlungen abzuhalten. Da laufen dann dauernd Blackfellas hier vorbei. Und wie die es mit dem Eigentum anderer halten, ist ja wohl bekannt«, meinte John, stopfte sich ein Stück Fleisch in den Mund und kaute.

»Ja, ja, Deb hat mir von der Vorsitzenden irgendeines Vereins erzählt«, stimmte Warren ihm zu und kratzte sich, diesmal am linken Unterarm und dann unter der linken Brust. »Schlagt mich tot, ich hab den Namen dieses Vereins vergessen. Jedenfalls ist sie eine Aborigine. Oder zumindest ein Halbblut. Und sie ist mit ihrem niegelnagelneuen Subaru-Outback zu einem Aborigine-Camp gefahren. Und stellt euch vor: Plötzlich war es nicht mehr da! Man hat ihr gesagt, wer es genommen hat, aber das spielt keine Rolle. Was einem Einzelnen gehört, gehört auch der Community. So einfach ist das. Keine Ahnung, wie sie ohne Auto zurückgekommen ist. Vielleicht hat sie ja sogar einer mit ihrem eigenen Auto nach Hause gefahren. Jedenfalls hat sie keins mehr.«

»Die finden in jedem verdammten Stein noch was Heiliges!«, ereiferte sich John. »Wenn die es auf was abgesehen haben, kriegen die es. Und ihr aus der Stadt steht auch noch auf deren Seite. Möchte mal wissen, wie blöd ihr schauen würdet, wenn so ein Blackfella behauptete, in eurem Vorgarten, direkt vor der schicken Veranda, wäre irgend so ein verdammter Ahne in die ewigen Jagdgründe eingegangen, und deshalb dürften sie jetzt dahin, wann immer sie wollen!«

»Erzähl doch mal von der Höhle!«, warf plötzlich Helen ein, tastete nach ihrem Weinglas und nippte daran.

»Ach, da gibt es doch nichts zu erzählen.« John war plötzlich mürrisch.

»Hier gibt es eine Höhle?«, hakte Webster nach.

»Nein, hier gibt es keine Höhle. Helen hat etwas verwechselt.« John klatschte in die Hände. »Und noch 'ne Runde Rum! Shane, Ihr Glas! Fühlen Sie sich wie zu Hause, keine höfliche Zurückhaltung! Wir erzählen es auch nicht weiter, was, Warren?«

Warren lachte sein dröhnendes Mülltonnenlachen, und John stimmte mit seinem scheppernden ein. Helen lachte nicht.

John war lauter geworden, redete weiter: »Und jetzt diese ganze verdammte Diskussion über die Stolen Children. Dabei sollten die uns dankbar sein. Was wäre denn sonst aus denen geworden, die heute Anwälte und Journalisten und was weiß ich noch alles sind? Wir haben sie aus dem Dreck geholt, ihnen ein anständiges Leben ermöglicht. Ich versteh das alles nicht. Vor allem nicht, dass so viele verdammte Weiße auf deren Seite stehen! Jeder verdammte Journalist, der sich wichtig machen will, schreibt über die armen kleinen Aborigines in den verdammten Kinderheimen!«

»Und wisst ihr, was bei der letzten Gemeindeversammlung passiert ist?«, ereiferte sich nun Warren. »Hat mir meine Frau erzählt. Steht doch so eine Dame aus Charleville auf und sagt zu den paar Blackfellas, die da waren: ›Wir danken Ihnen, dass wir Ihr Land benutzen dürfen!‹ Stellt euch das mal vor! Jetzt müssen wir uns auch noch bei denen für jeden Scheiß bedanken!«

»Ich frag mich, wer hat mehr Verbindung zum Land?«, redete John weiter. »Die, die sowieso nur drübergeschlendert sind und die Tiere, die da gelebt haben, gejagt und die Pflanzen, die da gewachsen sind, ausgerissen haben und weitergezogen sind, oder wir, die wir seit hundertfünfzig oder noch mehr Jahren dieses Land bewirtschaften, in diesem Haus leben und hier bleiben, auch wenn das Land überflutet ist, die Tiere und Pflanzen ersaufen oder die Dürre unseren Rindern das Gras wegbrennt. Wir bleiben hier, halten durch, auch wenn unsere Rinder und Schafe krepieren und uns die verdammte Regierung auch noch verbieten will, Bäume zu fällen und Wasser abzuleiten! Tja, Shane, so ist das hier!«, schimpfte John und schob den fast wie frisch gespült aussehenden Teller von sich. »Und dann kommt so ein verdammter Journalist von der Küste daher und schreibt Storys, die den Leuten auf die Tränendrüse drücken. Was glauben Sie, wir denken nicht allein so. Mein Bruder Donald hat bei seinen Versammlungen immer volles Haus!«

»Ihr Bruder?«

»Donald Morgan, Spitzenkandidat für Whole Nation Party in Queensland.«

Helen tat, als gehörte sie nicht dazu, stand auf, schichtete die Teller aufeinander und trug sie in die Küche.

»Hat's geschmeckt, Shane? Und Ihnen, Webster?« John sah Shane mit glasigem Blick an.

Aber Shane wusste, dass er auch nicht anders aussah. »Ja, danke.« Er fühlte sich schlecht. Es war ein Fehler gewesen, mit John zu essen. Dieser Mann würde niemals zugeben, dass sein Vater eine Aborigine vergewaltigt hatte. Er musste ihn anders kriegen. Doch heute bekam er das nicht mehr hin.

»Dieser Journalist«, begann John plötzlich, und er lehnte sich zurück, »hat behauptet, mein Vater hätte eine Aborigine vergewaltigt.«

Ganz schön ausgekocht, dachte Shane. John ging zum Angriff über, anstatt zu warten, bis man ihn in die Enge getrieben hatte. Gut, er, Shane, konnte dieses Spiel auch spielen. »Und? Ist es nur ein Gerücht?«, fragte er, lehnte sich ebenfalls zurück. Sie waren wie zwei Boxer, die umeinander hertänzelten, um die Schwachstelle des anderen zu finden und ihn fertig zu machen.

John zündete sich eine Zigarette an und ließ sich Zeit mit der Antwort. »Es ist nur ein Gerücht und totaler Bullshit.«

»Und warum wollten Sie ihn dann anzeigen?«

Für einen Moment stockte John. Er wirkte überrascht, doch dann antwortete er: »Shane, Sie haben es gleich zu Anfang kapiert: Wenn einer daherkommt, mich fertig machen will und meine Familie in den Schmutz zieht, dann garantiere ich für nichts.«

»Sie würden ihn auch umbringen?«, mischte sich Webster ein. Shane und John drehten sich zu ihm um, der den ganzen Abend kaum ein Wort gesprochen hatte. Webster wurde knallrot.

»Für ein Greenhorn nehmen Sie sich ganz schön viel raus«, erwiderte John. Er hatte seine Fassung wiedererlangt, stand auf und sagte: »Ich muss ins Bett – hab morgen wieder einen anstrengenden Tag.« Mit diesen Worten drückte er Helen einen Kuss auf die Wange, stand auf und stapfte auf Strümpfen durch die Tür in den Gang, der in die hinteren Zimmer führte.

Als Shane hinter Webster durch den Garten zum Wagen ging, bemerkte er, dass es leicht zu regnen angefangen hatte. Am Himmel waren die Sterne hinter Wolken verschwunden. Ein hellgrauer Fleck ließ sich als Mond erahnen. Shane wusste, dass er viel zu viel getrunken hatte. Webster stolperte über eine unebene Bodenplatte.

»Sagen Sie, Webster, was verbergen die hier vor mir?«

Webster öffnete die Autotür, und Shane war froh über die Innenbeleuchtung des Wagens, die ihn den Türgriff finden ließ.

Webster zuckte die Schultern. »Keine Ahnung. Aber vielleicht ist ja auch alles ganz anders, als wir denken.«

Shane sah ihn nur an und fragte sich, was in Webster wohl wirklich vorging.

Andy

Andy schüttete das eiskalte Bier hinunter, lachte und hielt sich am abgegriffenen Thekenrand fest. Das Bier war so kalt, dass das Glas beschlug. Ja, so musste Bier schmecken! Er hatte nun schon lange kein warmes Bier mehr trinken müssen wie im Camp. Und keine Geschichten über Opalgräber mehr hören müssen. Neben ihm lehnte Mike an der Theke. Der lachte auch.

»Kate, schick noch 'n Bier rüber!«, rief jemand.

Als sich Andy umdrehte, sah er den Typen mit dem Muskelshirt und grinste. Mit seinen neuen Freunden traute sich keiner mehr an ihn ran. Er lächelte die Frau hinter der Bar an.

»Noch ein Bier?«, fragte sie.

Er hatte plötzlich das Gefühl, zu den Gewinnern zu gehören, nickte und schob ihr das leere Glas hin.

Brady kam vom Klo. »He, kommt! Hauen wir ab, fahren wir rum!«

Andy nahm das volle Glas und trank es in einem Zug leer. Jetzt könnte er auch sterben, dachte er. Alles war in Ordnung.

»Wir holen noch Anne ab«, entschied Brady und meinte das Mädchen aus dem Videoshop.

»Bevor die ganze Scheißwelt in Flammen aufgeht, will ich noch 'n bisschen Spaß!«, rief Brady. »Scheiß dir nicht in die Hosen und gib mal Gas!«

Andy sah im Rückspiegel, wie Brady mit Anne im Arm auf der Rückbank saß, und trat das Gaspedal runter. Der Ford Falcon schoss davon. Die Doors röhrten aus den Boxen. Wind wehte durch die heruntergekurbelten Fenster, nahm ihm den Atem. Ihnen gehörte die Welt. Andy trat das Gaspedal bis zum Anschlag durch.

»Wowowowowowowo!«, schrie Mike und hängte sich bis zur Hüfte aus dem Seitenfenster.

Sie flogen durch die Nacht. Andy drehte die Musik lauter. Immer geradeaus auf einer Straße, die er nicht mehr sah, nur noch geradeaus in die schwarze Unendlichkeit.

Zuerst waren es zwei brennende Stecknadelköpfe, dann brennende Scheiben, zuletzt riss es seinen ganzen Körper und seine ganze Welt nach links, dann prallte etwas auf ihn, und plötzlich gab es nur noch Stille.

Das Erste, was er wieder hörte, war Mikes Kichern. Und dann die Regentropfen, die sanft auf das Autodach trommelten. Er schlug die Augen auf, die er offenbar geschlossen hatte. Vor ihm lagen wie zwei Biskuits – die von den Scheinwerfern beleuchteten schmalen Streifen feuchter Erde. Darüber ein flimmernder Film rieselnder Regentropfen. Im Rückspiegel Brady und Anne, die ihn anstarrten. Andy konnte gerade noch die Tür aufdrücken, um zu kotzen.

»Du hättest uns alle umbringen können«, durchbrach Brady schließlich das Schweigen.

»Ihr seid ja total durchgeknallt!«, schrie Anne auf einmal, befreite sich aus Bradys Umarmung, riss die Tür auf und stürzte hinaus. »Mit euch Idioten fahr ich keinen Meter mehr!«

Mike kicherte wieder. »Weiber!«

»Fahr los!«, befahl Brady, lehnte sich zurück und schloss die Augen.

»Was?! Ohne sie?«, fragte Andy.

»Los, fahr schon!«, wiederholte Brady.

»Wir können sie doch nicht einfach hier lassen!«, wandte Andy ein.

»Du hast es doch gehört. Sie will mit uns keinen Meter

mehr fahren!« Brady brüllte: »Jetzt mach schon! Ich will nach Hause. Wir haben kein Bier mehr!«

Andy zögerte, doch dann startete er den Motor. Die Räder drehten im schmierig werdenden Boden durch.

»Komm schon, steig ein«, sagte er, und Anne gehorchte; sie kauerte sich so in die Ecke der Rückbank, dass sie Brady nicht berühren musste. Andy gab Gas, aber die Räder drehten wieder durch.

»Scheiße! Ihr müsst aussteigen und schieben!«, meinte er, als er plötzlich im Rückspiegel ein paar Scheinwerfer bemerkte.

Shane

Der Kegel der Scheinwerfer saugte sich an etwas neben der Straße fest, das von weitem wie ein Autowrack aussah, sich beim Näherkommen aber als intakter Ford Falcon herausstellte, mit Köpfen hinter den heruntergelassenen Fenstern. Webster trat auf die Bremse. Shane verfluchte sich dafür, dass er so viel getrunken hatte, und bat:

»Steigen Sie aus, Webster. So was ist Ihr Job.«

Webster parkte den Wagen neben dem anderen Auto, nahm den Polizeihut vom Rücksitz und stieg aus. Shane konnte vier junge Leute erkennen, darunter eine Frau. Sicher hatten sie getrunken.

»Ist alles klar?«, hörte er Webster fragen, während der junge Beamte sich dem Auto näherte.

»Ja, ja. Alles in Ordnung, Sergeant«, antwortete der auf dem Rücksitz, ein kräftiger Kerl mit kurzen braunen Haaren, die an seinem viereckigen Kopf anlagen, und einem breiten Mund, wie Shane von seinem Platz aus erkannte.

Webster ging ein wenig in die Knie, um in den Wagen hineinzuschauen, und sagte: »Den Führerschein.«

Einen Moment regte sich keiner. In Shane breitete sich ein unangenehmes Gefühl aus. Er ertappte sich dabei, wie er auf den Rücksitz griff und unter seinem Jackett nach dem Halfter mit der 38er Smith & Wesson tastete.

Noch immer bewegte sich draußen nichts.

»Ihren Führerschein«, wiederholte Webster.

Shane hatte die Waffe in der Hand, steckte sie in die Hosentasche. Er hatte plötzlich Angst um Webster. Es wäre nicht das erste Mal, dass man einen Polizisten bei einer Verkehrskontrolle niederschoss. Shane öffnete die Tür, die Köpfe wandten sich ihm zu. Langsam ging er auf den Wagen zu, die Hand in der Hosentasche.

»Wir stecken fest!«, rief der auf der Rückbank auf einmal. »Können Sie uns rausziehen?«

Und Shane fühlte Erleichterung. Selbstverständlich hatte der Fahrer keinen Führerschein dabei. »Okay, Jungs, wir ziehen euch raus. Aber den Führerschein musst du vorbeibringen«, meinte Shane kumpelhaft.

»Er hat sich nur jetzt ans Steuer gesetzt, um den Wagen rauszufahren, vorher bin ich gefahren. Ich zeig Ihnen meinen Führerschein.« Und schon griff der Junge auf der Rückbank nach unten.

»Halt!«, schrie Shane. Und der Junge erstarrte. »Erst mal aussteigen. Langsam. Und die Hände nach oben. Einer nach dem anderen. Erst du.« Shane hatte seine Waffe gezogen.

»Mann o Mann«, murrte der Junge auf dem Rücksitz. Neben ihm saß eine Frau. Oder sollte er besser »Mädchen« sagen? Die Autotür sprang auf. Der Junge schälte sich heraus, die Augen glasig. Er hatte getrunken.

Shane ließ ihn sich ans Auto lehnen, tastete ihn nach Waffen ab, fand keine, drehte ihn um. »Okay. Wo ist der Führerschein?«

Der Junge langte in die Potasche seiner abgewetzten Jeans, hielt ihn Shane mit spitzen Fingern unter die Nase. *Brandon Arthur McHugh,* konnte Shane lesen.

»Gut. Steig wieder ein. Wohin müsst ihr?«

»Nur noch ein Stück bis kurz vor Coocooloora.«

»Wir machen 'ne Ausnahme«, erwiderte Shane. Er wollte kein Risiko eingehen. Wenn einer merkte, dass er getrunken hatte, war er seinen Job los. »Wir ziehen euch raus. Kommen Sie, Webster.«

Der Jüngere starrte Shane an, ging dann aber doch zum Kofferraum, nahm das Abschleppseil heraus und befestigte es gemeinsam mit dem rothaarigen Jungen, der am Steuer gesessen hatte, an der Stoßstange des Falcon, das andere Ende am Heck des Polizeiwagens.

»Dann geben Sie mal Gas«, meinte Shane.

Nach wenigen Minuten stand der Falcon wieder auf der Straße. Die drei Jungs und das Mädchen stiegen ein. Webster montierte das Seil ab und startete.

»Warum haben Sie mich nicht ein Protokoll schreiben lassen?«, fragte Webster, als der Wagen mit den jungen Leuten davonfuhr.

»Haben Sie schon mal über unseren Alkoholspiegel nachgedacht?«

Andy

Vor ihnen entfernten sich die roten Rücklichter, verschwanden in der Nacht. Der Regen wurde stärker. Er fiel nun knisternd auf die Scheibe.

»Warum haben die uns so einfach fahren lassen?«, wunderte sich Andy.

»Die hatten einen in der Birne. Ganz klar!«, antwortete Brady.

Er musste jetzt Jo sehen. Vor dem Lebensmittelladen, dem SUPERGROCER, hielt Andy an. »Ich steig hier aus«, erklärte er. In dem Moment war ihm klar, dass Mut nichts weiter war als das Fehlen von Zweifel. Niemand erwiderte etwas. Erst als er ausstieg und leise die Autotür zudrückte, schoss plötzlich Bradys Hand aus dem hinteren Seitenfenster, klemmte sich wie eine eiserne Schelle um Andys Handgelenk.

»Übrigens, noch was zu heute Abend: Du hast dich zwar rührend um Anne gekümmert, aber sie ist meine Puppe. Und nächstes Mal mischst du dich gefälligst nicht ein!«, zischte er mit Augen so klein wie Stecknadelköpfe. Dabei hatte sie Andy nur Leid getan.

Kaum war der Ford Falcon in der Dunkelheit verschwunden, kehrten sie wieder zurück, der Zweifel und die Angst. Trotzdem schlich er zur Hintertür. Neben der Eisentür, die den Lagerraum abschloss, befand sich die mit schmiedeeisernen Blumenornamenten verzierte Gittertür, die vor die hölzerne Haustür gesetzt war und zur Wohnung hinaufführte. Es überraschte ihn nicht, dass die Eisentür zugeschlossen war. Aber er glaubte zu träumen, als sich zuerst die schmiedeeiserne Tür und dann die Holztür öffnen ließen. Widerstandslos, als hätten sie nur darauf gewartet.

Kurz zögerte er, doch dann trat er ins Haus, stieg lautlos die mit Teppich belegten Stufen hinauf in den ersten Stock. Da roch er ihn wieder, diesen Geruch, der ihm aufgefallen war, als Jo ihn zu Hilfe gerufen hatte. Nach Krankenhaus und Arzt, säuerlich und scharf. Jo hingegen duftete nach Orangenblüten. Langsam ging er vorwärts. Andy hatte das

Gefühl, von ihrem Mann beobachtet zu werden. Er sah ihn sogar schon vor sich, plötzlich, im Rollstuhl, ihn anstarrend aus gelblich fiebrigen Augen.

Vorsichtig setzte er seine Schritte über den dicken hellblauen Velourssteppich durch den Flur. Er war ein Eindringling. Peter hätte das Recht, ihn anzuzeigen – oder zu erschießen und es als Notwehr darzustellen. Schon wollte er wieder umkehren. Dem Haus seine Ruhe lassen. Er wusste auch gar nicht, was er erwartete. Wollte er sie im Schlaf betrachten? Sich vorstellen, sie wäre nicht verheiratet? Noch nie in seinem Leben war er einer Frau nachgeschlichen. Und noch nie hatte er ein solches Verlangen nach einem bestimmten Menschen verspürt wie jetzt. Sein bisheriges Leben bekam plötzlich wieder einen Sinn. Den Sinn, jetzt, in diesem Moment an diesem Ort zu sein.

Die Tür zum Schlafzimmer stand einen Spaltbreit offen. Er stieß sie mit dem Zeigefinger auf. Als die Tür leise quietschte, erschrak er.

Shane

Die Aircondition: ein heulender Kasten an der Decke. Wenn er sie ausschaltete, würde er ersticken. Jeder Schlag seines Herzens: ein Zucken durch seinen schwitzenden Körper. Das Laken auf der Matratze, in deren Mitte er einsank wie auf einem ausgeleierten Trampolin, nass und klebrig. Er hatte viel zu viel getrunken. Rum und Coke vertrug er sowieso schon lange nicht mehr. Eine Nacht, unendlich lang, stand ihm drohend bevor. An den Rändern des gummierten Vorhangs vor dem einzigen Fenster zwängte sich das Licht der Carlton-Midstrength-Werbung herein. Die aus dem Gitter der Aircondition ihm entgegenschießenden Luftsalven hatten seinen Hals ausgetrocknet. Beim Schlucken klebten die Rachenwände zusammen, verursachten ein Würgen. Seine Augen waren wund.

Endlich warf Shane die Decke zurück, sprang auf und stellte den Kippschalter der Aircondition auf »Aus«. Stille. In der Dunkelheit, in der die hellen Linien unter dem Vorhang und der Tür ausreichten, um die Umrisse des Bettes, des Stuhles, des Fernsehers und des Kühlschranks auszumachen, ging er zum Fenster. Der raue Teppich kratzte unter seinen Fußsohlen. Er zog den Vorhang beiseite und schob das Fenster hoch, sah hinaus. Das Fliegennetz hinderte ihn daran, seinen Kopf hinauszustrecken.

Eine Straßenlaterne leuchtete blass. Unter ihm drang der Schein des Neonschriftzuges *Carlton Midstrength* herauf. Schräg gegenüber, über dem Lebensmittelladen, sprang plötzlich in einem Fenster das Licht an. Die Neigung der Rollo-Lamellen entsprach offenbar gerade Shanes Blickwinkel vom zweiten Stock des Pubs hinüber in die Wohnung über dem Supergrocer, sodass das Rollo nichts weiter als dünne, schwarze Striche über einem hell erleuchteten, offenen Fenster bedeutete. Eine Frau tauchte auf, warf einen Morgenmantel über ihr Nachthemd und bewegte sich nach rechts. Sie konnte wahrscheinlich so wenig schlafen wie er. Shane blieb im Dunkeln stehen. Das Licht von draußen reichte aus, um mit einem Griff den Kühlschrank zu finden.

Er verzog das Gesicht vor Schmerz, als das eiskalte Wasser seine Zähne erreichte. Shane fühlte sich weder wach noch müde. Sein Kopf schwebte ein paar Zentimeter über seinem Körper, und seine Arme kamen ihm viel zu lang vor. Er sah erneut hinüber. Das Licht war gelöscht. Lag sie schon wieder im Bett? Oder stand sie in der Küche und trank Wasser wie er?

Schon wollte er sich abwenden, als das Licht drüben erneut aufflammte. Er kniff die Augen zusammen. Im Schlafzimmer stand jetzt ein Mann. Dann wurde das Licht ausgeschaltet. Mürrisch über seine eigene Einsamkeit warf Shane sich wieder ins Bett, stellte sich den Mann und die Frau gegenüber beim Sex vor und versuchte zu onanieren. Doch der Alkohol hatte seinen Körper betäubt. Verdrossen kapitulierte er, drehte sich auf den Bauch und dachte an einen langen Schlaf ohne Träume.

Eine Frage aber ließ ihn nicht los: Wenn Betty nichts mit Frank Copeland gehabt hatte – warum hatte sie dann diesen Abschiedsbrief geschrieben? Und warum hatte sie sich umgebracht? Er sah noch einmal die Tatortfotos vor sich. Wieso briet sie vorher Rühreier und aß sie nicht? Wieso legte sie sich zum Sterben in die Badewanne und ließ das Wasser laufen?

Er setzte sich auf. Ihm war kotzübel. Shane war sicher: Er übersah etwas. Er übersah einen Zusammenhang! Etwas war da, aber er konnte es noch nicht erkennen. Und eines war sicher: John Morgan würde sich und seine Familie nicht so einfach von einem Journalisten um den guten Ruf bringen lassen. Wäre er zu einem Mord fähig? Oder sogar zu zwei Morden? Betty und Frank Copeland? Offenbar waren sie die Einzigen gewesen, die um jene Vergewaltigung gewusst hatten. Und welche Rolle spielte John Morgans Bruder, der Politiker?

Andy

Etwas Metallisches bohrte sich in seinen Rücken. Erstarrt wagte er nicht mehr zu atmen. Man hatte ihn erwischt. Alles war aus. Peter würde die Polizei rufen. Die Deckenlampe flammte auf. Das Bett vor ihm war aufgeschlagen, aber leer.

»Hast du mich erschreckt! Was willst du?« Es war ihre Stimme.

Er drehte sich um, sah in ihre honigbraunen Augen und auf den schwarz glänzenden Lauf einer Schrotflinte in Höhe seines Nabels.

»Du bist allein?«, flüsterte er.

Endlich senkte sie die Flinte. Deutlich konnte er unter dem dünnen Stoff ihres Nachthemdes ihre nackten Brüste erkennen.

»Ich musste zu dir.« Er flüsterte immer noch. Musste sich zurückhalten, um nicht gleich ihren Nacken zu berühren, ihren Mund zu küssen.

»Und was wäre, wenn Peter dich erwischt hätte?« Ihre Stimme klang schneidend in der Stille der Nacht.

»Wo ist er?«

»Hat Behandlungen in Charleville.« Und sie fügte hinzu: »Wir sind allein.«

Sie schaltete das Licht aus. Und dann ging es ganz schnell. Sie zog ihn an sich, er wäre jetzt nicht geflohen, auch wenn ihr Mann ... Ihre Lippen, endlich, zart, hungrig, und wenn er jetzt ...? Egal – sie war so leicht, ihr Rücken so biegsam, ihre Schultern so rund, so warm ihre Haut, sie roch gut, plötzlich, sein Hunger wurde unerträglich, sein Durst – es tat weh im Bauch, tief innen brach eine Wunde auf, die nur sie wieder heilen konnte. Ihre Hände auf seiner Haut, seine Hände – nein, er würde nicht aufhören, nicht um alles in der Welt, jetzt nicht aufhören. Sie stürzten aufs Bett. Er konnte nicht warten, er wollte nicht mehr warten, seine Wunde blutete, er würde verbluten, wenn sie nicht ... Niemand könnte sie jetzt noch trennen – und dann, dann plötzlich hörte alles auf, das Blut, der Schmerz, die Einsamkeit, die Angst. Die Wunde wurde warm, ganz warm und heiß, es war sie, ihre Wärme, ihre Nähe, sie in ihm, um ihn, das Sehnen – endlich, niemals ankommen, aber nicht mehr suchen müssen, nie mehr frieren, nie mehr Hunger, nie mehr Durst verspüren, ohne Angst, so leicht, ohne Tod, nur noch sein ...

Vom Fenster wehte eine Brise herein. Das Rollo klimperte leise. Der Wind strich über ihre nackten Körper und ließ ihre Flüssigkeiten verdunsten. Sie schwiegen lange, bis er sagte:

»Du warst ganz schön ausgehungert, was?«

Ihre Augen wanderten zum Fenster.

»Kein Wunder, hast du überhaupt noch mal Sex mit ihm gehabt, ich meine, nach dem Unfall?«

Mit einem Ruck richtete sie sich auf und sah ihn feindselig an. »Hör auf, von ihm zu reden!«

»Sorry.« Er zog sich zurück.

Sie schwiegen.

»Hast du eine Zigarette?«, begann sie schließlich.

Er stand auf, froh, dass sie wieder redete. Durch die Ritzen zwischen den Rollo-Lamellen fiel das bunte Licht der Bierwerbung vom Pub gegenüber ins Zimmer. Sein Hemd mit den Zigaretten in der Brusttasche lag auf dem Boden, entdeckte er, zwischen ihrem Nachthemd und seinen Jeans, dort, wo Peter gelegen hatte, vor ein paar Tagen, als er mit dem Rollstuhl gestürzt war ...

Rauch schwebte über ihnen. Verdrängte endgültig den Geruch nach Krankenhaus – nach ihm.

»Er wird es merken«, sagte sie.

»Was?«

»Den Rauch.«

Sie blies Ringe in die Luft. Er schwieg, traute sich nicht, sie nach ihm zu fragen, wollte nicht, dass sie ihn anschrie. Er liebte ihre Stimme, ihren Klang, manchmal beendete sie einen Satz mit einer anderen Betonung, als man es erwartet hatte. Er liebte jetzt alles an ihr, nur nicht, wenn sie ihn anschrie. Er würde sie beschützen, gegen alle. Er würde sie retten ...

»Wie lange wird es noch dauern?«, begann sie.

»Was?«

Sie antwortete nicht, drehte sich weg. Ihr Rücken war schön, er glitt mit seinen Händen über ihre Seite. Der Hunger, ganz plötzlich kam er wieder, nicht so wie vorhin, da hatte er an sich gedacht, da hatte er geglaubt, er würde gleich sterben. Jetzt dachte er an sie ...

Als er sie streichelte, wehrte sie sich nicht, sondern drückte die Zigarette in der Schale auf dem Nachttisch aus. Diesmal ließen sie sich Zeit.

In der Nacht träumte er von seiner Mutter. Sie lebte in einem großen, luftigen Haus am Meer. Es war auf einem Headland erbaut, einem ins Meer hinausragenden Vorsprung, so konnte man von allen Zimmern aus aufs Meer sehen.

Der Wind wehte durch die Fenster, die weißen, schleierartigen Vorhänge plusterten sich auf, Windspiele aus Muscheln spielten eine fremdartige Melodie. Er war ein kleiner Junge, und seine Mutter führte ihn an der Hand durchs Haus. Und dann erschrak er. In der großen Eingangshalle des Hauses war in einer Glasvitrine sein Vater aufgebahrt. Er ging vorsichtig näher an die Scheibe und bemerkte, dass die Haut seines Vaters aussah wie gelber Sandstein.

Die Mutter lächelte mild, öffnete die Glasscheibe und sagte: »Pass auf!« Dann hielt sie plötzlich eine Axt in der Hand und hieb auf den Brustkorb seines versteinerten Vaters ein.

Er, der kleine Junge, schrie auf, als der Körper des Vaters zerbarst und im Innern rot-gelber Opal aufleuchtete. Die Mutter lächelte immer noch mild und brach ein Stück Opal aus seinem Vater heraus.

»Der ist für dich!«, meinte sie und legte ihn in die Hand des kleinen Jungen. In dem Moment, in dem er seine Hand um den Opalsplitter schloss, wachte er auf. Vier Uhr, sah Andy auf der Armbanduhr. Der Traum hatte Schweiß durch seine Poren gepresst. Neben ihm atmete sie ruhig. Graues Morgenlicht kühlte ihre Haut. Sie hatte nichts gemein mit seiner Mutter. Warum hatte er diesen seltsamen Traum gehabt?

Er wagte nicht, sie zu küssen. In dem Moment, als er aufstand, leise und kaum atmend, traf ihn erneut, stärker noch als zuvor, die Sehnsucht nach ihr. Noch bevor die Sonne aufging, stand er draußen im Hinterhof, dort, wo er vor einer Woche aus Scottys Lieferwagen ausgestiegen war. Tief sog er die feuchte, von Gidgea-Bäumen getränkte Luft ein, steckte die Hände in die Hosentaschen und schlenderte über die Straße. Noch nie hatte er sich so stark gefühlt wie jetzt, noch nie in seinem Leben war er so sicher gewesen, das Richtige getan zu haben.

Shane

Paddy grunzte nur, als er hereinkam.

»Freuen Sie sich denn gar nicht, Paddy?«, wollte Shane wissen und räumte den Stapel Papier und zwei gebrauchte Kaffeebecher, die während seines Aufenthalts in Brisbane auf seinem Schreibtisch abgestellt worden waren, auf Paddys Schreibtisch. Worauf Paddy ihn wütend aus seinen Schweinsaugen ansah. Shane glaubte, dass er noch dicker geworden war. Die rote Gesichtshaut spannte sich glänzend über dem fetten, runden Kinn und den gepolsterten Wangen.

»Also, *ich* hab Sie beinahe vermisst.« Shane lächelte.

Paddy knurrte nur, zog eine Schublade auf, packte eine Fleischpastete aus dem Papier.

Shane goss sich Kaffee aus der Maschine ein, dachte an den vergangenen Abend bei den Morgans. Wäre John tatsächlich fähig, jemanden umzubringen? Er öffnete das Fenster. Paddy kam nie auf die Idee zu lüften. Der beißende Geruch der Gidgea-Bäume, der am Morgen die Luft erfüllt hatte, war verschwunden. Schräg gegenüber blickte er auf die Tankstelle. Und plötzlich erkannte er den Jungen mit dem roten Overall, der gerade einen schlammbespritzten Pajero betankte. Das war einer der Jungs im Falcon, den sie gestern Nacht aus dem Graben gezogen hatten. Aus der Werkstatt schlenderte nun ein anderer, den Shane kannte: der Rothaarige mit den Locken, der am Steuer gesessen hatte. In dem Moment tauchte in seiner Erinnerung die Silhouette der Gestalt im Schlafzimmer über dem Supergrocer auf. Er war sich sicher: Das war der Mann gewesen.

»Sagen Sie, Paddy, wer wohnt eigentlich über dem Lebensmittelladen?«

Paddy Dunegal sah ihn, erstaunt über die offenbar so harmlose Frage, an. »Wer soll da schon wohnen? Die Hills natürlich. Jo und Peter, die den Laden haben. Das heißt, nach seinem Unfall führt nur noch sie das Geschäft. Peter sitzt im Rollstuhl.«

Shane hätte beinahe durch die Zähne gepfiffen. Der Mann im Schlafzimmer gestern Nacht hatte ganz sicher nicht im Rollstuhl gesessen ...

»Und was wissen Sie über die Ehe der Hills?«, fragte er.

»Ich steck meine Nase nicht in die Privatangelegenheiten anderer Leute, sofern nichts gegen sie vorliegt. Ich bin Polizist.« Paddy knüllte das Papier energisch zusammen, in das die Fleischpastete eingepackt gewesen war, und warf es mit Nachdruck in den Papierkorb.

Shane wandte sich vom Fenster ab. Schließlich hatte er tatsächlich anderes zu tun, als sich über das Sexleben der Hills Gedanken zu machen. Für einen kurzen Augenblick drängte sich die Erinnerung an Eliza in seinen Kopf, aber er schob sie beiseite, verbot sich weitere Abschweifungen.

»Können Sie sich das verdammt noch mal nicht merken?«, knurrte Paddy. »Wer sich den letzten Kaffee nimmt, kocht auch wieder neuen.«

In dem Moment klingelte Shanes Telefon. Es war Webster, der erst am Nachmittag Dienst hatte. »Shane? Ich habe nachgedacht«, begann er. »Ich hoffe, Sie sind mir nicht böse.«

»Warum? Weil Sie nachgedacht haben?« Er konnte durchs Telefon hören, wie Webster tief Atem holte.

»Ich habe herumtelefoniert.«

Mein Gott, dachte Shane, dieser Webster ließ sich jeden Satz wie einen Wurm aus der Nase ziehen.

»Ich weiß, was in Alfred Morgans Testament steht«, hörte Shane den Jüngeren sagen. Er wurde ungeduldig. Was zum Teufel wollte Webster ihm erzählen? »Möchten Sie es wissen?«, fragte Webster dann auch noch.

»Ja, natürlich will ich es wissen. Jetzt fangen Sie schon endlich an!« Shane schrie fast. Wenn er eines nicht ertragen konnte, dann war es, wenn man ihn mit Informationen auf die Folter spannte.

»Also ...« Webster räusperte sich. *»Ich, Alfred Morgan«*, er hüstelte, *»im Vollbesitz meiner geistigen und ...* – das Übliche – *verfüge ...* Und jetzt passen Sie auf, jetzt kommt es!« Er holte tief Atem und fuhr fort: *»dass die Farm, Haus, Land, Vieh, Ertrag ...* – und so weiter – *zu gleichen Teilen auf meine Kinder aufgeteilt werden.* Und dann kommen noch ein paar Verfügungen.«

»Und? Was ist daran so ungewöhnlich?« Offenbar hatte Webster den Alkohol noch nicht abgebaut, oder er wollte sich einfach wichtig machen, vermutete Shane.

»Aber verstehen Sie denn nicht?« Webster klang zum ersten Mal ungeduldig. »Die Formulierung: ›zu gleichen Teilen auf meine Kinder aufgeteilt werden‹!«

»Ja, und?«

»Wenn an dem Gerücht doch etwas dran ist und Betty Williams die Tochter des alten Morgan war, dann war sie Miterbin und hatte Anspruch auf die Farm oder was auch immer. ›Zu gleichen Teilen auf meine Kinder‹, hat er geschrieben!«

Er hatte Webster total unterschätzt. Die Namen der Kinder waren nicht genannt. Auch nicht die Zahl. Wenn Betty Williams hätte beweisen können, dass sie Alfred Morgans Tochter war, hätte sie exakt denselben Anspruch auf das Erbe gehabt wie John und Donald. »Wie haben Sie das rausbekommen?«

»Ich konnte nicht einschlafen. Und die Sekretärin von Morgans Notar ist meine Cousine.«

Dann hatten die Morgans ja nicht nur ihren Ruf, sondern auch handfesten Besitz zu verlieren ...

Es war gleich zwei Uhr nachmittags. Erst musste er etwas essen.

Andy

Er war verliebt. Und er hatte Freunde und einen Job, und er war glücklich. Er schlug nach den Fliegen, die sich gierig auf sein schweißnasses Gesicht stürzten und zielstrebig in die dunklen, feuchten Höhlen der Nasenlöcher und an die Ufer der Augenwinkel krochen, hungrig nach Eiweiß und durstig nach Wasser. Die meisten Kartons hatte er schon im Innern des weißen Lieferwagens verstaut, als er die Tür zum Lagerraum zufallen hörte. Er drehte sich um und sah Jo, die die Tür verschloss.

»Ich komme mit dir«, erklärte sie laut, strich eine blonde Haarsträhne zurück, die ihr aus dem hochgesteckten Haar in die Stirn gefallen war, und lächelte. Schon schwang sie ihre schlanken Jeansbeine auf den Beifahrersitz und schlug die

Tür zu, während Andy die letzten Kartons für die Smiths verlud und die Hecktür zuwarf.

Als er sich auf den Fahrersitz wuchtete und in ihre blitzenden Augen blickte, wusste er, dass sie es darauf anlegte, mit ihm allein zu sein. Und dass sie die gestrige Nacht nicht bereute. Trotzdem fühlte er sich auf einmal unsicher.

Wie sollte es weitergehen? Ihr Mann würde früher oder später aus dem Krankenhaus zurückkommen. Aber warum musste er immer vorher wissen, wie es weitergehen sollte? War nicht der Aufbruch aus dem Camp schon der Sprung ins Ungewisse gewesen? Warum also sollte er das Leben nicht weiterhin so nehmen, wie es kam? Er war ein Sandkorn, das sich vom Wind treiben ließ. Was sollte daran so falsch sein? Musste man denn immer ein Ziel haben wie sein Vater?

»Was ist? Willst du nicht losfahren?«, hörte er sie neben sich. Er lächelte und fand, dass sie wunderschön war.

»Wer ist jetzt im Laden?«, fragte er, als er aus der Hofeinfahrt auf die Straße bog.

»Niemand.« Sie strahlte ihn an, legte ihre Hand auf sein Bein. »Ab heute ist mittwochmittags geschlossen. Und außerdem: Du kennst die Smiths ja gar nicht. Es ist besser, wenn ich das erste Mal mitkomme.«

Beide wussten, dass es ein Vorwand war.

Nach ein paar Kilometern auf der Hauptstraße sah Andy links im gelbroten, staubigen Land ein weiß gestrichenes Gatter ohne anschließenden Zaun. Die beiden offenen Tore wirkten wie eine Einladung. Oder drückten sie Gleichgültigkeit aus? Auf dem Briefkasten, einer Blechtonne, las er den mit bläulicher Farbe gepinselten Namen *Smith.*

»Siehst du, du wärst glatt vorbeigefahren ohne mich.« Sie lachte. Ihre dunkelroten Lippen spannten sich über den weißen Zähnen.

Er wollte sie jetzt küssen, wagte es aber nicht. Andy lenkte den Lieferwagen von der geteerten Straße herunter auf die Piste. Im Rückspiegel hing die undurchsichtige Staubwolke, die sie aufwirbelten. Kümmerliche, dünnästige Bäume mit gräulichem, spitzem Blattwerk, abgestoßene Rinde von weißstämmigen Eukalyptusbäumen wie tote Haut.

Sie seufzte. »Ach, ist das nicht ein trostloser Anblick?«

Er zuckte die Schultern, schaltete einen Gang runter, weil die Piste schlechter wurde. »Mir gefällt das Land hier.«

»Ich hasse es. Überall lauert der Tod.«

Er bemerkte, dass ihre honigfarbenen Augen aufgehört hatten zu leuchten. Er lachte. »Das denkst du nur, weil du das Land nicht wirklich kennst.«

»Ich will es auch gar nicht kennen lernen.« Ihre Stimme war schroff.

»Warum bist du dann überhaupt hergekommen?« Zum ersten Mal empfand er etwas anderes als Liebe und Zuneigung und Faszination ihr gegenüber. Ablehnung? Zweifel? Skepsis?

Sie wandte sich ab, starrte zum Seitenfenster hinaus. Die Achsen ächzten, der Wagen schaukelte. Er konnte nicht jeder ausgefahrenen Mulde und jedem Loch, das Regen und Wind gerissen hatten, ausweichen.

»Ihr Männer seid anders. Ihr braucht uns nicht wirklich«, bemerkte sie plötzlich und drehte sich wieder zu ihm um. »Halt an.«

Neben einem Eukalyptusbaum stellte er den Motor ab. Sie öffnete seine Hose und senkte ihren Kopf zwischen seine Beine. Als er ihre Lippen und ihre Zunge spürte, verlor er fast den Verstand.

Die Smiths waren ein nettes Ehepaar, das schon seit fünfundvierzig Jahren miteinander durch dick und dünn ging, wie Elsie Smith fröhlich erzählte. Sie stammte aus Hannover in

Deutschland und freute sich überschwänglich, als Andy berichtete, dass sein Vater auch aus Deutschland sei.

»Vielleicht sind wir uns ja sogar begegnet, als wir hier rüberfuhren!«, meinte sie und lachte. »Das ist es, was ich an Australien so liebe: Hier trifft man immer jemanden, der einen an die Heimat erinnert. Deshalb fühlt man sich nie fremd.« Schließlich seien ja alle hier Fremde, meinte sie, wenn man so wolle, außer den Aborigines natürlich. »Wir sind alle eine große Gemeinschaft von Fremden!«, erklärte sie. Sie bot ihnen in der Küche Tee und Kuchen an.

Doch Jo lehnte ab. Sie hätten noch eine weitere Lieferung und müssten los.

»Übermorgen fahren wir für drei Tage nach Longreach zu Tonis Schwester«, erzählte Elsie Smith.

Als sie losfuhren, stand Elsie Smith vor dem Haus und winkte.

»War es nicht zu gefährlich, dass ich mitgekommen bin? Wenn das dein Mann erfährt? Ich hätte irgendwo warten können!«, sagte Andy.

»Und wo, bitte schön, hättest du aussteigen sollen? Hier vielleicht?« Sie zeigte über die rote Ebene, auf die die Sonne brannte.

Er zuckte mit den Schultern. »Wird nicht dein Mann von ihnen erfahren, dass du jemanden dabeihattest?«

»Ach«, sie streichelte ihm übers Haar, »du bist ja ängstlicher als ich. Da«, rief sie plötzlich und deutete nach links auf einen abzweigenden Weg. »Bieg da ein!«

»Musst du nicht in den Laden zurück?«

Sie lachte. »Es wird schon keiner verhungern.«

Plötzlich führte die Piste einen steilen Hang hinab. Unerwartet, in dieser flachen Gegend. Nach ein paar hundert Metern gelangten sie an eine Felsformation. Riesige Felsen lagen wie Eier übereinander, zu zwei hohen Haufen aufgetürmt. Sie parkten den Wagen unter einem alten Eukalyptusbaum, der seine Äste als ein schattiges Dach über sie breitete.

Als Andy den Motor abstellte, war es vollkommen still. Dann regte sich ein leiser Wind, und von weit her drang der Ruf des Coocaburra. Er könnte sie fragen, ob sie mit ihm weggehen würde. Vielleicht doch nach Lambina. Zu zweit war nichts so schwer wie allein. Allein war es hart. Niemand, der dir sagt, dass es richtig ist, was du tust. Niemand, bei dem du auch mal nichts sagen musst. Niemand, neben dem du einschlafen und wieder aufwachen kannst.

»Warum kommst du nicht mit mir?«, wollte Andy wissen.

Jo drehte sich zu ihm um, und er bemerkte die Angst in ihren Augen.

»Wir könnten an die Küste gehen, einen Laden aufmachen«, fuhr er fort.

Sie machte sich von ihm los und setzte sich auf den runden Felsen, der jetzt im Schatten des Eukalyptusbaumes lag. »Weißt du, wie es ist, wenn man nicht leben kann, weil man dann schuldig wird?« Sie starrte in die Ferne. »Peter hat viel für mich getan. Wie kann man dann undankbar sein?«

Andy hatte sich neben sie auf einen anderen Stein gehockt, er blickte in dieselbe Richtung wie sie. Er wünschte sich nichts mehr, als in diesem Moment mit ihr ein Gefühl und einen Wunsch zu teilen: miteinander ein neues Leben zu beginnen. Weit weg von hier.

»Lass uns fahren. Ich ertrag diesen trostlosen Anblick hier nicht.« Sie stand auf, setzte sich ins Auto.

Andy folgte ihr. Er dachte an seinen Vater. Und plötzlich fühlte er sich wieder schuldig, weil er gewagt hatte, sein eigenes Glück zu suchen.

Shane

Es war komplett schief gelaufen. Und das war allein seine Schuld. Er saß im Büro an seinem Schreibtisch. Paddy war zu einer seiner geliebten Kontrollfahrten aufgebrochen, und Webster war in Augathella wegen Ermittlungen zu einem Verkehrsunfall. Am Morgen war er raus zu den Morgans gefahren, um John mit dem Wortlaut des Testaments zu konfrontieren.

Er hatte nicht mit ihr ausreiten wollen. Nicht nur, weil er zum letzten Mal vor zehn Jahren auf einem Pferd gesessen hatte.

Sie hatte ihn überredet; sie ritt jeden Morgen aus und bewegte die beiden Pferde. Sie hatte erklärt, John sei nicht da. Vielleicht komme er später. Und Shane hatte sich gefragt, warum er nicht angerufen hatte, bevor er die zweiundsechzig Kilometer gefahren war. Dabei kannte er die Antwort.

»Klappt doch schon ganz gut«, hatte Helen gesagt, als er mehr schlecht als recht auf dem Sattel gesessen und gehofft hatte, dass das Pferd nicht im nächsten Moment losgaloppieren würde. Sie lachte ihn an, ließ ihren Blick über seinen Körper gleiten. Spätestens in dem Moment hätte er wieder absteigen müssen. Indes bemühte er sich, aufrecht zu sitzen, dachte an die Westernfilme und die Cowboys, während sein Gewissen ihn daran erinnerte, dass er eigentlich einen Fall aufzuklären hatte. Als sich die Pferde langsam in Gang setzten, schien für einen Moment alles weit weg zu sein. Er spürte das harte Leder des Sattels zwischen seinen Beinen, roch den Schweiß des Pferdes und verlangte nach der Frau mit dem blonden Pferdeschwanz, den gebräunten Armen und Beinen, die anmutig auf dem braunen Pferd neben ihm ritt – und mit dem Hauptverdächtigen verheiratet war.

Pferdehufe schlugen auf trockene Erde, unter den Gidgea-Bäumen im Schatten stießen zwei blonde Rinder tiefe Schreie aus. Die Sonne hatte das morgendliche Blau des Himmels versengt und schickte sich an, den Wind in eine Feuerwalze zu verwandeln. Shane rollte die Hemdsärmel hinunter, zog den Hut, den sie ihm gegeben hatte, tiefer in die Stirn. Seine Zunge war rau wie Schleifpapier.

»Ich könnte mir nie vorstellen, in der Stadt zu leben. Ich meine, ich bin oft dort, aber leben?«, bemerkte sie, ohne zu ihm herüberzusehen. »Wenn John vor zwei Jahren nicht so schnell unsere Schafe verkauft hätte, hätten wir heute vielleicht die Farm nicht mehr. Er hat vorausgesehen, dass die Preise für Wolle in den Keller gehen.«

Helens Pferd schnaubte; ein Vogel kreischte, stürzte in den Schutz der Blätter des Eukalyptusbaumes. Shane wünschte, er wäre nicht Polizist, sondern nur ein Mann.

Schon von weitem konnte er die Windmühlenpumpe sehen. Als sie näher kamen, hörte er, wie der Wind an den rostigen Flächen der Flügel entlangschliff und sie in einer trägen Bewegung hielt. Vor dem Damm stiegen sie ab, führten die Pferde an den Zügeln hinauf an den Rand des künstlich aufgeschichteten Kraters. Im grünlich schwarzen Regenwasser schwammen ihre Spiegelbilder wie Seerosen. Shane wusste nicht, was das Gefühl in ihm geweckt hatte. War es ihre feuchte Haut oder ihr Haar, ihr Duft oder ihre Sprache – er ließ seine Hand dicht neben ihrer hinunterhängen, genoss die Spannung, hoffte, dass sie ihre Hand bewegen und seine berühren würde.

»Die Pferde haben Durst«, meinte sie.

Sie tränkten die Pferde, und noch immer hatte seine Hand ihre nicht getroffen. Ihm war kochend heiß, sein Herz schien auf dem Amboss eines Schmieds zu liegen, der mit einem tonnenschweren Hammer daraufdonnerte.

»Ich hätte nicht mit dir ausreiten dürfen«, begann sie plötzlich, sah weg. Für einen Moment zögerte er, hörte auf die innere Stimme, die ihm verbot, sich einer Frau zu nähern, die in einen Fall verstrickt war, in dem er ermittelte. Doch plötzlich war ihm das alles egal. Es zählte nichts mehr. Er spürte nur noch ein ungeheures Verlangen nach dieser Frau. Ob er Polizist oder etwas anderes war, war ihm gleichgültig.

Helen zog die Hand nicht weg, als er sie berührte. Sie wandte ihr Gesicht nicht ab, als er sie ansah, nicht ihren Mund, als sein Mund sich ihm näherte. Sie verschloss nicht ihre Lippen, als er sie mit seinen Lippen berührte; sie versteckte nicht ihre Zunge, als er mit seiner nach ihr suchte. Für Sekunden fühlte er sich nicht mehr einsam, glaubte an etwas anderes als an seinen Job, für Sekunden war er bereit, alles aufzugeben – für sie und sich –, für Sekunden erschien es ihm so einfach, ein neues Leben zu beginnen – ein Leben mit ihr –, und dann plötzlich entzog sie sich ihm, flüsterte: »Wir müssen zurück.«

Sie löste sich von ihm und stieg aufs Pferd.

Eine Weile ritten sie schweigend nebeneinander her. Er machte sich Vorwürfe, dass er es so weit hatte kommen lassen. Sie war die Frau des Hauptverdächtigen, erinnerte er sich selbst. Und vielleicht war sie sogar dessen Vertraute. Jetzt, da der Moment vorüber war, der Moment, der, hätten sie ihn genutzt, zwei Leben hinauskatapultiert hätte aus Zwang, Pflicht und Gewohnheit, konnte er die Frage stellen:

»Hat Johns Bruder Donald die Hälfte der Farm geerbt?«

Sie hielt ihr Pferd an und schaute ihn verwundert, ja verächtlich an. »Ja, natürlich. John hat ihn ausbezahlt. Wir haben gigantische Schulden.«

»Wie viel ist der Besitz wert?« Wie ging das nur, dass er von einem Augenblick auf den anderen so sachlich sein konnte, so hart?

»Das kommt ganz auf den Markt an, darauf, wie viele Rinder wir gerade haben, ob genug Wasser da ist. Wir hatten in den letzten Jahren Glück.« Sie klang schnippisch.

»Drei Millionen? Vier? Fünf? Oder mehr?«

»Was weiß ich? Irgendwas dazwischen wahrscheinlich.« Sie war ungehalten. Ihr Pferd trat von einem Fuß auf den anderen.

»Wenn Betty Williams hätte beweisen können, dass Alfred Morgan auch ihr Vater war, hätte sie einen Anspruch auf das Erbe gehabt. Die Farm. Das Land. Geld. Vier Millionen durch drei geteilt, macht wie viel?«

Zwischen ihren Augen zog sich die Haut zusammen. »Was soll das mit Betty Williams?«

»Eins Komma drei«, antwortete Shane sich selbst. »Macht siebenhunderttausend Dollar für jeden weniger. Ist fast schon wieder eine weitere Million. Du und John, ihr habt zwei Kinder, die ein bisschen Sicherheit brauchen. Außerdem wäre der Ruf der Familie zerstört und Donalds glänzende Politiker-Karriere. Von dem Land, das ihr beide so liebt, würdet ihr natürlich auch nichts abgeben wollen.«

Ihr Gesicht war gerötet. An ihren Schläfen bemerkte er eine hervortretende Ader. Sein Pferd drängte sich eng neben ihres.

»Hör zu«, erwiderte sie, ihre Stimme war scharf. »Ich könnte jetzt deinem Pferd einen Schlag hintendrauf geben, und es würde so lange galoppieren, bis es dich kopfüber aus dem Sattel geworfen hat. Im Gegensatz zu dir nutze ich aber meine Position nicht aus. Du hast mich nur geküsst, weil du mich ausfragen wolltest!«

»Nein.« Er sah auf ihren Mund, der bebte, in ihre Augen – und griff nach ihrem Handgelenk wie nach einem Ast, an dem er sich aus einem Abgrund retten konnte, zog sie zu sich, presste seine Lippen auf ihren Mund. Sie küssten sich, bis er Blut schmeckte. Seine Bartstoppeln hatten ihre Lippen aufgeschürft, seine Zähne hatten sie gebissen.

Als sie am Farmhaus aus den Sätteln stiegen, das Zaumzeug in die Scheune neben dem Haupthaus trugen, drückte er sie an die warme Holzwand, suchte ihren Mund, doch sie stieß ihn weg, wisperte:

»John muss gleich da sein.«

Er torkelte ins Sonnenlicht, roch die Mischung aus schwarzem Tabak und Schweiß, konnte sich gerade noch an einem Pfosten festhalten und blinzelte in Johns Augen.

»Hoppla, Detective! Inspizieren Sie meine Farm?« John lachte rau.

Helen kam aus dem Schuppen. »Ich hab Detective Shane ein bisschen rumgeführt. Wir haben ja nichts zu verbergen.«

»Nein, Schatz natürlich nicht! Sehen Sie sich nur um, Shane, hier gibt es keine Leichen unter dem Rasen. Schatz, hast du ihn auch schon in die Tiefkühltruhe gucken lassen? Die ist bis oben hin voll mit Fleisch!« Er lachte und ging an ihm vorbei in den Schuppen, schrubbte sich die Hände bis hinauf zu den Ellbogen.

»Warren kommt heute Abend wieder zum Essen, hat mir mit dem D9 geholfen. Dieses verdammte Drecksding hat jeden Tag 'ne andere Macke!«, rief er aus dem Dunkel. Shane nutzte die letzten Sekunden, bevor er ging, um Helen anzusehen.

»Erwähne diese Betty Williams niemals wieder«, flüsterte sie. »Wenn du meine Familie in den Schmutz ziehst, werde ich dich fertig machen.« Ihre Lippen hatten sich verändert. Sie waren nicht mehr die, die er geküsst hatte.

Auf der Rückfahrt über die staubige Piste, die er immer wieder an eisernen Gittern auf der Fahrbahn, die als Rinderschranke dienten, unterbrechen musste, hörte er ihren letzten Satz, und dann stellte er sich vor, sie hätten nicht mit dem Kuss aufgehört und er hätte die Fragen nicht gestellt. Als ihm in einer Kurve ein Truck entgegenbrauste, konnte er gerade noch rechtzeitig das Steuer nach links reißen. Jetzt fiel ihm ein, dass er John gar keine Fragen zum Testament gestellt hatte.

Andy

Abrupt hörte alles auf. Das Motorengeräusch. Der Traum. Die Bierseligkeit. Und Bradys Stimme schnarrte: »He, komm endlich!« Und dann traf ihn etwas im Magen. Der Schmerz riss ihn hoch. Mike hatte schon die hintere Autotür geöffnet und grinste ihn an.

Vor ihnen erhob sich das Haus der Smiths, das Andy von seinem Besuch mit Jo kannte. Eine Wolke schob sich vor die weiße Mondsichel.

»Los, kommt schon!«, zischte Brady und ging voraus. Als Mike folgte, blieb auch Andy nicht mehr stehen. So ganz wusste er noch nicht, was die beiden vorhatten, oder vielleicht wollte er es nicht wahrhaben – doch als die Wolke sich vor dem Mond verzogen hatte, konnte er es erkennen: Brady hatte eine Axt in der Hand und trug Handschuhe.

»Ihr könnt doch da nicht einfach einbrechen!« Andy stürzte auf Brady zu, doch der schob ihn mit einer Armbewegung weg, wie einen aufdringlichen, jungen Hund.

»Die sind doch in Urlaub, hast du selbst gesagt! Scheiß dir nicht gleich in die Hose!«, lachte Brady, und Mike lachte auch. Es krachte, Holzsplitter flogen. Noch dreimal ließ Brady die blitzende Axt in die dunkle Holztür niedersausen, dann brach das Schloss heraus, und mit ein paar Tritten gab die Tür nach und schlug auf. Brady pfiff durch die Zähne und stolperte über die Türschwelle ins Dunkel des Hauses. Drinnen war es noch stiller als draußen. Die Grillen hörte man nicht mehr und auch nicht den Wind.

»He, ich mach da nicht mit!«, sagte Andy in die Dunkelheit. Wollte wieder hinaus, mit all dem nichts zu tun haben und stolperte über irgendetwas, fiel der Länge nach hin. Da leuchtete ihm der Strahl der Taschenlampe direkt in die Augen, er hörte Bradys Lachen und roch seinen Atem, der noch schlimmer nach Alkohol stinken musste als sein eigener, sonst hätte er ihn nicht gerochen. Brady hatte sich zu ihm heruntergebeugt. Sein Gesicht war ganz nah.

»Wenn du unser Freund bleiben willst, dann musst du jetzt mitmachen. Verstehst du?«

Andy hörte Mikes Kichern.

Endlich nahm Brady die Taschenlampe von seinem Gesicht, warf ihm ein Paar Handschuhe hin. »Na also. Mach mal in dem Schrank da die Schubladen auf, vielleicht findet sich ja was, was wir brauchen könnten! Und zieh die verdammten Handschuhe an!«

Andy rappelte sich auf. Sein Knie tat weh. Brady meinte den großen Schrank an der Wand hinter dem Esstisch. Andy erinnerte sich, dass Mrs. Smith an jenem Nachmittag dort eine Tasse für ihn herausgeholt hatte. Er bewegte sich nicht. Da kam ihm Brady zuvor, riss eine der Türen auf und wischte mit einer Armbewegung das gesamte Porzellan vom Regalbrett. Mit schrillem Scheppern schlug es auf dem Fliesenboden auf, Scherben spritzten, blitzten im Schein der Taschenlampe auf wie Milch.

Mike grölte, Brady fluchte. »Scheißzeug! Bei uns gab's für jeden 'ne Blechtasse, was, Mike!«

»Yeah!«, stimmte Mike zu und fegte das nächste Regalbrett leer. »Scheißzeug!«

Andy konnte sich noch immer nicht rühren. Er fühlte nichts mehr, redete sich ein, nicht da zu sein, versuchte, so wenig wie möglich zu atmen, um seine körperliche Anwesenheit zu vergessen. Brady war schon in der Küche. Von dort klirrte und schepperte es ohrenbetäubend. Mike lachte. Da tauchte plötzlich Bradys Kopf in der Tür auf.

»He, Andy, weißt du überhaupt, was die Smiths für Schweine sind?«

Andy antwortete nicht. Ihm war übel.

»Die kamen aus Deutschland und haben Juden vergast! Dann sind sie nach Australien abgehauen! Wahrscheinlich haben sie das Scheißgeschirr armen Juden im KZ abgenommen!«

»Die Smiths waren Nazis?«, brachte Andy hervor.

»Wenn ich's doch sage. Wusste jeder hier. Doch keiner hat sich getraut, was zu unternehmen!«, sagte Brady. Andy erinnerte sich, dass Mrs. Smith begeistert gewesen war, als sie erfahren hatte, dass Andys Vater ebenfalls aus Deutschland stammte – zu begeistert?

»Also, jetzt beweg endlich deinen Arsch! Sehen wir mal im Schlafzimmer und im Arbeitszimmer von dem Alten nach, was die den Juden, die sie in die Gaskammer geschickt haben, sonst noch abgenommen haben!«

Andy verfluchte sich, weil er so viel getrunken hatte und er nicht mehr klar denken konnte. Er wusste nicht, was richtig und was falsch war. Wieso sollten sie ihn anlügen? Er folgte Brady ins Schlafzimmer. Mike stand bereits auf dem Doppelbett und stach mit einem großen Messer auf die Matratzen und das Bettzeug ein. Federn wirbelten herum, wie wenn man Hühner abstach, die versuchten, sich dem Messer zu entwinden. Mike lachte immer noch.

»He, kommt mal rüber!«, rief Brady aus dem nächsten Raum. Mike hörte auf, in die Kissen zu stechen, Andy ging voraus. Er erinnerte sich an Fotos, die er im Fernsehen gesehen hatte. Fotos von abgemagerten, nackten Menschen. Am Stacheldraht hängend wie ins Netz gegangene Vögel. Es geschah ihnen recht, den Smiths. Er zog die Handschuhe an.

»He, was haben wir denn da!«, rief Brady. Andy sah, wie Brady vor einem Schreibtisch stand und aus einer Brieftasche ein Bündel Geldnoten herauszog. Brady küsste das Bündel und steckte es tief in die Innentasche seiner Jeansjacke. Die Brieftasche schleuderte er in die Ecke.

»Sieh mal da drüben nach, da gibt's vielleicht noch mehr davon!« Brady zeigte auf einen Bücherschrank, der von einer Seite des Raumes zur anderen und bis hinauf zur Decke reichte.

Andy nahm wahllos ein paar Bände heraus, blätterte sie durch, stellte sie wieder zurück.

»So macht man das!« Mit beiden Händen warf Brady die Bücher auf den Boden. »Bei uns gab's nur die Bibel! Mein Dad hat jeden Tag vor dem Essen daraus vorgelesen. Dieses ganze Zeug braucht man nicht!« Immer hastiger knallte er die Bücher auf den Boden und riss schließlich das ganze Regal von der Wand, dass es mit einem dumpfen Krachen auf dem Bücherhaufen aufschlug.

Mike kam mit einem Revolver in der Hand herein. »Was die alles unter der Matratze haben!«, sagte er, wechselte einen schnellen Blick mit seinem Bruder und entsicherte den Revolver.

»He, gib die Knarre her!« Brady stürzte auf ihn zu. Doch Mike hielt die Waffe mit ausgestrecktem Arm in die Luft und lachte fürchterlich.

»Hör auf mit dem Ding!« Brady versuchte, Mike zu Boden zu werfen. Da krachte es so laut, dass Andys Ohren piepsten.

Mike stand wie ein begossener Pudel da, und Brady steckte die Waffe in seine Jacke.

»Blödmann!«, knurrte er. »So was kann verdammt danebengehen. Los, schnappt euch den Fernseher und hauen wir ab!«

Als sie wieder im Auto saßen und über die Straße zurückrumpelten, redete sich Andy ein, dass er gar nicht aus dem Auto ausgestiegen war.

Shane

Ted Stein, der Privatdetektiv aus London, hatte sich gemeldet.

»Pass auf, Shane«, näselte er wie immer (wenn er nicht getrunken hatte, und das war zwischen acht Uhr morgens und vier Uhr nachmittags der Fall), »dieser Frank Copeland war ein ziemlich windiger Hund! Irene Winterson, die Chefin der Wochenendbeilage des *Daily Herold*, hat wegen ihm ihren Job verloren und ist in der ganzen Branche untendurch. Die machen sich lustig über sie. Also, wenn man Copelands Leiche hier unter einem Supermarkt-Parkplatz gefunden hätte, wären Irene Winterson sicher schon die fiesesten Cops auf den Fersen.«

Und dann berichtete er Folgendes: Frank Copeland hatte bis vor einem Jahr in London als freier Journalist für namhafte Tageszeitungen und Journale geschrieben. Spezialisiert hatte er sich auf Porträts und Lebensgeschichten. Seit fünf Jahren war er geschieden, die Ehe war kinderlos. Vor einem Jahr erlebte seine Karriere plötzlich ein jähes Ende: Es kam heraus, dass er einige seiner Porträts erfunden, dass er die Personen, über die er berichtet hatte, nie getroffen hatte. Er provozierte einen Skandal, der die Chefin der Wochenendbeilage mit in den Abgrund riss. Frank Copeland hatte verspielt und bekam keinen einzigen Job mehr. Daraufhin reiste er nach Australien. Er schrieb ein paar bedeutungslose Artikel für lokale Zeitungen, über Sportereignisse und dergleichen.

»Ich wünsch dir viel Glück«, meinte Ted noch. »Und wann sehen wir uns mal wieder in der Zivilisation in unserem Pub?«

»Wenn hier nicht ein Wunder geschieht, dann werden sie mich hier begraben. Danke, Ted.«

»Schon gut, wenn du mal wieder eine heiße Nummer aufreißt und keine Zeit hast, dann sag mir Bescheid!«

Als Shane auf den Bildschirm sah, bemerkte er, dass ihm die Brisbaner Kollegen eine Mail geschickt hatten. Es waren die personenbezogenen Daten von Betty Williams' Mutter Lily Thunder:

Geboren circa 1945. Vom 4.7.1946 bis 18.2.1962 in der Cherbourg Mission, 1963 Heirat mit Herb Graham, Stockman, Viehtreiber, wohnhaft in Charleville. Am 17. März 1997 gestorben in Charleville.

In der Cherbourg Mission meldete sich eine krächzende Stimme, die Shane nicht als weiblich oder männlich identifizieren konnte.

»Da hat schon mal jemand gefragt«, blaffte die Stimme. »Aber so einfach ist das nicht. Da müssen Sie vorbeikommen und sich ausweisen. So einfach ist das nicht, einfach telefonieren! Das kann jeder sagen, dass er von der Polizei ist. Ist nicht besonders origi...«

Shane legte auf. Das würde eben ein Kollege übernehmen müssen.

Wenn Frank Copeland so skrupellos gewesen war und Interviews gefälscht und erfunden hatte, wie sicher konnte man dann sein, dass er nicht auch die Vergewaltigung erfunden hatte? Verfolgte er, Shane, eine Spur, die irgendwo weit im Nichts endete? Er lehnte sich in dem alten Bürosessel zurück, der ihm bereits Rückenschmerzen bereitete, und versuchte nachzudenken.

War es nicht überhaupt höchst fadenscheinig, dass Frank das Buchprojekt aufgegeben hatte, um mit einer anderen Frau zu verschwinden? War Frank nach seinem Rausschmiss in London nicht darauf aus gewesen, sich beruflich zu rehabilitieren? Wenn er das alles genau betrachtete, stank die ganze Sache mit Bettys Selbstmord und Franks Verschwinden immer mehr. Welche Rolle spielte John Morgan – und war Moodroo wirklich so unbedarft und unschuldig? Shane hatte das Gefühl, sich in einer engen Spirale zu bewegen, die manchmal wie ein Kreis erschien, in dem man immer wieder an dieselbe Stelle gelangte. Aber es war kein Kreis, sondern eine Spirale. Es ging weiter. Nur manchmal merkte er es nicht.

Er sollte Jeff anrufen. Vielleicht hatte der etwas Neues erfahren. Möglicherweise hatte sich jemand gemeldet, der Frank Copeland mit einer Frau gesehen hatte.

»Haben Sie endlich mal meine Sendung angehört?«, fragte Jeff am Telefon mit donnernder Stimme. Es gab keine neuen Hinweise, aber er riet Shane etwas anderes, um Informationen über Bettys Mutter zu bekommen:

»Fragen Sie in Charleville bei der Aborigine Community an«, sagte er, »ach ja, aber seien Sie ein bisschen diskret. Johns Bruder Donald, Sie wissen schon, der Karriere-Politiker, kann sehr ungemütlich reagieren, wenn man ihm ans Bein pisst.«

Shane rief in Charleville im Büro der Aborigine Community an, doch es war Mittagspause, und nur ein Band lief. Er hinterließ eine Nachricht. Kaum hatte er aufgelegt, klingelte sein Telefon, und Jeff war noch einmal dran.

»Mir ist eingefallen, dass vor vier Jahren Coocooloora sein fünfzigjähriges Bestehen gefeiert hat. Da gab es eine Broschüre. Hat die Historical Society in Charleville gemacht. Fragen Sie doch mal bei denen nach. Vielleicht erfahren Sie ja dort noch was. Übrigens, erinnern Sie sich, dass ich Ihnen beim Pferderennen Ian Henderson, Billys Vater, vorgestellt habe? Er ist der Präsident. Viel Glück.«

Von außen sah das Haus aus wie viele andere in der Straße.

Eine gewisse Maggie von der Aborigine Community hatte ihm erklärt, dass sie nicht so ohne weiteres Informationen über eine Person herausgeben könne, nannte ihm aber den Namen einer Verwandten Lilys, einer weitläufigen Tante Bettys, die sie auch bereits auf ihn vorbereitet habe. Sie sei einverstanden, dass er sie in ihrem Haus in Charleville, Willis Street 99 aufsuche.

Er klopfte an, doch niemand öffnete oder rief »Herein«. So drückte er die Tür auf und stand in einem großen Raum voller Möbel. Die Aircondition blies ihm mit Windstärke zwölf ins Gesicht, er konnte kaum die Augen offen halten. In der Mitte stand ein großes Bett, dahinter eine Couch, auf der anderen Seite, direkt an der Tür, ein langer Tisch mit sechs Stühlen. Obwohl es helllichter Tag war, brannte das Licht, und die Gardinen waren zugezogen, flatterten und blähten sich wie zu lose Segel.

»Grace?«, rief er gegen den Lärm der Aircondition und den eingeschalteten Fernseher an der Decke an.

Eine fette alte Hündin, deren Zitzen über den Boden schleiften, watschelte aus einem dunklen Gang auf ihn zu, wedelte mit dem fetten Stummelschwanz, leckte seine Schuhe.

»Grace?«, rief er noch einmal.

Da hörte er ein Schlurfen. Aus dem dunklen Gang tauchte eine bei jedem Schritt von einer Seite auf die andere wankende Gestalt auf, deren Körperumfang so immens war, wie Shane es noch nie gesehen hatte. Unter einem rot-gelb gemusterten Kleid schoben sich langsam zuerst der eine, dann der andere nackte Fuß vor. Shane hörte ihr Schnaufen, sah, dass sie mit offenem Mund atmete. Um ihren Kopf ringelten sich üppige, schwarze Locken.

Shane fühlte sich für einen Moment schuldig, der Anlass ihres ungeheuren Kraftaufwandes zu sein. »Detective Shane, aus Brisbane«, stellte er sich vor, als Grace fast am Tisch angekommen war. Sie sagte nichts, sondern wies ihm mit einer schwachen Handbewegung einen Platz am Tisch. Er wartete, bis sie ihren Stuhl am Kopf des Tisches herausgezogen hatte und sich dann langsam auf die Sitzfläche niederließ, noch immer die fleischigen Arme, deren Fett über den Ellbogen dicke Beulen bildete, auf den Tisch gestützt. Als sie endlich saß, atmete sie stöhnend aus. Ihre Augen bewegten sich kaum, und wenn, dann nur sehr langsam. Sie sah ihn nie richtig an. Aber er wusste, dass es in der Kultur der Aborigines unhöflich und rüde war, jemandem direkt in die Augen zu blicken. Shane bemühte sich, es selbst zu vermeiden, doch es fiel ihm schwer.

»Grace, ich untersuche den Tod von Betty Williams und Frank Copeland. Vielleicht hat es mit dem Buch zu tun, das Frank Copeland über Betty Williams schrieb. Sagen Sie mir, wissen Sie, wer der Vater von Betty Williams ist?« Er musste gegen den Fernseher und die Aircondition anschreien und hoffte, dass Grace nicht schwerhörig war und er laut genug sprach.

Grace schloss für einen Moment die Augen. Um ihre nackten Füße strich die fette Hündin, deren Futternapf unter dem Tisch stand. »Die Vorhänge, sie macht die Vorhänge nicht richtig zu«, erwiderte sie leise. Shane musste sich zu ihr beugen, um sie zu verstehen.

»Grace, bitte, was wollte Betty von Ihnen?«

»Ich hab ihr gesagt, hab ihr gesagt, dass sie es ihr sagen soll, ja.«

»Was?«

»Sie hat die Vorhänge einfach aufgelassen. Und da kamen die Geister. Die Augen waren nicht offen, von ihm.« Sie starrte irgendwohin, wohin Shane nicht sehen konnte.

»Welche Augen? Frank Copelands Augen?«

»Ja.«

Er wunderte sich über die direkte Antwort.

»War er ... war er unehrlich?«

»Ja. Er hat die Toten nicht ruhen lassen. Er hat ihre Namen ausgesprochen.«

»Was wollte er von Ihnen wissen?«

Sie sah an ihm vorbei.

»Wollte er wissen, wer Bettys Vater war?«

Grace drehte ihren Kopf wieder zu ihm, ließ die Augenlider halb über die Augen fallen, nickte.

»Haben Sie es ihm gesagt? Haben Sie Frank Copeland gesagt, wer Bettys Vater war?«

Sie schüttelte träge den Kopf. »Man darf nicht die Namen der Toten aussprechen.«

»Sie haben es ihm nicht gesagt? Aber Sie wissen, wer es ist?«

Ein paar Sekunden vergingen, bis Grace antwortete: »Das Auto war grün und groß. Sie wollte Wasser holen. Seine Haare waren hell, wie die Haut.«

Ihm fiel der Text ein, den Lorraine ihm gegeben hatte. Ein Mädchen ging Wasser holen und wurde vergewaltigt. Die Männer fuhren einen Lieferwagen. Einen grünen Lieferwagen? War es tatsächlich ein grüner Lieferwagen? Meinte Grace den? Er wandte sich wieder an sie: »Und der Mann mit dem grünen Auto, war das Morgan? Alfred Morgan?«

Sie nickte.

Er atmete auf. »Danke, Grace, vielen Dank.«

Sie schien ihn nicht mehr wahrzunehmen.

Er ging. Sie sprachen verschiedene Sprachen, jeder sah die Welt auf seine Weise. So musste es auch Betty Williams ergangen sein, als sie nach achtzehn Jahren ihre Mutter getroffen hatte. Fünfzigtausend Jahre war diese Kultur unberührt von fremden Einflüssen gewesen, unberührt, gemessen an europäischen Maßstäben, den Völkerwanderungen, ausgedehnten Kriegen, Seuchen – und dann fielen vor zweihundertfünfzig Jahren die Fremden ein, wälzten in dieser kurzen Zeit fünfzigtausend Jahre gewachsene Kultur um und wunderten sich dann, dass es den Ureinwohnern nicht gelingen wollte, sich widerstandslos und unauffällig in die neue Gesellschaft zu integrieren!

Man müsste öfter mit anderen Augen sehen, dachte Shane und setzte die Sonnenbrille auf. Was sollte er jetzt tun? Alfred Morgan hatte einen grünen Wagen gehabt. Frank Copeland hatte bei der Beschreibung der Vergewaltigung einen grünen Wagen erwähnt. War es deshalb schon sicher, dass Alfred Morgan das Aborigine-Mädchen Lily vergewaltigt hatte und Bettys Vater war? War es deshalb schon sicher, dass John Morgan ein Motiv gehabt hatte, Frank Copeland umzubringen, als der die Vergangenheit aufzudecken drohte? Shane kam wieder Helen Morgans Stimme in Erinnerung:

»Erwähne diese Betty Williams niemals wieder. Wenn du meine Familie in den Schmutz ziehst, werde ich dich fertig machen.« Er glaubte ihr.

Andy

Heute würde etwas passieren, spürte er.
Es passierte etwas. Die Polizei kam.

Jetzt ist es aus, schoss es ihm durch den Kopf, und er wollte einfach wegrennen. Aber wohin? Er sah zu Brady hinüber, der gerade seinen roten Overall angezogen und die Polizei ebenfalls bemerkt hatte. Auch er erschrak, raunte ihm aber noch zu, bevor er zu den Zapfsäulen ging:

»Keine Panik, lass mich machen. Die tanken immer hier. Nur keine Panik.«

Er beobachtete, wie Brady zum Polizeiwagen ging, lässig, mit einer Hand in der Hosentasche.

Ein fetter Cop stieg aus. Ein Mann mit Bauchansatz über dem Gürtel. Seine Nase hatte Form und Farbe einer Rote-Bete-Knolle, und die Augen hätten eher zu einem Schwein gepasst.

»Hallo, Paddy. Wie geht's?«, begann Brady und setzte ein Lächeln auf.

»Gut, gut, Brady. Was macht dein Bruder? Und die Mutter? Immer noch im Heim?«, hörte Andy den Cop fragen.

Brady schraubte den Tankdeckel auf. »Ihr Alzheimer wird immer schlimmer. Sie kennt uns schon gar nicht mehr.« Brady hängte den Schlauch in den Tank.

»Ist ein Jammer. Aber ich bin froh, dass ihr vernünftig geworden seid. Manchmal können ein paar Jahre Knast ganz heilsam sein, was?«

»Sicher, Constable. Wir haben viel gelernt.«

»Das ist ja auch der Sinn von 'ner Jugendstrafe. Ach, habt ihr was von dem Einbruch bei den Smiths gehört?«

Andy stockte der Atem. Er bemühte sich, mit einem Lappen ein nahe stehendes Auto zu polieren.

»Nein«, hörte er Brady antworten. »So 'ne Schweinerei, die alten Leutchen!«

»Also, falls dir was zu Ohren kommen sollte, sag mir Bescheid.«

»Klar, Paddy.« Brady lächelte, kniff seine Augen zusammen.

»Gut, mein Junge.« Er klopfte Brady auf die Schulter, zahlte, stieg ein und fuhr davon.

Brady grinste schief, als er sich zu Andy umdrehte.

»Du und Mike, ihr wart im Gefängnis?«, fragte Andy.

»Ach, altes Zeug, längst verjährt! Hab ich das nicht gut gemanagt?«

Andy nickte nur und war froh, als er sich auf den Weg zu Jos Laden machen konnte.

Sein selbst erzeugter Gedächtnisverlust hätte funktioniert, wenn Jo nicht gewesen wäre.

»Bei den Smiths haben sie eingebrochen!«, erzählte sie, als er am Morgen in den Laden kam. Sie war gerade dabei, eine neue Lieferung Nudeln und Reis ins Regal einzuräumen.

Andy sagte nichts, bückte sich, half ihr.

Sie richtete sich auf und beobachtete ihn. »Haben deine Freunde was damit zu tun?«

Er reagierte nicht, schob zwei Reispackungen nach vorn und stellte die neue Packung nach hinten.

»Ist irgendwas?« Sie klang unsicher. Er mochte es nicht, wenn sie unsicher war.

Schroff drehte er sich zu ihr um, sah sie an, als wäre sie eine lästige Fremde. »Es ist nichts. Gar nichts. Ich hab einfach nur schlecht geschlafen.«

Sie wich zurück, kaum, doch er merkte es und wurde darüber noch wütender. Dumpf fielen die beiden Packungen Nudeln, die er schon in den Händen gehalten hatte, hinunter auf den Boden. Eine platzte auf. Wie fette gelbe Maden wanden sich die Nudeln auf den grauen Fliesen.

»Ich habe dich nicht gebeten, mir zu helfen«, sagte sie, ging zur Kasse und trat dabei kaltblütig auf die gekrümmten Nudeln, die knackend zerbrachen.

Mit aller Kraft hatte er versucht zu vergessen, dass er mitgemacht hatte. Es war ihm sogar noch gelungen, als der fette Polizist gegangen war. Aber jetzt hatte sie den Einbruch erwähnt. Und damit war er zur Realität geworden. Noch etwas war zur Tatsache geworden: Er war ein Mitläufer. Jemand, der seine Verantwortung auf andere abwälzte und alles mitmachte, nur um anerkannt und geliebt zu werden.

Er hätte schon gehen müssen, als sie den Bottleshop in Charleville überfallen hatten, als Brady das gestohlene Rindersteak angeschleppt und Mike Tag für Tag mit geklautem Bier heimgekommen war. Doch er hatte Augen und Ohren verschlossen, sich selbst belogen und manchmal sogar gewünscht, so zu sein wie sie. Damit war es nun aus.

Shane

Shane fiel zuerst wieder Ian Hendersons hagere, schlaksige Figur auf, als er durch Bücherregale auf ihn zukam. Ohne Hut bemerkte er Hendersons hohe Stirn und seine schneeweißen, dichten Haare, die ihm damals auf der Pferderennbahn in Charleville nicht so aufgefallen waren.

Henderson musterte ihn von oben herab und machte keinen erfreuten Eindruck, Shane zu sehen.

Shane gab sich daraufhin auch keine Mühe, fragte ohne Einleitung: »Kannten Sie Frank Copeland?«

Henderson kniff die Augen im faltigen Gesicht zusammen, er hatte etwas Gelangweiltes. »Jetzt bin ich also dran.«

Shane antwortete nicht, hielt seinem Blick stand.

Über Hendersons Gesicht flog ein verächtliches Grinsen. Shane mochte ihn nicht. »Wissen Sie überhaupt, was das für ein Typ war, dieser Frank Copeland?« Er sah Shane herausfordernd an. »Ein Aufschneider. Sie haben ihn in London bei der Zeitung rausgeschmissen, weil er Interviews geschrieben hat, die er gar nicht geführt hat. Mit anderen Worten, er hat Dinge einfach erfunden!« Sein überlegenes Grinsen kehrte wieder. »Ich meine, Sie haben nicht den geringsten Anlass, auch nur eine Silbe von dem zu glauben, was dieser Mensch aus seinem verlogenen Mund gelassen hat.«

Shane grinste nun auch. »Aber jemand hat ihn ermordet. Entweder hat sich dieser Jemand so über Copelands Lügen aufgeregt, oder es war doch was Wahres dran.«

»Sie wollen doch nicht John die Sache in die Schuhe schieben?«, erwiderte Henderson.

Shane tat erstaunt. Vielleicht konnte er ihn so verunsichern. »John Morgan? Wieso?«

Henderson legte den Kopf schief, musterte Shane, schien die Situation abzuschätzen. »Sie können es sich sparen, mich für dumm zu verkaufen. Jeder hier in der Gegend weiß, dass Sie John verdächtigen. Schließlich hätte er ja ein Motiv gehabt.«

»Ach ja?«

»Sein Vater soll die kleine Aborigine vergewaltigt haben. Und diese Betty sei seine Tochter. Das war es doch, was dieser Journalist herumposaunt hat.« Ian Henderson wurde lauter. »Dieser Journalist war völlig besessen davon. Wollte dauernd alle möglichen Unterlagen und Fotos. Ehrlich gesagt, tut es mir nicht im Geringsten um diesen Menschen Leid. Irgendwann muss man mal die Vergangenheit ruhen lassen. Das hat dieser Journalist nicht in seinen Schädel gekriegt.«

»Und deshalb hat jemand ihn ihm abgeschlagen, oder?«

»Darüber kann ich nicht lachen, Detective.«

»Sie haben doch mit Johns Vater Alfred Krach gehabt, da hätte Ihnen doch egal sein können, was der Journalist von ihm behauptet hat.«

Hendersons Mundwinkel zuckten. »So etwas wünscht man niemandem.« Nach einer kurzen Pause fügte er hinzu: »Obwohl er natürlich ein Draufgänger war. Manchmal passiert einem Mann so was eben.«

»Ein Mädchen zu vergewaltigen?«

»Sie war schon reif! Und außerdem war sie sicher auch nicht ganz unschuldig daran.«

»Sie geben jetzt also zu, dass Alfred Morgan Lily Thunder, Bettys Mutter, vergewaltigt hat? Also hat der Journalist Recht gehabt?«

»Sie drehen einem ja die Worte im Mund herum! Nichts, rein gar nichts habe ich zugegeben. Es war lediglich eine allgemeine Feststellung!«

Shane deutete auf die Regale im hinteren Teil des Raumes. »Was machen Sie hier?«

»Ich bin Präsident der Historical Society, falls Sie's vergessen haben sollten.« Hendersons faltiger Schildkrötenhals pulsierte.

»Haben Sie Fotos von früher, von der Farm der Morgans?« Shane lächelte ein kurzes, unverbindliches Lächeln.

Ian Henderson sah ihn an, so, als wöge er ab, ob er Nein sagen konnte. Er sagte dann aber Ja und ging zu einem der Regale. Wortlos legte Henderson einen Ordner auf einen Tisch.

Shane blätterte durch die Kopien, die in Klarsichthüllen steckten. Auf mehreren Seiten waren Fotos der Kricketmannschaft von neunzehnhundertfünfzig zu sehen. Er zeigte auf einen hageren, blonden jungen Mann mit einem verschlossenen Gesicht. »Sind Sie das?«

Henderson sah kurz darauf, antwortete: »Ja.«

»Und die neben Ihnen?« Shane fiel auf, dass auf mehreren Fotos rechts und links neben Ian Henderson immer dieselben beiden Männer standen.

»T. S. Dunegal. Und der da ist Alfred, Alfred Morgan.«

»Die Väter von Paddy und John?«

»Ja.«

»Sie waren gute Freunde, immer zusammen.«

Die Erinnerung schien Henderson sentimental zu stimmen. »Es waren schwere Zeiten, wir hatten eine jahrelange Dürre, dann wieder Überflutungen. Man muss das Land schon sehr lieben, um hier zu bleiben.«

»Warum haben Sie eigentlich mit Alfred Morgan gebrochen?«

»Das ist eine persönliche Angelegenheit. Darüber will ich nicht reden.«

»Wie stehen Sie zu seinen Söhnen?«

Über Hendersons Augen legte sich für einen Augenblick ein Schatten, wie Shane zu bemerken glaubte. »John und Donald? Gut. Wir haben nichts miteinander zu tun.«

Eine seltsame Beschreibung fand Shane. »Sind Sie verheiratet?«

»Ich bin Witwer«, erklärte er steif. »Meine Frau ist vor zwei Jahren von einem besoffenen Idioten totgefahren worden.«

»Tut mir Leid.« Shane zog die Kopie des Textes von Copeland aus seiner Hosentasche, faltete sie auseinander und las Henderson den Anfang vor, dann sah er auf und fügte hinzu: »Zwei Männer – Sie waren früher ziemlich blond, ein Freund Alfred Morgans ...«

»Glauben Sie etwa dieses Zeug? Nur dass Sie es wissen: Alfred war auch blond. Selbst wenn Alfred was damit zu tun gehabt hat – ja, vielleicht war er der Vater von dieser Betty – na und? So was soll es geben, nicht wahr? Aber lassen Sie dann wenigstens mich aus dem Spiel!«

»Ist das Bettys Mutter?« Shane deutete auf ein Foto, das eine junge Aborigine in der Küche zeigte.

Ian Henderson setzte die Lesebrille auf, drehte das Foto um. »*Lily*« las er. »Ja, ich glaube, das war sie.«

»Ist sie da schon schwanger?«

Henderson richtete sich zu seiner vollen Größe auf, überragte Shane, seine Stimme war nun scharf. »Sie verrennen sich da in etwas. Was halten Sie von der Version: Frank Copeland fiel einem perversen Mörder in die Hände, der zufällig in Coocooloora vorbeikam. Purer Zufall. Es hätte auch einen anderen treffen können. Mich zum Beispiel.«

»Es gibt immer eine Beziehung zwischen Täter und Opfer. Ich glaube nicht an Zufälle.«

Henderson zuckte die Schultern. »Ich glaube an Zufälle. Es fällt jemandem etwas zu. Auch wenn's der Tod ist.« Seine Augen glühten, und er fügte hinzu: »Man sagt von mir, ich hätte keinen Humor.« Mit diesen Worten drehte er sich um und verschwand hinter den Regalen.

Moodroo

Früher taten sie nichts, ohne die Alten um Rat zu fragen. Die Alten kannten sich aus, kannten alle Geheimnisse, die Songs, überwachten die Rituale; die alten Frauen wussten, wer wen heiraten durfte und wer wen nicht. Der Stamm war unterteilt in zwei Gruppen. Vielleicht in Cow people und Eaglehawk people. Es durfte immer nur einer der Cow people einen Angehörigen der Eaglehawk people heiraten. Niemals war es erlaubt, dass zwei Cow people oder zwei Eagelhawk people einander heirateten. Wenn sie es trotzdem taten, verstießen sie gegen das Gesetz, und dann mussten sie getötet werden. Die Alten bestimmten einen Mann, der es zu tun hatte.

Er musste aufbrechen, dachte Moodroo, als er vor der Höhle saß.

Shane

Die Tür flog auf, Webster und Paddy kamen herein. Paddy, prustend, warf den Hut aufs Regal und ließ sich in seinen Sessel plumpsen. Sein Gesicht von angsterregender Röte, Schweißtropfen, groß wie billige Glasperlen, standen auf seiner Stirn. Er wischte sie mit einem Taschentuch ab, japste:

»Da haben wir's! Bei den Smiths ist eingebrochen worden! Sieht ziemlich wüst aus. Geschirr zertrümmert, Schränke umgeworfen, Matratzen zerstochen, mit 'ner Kanone rumgeschossen. Die haben natürlich gedacht, alles dreht sich nur um diesen Toten unterm Parkplatz, da können sie sich alles erlauben! Und wer hat's auszubaden? Der gute alte Paddy.« Er bückte sich, zog Schubladen seines Schreibtischs auf. »Jetzt heißt's Formulare, Berichte, Protokolle schreiben! Wo zum Teufel sind diese verflixten Formschreiben?« Er wischte sich den Schweiß von der Stirn. »Webster, such mal da drüben in dem Schrank!«

»Was wurde gestohlen?«, fragte Shane mehr aus Höflichkeit als aus wirklichem Interesse.

»Bargeld und der Fernseher.« Paddy wühlte weiter in Schubladen. »Ist es da drüben?«, rief er Webster zu, der mit rotem Gesicht Akten durchblätterte und den Kopf schüttelte.

»Und dafür haben sie die ganze Wohnung demoliert?«, hakte Shane nach. »Schon einen Verdacht?«

Paddy schüttelte ungnädig den Kopf.

»Fingerabdrücke? Reifenspuren?«

»Machen die Kollegen aus Charleville gerade«, brummte Paddy. »Muss jetzt meinen Bericht schreiben.«

»Einen Pfefferminztee?«, fragte Shane, der sich selbst gerade heißes Wasser über einen Teebeutel goss. Paddy starrte ihn an, als bedrohte Shane ihn mit seiner 38er. »Sie sehen aus, als würde Sie schon beim ersten Schluck Kaffee 'ne Herzattacke umwerfen!«, fügte Shane hinzu. Doch Paddy schüttelte nur den Kopf, dass sein Doppelkinn schwabbelte, und begann, sich murrend in ein Formular zu vertiefen.

Shane versuchte zu rekapitulieren. Der Text von Frank Copeland erwähnte zwei Männer. Einen blonden, der zusah und am Wagen lehnte. War das Ian, der zuschaute, wie Alfred das Mädchen vergewaltigte? Hatte der Konflikt zwischen Alfred Morgan und Ian Henderson mit der Vergewaltigung zu tun? Und das Wichtigste: Hatte die Vergewaltigung tatsächlich etwas mit der Ermordung Frank Copelands zu tun? Ein DNA-Test, der Aufschluss geben könnte, war ausgeschlossen. Weder Bettys Mutter noch Alfred Morgan oder Betty lebten noch. Selbst eine Exhumierung von Bettys Leichnam wäre sinnlos, wenn man keine weiteren Vergleiche heranziehen könnte. Er stand also mal wieder mit dem Rücken zur Wand.

Auch der grüne Lieferwagen, den Grace erwähnt hatte, ging ihm nicht mehr aus dem Kopf. Als er mit Webster zu Johns Farm gefahren war, waren ihm da nicht rostige alte Autowracks aufgefallen? Shane war sicher: Er hatte auf John Morgans Grundstück eine alte, grüne Autotür gesehen. Doch als Indiz war das lächerlich, da machte er sich nichts vor. Welche Rolle spielte Ian Henderson? War es nicht ein bisschen zu deutlich gewesen, wie er hatte anklingen lassen, dass er es für möglich hielt, dass Alfred tatsächlich Lily vergewaltigt hatte? Jeder schien hier sein eigenes Spiel zu spielen ...

Wenige Minuten später hatte er Al Marlowe am Apparat, der ihm den letzten Rest seiner ohnehin geringen Zuversicht nahm.

»Shane, selbst wenn sich herausstellen würde, dass Morgan Bettys Vater war, wären wir keinen Schritt weiter, was den Tod von Frank Copeland angeht. Wo ist die Axt oder das Beil? Wie kam der Mann dorthin? Wo ist der Kopf?«

»Aber die Aussage von Grace! Sie sagte, Morgan hätte einen grünen Lieferwagen besessen.«

»Shane, du hast doch selbst erzählt, dass sie ein wenig seltsam ist. Vielleicht hast du ihr die Worte ja in den Mund gelegt und sie hat einfach genickt. Darauf können wir uns nicht stützen. Wir brauchen handfeste Beweise.«

Wie um sich noch mehr in die Depression zu stürzen, fragte Shane: »Welche Fortschritte macht ihr im Serienmörderfall?«

»Wir sind alle rund um die Uhr im Einsatz. Aber, du weißt ja, unter zehntausend Hinweisen sind vielleicht zwei, die weiterführen, aber um zu den beiden zu gelangen, musst du alle neuntausendneunhundertachtundneunzig anderen auch überprüfen. Doch Jack macht seine Sache ganz gut.«

Shane legte auf. Wenn er das Gefühl auch immer wieder verdrängt hatte, jetzt war es wieder da, stärker als je zuvor: Man hatte ihn kaltgestellt, in die Wüste geschickt. Einer aus seinem Team würde befördert werden, wenn sie den Serienkiller geschnappt hätten. Und er, Shane, könnte sich wieder jahrelang abrackern, ohne weiterzukommen. Warum hatte er sich auch mit diesem Kerl prügeln müssen? Schließlich wischte er seine Gedanken beiseite, eine Fähigkeit, die Kim so an ihm gehasst hatte, und konzentrierte sich wieder auf den Fall. Marlowe hatte Recht. Er sollte sich noch einmal um den Tatort und die Fakten kümmern. Shane griff zum Telefon.

Helens Stimme wechselte sofort den Klang, als er sagte, er wolle John sprechen.

»Sie schon wieder?«, knurrte John.

»Hatte Ihr Vater mal einen grünen Lieferwagen?«, fragte Shane.

»Ich kenne unzählige Leute, die 'nen verdammten grünen Wagen haben! Hören Sie, ich klär so was nicht gern auf diese Art, aber wenn Sie uns nicht in Ruhe lassen mit Ihrer verdammten Fragerei, schalte ich meinen Bruder ein. Und der hat ein paar Verbindungen nach oben.«

»Ich weiß nicht, was Sie an der Frage so aufregt, John.«

»Das kann ich Ihnen sagen: Sie wollen doch nur Beweise gegen mich sammeln! Shane, wissen Sie was? Sie können mich mal!«

Shane hörte nur noch ein Klicken in der Leitung.

Verfolgte er John nur deshalb so hartnäckig, weil er neidisch auf ihn war und etwas von Helen wollte?

»Ich hab das grüne Autowrack auch gesehen.« Webster stand vor ihm. »Wollen Sie noch einen Tee?«

Moodroo

Die sieben Schwestern am schwarzen Nachthimmel sahen zu. Das war gut. Im Pitjuri, dem Kraut, das er kaute und das schon die Ahnen auf ganz bestimmten Pfaden durch das Land gesammelt hatten, war der weiße Stein der Erinnerung. Plötzlich wusste er wieder, wie er unsichtbar wurde. Mit der Asche, die er auf seine Haut rieb und weil er die Adern aufgeschlitzt hatte. Die Emufedern, die er mit dem Blut auf seine Arme und in sein Gesicht klebte und die er an seine Füße band, verwischten die Spuren. So war das Gesetz, hörte er die Alten immer und immer wieder rufen. Der Inquest hatte begonnen. Die Namen der Toten durften nicht gesprochen werden. So war das Gesetz. Der trockene Schädel in seinen Händen flüsterte zu den Ahnen. Die Ahnen würden ihm, Moodroo, sagen, was er zu tun hatte, wohin er gehen musste. Er nahm die Tschurringa, die Steinscheibe mit den geheimen Zeichen seiner Herkunft, aus dem Versteck im Fels. Sie war die Stimme, die Stimme der Ahnen. Sie würden zu ihm sprechen. In dieser Nacht durfte das Feuer vor der Höhle nicht verlöschen. So war das Gesetz.

Shane

Die Musik im Pub war weit heruntergedreht, als er die Schwingtür aufstieß. Ein Mann spielte an einem der Automaten, die immer dieselbe stupide Klangfolge von sich gaben.

»Hi, Detective, 'n kühles Bier?«, begrüßte Kate ihn.

Shane schüttelte den Kopf. »Einen Tee.«

»Tee? Ist Ihnen was über die Leber gelaufen?« Sie zog eine Schublade unter der Theke auf, holte eine Schachtel mit Teebeuteln hervor, nahm einzelne Beutel heraus und las die Aufschrift, wobei sie sie etwas weiter von den Augen weghielt. »Pfefferminz oder Kamille, brrr.« Sie schüttelte sich. »Also da müsste ich schon auf dem Sterbebett liegen, und dann müsste man mir das Zeug noch einflößen. Früchte- oder Schwarztee?«

»So viel Auswahl?«

»Wir sind eben 'n gut sortierter Feinschmeckerladen.«

»Ich nehm den schwarzen.«

Sie suchte eine Tasse, ließ heißes Wasser aus dem Kaffee-Automaten hinein. Als sie die Tasse mit dem Teebeutel vor Shane auf den Tresen stellte, sagte sie mit gedämpfter Stimme: »Mir imponiert es, dass Sie sich nicht von den Morgans einschüchtern lassen.« Bekräftigend nickte sie. Als Shane nicht antwortete, fügte sie hinzu: »Die glauben nämlich, nur weil einer von ihnen in der Politik ist, könnten sie sich hier aufspielen.«

»Reden sie von John?« Offenbar hatte sich John Morgans Drohung bereits herumgesprochen.

Sie nickte. »Und von seiner Frau. Sie sollten mal sehen, wie die mich behandelt, wenn sie mal hier reinkommt. Als wär ich der letzte Dreck.«

Ein spitzer Stich erreichte ihn in seinem Herzen, er dachte an den leidenschaftlichen Kuss ...

»Ich sag Ihnen jetzt mal was«, fuhr Kate fort. Sie blickte sich um, als stünde jemand in der Nähe, der sie hören könnte, war dann aber beruhigt, dass Stanley weiterhin am Spielautomaten beschäftigt war. »Sie haben mich doch mal wegen der Arbeiter auf dem Parkplatz gefragt.« Sie räusperte sich. »An diesem Tag, Sie wissen schon, als dieses Rugby-Spiel war ...«

»Ja?«

Sie senkte die Stimme noch mehr, flüsterte nun: »Da war er da.«

»Wer?«

Kate sah ihn erstaunt an. »Na, sein Bruder. Donald. Donald Morgan.«

Für einen Augenblick hallte der Name in ihm nach. Im nächsten Moment fragte er sich, ob Kate Mitglied einer Verschwörung gegen ihn war, um ihn völlig in die Irre zu führen, oder einen eigenen Rachefeldzug gegen die Morgans startete.

»Er war auf seiner Wählerreise, oder wie man das nennt.« Sie zapfte ein Bier für sich. »Hat überall seine Reden geschwungen. Hier, drüben in Augathella, in Charleville, in Longreach. Sieht für meinen Geschmack nicht schlecht aus. Nicht ganz so gut wie sein Bruder, aber ich würd ihn auch nicht von der Bettkante stoßen.«

»Er war am ersten Mai hier in Coocooloora?« In Shane spulte sich noch einmal der Zeitplan ab: Am dritten Mai wurde der Parkplatz geteert. Franks Leiche musste also spätestens in der Nacht vom zweiten auf den dritten Mai dort vergraben worden sein. Betty Williams wurde am dreißigsten April gefunden.

»Aber ja, was hab ich denn gerade gesagt?« Sie wirkte ungehalten. »Am ersten Mai. Und er hat sich mit den Arbeitern unterhalten, die Rugby sehen wollten. Am Abend gab es dann ein großes Barbecue hier hinter dem Pub.« Sie bückte sich, kramte irgendwo herum und tauchte schließlich wieder auf – mit einem Foto von Donald, über das quer mit einem breiten Filzer sein Autogramm und der Zusatz *Für Kate* geschrieben war. Sie lächelte stolz.

»Wählen Sie ihn?«, fragte Shane.

»Ich? Jesus, nein! Ich geh nicht wählen. Jeder verspricht einem das Blaue vom Himmel, und am Ende hält es keiner. Steak?«

Shane nickte. Er brauchte jetzt das kräftigste Essen, das verfügbar war – und ein Bier.

Kate strahlte. »So gefallen Sie mir viel besser.« Sie verzog die Nase. »Tee, das ist doch nichts für Männer. Für Männer wie Sie!« Sie verschwand in der Küche, und Shane fragte sich, ob es Zufall war, dass Donald Morgan zu der Zeit in Coocooloora gewesen war, als wahrscheinlich Frank Copeland ermordet worden war – und Betty Selbstmord begangen hatte. Und gleichzeitig war ihm klar, dass er nicht an Zufälle glaubte.

Der Flughafen in Charleville bestätigte, dass am ersten Mai eine Maschine der Whole Nation Party Donald Morgan abgesetzt hatte.

Andy

Hört zu, Jungs«, sagte er am Abend auf der Veranda, »ich mach nicht mehr mit. Ganz einfach. Macht eure Trips allein.«

Brady nahm einen Schluck aus der Flasche, schaukelte im Schaukelstuhl, der ächzte. »Was meinst du dazu, Mike? Unser Freund will uns im Stich lassen.«

»Ich lass euch nicht im Stich, ich mach nur nicht mehr mit, das ist alles.«

»He, ist nicht sehr nett von dir. Es hat doch verdammt Spaß gemacht. Wir sind gute Freunde geworden.«

Die Zikaden zirpten. Vor den Mond schwamm eine Wolke. Andy schwieg.

»Du wirst genauso ein Waschlappen wie dein Vater! Willst du dein Leben lang Chipstüten auspacken?«

Er wusste, dass es keinen Sinn hatte, sie einzuweihen. In dieser Nacht ging er früh ins Bett.

Shane

Die Stimme von Donald Morgans Sekretärin klang genauso falsch freundlich wie die der Sekretärin des Staatsanwalts, mit dem er öfter zu tun hatte. Durch Zähigkeit und Beharrlichkeit erreichte er endlich doch, dass er Donald Morgan persönlich ans Telefon bekam.

Er klang wie sein Bruder John, drückte sich aber weitaus gewählter aus:

»Mein Bruder hat mir schon von Ihren Ermittlungen erzählt. Aber ich habe, ehrlich gesagt, nicht erwartet, dass Sie es wagen, auch mich noch zu belästigen.« Er machte eine Pause, doch Shane erwiderte nichts. »Ich war am ersten Mai in der Gegend. Ja. Und Sie kennen offenbar den Wortlaut des Testaments meines Vaters. Das ist aber auch alles. Und es beweist nichts. Ich weigere mich, weitere Fragen von Ihnen zu beantworten, die nur darauf abzielen, mich und die Familie meines Bruders in Misskredit zu bringen.«

»Aber Sie müssen zugeben, dass Sie und Ihr Bruder ein Motiv gehabt hätten. John würde keinen Zentimeter seines Landes hergeben, das wissen Sie auch, und Sie haben, soweit ich das richtig einschätze, eine viel versprechende Karriere vor sich.«

»Wohl im Gegensatz zu Ihnen, wenn Sie so weitermachen. Ich sage Ihnen eines: Es reicht vollends, dass dieser Journalist Lügen in die Welt gesetzt hat. Noch mal lass ich das nicht zu. Sie unterlassen es ab sofort, mich und meinen Bruder weiterhin zu belästigen und unseren Ruf zu schädigen. Es wird sonst Konsequenzen für Sie haben.«

»Eine Drohung?«

»Eine Tatsache.«

Shane hörte das Klicken in der Leitung. »Ich glaube, dass die Morgans was mit der Sache zu tun haben«, sagte er zu Paddy, der schwitzte und Formulare ausfüllte.

»Wollen Sie denen jetzt auch noch 'nen Einbruch anhängen?!«

»Ich meine, mit dem Tod von Frank Copeland und vielleicht auch dem von Betty Williams.«

»Bullshit – totaler Bullshit!«

»Aber Paddy, was sagen Sie dazu: Donald Morgan war zum Zeitpunkt, als Frank Copeland verschwand, hier in Coocooloora!« Shane schlug mit der flachen Hand auf Paddys Schreibtisch.

Paddy schüttelte den Kopf. »Na und? Es gibt 'ne Menge

Leute, die da in Coocooloora waren. Fast alle Einwohner. Ich übrigens auch. Vielleicht war ich's ja!«

Shane beugte sich zu Paddy. »Wenn Sie so gute Antworten parat haben: Was ist zwischen Henderson und den Morgans vorgefallen? Er mag John und Donald nicht. Und die mögen ihn nicht.«

»Wieso kommen Sie darauf?«

»Ist es nicht seltsam, dass Donald sein großes Barbecue nicht bei Billy Henderson veranstaltet, obwohl er doch angeblich die besten Steaks hat und auch genug Platz für so viele Leute?«

Paddy sagte einen Moment nichts, antwortete schließlich doch: »Es gab Krach wegen dem Stück Land.«

»Dem Land, auf dem Billy sein neues Motel bauen wollte? Auf dem sich der Parkplatz befindet?«

Paddy nickte. »John und Donald hatten was gegen diese Touristik-Geschichte. Die wollen nicht so viele Fremde hier.«

Shane stöhnte. Die Sache bekam schon wieder einen neuen Aspekt. »Wissen Sie, was mich hier in ihrem verdammten Coocooloora ankotzt?«

Paddy sah ihn irritiert an; den Gefühlsausbruch hatte er offenbar nicht erwartet.

»Keiner ist hier wirklich an der Aufklärung interessiert. Jeder will nur seine verdammten eigenen Rechnungen begleichen!«

Eine Weile herrschte Stille. Dann schüttelte Paddy den Kopf. »Wissen Sie was, Shane? Ich will nichts mehr von Ihren Ermittlungen hören. Lassen Sie mich in Ruhe damit. Sie haben Ihre Arbeit – und ich habe meine. Ganz simpel.« Dann blätterte er Papiere durch, murmelte schließlich: »Wer sagt's denn? In einem Haus geht doch nichts verloren.« Er atmete auf, hielt endlich ein Blatt in den Händen, das er eingehender las, holte aus seiner blau-weißen Plastikbox einen Donut heraus, biss hinein und lehnte sich so entspannt zurück, als hätte das Gespräch überhaupt nicht stattgefunden.

In der Nacht träumte Shane von den Fotos, die die Polizei von seiner toten Schwester gemacht hatte. Und plötzlich verwandelte sich seine Schwester in Betty Williams, und er sah sie in der Badewanne liegen mit den aufgeschnittenen Pulsadern. Doch da war noch etwas. Aber so sehr er sich auch bemühte, er konnte es nicht erkennen ...

Moodroo

Er hatte keine Angst mehr. Sie waren da, die Ahnen, die die Songs, die tagelang dauerten, singen konnten. Er war nicht mehr allein. Manchmal war alles einfach. Unter dem Stein war der Schädel gewesen. Das hatte er gleich gewusst. Die Ahnen hatten es ihm gesagt. Er hatte Verantwortung.

Shane

Ohne Guten Morgen zu sagen, nahm Shane die Akte von Betty Williams zur Hand. Er betrachtete noch einmal die Fotos und begann dann, den Bericht zu lesen. Wort für Wort. Und plötzlich stieß er darauf und konnte es nicht fassen, dass er es am Anfang übersehen hatte.

»Im Fall ›Betty Williams‹ ist ziemlich schlampig ermittelt worden«, warf er Paddy an den Kopf.

»Was wollen Sie damit wieder behaupten?« Paddy sprach mit vollem Mund. Von seinen Mundwinkeln tropfte Kaffee, in den er seinen Donut eingetunkt hatte. Er wischte sich den Mund mit dem Handrücken ab.

»... in der Spüle eine Pfanne mit angebrannten Rühreiern und auf der Ablage eine Schüssel mit Hackfleisch und ein Geschirrhandtuch mit Hackfleisch- und Blutresten«, las Shane vor.

»Na und, ist doch normal. Die Hamburger macht man ja mit der Hand«, erwiderte Paddy. »Sie hat sich die Hände eben daran abgewischt.«

»Aha. Seltsam. Normalerweise wäscht man sich die Hände mit Wasser ab, oder? Und außerdem, erklären Sie mir doch mal, woher die Blutreste kommen?«

Paddy brummte. »Vielleicht hat sie sich geschnitten?«

»Am Hackfleisch, das man bereits gehackt kauft?«

»Was weiß ich. Ich koche höchstens Tee.«

»Man bereitet also Hamburger zu, brät Eier, wischt sich die Hände mit Hackfleisch an einem Geschirrhandtuch ab, entscheidet sich dann, sich umzubringen, stellt die Pfanne mit den Eiern kurzerhand in die Spüle, nimmt dann ein Küchenmesser, schneidet sich in der Küche die Pulsadern auf, wischt sich mit dem Geschirrhandtuch herausschießendes Blut ab, legt sich angezogen in die Badewanne und dreht das Wasser auf?«

Paddy zuckte mit den Schultern. »Die Menschen kommen auf die verrücktesten Ideen.«

Shane ignorierte die Bemerkung, fuhr fort: »Wurde ein Schriftvergleich gemacht? Haben Sie sich vergewissert, dass die Schrift des Abschiedsbriefs auch wirklich Bettys Handschrift war?«

Paddy schob sein fettes Kinn vor und schickte Shane böse Blicke. Danach holte er tief Atem, blies ihn dann aus wie ein Wal. »Wissen Sie was, Shane? Rutschen Sie mir den Buckel runter! Alles, was wir hier tun, ist Ihnen nicht gut genug. Hat

Ihnen schon mal einer gesagt, dass Sie ein arrogantes Arschloch sind?«

»Ja.« Kim. Damals hatte sie gedroht, sie würde sich scheiden lassen, wenn er weiter so trank. Als er daraufhin geantwortet hatte, das sei nun mal er, damit müsse sie sich abfinden, hatte sie ihn ein mieses, selbstsüchtiges, rücksichtsloses, arrogantes Arschloch genannt. Dagegen war Paddys Bezeichnung geradezu ein Kompliment. Sicher war er manchmal ein Arschloch, aber wenn es um schlampige Ermittlungen ging, kannte er keine Rücksicht. Da sollte man ihm ruhig alle erdenklichen Schimpfworte an den Kopf werfen. Sie prallten an seiner inneren Polizeiuniform ab.

»Sagen Sie, Paddy, Ihr Vater war doch gut befreundet mit Alfred Morgan und Ian Henderson. Hat er mal erzählt, warum Alfred und Ian nicht mehr miteinander geredet haben?«

»Nein.«

»Hat es vielleicht mit der Vergewaltigung zu tun?«

Paddy hustete plötzlich. »Ich denke, man bezahlt Sie dafür, den Mord an diesem Mann da unter dem Parkplatz aufzuklären, und nicht dafür, irgendwelche Kitschstorys zu erfinden.«

»Interessant, wie Sie eine Vergewaltigung bezeichnen«, meinte Shane.

»Ach, kommen Sie, Shane, das Einzige, was Sie hier machen, seitdem Sie hier sind, ist, in alten Geschichten rumzuwühlen und Ihre Vorurteile anzubringen. Im Busch vergewaltigen die Weißen die schwarzen Frauen, murksen Journalisten ab und bauen Bowlingclubs auf die heiligen Stellen der Blackfellas! Shane, ich hab die Nase gestrichen voll von Ihnen! Fragen Sie doch meinetwegen John.«

»Er redet nicht mehr mit mir.«

»Da hat er Recht. Sollte ich auch tun. Sie beziehen doch alles auf sich. Ihre Schwester hat sich umgebracht – wie diese

Betty –, und auf John Morgans Frau sind Sie scharf! Sie haben viel zu viele eigene Probleme.«

Die Worte trafen Shane in den Magen, und erleichtert nahm er wahr, dass Paddys Telefon läutete.

»Muss noch mal weg, zu den Smiths«, murmelte Paddy und stand auf. Shane hörte noch, wie er mit quietschenden Reifen, Blaulicht und Sirene davonschoss.

Auch wenn Paddy in gewisser Weise Recht hatte – eines ließ Shane niemals zu: dass er seine Ermittlungen einstellte, weil ihm jemand drohte. Dann wurde er zum Kampfhund. Die ließen ihre Beute auch nicht mehr aus dem Maul. Das blutige Geschirrhandtuch und der Konflikt zwischen den Hendersons und den Morgans gingen ihm nicht mehr aus dem Kopf. Die Morgans wollten keine Touristen in Coocooloora haben, hatte Paddy behauptet – er, Shane, war inzwischen lange genug hier, um zu wissen, dass hinter einer Antwort eine ganz andere Wahrheit stecken konnte. Es fragte sich nur, welche.

Detective Philipp Russell in Charleville reagierte sehr ungehalten, als Shane das Geschirrhandtuch ansprach. Es sei ein klarer Selbstmord gewesen, was sollten sie da die ganze Kücheneinrichtung archivieren? Außerdem sei das die Aufgabe des Crime Scene Officers gewesen, und der sei vor drei Monaten versetzt worden. Im Übrigen solle Shane sich an Dr. Kilian im Charleville Hospital wenden, der habe Betty Williams' Tod festgestellt und den Totenschein unterschrieben. Mit einem gehässigen Unterton fügte er noch hinzu, dass Dr. Kilian vorher im angesehenen St. Mary's Hospital in Brisbane gearbeitet habe und ja wohl kompetent sei. Russells Stimme klang wegen der Rippenbrüche noch etwas flach und leise, aber deshalb nicht weniger unangenehm.

Shane fühlte sich entmutigt. Die wichtigsten Spuren waren durch nachlässige Ermittlungen verloren.

Als eine Stunde später Webster hereinkam, fragte er: »Webster, fahren Sie mit mir zu diesem Doktor, der Betty Williams' Tod festgestellt hat?«

Webster strahlte, doch gleich verdunkelte sich sein Gesicht. »Aber ich muss hier im Büro ...«

»Sie sind doch über Funk zu erreichen, oder?« Webster sagte: »Ja«, und nahm die Autoschlüssel.

Die Straßen Charlevilles waren um drei wie ausgestorben. Glühende Hitze flirrte über dem Asphalt. Wer würde schon freiwillig die klimatisierten Räume verlassen?

Der Wagen rollte durch eine Straße mit weißen Holzhäusern, die schon bessere Tage gesehen hatten. In den Vorgärten scheiterte jede Pflege der Pflanzen an der Trockenheit.

»Macht es Ihnen was aus, wenn ich bei Abigale, der Bestattungsunternehmerin, noch reinsehe? Ich muss bei ihr was abholen«, bat Webster.

»Nein, machen Sie nur.«

Webster steuerte den Wagen in die Einfahrt zwischen einem flachen Holzhaus auf Stelzen und einem Schuppen und parkte auf dem vertrockneten Rasen neben einem rostigen Pick-up. In dem Moment, als Webster die Autotür öffnete, drangen aus dem Schuppen lautes Poltern und ein Schrei. Webster und Shane sprangen aus dem Wagen, rissen die windschiefe Schuppentür auf und starrten auf Abigale Hicks in ihrer rosafarbenen Kittelschürze, die ausgestreckt in einem für sie viel zu großen schwarz lackierten Sarg mit seidigem violetten Innenfutter lag.

»Oh, Sie kommen gerade recht!«, krächzte sie, setzte sich mühsam im Sarg auf und rieb sich den Hinterkopf, auf dem die feinen grauen Löckchen wie Federn aussahen. »Bin doch glatt gestolpert!« Sie streckte Shane ihren dünnen, weißen Arm mit einer ungewöhnlich langen Hand entgegen. »Helfen Sie mir da mal wieder raus!« Ihre Haut fühlte sich so zart an wie ein seidiges Taschentuch, das vom vielen Waschen schon ganz dünn geworden war und bei jeder Berührung zu zerreißen drohte. Als sie neben ihm stand, klein und klapprig, stellte sie fest: »Sie sind doch der Detective aus der Stadt?«

»Ja.«

»Ich hab Sie zum Tee eingeladen, oder? Und Sie«, damit meinte sie Webster, »Sie sind der junge Assistent, stimmt's?«

Webster nickte. »Ich wollte die Unterlagen, die Paddy Ihnen gegeben hat, wieder mitnehmen.«

Sie ignorierte die Bemerkung, strahlte Shane an und dann die an der Wand lehnenden Särge:

»Sehen Sie, das sind all meine Kinder, die ich auf Vorrat habe.«

Shane schätzte die Särge auf mindestens zwanzig – Särge in allen möglichen Holzfarben und Lackierungen, kleine und große, schmale, breite, eckige, abgerundete.

»Da findet jeder was«, krächzte sie und wackelte mit dem Kopf. »Den da zum Beispiel«, sie zeigte auf einen mit einer weißen Plastikpolsterschicht überzogenen Sarg, »den schlag ich oft für Frauen vor. Mit einer roten Rose obendrauf – wunderschön. Sehr beliebt. Auch für Kinder. Sind die nicht süß, die kleinen Särge?«

Shane sah zwei kleine weiße Särge und begann sich unwohl zu fühlen. Webster war ein wenig bleich geworden, fand er.

»Ach, aber der da drüben!« Sie wies auf einen Sargdeckel, in den in Kopfhöhe ein rechteckiges Glasfenster eingelassen war. »Das ist eine besonders ärgerliche Geschichte.« Sie schüttelte den Kopf, die grauen Federn vibrierten. »Stellen Sie sich vor, nun habe ich doch so viele Särge auf Vorrat.

Aber nein, der Ehemann wollte so ein Fenster auf dem Deckel.« Sie zuckelte, auf Shanes Arm gestützt, zu dem Sarg. »Was hab ich gemacht? Ich musste es anfertigen lassen. Na, so was hat man nicht einfach da. Drei Wochen hat es gedauert, und als ich den Sargdeckel endlich hatte, war die Beerdigung schon vorbei!« Sie seufzte. »Jetzt sitz ich seit zwei Jahren auf diesem Ding! Bezahlt hab ich's auch schon! Aber der alte Henderson ist ein Geizhals.«

Shane stutzte. »Ian Henderson? War das der Sarg für seine Frau?«

»Wollen Sie 'ne Tasse Tee?« Ohne eine Antwort abzuwarten, machte sie sich von seinem Arm los, wackelte zum Eingang, wo sie sich ihren Stock griff und hinaus ins Freie ging. Shane warf Webster einen viel sagenden Blick zu, denn er wusste, dass ihnen nichts anderes übrig blieb, als ihr zu folgen. Sie kletterte die Treppenstufen zu ihrem Haus hoch.

»Der hatte zu viel gesoffen!«, krächzte sie.

»Wer? Henderson?« Shane wurde ungeduldig.

»Passen Sie auf, da ist eine Türschwelle. Die ersten elf Jahre bin ich hier immer drübergestolpert. Ein Arbeiter.«

»Ein Arbeiter ist gefahren?«

»War schlimm für den alten Morgan.«

»Morgan? Ich denke, Hendersons Frau ist verunglückt.«

»Ja, ja, aber ein Arbeiter von den Morgans hat im anderen Auto gesessen, er war eindeutig schuld.«

Shane blickte in einen mittelgroßen Raum, der vor Papieren und Ordnern überquoll.

»Ja, ja, das ist mein Reich!« Abigale setzte sich auf einen alten roten Drehstuhl an einen Schreibtisch, auf dem Shane nicht einen Quadratmillimeter frei von Papierstapeln, Quittungen, Quittungsblöcken, Briefen und zusammengehefteten Dokumenten ausmachen konnte. Ein großer Blumenstrauß stand in einer Vase am äußersten Ende des Tisches, der wahrscheinlich ein Geschenk ihrer Tochter war, wie er sich erinnerte. Und Frösche entdeckte er plötzlich, Frösche aus Terrakotta, aus Gips, ein grüner Plastikfrosch diente als Türstopper, ein grauer saß mitten auf dem mit gelbem Kunstleder bezogenen Stuhl, auf dem sich Shane gerade niederlassen wollte. Webster blieb an die Tür gelehnt stehen. Es gab auch keine Sitzmöglichkeit mehr.

»Sind die Morgans deshalb mit Henderson verkracht?«, fragte Shane.

»Ach, die dummen Frösche«, murmelte Abigale, »tun Sie ihn runter. Die sind auch von meiner Tochter, weil sie weiß, dass ich Frösche nicht ausstehen kann!«

Shane setzte den Frosch neben sich auf den Boden und sich selbst auf den Stuhl. Er wusste, dass er Menschen wie Abigale nicht drängen durfte, dann war nichts mehr von ihnen zu erfahren. »Bitte, Abigale – ich darf Sie doch so nennen. Erzählen Sie mir was von dem Unfall.«

Webster warf ihm einen Blick zu, verdrehte die Augen.

»Wo Frösche sind, sind Schlangen, und Schlangen kann ich auch nicht ausstehen. Aber das erzähl ich meiner Tochter nicht, sonst schickt sie mir auch noch Schlangen! Ich sag immer: ›Nur 'ne tote Schlange ist 'ne gute Schlange!‹ Obwohl diese Tierschützer ja dagegen sind – aber ... Ach, was wollten Sie wissen, Detective?«

»Wenn es nur ein Arbeiter der Morgans war – wieso ist Henderson dann mit John und Donald verfeindet?«

»Ich bin früher immer besoffen gefahren. Wie soll man denn sonst nach Hause kommen, was, junger Mann?« Sie kicherte, blickte zu Webster, der sich ein Lächeln abrang.

»Abigale«, begann Shane erneut.

»Ach, und noch was«, plapperte sie mit ihrer hohen, krächzenden Stimme weiter. »Essen Sie niemals in London Fisch!« Sie kicherte wieder, rieb sich mit den Händen unablässig über die Oberschenkel.

»Abigale, ich ...«, fing er wieder an, doch sie war nicht aufzuhalten.

»Und wissen Sie, warum?«, fragte sie. »Weil sie in London die Toten als Fischfutter verwenden! Stellen Sie sich mal vor, all diese Fish and Chips, die man dort isst ... Wollen Sie einen Tee?« Doch sie machte keinerlei Anstalten aufzustehen. »Ich weiß noch, Sie untersuchen diesen Fall am Parkplatz, ja, ja.«

Shane resignierte. »Ja.«

Ihre Augen sprühten vor Aufregung, ihr Mund mit den blassen, dünnen Lippen stand nicht mehr still. »Ganz am Anfang, als ich angefangen hab, wusste ich noch nicht, dass man die Sarggriffe vorher rausbricht. Die verbrennen nicht. Die kann man dann wiederverwenden.« Sie schüttelte unablässig den Kopf. »Außer wenn ich gleich Plastikgriffe nehme, die schmelzen. Haben Sie schon mal 'ne Hüftprothese gesehen? So was verbrennt natürlich auch nicht. Das können Sie sich nicht vorstellen, dass Sie so was mit sich rumschleppen.« Sie verdrehte theatralisch die Augen und zwitscherte weiter: »Oder diese Metallplatten im Kopf. Na ja, das hatten wir früher öfter. Eine Hüftprothese wollten sie mir auch mal andrehen, aber ich hab gesagt, ich bin doch nicht so ein ... so ein Roboter aus Metall ...« Sie kicherte, und Shane nutzte die Gelegenheit, um eine Frage zu stellen:

»Abigale, Sie haben doch Betty Williams abgeholt.«

»Wen?«

»Betty Williams«, wiederholte er etwas lauter. Sie war schwerhöriger, als er gedacht hatte. »Sie hat sich umgebracht. Ist Ihnen irgendetwas an der Leiche aufgefallen?«

»Charleville ist der beste Ort in der Welt, finden Sie nicht?«, krächzte sie, lächelte und strich sich über ihre Kittelschürze.

»Ja«. Er hätte auch Nein sagen können, sie hörte ihm sowieso nicht zu.

»Ja, ja, Charleville. Ich will nicht mehr von hier fort – nur noch über meine Leiche!« Sie kicherte wieder. »Hab ich Ihnen eigentlich erzählt, wie ich hierher nach Charleville gekommen bin?«

Shane blickte zu Webster hinüber.

»Mein Mann kam aus Longreach. Aber Longreach war nichts für ihn, da sind wir nach Charleville. Wollen Sie einen Tee? Ich könnte uns einen kochen, ich weiß zwar nicht, was ich noch für Sorten habe ...« Sie blieb jedoch sitzen und schüttelte unentwegt den Kopf, und Shane fragte sich, ob er das, was sie ihm erzählte, auch wirklich glauben konnte.

»Ich gehe nie auf Friedhöfe, meine Tochter wird ja auch nicht auf meine Beerdigung kommen, das sagt sie jedes Mal, und deshalb schickt sie mir ja auch alle zwei Wochen Blumen. Sehen Sie!« Sie zeigte auf den üppigen, in Lila und Rosa gehaltenen Blumenstrauß, der inmitten der Zettel und Papierhaufen stand. »Kostet einen Haufen Geld – dabei sag ich ihr immer, dass sie nicht viel erbt.«

Er stand auf, sie mussten schnellstens zu Dr. Kilian.

»Ich bin froh, dass im Moment keiner stirbt. Der Schreibkram! Und dann die Sonderwünsche! ›Wenn der Sarg braun wäre, dann ja.‹ Oder: ›Innen gefällt er uns nicht.‹ Angehörige!« Sie verdrehte genervt die Augen.

»Abigale, wir müssen los, vielen Dank.«

»Mrs. Hicks – die Unterlagen von Paddy ...«, versuchte Webster. Doch sie überhörte ihn.

»Ich krieg sicher heute wieder einen Frosch, ich spür's. Kommen Sie mal wieder auf einen Tee vorbei!« Shane und Webster waren schon aus der Tür, als sie rief: »Ich hab noch was für Sie!«

Shane drehte sich um. Sie stand mit einem Marmeladenglas in der Hand auf den Stufen. »Danke, Abigale, aber ich esse nichts Süßes!«, rief er.

»Haben die mir im Krematorium mit den Griffen zurückgegeben!« Sie schüttelte das Glas, es schepperte.

Er ging zurück und starrte auf ein leeres Marmeladenglas, in dem ein Projektil lag.

»Wollt ich Paddy geben, aber er wollte es nicht. Ich hab's aufgehoben. Tot ist tot, nicht wahr?« Sie kicherte, und ihr fedriger Kopf wackelte.

Als sie im Auto saßen, fragte Webster: »Gibt es so was, dass man eine Kugel übersieht?«

»Wenn man zu viel getrunken hat, vielleicht schon.«

Webster sah ihn fragend an. Shane grinste. Die Information, dass Dr. Kilian ein Trinker war, hatte er von Cheryl, einer Freundin seiner Exfrau Kim. Nach dem Gespräch mit Russell war ihm eingefallen, dass sie im St. Mary's Hospital in Brisbane in der Verwaltung arbeitete. Als er sie auf gut Glück am Morgen angerufen hatte, hatte er erfahren, dass sie inzwischen zur stellvertretenden Managerin aufgestiegen war.

»Dr. Kilian?«, wiederholte sie. »Oh Gott, klar sagt mir der Name was. Wir hatten alle Hände voll zu tun, Patientenklagen wegen Nachlässigkeiten und Kunstfehlern abzuwehren. Wir waren froh, als wir uns seiner relativ unauffällig entledigen konnten. Er hat gesoffen. Aber sprich bitte nicht darüber, dass ich dir das mitgeteilt habe.«

»Natürlich nicht. Danke, und sag Kim und Pamela alles Liebe von mir«, brachte er eher mühsam heraus. Einen Moment hörte er nichts am anderen Ende der Leitung, dann brauste Cheryl auf:

»Warum setzt du nicht mal deinen Arsch in Bewegung und sagst es ihnen persönlich? Pamela redet andauernd von dir! Du weißt überhaupt nicht, was du ihr antust, wenn du dich nie meldest, sondern ihr nur Geld in Briefkuverts schickst! Ihr Männer seid manchmal schrecklich feige. Aber auf Verbrecherjagd könnt ihr gehen!«

Als er auflegte, fühlte er sich mies.

Webster steuerte den Wagen durch die Toreinfahrt auf das lang gestreckte Gebäude, das Krankenhaus von Charleville, zu. Am Empfang wies man sie in den ersten Stock. Dort meldeten sie sich bei Dr. Kilians Sprechstundenhilfe, einer drallen, sommersprossigen Frau Mitte vierzig, die, glaubte man dem Namensschild auf ihrem Busen, Sue hieß und die sie beide ins Wartezimmer schickte. Dort saßen drei Patienten. Zwei Frauen, die offensichtlich schwanger waren, und ein älterer Mann, der seine Arme auf einen Stock stützte und zitterte.

Nach zehn Minuten wurde Shane ungeduldig, ging, gefolgt von Webster, hinaus zur Anmeldung. »Haben Sie mich vergessen?«

»Aber nein.« Die rundliche Sprechstundenhilfe, der man ein ordentliches Zupacken bei widerspenstigen Patienten ohne weiteres zutraute, setzte ein süßliches Lächeln auf. Ihre roten Pausbacken waren prall.

»Ich habe leider nicht den ganzen Tag Zeit«, erklärte Shane, bemüht freundlich.

Sie öffnete bereits ihren speckig glänzenden, rot geschminkten Mund, um Shane zu beruhigen, als ein fast glatzköpfiger, untersetzter Mann mit Bartstoppeln im grauen Gesicht, nicht mehr ganz weißem Polo-Shirt und gelblich weißen Jeans, unter denen abgetragene Birkenstocks hervorsahen, aus dem Nebenzimmer schlurfte.

»Dr. Kilian?«, erkundigte sich Shane.

»Ja?« Er sah fragend zu seiner Sprechstundenhilfe, doch Shane hatte schon seinen Ausweis gezückt, klappte ihn unter Dr. Kilians kurzer, breiter Nase auf und wieder zu.

»Detective Shane O'Connor aus Brisbane. Homicide Squad. Das ist Constable Webster.«

Der Arzt wich zurück, als hätte Shane erklärt, er sei pestinfiziert.

»Sie haben vor ein paar Monaten, genauer, am ersten Mai den Tod von Betty Williams festgestellt«, begann Shane.

Daraufhin schob ihn der Arzt sofort in ein Behandlungszimmer. Er roch nach altem Schweiß. Webster folgte ihnen.

»Williams? Williams, Williams, Williams ...« Er nahm seine randlose Brille ab. »Ach, richtig, ja, der Suizid in der Badewanne!« Er lächelte, versank in seinem viel zu großen rundlichen, roten Schreibtischsessel und bot Shane und Webster mit einer großzügigen Handbewegung, die eine bequeme Couch erwarten ließ, einen harten Plastikstuhl an. Webster musste stehen. »Entschuldigen Sie, dass ich mich nicht gleich erinnern konnte, aber Namen waren noch nie meine Stärke. Wie war Ihr Name doch gleich?«

»O'Connor, Detective Shane O'Connor.«

»Richtig. Womit kann ich Ihnen also dienen?«

Noch immer das dämliche Lächeln, dachte Shane. Und in dem roten Sessel sah er aus wie ein Fötus in einer Gebärmutter. »Ich würde gern wissen, wie Sie Betty Williams' Leichnam untersucht haben.«

»Wie schon?« Er lachte nun. »So, wie man das eben tut. Haben Sie nicht die Berichte von mir und auch von Ihren Kollegen gelesen, die Fotos gesehen? Da muss es doch eine Akte geben.« Er nahm einen Stift vom Schreibtisch, spielte damit, lächelte sein aufmunterndes, falsches Arztlächeln.

»Sicher gibt es die, und deshalb komme ich zu Ihnen. Wie konnten Sie sicher sein, dass Betty Williams durch das Aufschneiden ihrer Adern an den Handgelenken gestorben ist?«

»Also, Detective – was wollen Sie? Meine Kompetenz infrage stellen?« Er lehnte sich weit in seinem Sessel zurück, spielte genüsslich mit seinem Stift. »Haben Sie Medizin studiert oder ich? Bin ich seit fünfundzwanzig Jahren Arzt oder Sie? Ich habe die Tote, diese Betsy, fachgemäß untersucht.«

»Betty, Betty Williams.«

»Ich sagte Ihnen doch, dass ich's mit den Namen nicht so habe.« Wieder das Lächeln. Seine Hände zitterten etwas. »Alles, was von Bedeutung war, steht in meinem Bericht. Ich weiß gar nicht, warum Sie sich so dafür interessieren? Und wenn Sie jetzt bitte gehen würden, ich habe einen engen Terminplan!«

Shane blieb sitzen. »Haben Sie die Obduktion allein durchgeführt?«

»Es war keine Obduktion nötig. Es war ein klarer Suizid. Selbstverständlich habe ich das allein festgestellt. Glauben Sie etwa, in einem so offensichtlichen Fall rufe ich sämtliche Kollegen aus dem Umkreis von fünfhundert Kilometern zusammen? Wissen Sie überhaupt, wie viel ich zu tun habe? Wissen Sie, dass ich nur zwei Tage in der Woche überhaupt hier praktiziere und sonst ständig unterwegs bin?«

Shane griff in die Tasche seiner Hose und stellte das Marmeladenglas mit dem Projektil auf den Schreibtisch des Arztes.

»Was ist das?«, fragte Dr. Kilian, beugte sich vor.

»Angeblich bei der Verbrennung des Leichnams übrig geblieben.«

Dr. Kilian nahm das Glas in die Hand, hielt es nah vor die rot geäderten Augen. War sprachlos.

»Sie waren vorher Chirurg im St. Mary's Hospital in Brisbane. Warum sind Sie dort weggegangen?«, fragte Shane.

Schnell setzte Dr. Kilian wieder sein Lächeln auf. »Tapetenwechsel, ganz einfach. Aber ich wüsste nicht, was das mit ...«

»Sie haben sich ein paar so genannte Kunstfehler geleistet.«

Dr. Kilian schluckte, dann antwortete er mit scharfer Stimme: »Wenn es echte Kunstfehler gewesen wären, hätte ich die Approbation verloren!«

»Sagen wir, die Klinik hat es für besser befunden, sich von Ihnen zu trennen und Ihr Alkoholproblem nicht an die große Glocke zu hängen.«

Dr. Kilian schluckte, seine Augen sahen wässrig aus, die Haut erschien noch grauer, und seine trockenen Lippen unter der kurzen Nase zitterten. Er warf einen flüchtigen Blick auf Webster. »Ich weiß nicht, was Sie von mir wollen, Detective«, erwiderte er schließlich leise.

»Ich will von Ihnen wissen, ob Sie es für möglich halten, dass jemand Betty zuerst erschossen und ihr dann die Pulsadern aufgeschnitten hat, um einen Suizid vorzutäuschen?«

Als sie wieder im Auto saßen, fühlte sich Shane erschöpft. Dr. Kilian hatte schließlich zugegeben, dass er nur einen flüchtigen Blick auf die Leiche geworfen hatte und die ganze Situation so offensichtlich nach Suizid ausgesehen hatte, dass er keinerlei Veranlassung gehabt hatte, näher hinzuschauen. Soweit er sich erinnern konnte, ging es ihm an diesem Tag auch nicht besonders gut. Er hatte Herzbeschwerden und Schweißausbrüche, und es war sehr schwül.

»Was jetzt?«, fragte Webster, ließ den Motor an und lenkte den Wagen zur Ausfahrt des Hospitals.

»Zurück, wir haben einiges zu tun!«

Im Büro empfing sie ein aufgebrachter Paddy, der hastig den letzten Bissen Fleischpastete herunterschluckte. Er glühte rot, auf seiner Nase standen Schweißperlen, und unter den Achseln seines Hemdes hingen dunkle Schweißflecken.

»Webster, es war niemand hier im Büro!«, herrschte er den Errötenden an.

»Ich habe Webster gebraucht!«, fuhr Shane ihn an. Paddy klappte seinen Mund wieder zu. »Die Morgans mögen keine Touristen hier!«, äffte Shane Paddy nach. »Alles mal wieder Quatsch! Was war das für ein Verkehrsunfall, bei dem Ian Hendersons Frau umkam?« Er schrie fast.

Paddy stöhnte auf. »Sie sind wie ein Wildschwein, Shane, hören nie auf zu wühlen! Warum, zum Teufel, kümmern Sie sich nicht um diesen verdammten Copeland? Da hätten Sie weiß Gott genug zu tun!«

»Ich hab den Bericht«, verkündete Webster und deutete auf den Computerbildschirm.

Bei dem Unfall am elften August vor zwei Jahren hatte – Shane las den Namen zweimal – niemand anderes als Donald Morgan als Beifahrer neben seinem Arbeiter Jim Fiedler gesessen, der den Unfallwagen gesteuert hatte. Donald Morgan war ebenfalls stark alkoholisiert gewesen.

»Paddy«, wandte sich Shane, wieder ruhiger, an ihn, »warum, zum Teufel, verarschen Sie mich?«

Paddy hob nur müde den Kopf, knurrte schließlich: »Bevor ich's vergesse: Es hat jemand für Sie angerufen.« Er las von einem Zettel ab. »Detective Mike P-a-r-a-d-a-b-a-r. Ist das ein verdammter Russe?«

»Ein verdammter Inder«, gab Shane zurück und wählte die notierte Nummer.

»Shane, setz dich hin, wenn du das nicht schon tust!«, begann der Schriftexperte im Headquarter in Brisbane. »Also. Ich habe Betty Williams' Abschiedsbrief mit vier weiteren Schriftproben verglichen, die ich von Lorraine Reynolds, dieser Galeristin, bekommen habe. Briefe, Notizen. Darum hattest du mich ja gebeten.«

»Ja, ja. Und?«

»Zwei der Textproben waren wie der Abschiedsbrief in Druckbuchstaben verfasst, was mir den Vergleich erleichtert hat. Also, erstens: Im Abschiedsbrief ist die Richtung der Schreibbewegung anders. Sie kippt bei den Buchstaben F, H und G um bis zu zwanzig Grad mehr nach links als in den beiden anderen Proben. Zweitens: Die Buchstaben im Abschiedsbrief stehen alle völlig allein, ohne jegliche Verbindung zueinander. Doch in den beiden anderen Proben mit der Druckschrift sind kleine Andeutungen, Auf- und Abstriche der Buchstaben zu erkennen.« Er machte eine Pause, doch Shane erwiderte nichts. Da sprach er weiter: »Drittens: die Unterschrift. Die stimmt nun überhaupt nicht. Die drei

Stufen in der Grundlinie existieren im Abschiedsbrief nicht. Alle Buchstaben befinden sich auf derselben Linie. Da hat sich ein blutiger Laie besonders bemüht. Also, Shane, den Abschiedsbrief könntest eher du als Betty Williams geschrieben haben.«

»Danke, Mike, aber ich hab ein Alibi.« Er legte auf.

»Der Abschiedsbrief ist eine Fälschung«, erklärte Shane und sah erst Paddy, dann Webster an.

Einen Moment schwieg Webster, dann begann er: »Der Mörder hat eine Liebestragödie zwischen Betty Williams und Frank Copeland erfunden, um vom wahren Grund, weshalb Frank und Betty sterben mussten, abzulenken. Richtig?« Websters rote Haare standen zu Berge, als hätte er in eine Steckdose gefasst.

»Sieht so aus«, pflichtete Shane ihm bei.

Webster legte seinen Kopf schief und sagte dann langsam: »Und wenn der wahre Grund tatsächlich die Aufdeckung der Vergewaltigung war? Dann reichte es nicht, dass man Frank ausschaltete, Betty wusste genauso viel. Sie hätte auch an die Öffentlichkeit gehen können. Wer ist stärker als Donald Morgan daran interessiert, dass nichts publik wird? Und so hat man die Geschichte mit der unglücklichen Liebe erfunden.«

Shane seufzte. »Klingt plausibel. Nur, können Sie sich vorstellen, dass Donald Morgan jemanden mit einer Axt enthauptet? Jemandem eine Kugel durch den Kopf jagt und die Pulsadern aufschneidet?«

Webster zuckte die Schultern. »Er könnte jemanden beauftragt haben.«

Shane rief in Donalds Büro an. Doch eine schnippische Sekretärin erklärte, er sei in einem Meeting. Shane hatte nichts anderes erwartet.

Als Shane zwei Stunden später Al Marlowe im Headquarter anrief, um ihm von den Neuigkeiten zu berichten, unterbrach der ihn nach dem ersten Satz:

»Hör zu, Shane. Es fällt mir nicht leicht.« Er räusperte sich, holte Luft. »Der Commissioner hat deine Beurlaubung gefordert. Um es genauer zu sagen: gerade eben unterschrieben. Du bist ab sofort beurlaubt.«

»Was?!«

»Es gab Beschwerden. Von ganz oben. Von ganz, ganz oben.«

»Von wem?«

Marlowe räusperte sich wieder. »Morgan. Donald Morgan.«

»Dieses verdammte ...«

»Beruhige dich. Den Fall übernehmen erst mal die Kollegen in Charleville. Komm einfach her, entspann dich ein paar Tage, und dann fängst du wieder hier im Headquarter an. Der Fall hat dir doch eh nicht gepasst.«

»Gerade jetzt, wo ich so nah dran bin! Al, das kannst du nicht zulassen! Al!«

»Sorry, Shane, aber gegen den Commissioner und die Politik komme ich nicht an.«

»Scheiße.«

»Shane. Du bist in Urlaub. Lass dich um Himmels willen die nächsten Tage hier nicht blicken. Der Commissioner ist auf hundertachtzig. Der Mann, den du zusammengeschlagen hast, hat Anzeige erstattet.«

»Was? Wieso jetzt auf einmal. Al, da steckt doch auch dieser verdammte Donald Morgan dahinter!«

»Möglich. Aber nimm bitte diesen Namen erst mal nicht in den Mund, okay? Relaxe, fahre irgendwohin, wo du abkühlst.«

»Verdammt, Al, der ganze Scheißladen kann mich mal!« Als Shane auflegte, sah ihn Paddy, der vor ein paar Minuten zurückgekommen war, an, die Brauen erwartungsvoll hochgezogen.

»Werden Sie uns etwa verlassen?«, wollte er mit vollem Mund wissen. Er hielt eine Fleischpastete in der Hand.

»Ja, Paddy, die beordern mich zurück. Können den Laden ohne mich nicht schmeißen. Da staunen Sie, was?« Shane brachte sogar ein Lächeln zustande.

»Ich hab gerade einen Pfefferminztee gemacht ...« Webster stand mit der Kanne hilflos vor ihm.

Shane schüttelte langsam den Kopf.

»Aber mir kannste mal wieder 'nen richtigen Kaffee kochen!« Paddy lächelte und ließ sich breitbeinig auf seinen Schreibtischsessel fallen.

Webster wurde rot.

Er packte gerade seine Unterlagen zusammen, als das Telefon klingelte. Es war Jeff, der sich nach dem Fortgang der Ermittlungen erkundigte. Shane teilte ihm seine Abberufung mit.

»Lassen Sie sich verdammt noch mal nicht unterkriegen, Shane!«, wetterte Jeff. Shane konnte sich dessen anschwellende Karotis vorstellen.

»Ich wusste schon, warum ich nie zur Polizei oder zum Militär wollte. Alles viel zu hierarchisch! Schalten Sie das ›Outback-Radio‹ ein, wenn Sie in der Gegend sind!«

Das Projektil würde er in die Ballistik schicken.

Andy

Brady stemmte die Arme in die Hüften, blickte auf Andy herab, der seine wenigen Sachen in den kleinen Rucksack stopfte, auf dem zerschlissenen Sofa sitzend.

»Ich verschwinde. Bin eh schon viel zu lange geblieben«, sagte er, ohne Brady anzusehen. Die Entscheidung hatte er in der Nacht getroffen. Nur einen Augenblick später flog der Rucksack in hohem Bogen auf die Veranda. Andy sah in Bradys wütendes Gesicht.

»Bist du total durchgeknallt?«, brüllte Brady. »Wenn du jetzt abhaust, wissen die, dass wir was mit dem Einbruch zu tun haben!« Seine kleinen Augen glühten rot. Die Fischlippen bebten.

In dem Moment, in dem Andy aufstand und seinen Rucksack von der Veranda holen wollte, packte ihn Brady am T-Shirt, riss ihn herum und versetzte ihm einen Schlag ins Gesicht, dass er rückwärts taumelte, über irgendetwas stolperte und hinfiel. Sein Kinn brannte, und sein Ohr fühlte sich taub an. Er wusste, gegen Brady hätte er keine Chance. Trotzdem richtete er sich auf, stürzte auf ihn zu und rammte seine Rechte in Bradys Magen.

Brady klappte zusammen, Andy holte jetzt mit beiden Armen aus, ließ sie auf Bradys Rücken krachen. Der andere ging zu Boden, blieb liegen, rührte sich nicht.

Andy kamen Bedenken. Er bückte sich, da traf ihn Bradys Linke als Kinnhaken, schleuderte ihn zu Boden. Brady sprang auf, stellte seinen Fuß auf Andys Kehle und grinste schief. Blut tropfte von seiner aufgeplatzten Lippe.

»Gar nicht so schlecht für den Anfang. Aber du solltest jetzt wirklich nicht abhauen.« Er nahm langsam den Fuß weg.

Andy rappelte sich auf, sank aufs Sofa. Brady griff hinter

den Sessel und zog eine Flasche Gin hervor, schraubte den Verschluss auf, trank ein paar große Schlucke, ließ sich zu Andy aufs Sofa fallen und hielt ihm die Flasche hin. Als Andy zögerte, meinte er kumpelhaft:

»He, nimm schon, auf unsere Freundschaft!«

Andy trank.

»Weißt du, wenn du gehst, dann müssen wir zur Polizei und aussagen, dass du das bei den Smiths warst. Und das warst du doch, oder? Und außerdem, du bist doch nicht so ein Feigling wie dein Vater, oder doch?«

Shane

Shane war in Brisbane in eine Maschine nach Hervey Bay umgestiegen, dem bekannten Touristenort, von wo aus zwischen März und Oktober unzählige Bootsbesitzer Buckelwal-Watching-Ausflüge entlang der vorgelagerten Fraser Island anboten.

Er traf noch rechtzeitig am Tag ein, sodass er die Fähre zur Insel erwischte, auf der sein Vater eine der wenigen genehmigten Strandhütten bewohnte. Vor zehn Jahren hatte er sie von einem alten Freund gekauft, der im Altersheim lebte und keine Erben hatte. Heute wäre sie unbezahlbar. Hundertachtzigtausend Hektar groß war Fraser Island, die größte Sanddüne der Welt, wie man sagte. Der von Wind und Wasser abgeschliffene Sand aus dem Gebirge auf dem Festland der Great Dividing Range wird in Flüssen zur Küste geschwemmt, und der unablässige Südostwind weht den Sand weiter, bis er an Hindernissen wie Felsen aufgehalten wird und zur Sanddüne wird.

Als sein Vater ihn am Ufer im schrottreifen Jeep erwartete,

war Shane erleichtert, weil er keine Fragen stellte. Mit seinen dreiundsiebzig Jahren war er noch drahtiger geworden, seine Haut wie gebrochenes Leder. Die vielen von der Sonne eingebrannten Flecken und Male ließ er schon lange nicht mehr untersuchen. Seit seiner Bypass-Operation wollte er nicht mehr, dass an ihm herumgeschnipselt wurde. Das ausgebleichte graue Haar, immer noch dicht und strohig, wellte sich über seinen langen, schmalen Schädel mit der knochigen Adlernase und dem leicht nach hinten abfallenden, irischen Kinn.

Shanes Mutter hatte ihm ihr eckiges, eher nach vorn stehendes vererbt. Das Kinn von Superman, damit hatte ihn sein Vater früher aufgezogen.

Nach einer halben Stunde Fahrt zur Ostseite der Insel, durch Wald und an klaren Seen vorbei, erreichten sie das an einem kurzen Meeresarm gelegene windschiefe Strandhaus, das vor zwanzig Jahren aus billigen Holzteilen zusammengezimmert worden war, das aber dank ein paar regelmäßiger Reparaturen dennoch seitdem jedem Sturm standhielt.

Es dämmerte, und sie machten ein Feuer im Sand. Setzten sich auf alte Klappstühle, blickten abwechselnd ins Feuer und zu den Sternen hinauf, tranken Bier und brieten Steaks, Proviant, den Shane mitgebracht hatte.

»Die haben mich ausgetrickst«, bemerkte er, starrte ins Feuer.

»Du hast dich austricksen lassen«, entgegnete sein Vater, ein Bier in der Hand. »Du warst nicht clever genug.«

Das war sein typischer Satz: Du warst nicht clever genug. Das hatte er auch früher schon gesagt, wenn sein Sohn in der Schule verdroschen worden war. Und so hatte Shane gelernt, entweder abzuhauen oder zuerst zuzuschlagen, wenn die Situation brenzlig wurde.

»Das kam von oben. Die ganz oben sind darin verwickelt«, erwiderte Shane jetzt.

»Nun dramatisier das nicht gleich zu 'nem Staatsstreich!«, brummte sein Vater, auf dem Steak herumbeißend.

Shane brauste auf: »Da draußen läuft ein Verrückter rum, der Frauen abschlachtet, und in Coocooloora haben sie mindestens einen Mord unter den Teppich gekehrt. Und mich schicken sie weg – in Urlaub.«

Sein Vater machte eine abwiegelnde Handbewegung. »Du nimmst dich zu wichtig, Junge.«

»Was soll ich denn wichtig nehmen, wenn nicht mich selbst?«

»Sieh dir den Pazifik an. Und dann dreh dich um und sieh aufs Land. Und? Klein wie Fliegendreck. Und wir, wir sind noch kleiner. Wir sind nichts.«

»Dir ist wohl alles egal.« Shane seufzte, öffnete das nächste Bier. Zwischen seinen Zehen fühlte er den noch warmen Sand, und vor ihnen rauschte das Meer.

»Zwischen Egal-sein und Nicht-so-wichtig-Nehmen besteht ein Unterschied. Ich meine, es gibt noch etwas anderes als deine verletzte Eitelkeit.«

Sein Vater öffnete ein neues Bier, grub seine nackten Füße tiefer in den Sand. »Du wolltest schon als Kind immer mit dem Kopf durch die Wand. Deine Schwester hat es stets klüger angestellt!«

»Aber ich lebe noch«, gab Shane zurück, bereute es aber sofort.

Sein Vater sah ihn an. Eine Weile sprachen sie nicht. Wellen schlugen an den baufälligen Holzsteg. Zikaden gaben ihre reibenden Laute von sich, vor ihnen knackten die Äste im Feuer. Schließlich meinte sein Vater:

»Ich hab mich so gefreut, als sie sagten, es sei ein Mädchen. Ich wollte immer ein Mädchen haben. Und weißt du, warum?«

Shane schüttelte den Kopf.

»Weil sich Vater und Tochter nicht bekämpfen wie Vater

und Sohn.« Er lachte kurz auf. »Ich dachte, ich hab sie mein Leben lang. Sie und ihre Kinder ...«

»Es tut mir Leid, Dad, ich wollte das nicht sagen.« Doch sein Vater hörte ihn nicht.

»Ich war so stolz auf sie. Sie hat das getan, was ich tun wollte. Hat studiert. Ist ihren Weg gegangen, hat sich nicht unterbuttern lassen von ihren Vorgesetzten – und kam trotzdem weiter. Weil sie einfach gut war.« Er schien Shanes Anwesenheit vergessen zu haben. Und Shane beschloss, nichts mehr zu erwidern.

Über den glitzernden Sternenhimmel zogen Schleier, und Shane begann zu frösteln.

»Wir könnten morgen früh rausfahren, bisschen fischen«, schlug sein Vater noch vor, als sie das Feuer mit Sand löschten. Ein Dingo huschte aus dem Gebüsch, stahl die Fleischreste, die auf Shanes Teller lagen, und flüchtete.

Im Schlaf hörte Shane das Rauschen des Ozeans und durch die dünne Wand das raue Schnarchen seines Vaters. Er fühlte sich noch einsamer als in Coocooloora.

»Ich wollte mir ein neues Boot kaufen. Damit ich schneller draußen bin. Aber du weißt ja, was die Dinger kosten. Ich hab mir dann wenigstens 'nen neuen Motor geleistet.« Sein Vater zog die Anlassleine am Außenborder. Der Motor spuckte ein paarmal. Es roch nach Diesel. Nach drei Versuchen blubberte es gleichmäßig. Shane machte das Seil am Steg los und stieg auf das Boot.

»Gutes Wetter zum Fischen«, sagte sein Vater, war in zwei langen Schritten am Steuer unter dem Segeltuchdach und legte langsam den Gashebel nach vorn. Das Boot tuckerte durchs königsblaue Wasser des Meeresarmes hinaus auf den Ozean.

Shane saß neben seinem Vater auf einem der hohen Sitze und blickte durch die kleine Windschutzscheibe auf die sanften, im Morgenlicht glitzernden Wellen vor ihnen. Der Himmel war hellblau und wolkenlos.

Sein Vater drückte den Gashebel weiter nach vorn. Der Motor dröhnte, Wasser schmatzte, hinter sich ließen sie eine schaumige Spur. Shane musste sich jetzt mit beiden Händen an den Griffen vor sich festhalten.

»Hier auf der Seite ist's ein bisschen ruhiger. Drüben in der Platypus Bay fahren sich die Touristenboote ja gegenseitig über den Haufen«, schrie sein Vater gegen den Lärm des Motors zu Shane herüber.

»He, da drüben, siehst du das?«

Eine Wasserfontäne, vielleicht einen Kilometer vom Boot entfernt. Untrügliches Zeichen für einen Buckelwal.

»Halt dich fest!«, schrie Shanes Vater und legte den Motorhebel auf ›Volle Kraft voraus‹.

Das Boot prallte auf die Wellenrücken, flog über ein Wellental, um gleich wieder auf der nächsten Welle aufzuschlagen. Sein Vater achtete nicht mehr darauf, die Wellen möglichst schräg anzufahren. Shane klammerte sich an die metallenen Haltegriffe, um nicht gegen die Heck- oder Seitenscheiben oder gar über Bord geschleudert zu werden. Sein Vater würde es wahrscheinlich noch nicht einmal bemerken, wenn er über Bord ginge.

Wasser klatschte auf Deck, die Kühlbox war bereits nach hinten zum Außenbordmotor gerutscht. Plötzlich drosselte sein Vater die Geschwindigkeit, das Boot torkelte nun über das Auf und Ab der Wellen, der Motor tuckerte großspurig in seinem Kubikraum. Rechts, etwa hundert Meter vor ihnen, trieb der dunkelgraue Rücken eines Buckelwales wie ein U-Boot im tiefblauen Wasser.

»Hier hab ich gestern auch einen gesehen. Vielleicht ist's derselbe. Der ist allein. Wahrscheinlich ein Männchen.«

Das Boot, lächerlich klein neben einem ausgewachsenen männlichen Buckelwal von dreißig Metern, stotterte auf den Meeressäuger zu.

Wenige Sekunden später tauchte der graue glänzende Urzeitkörper zwischen die Wellenkämme ein, glitt hinunter, verschwand, ein Geräusch wie ein tiefes Ausatmen zurücklassend. Sein Vater stellte den Motor ab. Das Boot nun willenlos treibend, während sein Vater aufgeregt und mit angestrengten Augen die Wasseroberfläche beobachtete.

»Der taucht wieder auf, bestimmt. Ich denke nicht, dass der jetzt 'ne Stunde unten bleibt.«

»Er wird ja nicht gerade direkt unter uns hochkommen wollen.« Shane trocknete sich mit einem Handtuch das nasse Gesicht. In dem Moment teilte sich etwa zwanzig Meter vor ihnen die Wasseroberfläche, der metallische Rücken des Wals erhob sich mit einem unendlich langsamen, tiefen Atemholen aus der Tiefe.

»Hast du gewusst, dass sie fremde Songs von anderen Walen lernen können?«, fragte sein Vater. »Es sind wundervolle Tiere. Ich gäbe was drum, sie da ganz unten im Meer beobachten zu können!«

Shane bemerkte die mit Tränen gefüllten, glücklichen Augen seines Vaters.

Später warfen sie auf See die Angelleinen aus, doch sie hatten stundenlang kein Glück. Kleine Fische fraßen geschickt die Köder und machten sich schleunigst davon. Als die Flut einsetzte, warfen sie den Motor an und fuhren zurück.

Am Lagerfeuer brieten sie abends die restlichen Steaks, die Shane mitgebracht hatte.

»Ich hab das Gefühl, alles in meinem Leben falsch gemacht zu haben, was man nur falsch machen kann«, gestand Shane nach drei Flaschen Bier. »Gescheiterte Ehe, gescheiterte Karriere. Noch nicht mal den blöden Fall im Busch konnte ich lösen. Ich bin 'ne echte Niete. Das falsche Kind hat sich das Leben genommen! Christina wäre sicher ...«

»Hör sofort auf mit diesem Quatsch! Du bist 'ne Heulsuse!«, herrschte sein Vater ihn an.

Shane war betrunken, konnte kaum noch die Augen offen halten. »Ich glaube, ich sollte mit diesem idiotischen Job aufhören. Ich könnte zu dir ziehen und angeln gehen.«

Sein Vater lachte. »Einem alten Mann wie mir wird's hier nicht langweilig. Aber dir? Wenn du zwei Tage lang keinen Fisch an die Angel kriegst, fühlst du dich doch auch wie ein Versager!« Er öffnete ein weiteres Bier. Ihm schien der Alkohol weniger anhaben zu können als Shane. »Ich kenn dich doch. Wenn der Sturm dein Haus verwüstet«, redete er weiter, »fühlst du dich wie ein Versager, weil du glaubst, es nicht stabil genug gebaut zu haben. Wenn du keinen Fisch fängst, glaubst du, du bist ein schlechter Angler. Wenn dir eine Frau davonläuft, denkst du, du bist ein Arschloch. Du bist noch viel zu sehr auf dich bezogen, mein Junge. Erst wenn du das mal hinter dir hast, deinen Stolz, dein Gekränktsein, wenn du nur noch das Leben spürst, nicht dich, dann kannst du hier draußen leben. Geh also verdammt noch mal zurück und tu deinen Job. Bring die Sache zu Ende!«

Shane holte Luft. »Seit wann bist du so philosophisch, klingst ja geradezu weise.«

»Seitdem ich alt bin und jeden Tag mit dem Schlimmsten rechne.«

»Ach, Dad, du doch nicht. Sieh dich mal an, du bist doch fitter als ich!«

»Hör auf, dir und mir was vorzumachen. Ich bin schon drei Monate über dem Durchschnittsalter. Und ich war in allem immer nur durchschnittlich.« Sein Vater spießte ein Stück Fleisch auf, das er schon eine Weile auf seinem Teller liegen hatte und das sicher kalt war. »Pamela hat mir erzählt, du kümmerst dich nicht um sie«, fuhr er mit vollem Mund fort.

»Pamela? Wieso? Hast du Kontakt zu ihr?«

»Sie kommt in ihren Ferien immer her. Hab gedacht, Kim hätte dir das gesagt.«

»Nein. Aber was will Pamela von dir?«, fragte Shane.

»Ha, du denkst, so ein alter Mann wie ich ist sterbenslangweilig, was?« Er sah aufs Meer hinaus. »Wir gehen angeln. Sie hat letztes Mal 'nen verdammt großen Barramundi gefangen. War sogar in der Zeitung. Warte mal, ich hab es ausgeschnitten.« Er stand aus dem Klappstuhl auf und ging ins Haus. Shane trank die Flasche aus. Er hatte sich noch nie so sehr als Versager gefühlt wie in diesem Moment.

»Hier.« Sein Vater hielt ihm ein Stück Zeitung unter die Nase. Das Mädchen war dasselbe wie das im Tennisdress auf Kims Foto. Es tat ihm weh, dass dieses Mädchen für ihn eine Fremde war.

»Sie hat viel von deiner Schwester. Sie wird es zu was bringen.«

Shane gab ihm den Ausschnitt zurück. »Ich mache mir Vorwürfe, dass ich Christina nicht ...«

»Wir machen uns alle Vorwürfe. Aber jetzt ist's zu spät. Für Pamela ist's noch nicht zu spät.«

»Wird sie es nicht blöd finden, wenn ich plötzlich anrufe? Wir kennen uns doch gar nicht mehr. Soll ich mit ihr zum Tennis gehen oder ins Kino? Interessiert sie sich für Kricket? Ich könnte sie morgen anrufen. Ich hab ja jetzt Urlaub.«

Am nächsten Morgen, nach einer Tasse Kaffee und Müsli, machten sie sich auf den Weg zu dem Hotel, in dem Shanes Vater seine Post abholte. Shane schob den Anruf bei Pamela hinaus und wählte vorher Als Büronummer.

»Endlich, Shane!« Al schrie fast. »Wo zum Teufel hast du dich rumgetrieben? Wir haben dir auf alle möglichen Anrufbeantworter stundenlange Nachrichten gefaselt!«

»Ich sollte doch relaxen. Was gibt's denn so Aufregendes?«

»Eine ganze Menge: Ich stell dich mal rüber zur Ballistik.«

»Shane«, sagte der Spezialist, »pass auf: Das Kaliber, das du mir so nett verpackt im Marmeladenglas geschickt hast, ist ein .22 Stahlvollmantelgeschoss. Ist deshalb auch nicht geschmolzen. Stammt aus einer Walther PPK, Kaliber .22 (fünf Komma sechs Millimeter). Sehr kleine Waffe. Wurde vor dem Zweiten Weltkrieg gebaut bis neunzehnhundertdreiundachtzig. Ich kenne ein paar Cops, die sie sich als Sicherheitswaffe in den Strumpf oder in den Stiefel stecken.«

»Danke.« Er wollte schon auflegen.

»Halt, halt, das Beste kommt erst noch. Das ist wie beim Sex. Das Hinauszögern ist das Beste – oder sagen wir, das Zweitbeste.« Er lachte, und Shane wurde ungeduldig. Und dann erklärte der Ballistiker, dass ihm aus Coocooloora ein weiteres Projektil geschickt worden war, das die Spurensicherung in der Holztäfelung eines Hauses gefunden hatte und das von einem Einbruch stammte. Shane wusste sofort, dass es sich um den Einbruch bei den Smiths handelte. »Und dieses Projektil aus der Holztäfelung kommt aus derselben Waffe, mit der Betty Williams, sofern die Kugel tatsächlich aus ihrem Körper stammt, erschossen wurde.«

Zwei Stunden später stieg er auf dem Flughafen in Hervey Bay in einen Flieger nach Brisbane.

»Wenn du das nächste Mal kommst, nehmen wir's mit dem Angeln ein bisschen ernster!«, meinte sein Vater noch beim Abschied. Pamela hatte er nicht mehr angerufen.

Moodroo

Als er immer und immer wieder über den bleichen Schädel fuhr, wusste er es plötzlich. Der Schuldige war ein anderer. Jetzt endlich sagten sie ihm, wohin er gehen musste.

Shane

Nachdem ein Amokschütze in Tasmanien ein Blutbad angerichtet hatte, hatte die Regierung im Jahre neunzehnhundertsechsundneunzig ein neues Waffengesetz verabschiedet, das den Besitz automatischer Waffen und Handfeuerwaffen verbot. Sie mussten abgegeben werden. Alle anderen Waffen wie Schrotflinten und Gewehre mussten registriert werden. Weder in Charleville noch in den angrenzenden Polizeidistrikten war eine Walther PPK Kaliber .22 (fünf Komma sechs Millimeter) registriert. Die Waffe, die der oder die Einbrecher und der Mörder Bettys benutzt hatten – dass es mehrere waren, nahm man beim Ausmaß der Verwüstung bei den Smiths an –, war entweder irgendwo anders im Land zugelassen, oder sie war nicht registriert. Nun konnte er endlich nach einer Tatwaffe suchen. Und wenn er die hatte, dann hatte er mit Sicherheit auch Bettys Mörder – und vielleicht auch Frank Copelands Mörder.

Shane befand sich bereits im Flieger nach Charleville. Der Commissioner persönlich hatte ihn um Entschuldigung gebeten, ihm aber gleichzeitig nahe gelegt, bei den Befragungen der Morgans etwas vorsichtiger zu sein. Um die Anzeige des Mannes, den er zusammengeschlagen hatte, würde sich ein Anwalt kümmern, versprach er.

In Coocooloora empfing ihn ein irritierter Paddy. »Ich kann das nicht glauben, das mit der Waffe! Da läuft mir ja hier ein dreifacher Verbrecher vor der Nase rum, und ich seh ihn nicht!« Er sah niedergeschlagen aus. Das Fett hing schwer in seinen Wangen, und seine Bewegungen waren unsicherer geworden.

»Da müssten Sie ja übersinnliche Fähigkeiten haben!«, erwiderte Shane, lachte.

Paddy hob die Augenbrauen über seinen traurigen Schweinsaugen. »Haben Sie Kreide gefressen? Vor 'n paar Tagen hätten Sie so was gesagt wie: ›Tja, Paddy, offenbar entgeht Ihnen hier doch einiges!‹«

Shane musste lachen. »Na ja, wenn Ihnen damit wohler ist: Paddy, offenbar entgeht Ihnen hier einiges!«

»Gefällt mir schon besser«, brummte Paddy.

Shane bekam plötzlich Mitleid mit dem fetten Polizisten. Jahrzehntelang hatte der Hirte geglaubt, nur weiße Schafe in seiner Herde zu haben.

»Was halten Sie von 'nem Drink im Pub? Sie sehen so aus, als ob Sie 'ne kleine Aufmunterung nötig hätten.«

Paddy sah ihn misstrauisch an, stimmte dann aber zu, indem er die Schultern zuckte und vorausging.

»Hallo, Detective, wir haben Sie schon richtig vermisst!« Kate strahlte. »Zwei Bier für die Männer?« Shane nickte.

»Drei!«, rief jemand. Der lange Jeff kam herein. »Na, da sind ja die drei Musketiere wieder zusammen!« Er lachte, riss wie gewohnt dabei seinen Mund auf, die Halsschlagader so dick wie Shanes Ringfinger.

»Bin auf Recherche.« Er schlurfte den schmalen Rand Schaum ab.

»Aber nun mal ehrlich«, Jeff lehnte sich mit dem Rücken an die Theke und sah zu Shane und Paddy hinüber, »wenn es sich bei Betty Williams' Mörder und dem Einbrecher bei den Smiths um ein und denselben Täter handelt, dann können Sie doch die Morgans von der Liste der Verdächtigen streichen, hab ich Recht?«

»Vielleicht haben die Morgans ja jemanden mit den Morden beauftragt?«, erwiderte Shane.

Jeff grinste. »Aber wer ist es dann?«

Paddy schaltete sich ein: »Wer sagt denn überhaupt, dass es einer sein muss, den wir kennen, he? Das kann doch genauso gut einer von außerhalb sein, der ab und zu mal hier vorbeikommt. Ein Lastwagenfahrer zum Beispiel. Der Mitchell-Highway ist doch 'ne viel befahrene Strecke! Und zusammen mit dem Warrego Highway, der in Charleville kreuzt ...«

Jeff und Shane sahen ihn an, nicht überzeugt.

»Sind denn Fingerabdrücke, Fußspuren oder Reifenabdrücke bei den Smiths gefunden worden? Irgendwas?«

Paddy nickte. »Vor dem Haus haben sie zwei verschiedene Reifenabdrücke gefunden. Einer ist noch nicht identifziert, aber ein anderer gehört zum Lieferwagen der Hills. Jo Hill gibt an, zwei Tage vor dem Einbruch dort gewesen zu sein, hat was ausgeliefert«, erklärte Paddy, reichte Kate das leere Glas, das diese sofort gegen ein volles austauschte. »Die Smiths haben das bestätigt. Sie war da mit ihrem Gehilfen.«

»Ist der überprüft worden?«, wollte Shane wissen.

»Der hat kein Auto. Wohnt bei den McHugh-Brüdern.«

»Zwischen ihm und Jo Hill ist was im Gang«, warf Shane ein.

»Zwischen Jo und diesem Jungen?« Paddy klang ungläubig. »Und ihr Mann weiß nichts davon? Das wäre 'ne ziemliche Schweinerei von Jo. Nach allem, was er für sie getan hat.« Paddy wischte mit einem Taschentuch so groß wie eine Tischdecke über seinen wulstigen, verschwitzten Nacken. »Er hat sie aus 'ner miesen Ehe mit 'nem Junkie rausgeholt, unten in Sydney, sie hatte keinen Penny. Er hat ihr wieder ein Leben gegeben. Hat sie auf Händen getragen.« Paddy ächzte, als strengte ihn das Abwischen seines Schweißes unendlich an. »Er hat das nicht verdient. Hat immer Pech mit Frauen.«

»Stimmt, seine vorige ist abgehauen. Muss aber schon ein paar Jährchen her sein. Fünfzehn Jahre oder so. Kate, noch ein Bier.« Jeff reichte ihr sein leeres Glas. »Frauen – solange du ihnen was bieten kannst, sind's die reinsten Lämmchen, aber wehe, dir geht das Geld aus, oder du brauchst sie wirklich mal ...« Jeff seufzte.

Shane nervte diese Art von Männergesprächen. »Und was ist mit diesen McHugh-Brüdern? Sind die mal im Zusammenhang mit dem Einbruch befragt worden?«

»Paddy, da war doch mal was mit denen«, überlegte Jeff.

»Ja, ja, dumme Jungenstreiche.« Paddy winkte mit seiner dicken Pranke ab. »Längst verbüßt und bereut. Haben einen zusammengeschlagen und ein bisschen geklaut. Hab gerade vor 'n paar Tagen mit Brady geredet. Die sind in Ordnung. Haben 'ne kranke Mutter mit Alzheimer. Zum Glück konnten sie sie vor 'nem Jahr ins Heim bringen. Nee, die Jungs haben was daraus gelernt.«

»Ich wusste gar nicht, dass Sie so ein großer Menschenfreund sind, Paddy«, bemerkte Shane, und Jeff lachte.

»Tja, unser guter alter Pa ...!«

»Ich will sie trotzdem überprüfen«, fiel Shane ihm scharf ins Wort. Paddy und Jeff hörten auf zu lachen. Shane legte Geld auf den Tresen, wandte sich zum Gehen. »Es geht hier nicht um Vertrauen und Rücksicht und was weiß ich noch alles. Hier geht's um Mord – Doppelmord.« Er merkte, dass die beiden ihm sprachlos nachsahen.

Wieder im Büro, goss er sich einen Kaffee ein und versuchte, sich zu beruhigen. Er fühlte sich, als kämpfte er gegen Windmühlenflügel. Hier lief ein Mörder – vielleicht waren es sogar zwei – herum, und Paddy log sich selbst was vor. Webster betrat den Raum, wollte sich gerade an seinen Schreibtisch setzen, als Shane einen Einfall hatte:

»Webster, die Reifenspuren von den Jungs, die wir in der Nacht, als wir von den Morgans kamen, aus dem Graben gezogen haben, die müssten doch noch da sein.«

Webster dachte einen Moment nach, wurde rot dabei und antwortete dann: »Ja, es hat in der Nacht ein bisschen geregnet, aber danach nicht mehr.« Er nickte. »Ja, die müssten ziemlich gut zu sehen sein.«

»Okay, dann rufen Sie die Spurensicherung in Charleville an. Jemand soll mit Ihnen dorthin fahren und Abdrücke machen. Ich will nicht, dass die Jungs was davon erfahren und sie vielleicht gewarnt werden.«

»Haben Sie die McHugh-Brüder in Verdacht?«

»Wir wären verdammt schlechte Cops, wenn wir die nicht überprüfen würden, oder?«

Shane schüttete den Rest Kaffee ins Waschbecken. Er würde noch mal raus zu John Morgan fahren. Sie sollten sehen, dass er wieder da war und den Fall zu Ende bringen würde. Und da war noch etwas: der Unfall, bei dem Hendersons Frau ums Leben gekommen war und Donald Morgan als Beifahrer im verursachenden Fahrzeug gesessen hatte.

Als er diesmal über die Sandpiste holperte und von weitem schon das hell gestrichene Queensländer Haus zwischen den Bottletrees hervorschauen sah, wünschte er, er könnte Helen Morgan einfach so einen Besuch abstatten, ohne die Fragen, die die Nähe, nach der er sich sehnte, nicht erlaubten. Kim hatte ihm einmal an den Kopf geworfen, dass er sich deshalb für diesen Job entschieden hatte, weil er ihm einen Grund gab, niemandem zu vertrauen und nie wirkliche Nähe aufzubauen. Sicher hatte sie Recht, wie so oft. Trotzdem erregte ihn die Aussicht, Helen Morgan wiederzusehen. Er hoffte, dass sie da war.

Shane parkte den Wagen, stieg aus und hörte einen dröhnenden Motorenlärm. Über der Hecke erblickte er einen sich fortbewegenden Strohhut, und als er durch den Eingang trat, sah er sie mit Lärmschutz über den Ohren, Shorts und schulterfreiem Shirt, wie sie auf einem Rasenmäher Bahnen zog. Als sie ihn endlich bemerkte, stand er fast neben ihr.

Sie strahlte nicht wie beim letzten Mal, stellte aber wenigstens den Motor ab und klappte den Lärmschutz hoch.

»Ein ganz schönes Stück Arbeit, so ein Garten.« Sein Blick wanderte über die rosa und weiß blühenden Bougainvillea, den roten Oleander, zwei haushohe Kakteenbäume und die dichten dunkelroten Heckenrosen. Dahinter bemerkte er einen Tennisplatz, der ihm beim ersten Besuch nicht aufgefallen war.

»Meine Tochter spielt auch Tennis«, kam es aus seinem Mund, und er war erstaunt, wie selbstverständlich er plötzlich von seiner Tochter sprach. »Ist Highschool-Meisterin.«

»Gratuliere. Dann kannst du dir ja vorstellen, wie es sich anfühlt, wenn jemand daherkommt und dir das alles nehmen will.« Ihr Ton kurz und scharf wie eine Säge.

»Meinst du den Journalisten, Frank Copeland?«

»Ja. Und die Hendersons, die den Unsinn dieses Journalisten weiter hinausposaunen. Wenn Donald nicht eingeschritten wäre, hättest du ja auch ...«

Er trat einen Schritt auf sie zu, konnte ihren erhitzten Duft riechen. »Merk dir eins: Von so etwas habe ich mich noch nie beeindrucken lassen.«

Darauf erwiderte sie nichts. Noch immer saß sie so anmutig auf dem lächerlichen Rasenmäher, als wäre er ein Rassepferd. Wie zufällig könnte er mit seiner Hand jetzt ihre langen, schlanken Beine streifen.

»Hast du dich mit Frank Copeland getroffen?«, fragte er plötzlich. Vielleicht war ja sie die Frau, mit der Copeland hatte weggehen wollen – vielleicht war ja ein Teil an der Geschichte wahr. Nur, Betty hatte sich deswegen nicht umgebracht – und vielleicht hatte Copeland ja auch bloß eine Affäre gehabt und hatte gar nicht durchbrennen wollen.

Einen Augenblick starrte sie ihn aus braunen Augen an, über die der Strohhut seinen Schatten legte. Seine Hand machte Anstalten, sich seiner Kontrolle zu entziehen. Ihr spitzes Lachen ließ seine Hand zurückschrecken.

»Was willst du mir anhängen? Eine Affäre? Noch dazu mit diesem blassen Engländer?« Sie lachte wieder. »Ich dachte, du verstehst mehr von Frauen ...«

War das ein Kompliment? Empfand sie noch immer etwas für ihn?

»Sie trauen sich noch hierher?«, polterte eine Stimme hinter ihm. Er fuhr herum, schaute in Johns verschwitztes, staubbedecktes Gesicht. Die sonst blonden Haare auf seinen baumstammstarken Armen, die er in die Hüften gestemmt hatte, waren grau und rußig. »Was wollen Sie noch von uns?«

»Haben Sie eine Walther .22?«

John lachte höhnisch. »Shane, Sie machen mir Spaß. Ich hab eine Schrotflinte und eine Remington, damit knall ich schon mal Wildschweine und Guannas ab. Ist auch nicht angemeldet. Aber so kleinlich werden Sie ja nicht sein.«

»Erzählen Sie mir was über den Unfall Ihres Bruders und Hendersons Frau.«

John sah ihn einen Moment an, ohne zu antworten, dann brummte er: »Kommen Sie, ich hab Ihnen was zu sagen.«

Shane folgte ihm mit einem unguten Gefühl. Er hoffte nicht, dass John ihn jetzt zusammenschlagen würde, zuzutrauen wäre es ihm. Und er, Shane, hätte dabei nicht die geringste Chance.

Hinter dem Wasserbehälter aus Wellblech wandte sich John um. »Ich will nicht, dass Helen das mitkriegt.« Er rieb sich mit der staubigen Hand den verschwitzten Nacken. »Ian Henderson und sein Sohn reden seit dem Unfall, bei dem Hendersons Frau umkam, nicht mehr mit uns; sie feinden uns an, wo immer es geht. Ian hat schon vorher mit meinem Vater gebrochen, warum, weiß ich nicht.« Er holte tief Atem, dann fuhr er fort: »Was ich Ihnen jetzt erzähle, bleibt unter uns, ja?«

Shane hob die Augenbrauen. »Es kommt darauf an. Wenn es mit dem Fall zu tun hat, kann ich es natürlich nicht verschweigen.«

»Es hat verdammt noch mal nichts mit dem Fall zu tun.«

»Okay.«

Er holte Luft. »Bei diesem Unfall, mit Hendersons Frau ...«

»Ja?«

John räusperte sich, sah sich um. Er kämpfte mit sich. »Bei diesem Unfall«, er holte noch einmal Atem, »da hat Donald am Steuer gesessen.«

»Aber es hieß, einer Ihrer Arbeiter sei gefahren.«

John nickte, schob seinen Hut in den Nacken. »Ja, Donald hat ihn dafür bezahlt. Es hätte ihm sonst in seiner politischen Karriere das Genick gebrochen. Weder Donald noch ich haben irgendwas mit dem Mord an dem Journalisten zu tun. Ich wünschte verdammt noch mal, Sie würden mir glauben.«

Shane betrachtete ihn einen Moment, den starken Mann, der ihn plötzlich ins Vertrauen zog. »Sie sollten doch wissen, dass man hier nichts geheim halten kann. Das hat mir jedenfalls jemand gleich am Anfang gesagt.«

»Tja, sieht ganz so aus, als hätte dieser Jemand Recht.«

Shane sah ihm nach, wie er o-beinig über den Drahtzaun stieg und hinter den Eukalyptusbäumen verschwand. Gleich darauf hörte er das schrille Aufheulen eines alten Motors und beobachtete, wie Johns Jeep hinter den Bäumen hervorrumpelte, sich in einer blassgelben Staubfahne auflöste. Er hatte keinerlei Beweise, ob John die Wahrheit gesagt hatte, aber das Merkwürdige war, er glaubte ihm.

Als er zum Wagen zurückging, führte Helen gerade ein hoch gewachsenes, braunes Pferd hinter einem der Schuppen hervor.

»Reiten wir noch mal aus?«, rief sie zu ihm herüber. Sie war plötzlich wieder freundlich, sah ihn mit diesem Blick an, der ihn schwach machte.

Shane überlegte einen Moment, dann schüttelte er schließlich doch den Kopf. Er sah ihr nach, wie sie aufstieg und davontrabte. Im Auto seufzte er über seine Vernunft.

Andy

»Wie siehst du denn aus?«, brach es aus Jo hervor, als Andy die Ladentür aufstieß. Seine Lippe aufgeschwollen, das rechte Auge blutunterlaufen, das Kinn wund.

Er zuckte die Schultern, fragte nach der Liste für die Auslieferungen.

»Liegt im Lager«, antwortete sie.

Kaum hatte er das Lager betreten, fiel die Tür hinter ihm zu. Er drehte sich um, sie stand an der geschlossenen Tür. Schweigend wandte er sich wieder den Kartons zu, nahm Tüten mit Nudeln heraus, legte sie in einen anderen Karton, zusammen mit drei Dosen Bohnen – Bestellungen der Taylors.

»Wer hat dich so zugerichtet?« Sie klang sachlich.

Er antwortete nicht, schnitt Kartons auf, stapelte Dosen.

»Du hängst mit diesen miesen Typen rum. Du wusstest, dass die Smiths für ein paar Tage verreisen. Du kanntest das Haus! Wusstest, dass es was zu holen gab.« Sie schrie nun.

»Wenn du mich bei den Bullen verpfeifen willst, dann tu's doch!« Er bemühte sich, Gleichgültigkeit vorzutäuschen, und warf eine Dose Tunfisch in den Karton.

Sie setzte sich auf eine Kiste und beobachtete ihn. Er gab es schließlich auf. Die Kiste war groß genug. Andy rückte neben sie, zündete eine Zigarette an, sog den Rauch ein, als könnte er ihn reinigen, von seiner Schuld reinwaschen. Sie rauchten die Zigarette gemeinsam, ohne zu sprechen. Schließlich warf er den Stummel auf den Boden, trat ihn aus.

»Ich hab ziemliche Scheiße gebaut!«, wagte er endlich zu sagen. Und dann erzählte er ihr alles.

»Ich hab gehofft, du wärst nicht dabei gewesen!« Jo seufzte, vergrub für einen Moment ihre Augen in den Händen.

»Es tut mir Leid.« Er wusste, wie kläglich das klang.

»Du musst zur Polizei«, erklärte sie.

»Ich will nicht ins Gefängnis! Ich kann da nicht hin!« Er sprang auf, trat so heftig gegen einen Karton, dass er aufplatzte. Tomatendosen rollten heraus, blieben vor Jos Füßen liegen.

»Wenn du aussagst, dass du nicht richtig mitgemacht hast, lassen sie dich laufen!«

»Woher willst du das wissen?«

»Oder du gehst zu den Smiths!«

»Unmöglich!« Die Verzweiflung drängte gellend aus ihm heraus, verzerrte sein Gesicht.

»Ich muss hier weg!« Der Satz peitschte durch den Raum, hallte an den Wänden, dem kalten Boden wider, verbot jeden Einwand. Die Neonröhre summte, von draußen drang das Motorengeräusch eines ankommenden Autos zu ihnen herein.

Jo schwieg, stand langsam auf. Der Blick, mit dem sie ihn streifte, tat ihm weh.

In letzter Minute streckte er den Arm aus und berührte ihre Schulter, unterbrach ihren Weg zur Tür. Sie zwang sich, ihm nicht in die Augen zu sehen, weil sie um ihre Schwäche wusste. Als seine Lippen ihre trafen, schloss er die Augen, wollte vergessen, was geschehen war. Er vergaß es bloß für Sekunden, dann tauchte es wieder auf, zwängte sich zwischen sie und ihn, zwischen seine Lippen und ihre, zwischen seinen Körper und ihren.

Wie lange hielt er stand? So lange, bis der Schmerz ihn überwältigte, ihm die Beine wegzog, wie die Ebbe das Wasser, in dem er gerade noch stehen konnte, und den Sand unter seinen Füßen hinaussog. Da hielt sie ihn fest, umschlang seinen warmen Körper, presste ihn an sich, ließ sich an ihn geklammert hinausreißen, bis zum Horizont, weit draußen im Nebel.

Schrilles Bimmeln der Türglocke schleuderte sie zurück ans Land, ließ sie auf den rauen Felsen der Wirklichkeit prallen.

Hastig machte sie sich aus seiner Umarmung los, knöpfte ihre Bluse zu, strich ihr Haar zurück, holte tief Atem und verließ das Lager, nachdem sie ihm für Sekunden fest in die Augen gesehen hatte, forschend, ob er ginge oder bliebe. Als sie die Tür aufzog, erkannte er den Cop wieder, der sie in jener Nacht im Auto aus dem Graben gezogen hatte.

»Du hast mich jetzt in der Hand«, flüsterte er ihr noch zu, bevor sie die Tür hinter sich schloss.

Shane

Hi«, sagte er, als die Türglocke bimmelte und eine junge Frau aus dem hinteren Teil des Ladens zwischen den Regalen hindurch auf ihn zukam. Ein wenig erschrocken sah sie aus. Doch eilig zauberte sie ein Lächeln auf ihr ebenmäßiges Gesicht.

»Ich hätte gern Kaffee. Aber dummerweise hab ich die Marke vergessen, die sie in der Polizeistation trinken.« Auf dem Rückweg von den Morgans war ihm eingefallen, dass er den letzten Rest verbraucht hatte, und ohne Kaffee würde er die verbleibenden Stunden des Tages nicht mehr überstehen. Und – er wollte gern die Frau hinter dem Rollo einmal von nahem besehen.

Sie wirkte erleichtert. »Warten Sie, vielleicht erkennen Sie ihn am Etikett.« Und sie verschwand im rechten Regalgang, um gleich darauf wiederzukommen. »Also, jetzt weiß ich schon selbst nicht mehr, wo ich ihn hingestellt habe!« Sie lachte nervös, ging in den nächsten Gang, sah die Regale durch.

»Sie sind Mrs. Hill?«, rief er, ohne sie noch zu sehen.

»Ja.«

»Und Sie schaffen das alles allein? Ich hab gehört, dass Ihr Mann einen Unfall hatte.«

»Ich muss es doch!« Sie kam zurück, aufgelöst. Ihre Nerven schienen blank zu liegen. »Ich hab den Laden am Hals, muss mich um meinen Mann kümmern und ihn zu den Ärzten fahren!« Sie war außer Atem, stand vor ihm.

»Kannten Sie Frank Copeland?«, fragte er.

Plötzlich sah sie Shane direkt in die Augen, die Arme verschränkt. Sie stand da wie ein Fels, antwortete mit schmalen Lippen: »Ja. Er hat hier eingekauft.«

»Was wissen Sie über ihn?«

»Was soll ich schon wissen? Er hat hier eingekauft, das ist alles.« Sie machte sich daran, die Chipstüten, die an der Stirnseite des letzten Regals hingen, zurechtzuzupfen und umzudekorieren. Den Kaffee hatte sie vollkommen vergessen.

»Wie Sie sicher schon gehört haben, nehmen wir an, dass es sich bei dem Toten, der unter dem Parkplatz gefunden wurde, um Frank Copeland handelt.« Er fing ihren Blick ein.

Die Pupillen ihrer Augen waren geweitet, und aus ihrem Gesicht war das Blut gewichen.

»Sie haben ihn näher gekannt?«, hakte er leise nach, versuchte, ihr Vertrauen zu gewinnen, ließ ihre Augen nicht mehr entkommen. Für ein paar Sekunden ließen sie sich festhalten, dann plötzlich, als wäre eine Tür in ihrem Kopf zugeschlagen, wurden ihre Augen zu toten Puppenaugen, ins Leere gerichtet. Mechanisch hängte sie weiter Tüten an einen Haken. Ihr Mund zuckte, und im gleichen Moment schrie sie ihn an: »Wie kommen Sie auf so eine Idee? Ich kannte ihn, weil er hier einkaufte. Wo sollte er denn sonst einkaufen?« Sie flüchtete hinter ihre Kasse zurück. »Ist ja der einzige Laden in der Stadt. Natürlich kannte ich ihn! Er schrieb an einem Buch über diese Malerin, die sich später umbrachte.«

»Das nimmt Sie ja ziemlich mit.«

»Mein Gott, verstehen Sie«, sie begann hektisch zu gestikulieren, »er kam hier rein, kaufte Milch und Jogurt und Brot und Käse und Fleisch. Und ... und dann war er plötzlich weg, abgehauen, hieß es mit ... mit irgendeiner ... Doch dabei liegt er seit Monaten ein paar hundert Meter weiter tot unter diesem dämlichen Parkplatz!« Ihre Augen hatten sich mit Tränen gefüllt. Sie riss eine Packung Taschentücher auf, die neben der Kasse zum Verkauf auslagen, schnäuzte sich lautstark, tupfte sich über die roten, glasigen Augen.

»Nun, ich will nicht indiskret sein, aber Ihr Mann ist gelähmt?«

»Sie *sind* indiskret!«, fuhr sie ihn an. Ihre Augen blitzten hasserfüllt, und er wusste, dass er richtig lag. Sie presste ihre Lippen zusammen, und er sah sie mit dem Jungen im Schlafzimmer vor sich.

»Sie wollten doch Kaffee – ich muss ihn im Lager holen.« Und schon war sie nach hinten geeilt. Nach kurzer Zeit öffnete sich die Lagerraumtür wieder, und Jo Hill kehrte mit dem rothaarigen Jungen zurück, der einen Karton schleppte.

Es war der Junge hinter dem Rollo im Schlafzimmer und der aus dem Ford Falcon in der Nacht. Shane schmunzelte fast. Er wusste ja, dass sie keine Heilige war.

Der Junge stellte den Karton ab, wollte die einzelnen Packungen ins Regal stellen, vermied es aber, Shane anzusehen.

»Du kannst sie später einräumen«, bemerkte sie knapp.

Der Junge mit den rötlichen Locken und der hellen, sommersprossigen Haut sah Jo einen Moment lang irritiert in die Augen, so, als erwartete er noch eine Erklärung, blickte dann zu Shane, machte schließlich kehrt und zog die Tür hinter sich zu.

»Ihre Hilfe?« Shane schaute ihm nach.

»Ich kann ja schließlich nicht alles allein schleppen«, antwortete sie schnippisch, stopfte das Taschentuch in ihre Kitteltasche.

»Er hat wohl was auf die Nase gekriegt?«

»Das Privatleben meiner Angestellten interessiert mich nicht«, gab sie zurück, und er hätte beinahe laut gelacht, sagte aber:

»Natürlich nicht. Falls Ihnen noch was einfällt, Sie kennen mich ja jetzt. Ich bin in der Polizeistation zu erreichen, und abends im Pub, da wohne ich.«

»Nettes Zuhause!«, erwiderte sie spitz. Offenbar wollte sie sich für das rächen, was er ihr zuvor angetan hatte.

»Wer kann's sich schon aussuchen?« Er lächelte süßlich, fuhr dann fort, »Ach ja, haben Sie zufällig eine Walther PPK Kaliber .22 zu Hause?«

Auf ihr Gesicht legte sich Misstrauen. »Was ...?«

»Weil wir einen Mörder zu finden haben.«

»Wurde ... wurde Frank ... Frank Copeland denn erschossen?«, fragte sie mit Schrecken.

Er zuckte die Schultern. »Solange wir den Kopf nicht haben, können wir ja noch nicht einmal mit Bestimmtheit sagen, dass es sich bei dem Toten um Frank Copeland handelt.«

Für einige Sekunden herrschte absolute Stille. Sie war erstarrt. Dann schrie sie ihn an: »Und warum behaupten Sie zuerst, dass Frank der Tote ist?«

»Ich habe lediglich gesagt, dass wir Grund zu der Annahme haben, dass es sich bei dem Toten um Frank Copeland handeln könnte.«

Sie starrte ihn nur noch an.

»Es ist wichtig, dass Sie uns alles erzählen, was Sie wissen.« Er legte seine Karte, auf die er auch noch die Telefonnummern der Polizeistation und des Pubs geschrieben hatte, auf das Förderband. »Sie können mich jederzeit erreichen. Ach ja«, er lächelte, »der Kaffee.« Er nahm die Packung aus dem großen Karton, zahlte. Als er hinausging, spürte er ihre Augen auf seinem Rücken.

Andy

Er hörte die Ladentür ins Schloss fallen und öffnete die Lagertür. »Hast du ihm was erzählt?« Er fürchtete das Schlimmste.

Sie schüttelte den Kopf. »Er hat nach einer Waffe gefragt«, berichtete sie. »Dabei wurde Frank Copeland gar nicht erschossen, oder?«

Für Sekunden durchfuhr Andy ein Stich. War der Cop doch wegen des Einbruchs gekommen? Hatten sie die Kugel in der Wand oder wo auch immer entdeckt? Gerade wollte er Jo in die Arme nehmen, einfach festhalten, als er von oben ein leises Quietschen vernahm und die grauen Reifen des Rollstuhls an die Treppe rollen sah. Er bemerkte, dass ihre

Augen flackerten, sah ihr nach, wie sie sich mechanisch zur Kasse bewegte.

Ohne ein Wort verließ er den Laden. Ich hab es getan!, hämmerte es in seinem Schädel, inschriftartig, so, dass er es nie mehr würde vergessen können. Das hupende Auto bemerkte er nicht, er rannte über die Straße, am Videoshop vorbei, die Straße hinunter, fort.

Brady und Mike hatten ihn belogen, die Smiths waren keine Nazis. Wie hatte er nur so etwas glauben können? Und selbst wenn sie es wären, hatte er nicht das Recht, ihre Matratzen aufzuschlitzen, ihre Bücher zu zerfleddern und ihr Geschirr zu zertrümmern. Wie hatte er Brady und Mike nur vertrauen können?

Keuchend blieb er an einem der verlassenen Läden mit den blinden Scheiben stehen. Hielt sich am Türgriff mit der Aufschrift *Push* fest. Was sollte er tun? Zur Polizei gehen? Nein, er ginge nicht ins Gefängnis. Das würde den Einbruch auch nicht ungeschehen machen. Sicher hatten die Smiths eine Versicherung. Ein Verhör würde er nicht durchstehen. Die Cops würden wissen, dass er log. Und dann käme er ins Gefängnis.

Die Gedanken kreisten in seinem Kopf wie eine Tonschleife, ohne Anfang, ohne Ende.

Shane

Wie gerädert fühlte er sich, kroch aus dem durchgelegenen Bett, das während seines »Urlaubs« bei seinem Vater auch nicht bequemer geworden war. Aber Kate hatte ihm versichert, dass das die neueste Matratze im ganzen Haus sei. Es blieb ihm nichts anderes übrig, als ihr zu glauben.

Im Spiegel gähnte ihm ein gräuliches Gesicht entgegen. Nach der Rasur meinte er, einen etwas frischeren Eindruck zu machen. Doch das Spiegelbild enttäuschte ihn schließlich. Längst schon hätte er andere Hemden und Hosen haben müssen, zwar gab Kate sie in die Wäscherei, aber er hätte zur Abwechslung gern mal wieder was anderes angezogen. Im Büro machten sie sich lustig, weil er jeden Tag ein anderes Hemd trug. Doch er fühlte sich nun mal besser so. Schon wieder zog er also das helle Kurzärmelhemd mit den feinen rot-blauen Linien an, stopfte es in die beigefarbene Moleskinhose. Wie lange würde sich dieser Fall – inzwischen waren es streng genommen ja schon drei: der Mord an Betty, der an Frank und der Einbruch bei den Smiths ... noch hinziehen?

Im Büro wollte er sich gerade eine Tasse Kaffee eingießen und über die nächsten Schritte nachdenken, als er von draußen ein Poltern hörte. Die Tür wurde aufgerissen, und eine erhitzte Helen Morgan platzte herein, blonde, klebrige Strähnen im geröteten Gesicht. In der Hand hielt sie eine blauweiß gestreifte Plastiktüte. Steif streckte sie den Arm aus.

Shane nahm die nicht besonders schwere Tüte entgegen.

»Sieh hinein!«, stieß sie hervor, die Pupillen geweitet und schwarz wie Kohlestückchen.

Er zog die Griffe auseinander. Deutlich erkannte er die gezackten Nähte, die Sonne hatte ihn gebleicht, und Menschenhand weiße und rötliche Linien aufgemalt. Vorsichtig hob er den Schädel aus der Tüte. Die meisten Zähne des Oberkiefers waren noch da. Der Unterkiefer fehlte.

»Ich hab dir doch an dem Abend, als du bei uns warst, von der Aborigine-Höhle erzählt. John war böse auf mich, weil er nicht will, dass es sich herumspricht, dass sich eine heilige Stätte auf unserem Grund befindet. Er fürchtet, dass die Aborigines das Land für sich beanspruchen könnten.« Sie war außer Atem.

»Willst du dich setzen? Einen Kaffee?«, fragte er.

Dankbar ließ sie sich auf dem Stuhl nieder, den Webster ihr eilig hingeschoben hatte. »Ich reite meistens dort vorbei, manchmal war ich auch schon drin und hab mir die Zeichnungen angesehen.«

Shane reichte ihr eine Tasse Kaffee mit Milch und Zucker. Helen sah so aus, als bräuchte sie ihn jetzt so. Er roch ihren erhitzten Körper und den Schweiß des Pferdes.

»Danke«, sagte sie, ein wenig beruhigt. »Heute war ich nach langer Zeit mal wieder dort. Und da lag das da.« Sie machte eine Kopfbewegung zum Schädel. »Es lag auf dem Boden vor der Höhle.«

Shane sah zu Paddy hinüber, der ein lautes Stöhnen von sich gab und unablässig den Kopf schüttelte, und seufzte. »Und da hast du dich gebückt und den Schädel in eine deiner Plastiktüten gesteckt, die du natürlich immer auf deinen Ausritten dabeihast?« Shane konnte nichts gegen seinen provozierenden Unterton tun.

»Ich hab gedacht, ich tue dir einen Gefallen! Und jetzt putzt du mich runter!« Sie war aufgesprungen. »Ich hab dieses Ding mitgenommen, weil ich fürchtete, dass es weg ist, wenn ich Stunden später mit der Polizei anrücke! Und die Plastiktüte habe ich von zu Hause. Es macht mir nämlich nichts aus, Knochen anzufassen – auch wenn das womöglich nicht in dein männliches Hirn reingeht!«

»Es tut mir Leid«, meinte Shane zerknirscht. »Bitte bleib.«

Sie ließ sich wieder auf dem Stuhl nieder. »Das ist die Höhle, in der Moodroo öfter ist«, bemerkte sie.

Als Shane einen Blick zu Paddy warf, fiel ihm auf, dass der weiß wie Kalk geworden war, und unter seinen Augen leuchteten grünliche Schatten wie Moos auf einem alten Stein.

Paddys Stimme klang ungewöhnlich schwach: »Sicher war Moodroo schon öfter in 'ne Schlägerei verwickelt, wenn er getrunken hatte. Ich hab ihn hin und wieder in die Ausnüchterungszelle gesteckt, aber dass er ein perverser Mörder ist ...« Mühsam zog er sich aus dem Schreibtischsessel, hauchte: »Brauch frische Luft«, und wankte hinaus.

Zuerst organisierte Shane den Transport des Schädels nach Brisbane zu Eliza Lee. Möglicherweise handelte es sich tatsächlich um den Kopf des toten Journalisten. Vielleicht aber auch nicht, und der Schädel hatte mit dem Fall – oder mit *den* Fällen, sollte er besser sagen – gar nichts zu tun.

Anschließend übertrug er Paddy die Suche nach Moodroo. Zuletzt beorderte er die Crime Scene Detectives aus Charleville, die Heuschrecke Talbot und den bulligen Fotografen zur Morgan-Farm, wo er mit Helen auf sie warten würde.

Vor ihnen lag ein roter Hügel. Über Jahrmillionen hatte Regenwasser tiefe Rillen in den Stein gegraben. Man brauchte keine große Fantasie, um darin das Werk scharfer Fingernägel eines Riesen zu sehen. Gidgea-Bäume und niedrige graue Büsche, Mulga, wuchsen am Fuß des Berges, weiter oben war nur noch nackter Fels.

In einer Höhe von etwa drei Metern klaffte die Höhle wie eine aus dem Fleisch gerissene Wunde. Bevor sie ausstiegen, nahm Helen den alten, abgegriffenen Akubra vom Rücksitz, den Shane beim Ausritt getragen hatte.

»Setz den Hut auf, damit du mir nicht in der Hitze tot umfällst.« Er mochte es, wenn sie sich um ihn sorgte. Sie selbst setzte einen breitkrempigen Strohhut auf. Im gelbroten Sand, zwischen den Mulga-Büschen, zeigte sie auf eine gelöschte Feuerstelle. »Da hab ich den Schädel gefunden!«

Sie kniete sich hin, zerrieb die Asche zwischen ihren Fingern. »Heute Morgen war sie noch heiß.«

Der bullige Fotograf machte sogleich Fotos, und Talbot, die Heuschrecke, wie Shane ihn insgeheim stets nannte, suchte nach weiteren Spuren. Helen ließ sich nicht davon abhalten vorauszuklettern, Shane folgte ihr, und Talbot jammerte: »Ich bin absolut nicht schwindelfrei!«

Das Loch im Fels war so groß, dass man sich kaum bücken musste.

Die Sonne schnitt scharfe Schattenkanten in die Felswände, ließ sie mit ihrem Licht rötlich bluten. Weiße und bräunliche Strichzeichnungen und Linien sprangen hervor. Als er näher trat, erkannte Shane weiße Figuren aus einfachen Strichen. Die Mimis, Feen, Geister, die so zart waren, dass ein leichter Windstoß sie zerfetzen konnte. Seine Augen gewöhnten sich an die Dunkelheit, und er konnte nun auch an den Wänden, die nicht direkt von der Sonne bestrahlt wurden, Figuren und Symbole ausmachen. Ihm fiel ein Motiv auf, das besonders hell aussah. »Was ist das? Ein Auto?«

Helen kam näher. Er spürte ihre Wärme, obwohl sie ihn noch nicht berührte. »Ein Lastwagen.« Sie starrte auf die Zeichnung, als wäre sie halb blind und bräuchte doppelt so lange wie andere, um etwas zu erkennen.

»Ein Lieferwagen?«, fragte er.

»Ja.«

Daneben ein Strichmännchen mit einem großen, viereckigen Hut auf dem Kopf. Rote, spitze Pfeile zielten auf die Gestalt. Einer bohrte sich in die Mitte, dorthin, wo das Herz saß.

Shane strich mit dem Finger über die Farbe, verschmierte sie. »Jedenfalls nicht allzu alt. Ein Tag vielleicht, so genau weiß ich das nicht.«

»Was bedeutet das da?«, flüsterte sie. Ihre Schulter streifte seine, er sog ihren Atem tief ein.

»Vielleicht die Vergewaltigungsgeschichte. Die Zeichnungen sind ja oft eine Art Chronik.«

»Und ein Fluch«, fügte sie hinzu.

Neben dem Mann mit dem Hut war eine andere Figur gezeichnet. Am Boden liegend. Ein X kreuzte sie aus. Er dachte an die Aufzeichnungen des Journalisten, die Beschreibung der Vergewaltigungsszene. War der Mann mit dem Akubra der Vergewaltiger? Und die Gestalt am Boden Bettys Mutter? Die roten Pfeile – die Rache? Hatte Moodroo das gezeichnet?

»Shane!« Helen deutete in eine düstere Ecke der Höhle.

Er musste seine Augen anstrengen, dann erkannte er in einem Spalt an der Wand etwas Weißes. Als er näher kam, identifizierte er es als Plastiktüte, und auf einem Felsvorsprung daneben standen zwei VB-Bierdosen. Jetzt war er sicher, dass Moodroo hier gewesen war.

»Alles fotografieren«, wandte sich Shane an die beiden Polizisten. »Nehmen Sie mit, was Sie finden können. Vielleicht gibt's noch irgendwelche Hinweise auf einen Mord. Sie finden ja allein zurück.«

»Also, ich hab keinen Orientierungssinn!«, wimmerte Talbot. Doch der Fotograf brummte, das ginge in Ordnung.

»Talbot, was ist mit den Reifenspuren am Straßenrand, die Ihnen Webster gezeigt hat?«, fiel Shane plötzlich ein. Noch immer hatte er keine Nachricht erhalten, ob die Reifenspuren des Ford Falcon mit denen vor dem Haus der Smiths identisch waren.

»Tja, hundertprozentig kann ich's nicht sagen, zu achtzig Prozent stimmen sie vielleicht mit denen vor dem Haus der Smiths überein«, antwortete Talbot.

Hieß das, die McHugh-Brüder und der Rothaarige waren die Einbrecher – und Bettys Mörder?

Es würde wohl doch kein Weg an einer direkten Überprüfung der McHugh-Brüder vorbeiführen.

Helens klappriger Toyota Landcruiser holperte über die ausgefahrene Fahrrinne. Shane hatte seinen Wagen am Haus der Morgans stehen lassen, weil er nicht geländetauglich war. Kängurus sprangen in der Ferne, schienen im hitzeflimmernden Gras zu verdampfen. Wilde schwarz-weiße und braune Ziegen flohen. Obwohl Helen den Wagen äußerst gekonnt und vorausschauend über die tiefen Löcher, Baumäste und Steine steuerte, musste Shane sich am Griff über der Tür festklammern, um nicht ans Dach oder an die Scheiben geschleudert zu werden, ihre straffen, gebräunten Beine ihm quälend nah. In einer Hirnhälfte sie – in der anderen der Fall. Am Haus verabschiedeten sie sich mit einem Händedruck voneinander. Den Hut schenkte sie ihm.

»Dieser Moodroo hat sich in Luft aufgelöst«, berichtete Paddy, als Shane zurückkam, und blickte dabei wie ein dickes, müdes Schaf. Wie sein eigener Geist hockte er hinter dem Schreibtisch, der ihn zu erdrücken drohte. »So einen Fall hab ich noch nie erlebt!«, begann er, »erst der Tote ohne Kopf unterm Parkplatz, dann der Selbstmord, der ein Mord war, der Wirbel um die Vergewaltigung vor x Jahrzehnten, dann der Einbruch mit der Walther, mit der ein Mord begangen wurde, und schließlich der verschwundene Bruder der Toten, der den Schädel ...«

Paddys Stimme erschien Shane jetzt viel dünner als früher, und kleiner war er auch geworden, ein geschmolzener Fettberg.

»Dann müssen wir Moodroo wohl zur Fahndung ausschreiben.« Shane griff zum Hörer, er musste mal wieder alles auf einmal erledigen. »Die anderen Reifenspuren vor dem Haus der Smiths stammen übrigens vom Wagen Ihrer Schützlinge, Paddy.«

»Was ... soll das heißen?« Paddy begann zu stottern.

»Von den McHugh-Brüdern.«

Paddy starrte regungslos auf die Papiere, die vor ihm lagen, als plötzlich Webster mit rotem Kopf hereinstürzte und mit einem Fax wedelte. »Ist gerade aus dem Headquarter gekommen. Hab gedacht, es sei wichtig.«

Für einen Augenblick fühlte sich Shane, als hätte er in einem lichtlosen Labyrinth den roten Faden aus der Hand verloren: Die Nachricht kam vom Missing Persons Bureau. Man teilte ihnen mit, dass Frank Copelands Visa Card zuletzt vor zwei Tagen in Roma benutzt worden war. Die Rechnung über dreihundertsechsundneunzig Australische Dollar inklusive G.S.T-Steuer für ein Rodeoreiterhemd und Reiterhandschuhe stammte von einem Geschäft namens »Countryside«.

»Tja, entweder sind wir die ganze Zeit auf dem totalen Holzweg und Frank Copeland lebt noch, oder aber jemand hat seine Kreditkarte noch mal benutzt.« Er zwang sich, unbekümmert zu lächeln. Schließlich verständigte er einen Kollegen in Roma und bat ihn, in dem Laden nachzufragen, ob sich ein Verkäufer an den Kunden erinnerte, der mit Frank Copelands Kreditkarte bezahlt hatte.

»Was machen wir jetzt wegen der Reifenspuren? Sollen wir sie festnehmen?«, wollte Webster wissen und legte ihm ein Huhn-Avocado-Sandwich hin.

Shane dachte einen Moment nach. »Wo sind die Jungs jetzt?«

Webster zuckte die Schultern. Paddy antwortete an seiner Stelle mit müder Stimme: »Brady arbeitet an der Tankstelle gegenüber, und Mike ist vielleicht zu Hause.«

»Okay, ich hab das Gefühl, wir warten noch auf eine nähere Info aus Roma. Vielleicht passt ja was zusammen. Im Moment können wir den Jungs nichts anderes vorwerfen, als dass sie mal mit ihrem Auto vor dem Haus der Smiths waren.«

Er wartete ungeduldig auf die Identifizierung des Schädels durch Eliza Lee.

Andy

Am Morgen hatte er ihr gesagt, dass er so bald wie möglich gehen würde. Aber er wollte sie mitnehmen. Am Mittag kam sie zu ihm, als er dabei war, angelieferte Kartons auszupacken, lehnte sich an den Türrahmen, sah ihm eine Weile zu, fragte:

»Hast du das vorhin ernst gemeint, das mit dem gemeinsamen Weggehen?«

»Natürlich hab ich's ernst gemeint, so was sag ich nicht einfach so.«

»Du musst mich verstehen. Ich fühle mich für Peter verantwortlich.«

Er antwortete nicht, machte sich stattdessen an einem weiteren Karton zu schaffen. »Aber du liebst ihn nicht. Du betrügst ihn mit anderen. Mit mir zum Beispiel. Und ich weiß nicht, mit wem sonst noch«, erwiderte er schließlich.

»Was willst du damit sagen?«

»Nur das, was man sich so erzählt.« Er versuchte, ruhig zu bleiben.

Sie tastete an ihren Hosentaschen herum, dabei steckte sie nie Zigaretten ein. Doch er bot ihr keine an. Da musste sie erst fragen. »Hast du eine Zigarette?«

Er hielt ihr das Päckchen hin, nachdem er eine hervorgeschnippt hatte, gab ihr Feuer, war ihr wieder ganz nah, hätte sie am liebsten in die Arme genommen, geküsst und gerufen: Vergessen wir, was alles gesagt wurde! Lass uns jetzt endlich abhauen! Aber er schwieg. Es verstrichen ein paar Sekunden, dann begann sie:

»Ich weiß nicht, ob du das kennst. Du hast das Gefühl, dass du weggehen musst, um nicht zu ersticken. Aber du schaffst es nicht, weil deine Füße dir nicht gehorchen. Sie kleben fest, auf der Stelle, du kannst nur das Vorüberkommende festhalten, mit deinen Armen, für Momente. Doch du kannst dich nicht von der Stelle bewegen.«

Er dachte an seine Albträume, in denen er tief im Morast stecken blieb, weil es sintflutartig regnete. Wie das Auto im Schlamm stecken blieb, die Räder durchdrehten und er schließlich ausstieg, obwohl er wusste, dass er nicht weit kommen würde. Und dann fühlte er, wie seine Füße einsanken, wie er mühsam ein Bein nach dem anderen aus dem Morast ziehen musste und die Schuhe schwerer und schwerer wurden, weil immer mehr Schlamm daran klebte. Und wie er schließlich vor Erschöpfung hinfiel, sich die ersten Male langsam aufrappeln konnte, aber spürte, wie seine Kräfte nachließen, wie es ihm immer schwerer fiel, die Kraft für den nächsten Schritt aufzuwenden, und wie er schließlich völlig erschöpft einfach liegen blieb. Wenn er dann zurücksah, stand sein Auto nur wenige Meter entfernt. Im Traum starb er in dem Moment und überlegte noch dabei, ob es nicht besser gewesen wäre, einfach im Wagen zu bleiben und zu warten, bis alles aufgehört hatte. Der Regen oder das Leben.

»Doch, ich weiß, wie das ist«, antwortete er.

Sie standen sich gegenüber, sie an den Türpfosten gelehnt, rauchend, er auf sein linkes Bein gestützt, das er auf eine Kiste mit Heinz-Tomaten-Ketschup gestellt hatte.

»Peter war nicht immer so«, begann sie, »als wir uns kennen lernten, war er der leidenschaftlichste Liebhaber, den ich je hatte.« Sie zögerte, sah nachdenklich aus. »Ich war noch zu jung. Da denkt man, nur die Liebe zählt. Dabei weiß man gar nicht, was die Liebe ist.« Sie holte Atem, schaute ihn lange an. »Wie kann ich wissen, dass unsere Liebe nicht genauso stirbt, wie die zu Peter gestorben ist? Ich fühle mich schuldig, wenn ich ihn jetzt verlasse.« Sie warf die Zigarette hin und trat sie aus.

»Du musst an dich denken«, drängte er und wusste, wie schwer das war.

Plötzlich zog sie ihn zu sich an die Wand, küsste ihn tief, nahm seine Hand und führte sie zwischen ihre Beine. Erregt von ihrer Leidenschaftlichkeit, öffnete er ihre dünnen Shorts, die daraufhin zu Boden fielen, hatte mit einem Griff den Reißverschluss seiner Jeans heruntergezogen.

Als sie sich wieder anzog, sagte sie: »Ich träume oft vom Meer. Am Meer ist es nie still. Nicht so wie hier.« Plötzlich verzog sie das Gesicht. »Diese Totenstille! Ich werde noch wahnsinnig! Das Einzige, was du hörst, ist dieser verdammte Wind – und deinen eigenen Atem. Hier ist die Hölle.«

Er erinnerte sich an die Stille der Nacht und des Morgens im Camp. Manchmal hatte er es als Wohltat empfunden, wenn er endlich den Schlüssel im Schloss herumgedreht und der Bagger losgebrüllt hatte. Damit war die Stille sofort besiegt gewesen. Aber sie kam wieder, jedes Mal, wenn er den Bagger abstellte, oder nachts, wenn der Generator den letzten Tropfen Diesel verbrannt hatte – dann erlosch das Licht, und der Fernseher verstummte. Letztendlich siegte immer die Stille. Doch das würde Jo nicht verstehen.

Die Türklingel bimmelte.

»Lass mich heute Nacht nicht allein«, flüsterte sie, bevor sie in den Laden zurückging.

Shane

Die Türglocke des SUPERGROCER bimmelte wieder ihr albernes Klingeln. Nachdem Shane von Webster erfahren hatte, dass Peter Hills Unfall vor einem halben Jahr passiert war, und zwar genau am zweiten Mai, einen Tag nach

Bettys Tod, hatte er sich entschlossen, mit Webster Jo und Peter Hill aufzusuchen.

Jo tauchte aus einem Gang zwischen den Regalen auf. Ihre Augen brannten rot, und darunter klebten graue Sicheln. »War es die falsche Kaffeesorte?«, fragte sie mürrisch.

»Nein. Ist Ihr Mann da?«, erkundigte sich Shane.

Jo sah von Shane zu Webster, schien abzuwägen, ob sie lügen könnte. »Ja.« Sie ging voraus.

Shane und Webster folgten ihr die Treppe hinauf, standen oben in einem langen Flur. Musik und Stimmen drangen aus einem der Zimmer. Offensichtlich war der Fernseher eingeschaltet. Jo stieß die zweite Tür auf der linken Seite des Flurs auf, erklärte:

»Die Polizei ist da.«

Shane trat ein. Er stand im Wohnzimmer, in dem sich eine braune Velourscouch und ein dazu passender Ohrensessel vor einem angeschalteten Fernsehapparat gruppierten. Auf der Couch saß Peter Hill, ein Mann von fünfundvierzig Jahren, dem man ansah, dass er mit seinem Leben nicht glücklich war. Wen wunderte es auch? In den offenbar länger nicht mehr geschnittenen, von Schweiß feuchten dunkelblonden Haaren schimmerten stumpf gelbgraue Strähnen. Die Wangen seines länglichen Gesichts waren eingefallen, unter den Wangenknochen lagen Schatten. Die Lippen – soweit man sie unter dem an den Mundwinkeln tief herunterhängenden Schnauzer ausmachen konnte – wirkten blutlos und grau wie seine gesamte Haut. Wässrige blaue Augen saugten sich wie die Tentakel einer Qualle an Shanes Gesicht fest. Offensichtlich hatte er viel an Gewicht verloren. Die Kleider, die er trug, ein dunkelrotes T-Shirt und ausgewaschene Jeans, hingen an ihm, als gehörten sie jemand anderem.

»Peter Hill? Shane O'Connor von der Homicide Squad und Constable Webster. Wie geht es Ihnen?« Shane setzte sich ihm gegenüber in den Ohrensessel, Webster blieb stehen.

»Blendend, sehen Sie das nicht?« Peter Hill verzog das Gesicht zu einem bitteren Lächeln. Seine Stimme klang dünn.

»Wie ist es passiert?«

»Autounfall. Ein Truck von der Baustelle am Parkplatz ist mir reingefahren.« Seine langen grauen Finger begannen auf der Lehne des Rollstuhls zu zucken. »Sind Sie gekommen, um sich nach meinem Unfall zu erkundigen?«, fragte er ungehalten.

Shane lächelte. »Was wollten Sie auf der Baustelle?«

»Wollte mal vorbeisehen. Wir hatten am Vortag im Pub zusammengesessen. Interessierte mich einfach, was die da machten. Können Sie mir das Glas dort auf dem Tisch geben?«

Shane griff zu dem halb gefüllten Glas neben einer Dose Coke und reichte es ihm.

»Danke.«

»Sie können Ihre Beine nicht bewegen?«

Er lachte bitter. »Denken Sie, ich sitz zum Spaß in diesem verdammten Rollstuhl? Ich kann nichts allein machen. Doch«, er lachte zynisch, »inzwischen aufs Klo fahren. Wir haben uns was einbauen lassen. Aber können Sie sich vorstellen, was das auch für Jo bedeutet? Sie, in ihrem Alter! Sie ist gerade fünfundzwanzig geworden und muss ihren gelähmten Mann pflegen. Jo tut mir mehr Leid, als ich mir selbst Leid tue.« Seine Augen wurden noch wässriger.

»Kannten Sie Betty Williams?«, wollte Shane wissen.

Er zögerte, schüttelte dann den Kopf.

»Und Frank Copeland?«

»Jo hat mir davon berichtet.« Er hustete das röchelnde Husten eines Kranken. »Es ist grauenvoll. Also, an den Namen kann ich mich nicht erinnern, aber sie meinte, dass ich diesen Copeland kennen müsste, weil er oft bei uns eingekauft hat.«

Shane holte Frank Copelands Foto aus seinem Notizbuch,

reichte es Peter. Er betrachtete es eine Weile und antwortete schließlich:

»Ja, er kommt mir bekannt vor.«

»Ihr Unfall geschah erst, nachdem er verschwand?«

»Was soll das heißen?«, fragte er scharf, seine Augen glühten auf. »Was wollen Sie?« Peters Stimme klang angespannt, hatte etwas Lauerndes.

Obwohl Shane Mitleid mit diesem Mann hatte, mochte er ihn nicht. Er holte Atem, sagte dann:

»Haben Sie eine Walther PPK Kaliber .22? Oder hatten Sie eine, die Ihnen vielleicht gestohlen wurde?«

Peter lachte höhnisch auf. »Machen Sie Witze?« Dabei stieß er das inzwischen leere Glas so fest auf die Lehne des Rollstuhls, dass es zerbrach. Die Scherben beachtete er nicht. »Ich hab 'ne Schrotflinte, damit hab ich früher Kaninchen abgeknallt. Und Jo hat vielleicht noch 'ne Wasserpistole aus der Zeit, als wir noch lustigere Tage zusammen hatten.« Er hatte aufgehört zu lachen, sah nur noch verbittert aus und fügte leise hinzu: »Wissen Sie, Jo und ich, wir waren sehr, sehr glücklich.«

Shane nickte verständnisvoll. »Und jetzt? Sind Sie eifersüchtig?«

Nach ein paar Sekunden Reaktionszeit kam aus Peters Mund ein hallloses Lachen. Es klang wie in einem luftleeren Raum.

»Wenn Sie dabei auf meine Behinderung und den Sex anspielen, kann ich Ihnen nur sagen: Ich liebe meine Frau, und ich will, dass es ihr gut geht. Ich bin ihr sehr dankbar, dass sie für mich sorgt. Da hab ich nichts dagegen, wenn sie sich mal anderweitig amüsiert.«

Als sie ins Auto stiegen, meinte Webster: »Mit dem möchte ich wirklich nicht tauschen! Glauben Sie ihm, dass er nicht eifersüchtig ist, wenn seine Frau fremdgeht?«

Shane seufzte. »Jo verbirgt etwas. Die Affäre mit dem Jungen und den Hass auf ihren Mann.«

Webster starrte zu ihm herüber.

Andy

Er hatte Angst. Früher oder später würde die Polizei dahinter kommen, wer den Einbruch bei den Smiths begangen hatte. Und dann wäre er dran.

Mit Brady und Mike, die sich keinerlei Sorgen machten, sprach er an diesem Abend kaum, und er war erleichtert, als sie irgendwann besoffen ins Bett wankten. Er blieb noch im Garten am Lagerfeuer sitzen, starrte lange in die Glut.

Vor ihm erschien sein Vater im Rollstuhl vor einem Abgrund. Die Räder des Rollstuhls steckten im Sand fest. Verzweifelt versuchte er, die eingegrabenen Räder freizubekommen. Er schaukelte, schwenkte die Arme und fluchte. Doch die Räder gruben sich immer tiefer in den Sand. Dann sah Andy auch, warum sein Vater so panisch reagierte. Hinter ihm näherte sich ein Bagger, der seine Schaufel wie ein Maul nach vorne streckte. Er rollte auf seinen Vater zu. Der wippte und schaukelte und schrie, und als die Baggerschaufel ihn gerade erreichen wollte, kippte er mit dem Rollstuhl zur Seite. Der Bagger konnte nicht bremsen und stürzte scheppernd in den Abgrund. Sein Vater lag im Sand. Gekrümmt und bleich wie ein Fötus. Und plötzlich lag sein Vater wie Peter im Schlafzimmer in Jos Haus.

Andy schreckte auf. Noch immer saß er im Sessel im Garten. Kalter Schweiß klebte auf seiner Stirn, die Glut des Lagerfeuers war erloschen. Er musste endlich handeln.

Shane

Zwei Stunden nach dem Anruf bei dem Kollegen in Roma meldete der, dass sich die Verkäuferin des »Countryside«, gut an den Käufer erinnerte, der mit Frank Copelands Kreditkarte bezahlte hatte. Er sei um die zwanzig gewesen, sagte sie, und hatte Reiterhandschuhe und ein auffallendes rotes, mit weißem Garn besticktes Hemd gekauft. Shane ordnete an, dass die Kollegen ein Phantombild erstellten.

»Aber schickt es uns gleich, das COM-FIT dauert zu lange.« Mithilfe des von der Fotografischen Abteilung entwickelten Computerprogramms COM-FIT konnten die Spezialisten im Brisbane-Headquarter auf der Basis des herkömmlichen und manchmal recht befremdend aussehenden Phantombildes ein der Wirklichkeit sehr nahe kommendes Foto generieren, das an alle infrage kommenden Polizeistationen und Kollegen geschickt werden konnte. Doch in diesem Fall, so dachte Shane, würde vielleicht schon das herkömmliche Phantombild genügen.

In dem Moment, als er sich einen Kaffee einschenkte, fiel ihm ein, was er mit Roma verband: Dort war die letzte Frauenleiche gefunden worden. Hatte der Mord an Frank Copeland etwa was mit dem Mord in Roma zu tun? War der zwanzigjährige Benutzer der Kreditkarte der gesuchte Serienmörder? Hatte nicht Steve Himmelreich von der Wahrscheinlichkeit gesprochen, dass es sich bei den Serienmördern um Brüder handeln könnte? Sollten die Fälle Frank Copeland und Betty Williams etwa auf das Konto der Serienkiller gehen – auf das der McHugh-Brüder gar? Einen Augenblick lang wollte er zum Hörer greifen und Al Marlowe anrufen, ihm von seinen Überlegungen berichten. Doch dann ließ er es. Was hatte er denn an Beweisen in der Hand? Einen Schädel, der noch nicht identifiziert war, Reifenspuren vor einem Haus, in das eingebrochen worden war, und zwei Kugeln aus ein und derselben Waffe, die allerdings noch nicht aufgetaucht war, einen Scheckkartenbetrüger – passte überhaupt irgendetwas zusammen? All das ernüchterte ihn.

Webster sah ihn erwartungsvoll an. »Schlagen wir zu?«

Shane schüttelte den Kopf. »Nein, wir haben nichts gegen die Jungs in der Hand. Lassen Sie uns den einen Tag auf das Foto warten.«

Endlich kam der erwartete Anruf Eliza Lees. Die Röntgenbilder des Beinbruchs aus London waren eingetroffen – sie konnte nun mit hundertprozentiger Sicherheit bestätigen, dass es sich um denselben Bruch handelte. Der Vergleich der zahnärztlichen Aufnahmen würde schneller vonstatten gehen, da sie Röntgenbilder von Franks australischem Zahnarzt heranziehen konnte. Sie rechnete am nächsten Tag mit einer Antwort. Eliza klang am Telefon müde, aber er verzichtete auf eine Bemerkung.

Den Rest des Tages verbrachte er mit dem Verfassen von SITREPs – Situation Reports – und dem Warten auf Informationen über Moodroo. Wenn sich der Schädel als der Copelands erweisen würde, hieße das, dass tatsächlich Moodroo der Mörder war? Es erschien Shane unwahrscheinlich. Aber oft war gerade das Unwahrscheinliche die Wahrheit.

Andy

Am Abend, als Brady zurückkam und den alten, verrosteten Grill im Garten anwarf, stand Andy aus dem Schaukelstuhl auf, in dem er gegrübelt hatte, ging ins Haus, zog die fünfhundert Dollar für Lambina, die er hinter einem losen Brett der Holzverkleidung im Flur versteckt hatte, hervor, steckte das Geld in die Hosentasche.

Er wartete, bis sie betrunken eingeschlafen waren, schnappte seinen Rucksack, den er schon gepackt hatte, nahm die Autoschlüssel vom Küchentisch und schlich sich aus dem Haus.

Kurz erschrak er, als der Motor ansprang, aber als er auf die Straße nach Coocooloora einbog, fühlte er keine Angst mehr und trat das Gaspedal durch.

Heute Nacht würde er abhauen. Mit ihr oder ohne sie. Peter war wieder im Hospital in Charleville, vielleicht fiel es ihr da leichter zu gehen.

Der Mond war eine dickere Scheibe geworden, und die Sterne leuchteten nicht mehr so hell. Über dem Licht lag eine dünne Wolkenfolie.

Den Wagen parkte er nicht im Hinterhof. Dabei hatte sie ihm ja gesagt, dass Peter nicht da war. Aber sicher war sicher. Und so stellte er das Auto hundert Meter weiter die Straße hinauf ab und ging zum Hintereingang. Noch wenige Meter trennten ihn von der Eisentür, und plötzlich zog er in Erwägung, einfach wieder ins Auto zu steigen und allein nach Lambina zu fahren. Sie hatte ihm nicht versprochen mitzukommen. Warum machte er es ihnen beiden nicht einfacher und fuhr, ohne sich zu verabschieden? Er besaß jetzt ein Auto und ein bisschen Geld – niemand könnte ihn aufhalten. Wenn er irgendwo an der Straße ein paar Stunden schlief und bei Tageslicht weiterfuhr, wäre er morgen Nacht schon dort. Er blieb stehen. Zehn, fünfzehn Meter vor der Tür.

Hatte er denn nicht gerade das Gefühl gehabt, ein neues Leben zu beginnen? Falls Jo ihn doch begleitete, würde sie sicher nicht nach Lambina wollen, und sein Traum von Lambina wäre ausgeträumt. Wind blies über die Straße und die Dächer, strich um die Ecken der Häuser. Kein Licht drang aus den Fenstern. Kein Vogel sang.

Vor ihm erhob sich die niedrige Betonmauer, die den Hinterhof einfasste. Andy zog eine Zigarette aus dem Päckchen in seiner Brusttasche, setzte sich auf die Mauer, die noch immer warm von der Sonne war. Die Glut der Zigarette glimmte auf. Er könnte auch einfach sitzen bleiben und abwarten, was geschah. Vielleicht würde ja etwas völlig Unerwartetes passieren, etwas, das ihm die Entscheidung abnahm. Er erinnerte sich an den Morgen, an dem Bernie im Camp aufgetaucht war. Da hatte er auch nicht vorgehabt, sein Leben zu ändern. Aber wenn man damit rechnete, dass etwas geschah, geschah eben gerade nichts, und man blieb bis ans Ende seiner Tage sitzen – oder bis man Hunger oder Durst bekam.

Schließlich warf er die halb gerauchte Zigarette auf die Straße, der Wind rauchte sie weiter, sie glomm auf wie ein Glühwürmchen. Er ging zur Tür, schloss mit dem Schlüssel auf, den er besaß, seitdem er bei Jo arbeitete. Als er ihn in seiner Hand hielt, fiel ein blasser Strahl des Mondes auf das Metall und ließ es aufblitzen wie eine Messerklinge. Sekunden verstrichen.

Warum er schließlich den Schlüssel ins Schloss steckte und drehte, wusste er selbst nicht. Vielleicht war es nur, weil er endlich mal einen gefassten Plan zu Ende führen wollte. Er hatte vergessen, dass das Schloss quietschte und die Tür krächzte, bis er sie aufzog. Vorsichtig machte er sie hinter sich zu, wagte nicht, Licht einzuschalten, stolperte über einen Karton. Er fluchte, tastete sich vorwärts bis zur Tür, die in den Laden führte. Die Regale hoben sich im fahlen Mondlicht, das durch die Frontscheibe zwischen den aufgeklebten Sonderangebotsplakaten hindurch in den Laden drang, wie steile Felsklippen ab. Er kam sich vor, als wanderte er durch enge Schluchten. Plötzlich hörte er ein Geräusch. Sofort blieb er stehen, hielt den Atem an. Dann roch er ihren Duft. Orangenblüten.

»Andy?«, flüsterte sie.

Er sah ihren Schatten in der Tür zum Büro. »Ja.«

»Ich hab schon Angst gehabt, du kämst nicht«, wisperte sie zwischen den Küssen.

»Ich bin doch da«, sagte er und fragte sich im selben Moment, wie er auf den Gedanken gekommen war, einfach weiterzufahren.

»Jetzt will ich nur noch an uns denken.« Sie schob ihn die Treppe hoch ins Schlafzimmer, begann, ihn auszuziehen, und Andy schaltete alle Bedenken aus.

Doch plötzlich riss ihn etwas aus dem Schlaf. Im Halbdunkel erkannte er, dass Jo hinunter auf den Boden geschleudert wurde. Ein eiserner Griff schloss sich um sein Handgelenk, und bevor er den Umriss des Gesichtes sehen konnte, wusste er, dass es Brady war. Eine ungeahnte Kraft katapultierte ihn aus dem Bett, ließ ihn sich auf Brady stürzen, warf ihn zu Boden. Gerade genug Zeit für Jo, zur Tür zu kriechen. Andy riss, trat, zerrte, boxte, schlug, wollte töten, sah, dass Jo mit zitternden Händen den Türgriff erreichte, als Mike vom Flur hereinkam und sie zurück ins Zimmer schleifte. All das nahm Andy noch wahr, bevor Brady ihn unter sich zwang, Mike seine Arme auf den Boden quetschte, während Brady ausholte und ihm einen Schlag auf den Kopf donnerte, er das Klatschen von Fleisch auf Fleisch hörte und dann nur noch schwarz sah. Als er wieder zu sich kam, drückte Mikes Stiefel seinen Hals auf den Boden, dass er zu ersticken glaubte. Er konnte sehen, wie Brady Jo bäuchlings über den Boden schleifte, sie auf den Rücken schleuderte, sah Bradys grinsende Fratze, wollte schreien, doch Mike stopfte ihm etwas in den Mund. Er würgte, bekam keine Luft mehr, konnte nur sehen, wie Brady mit einer Hand ihren Mund, mit der anderen ihre Arme hinunterdrückte, die Hose herunterzog, sich zwischen ihre Beine drängte. Über Andys Augen legten sich Nebelschleier, seine Glieder gehorchten ihm nicht, in weiter Ferne, unerreichbar, Jo. Verzweifelte Versuche, seinen Körper aufzurichten, sich auf Brady zu stürzen, dessen Kopf auf den Boden zu schlagen, zu blutigem Brei. Und dann schwebte er wie in einem Raumanzug durchs Weltall – und weil die Halteleine zum Raumschiff gerissen war, war er für immer verloren.

Als er an die Oberfläche zurückkam, erkannte er über sich das Gesicht des Detectives, der Kaffee hatte kaufen wollen. Sah Jo mit einer Decke über den Schultern. Brady und Mike waren verschwunden. Eine Decke lag über ihm. Ihm fiel ein, dass er nackt war.

»Andy Hoffman?«, hörte er eine Stimme. Ja, es war der Detective, der sich über ihn beugte. »Es ist vorbei.«

Shane

Er hatte im ersten Stock über dem SUPERGROCER gegenüber Licht flackern sehen, als er am Fenster seines Zimmers gestanden, in die Dunkelheit hinausgestarrt und an Eliza gedacht hatte. Gleich darauf hatte er dumpfe Schläge und unterdrückte Schreie gehört. Er brauchte nicht lange, um seine Hose, Schuhe und ein T-Shirt anzuziehen, das Funkgerät und die Smith & Wesson zu schnappen und durch die nicht geschlossene Hintertür in das Haus einzudringen. Er knipste das Licht an und sah die beiden Kerle: Der eine wollte Jo vergewaltigen, während der andere den rothaarigen Jungen festhielt. Mit einem Griff riss er den einen von Jo und legte ihm die Handschellen an. Der andere starrte ihn bewegungslos an. Shane hielt ihn mit der Waffe in Schach.

Über Funk verständigte er Webster, der zehn Minuten später eintraf und die beiden Jungs in zwei der drei Zellen des Gefängnisses schloss.

Andy und Jo gaben im Büro das Geschehen zu Protokoll. Shane versuchte, die Jungs in ihren Zellen zu verhören, doch sie schwiegen, sagten kein einziges Wort. Man nahm ihre Fingerabdrücke, die man am Morgen nach Brisbane schicken und mit denen, die im Haus der Smiths gefunden worden waren, vergleichen würde. Shane gab für die Nacht die Hoffnung auf ein Geständnis auf und ging in sein einsames Zimmer über dem Pub zurück.

Irgendwann in den frühen Morgenstunden, als schon der beißende Geruch der Gidgea-Bäume ins Zimmer drang, schlief er doch ein. Zwei Stunden später klingelte der Wecker.

Nach einem starken Kaffee, Eiern mit Speck und Toast fühlte er sich einigermaßen dem Tag gewachsen. Als er die Tür zum Büro aufstieß, begrüßte ihn Webster mit dem Phantombild aus Brisbane in der Hand.

»Der Kreditkartentyp aus Roma! Ziemlich gut getroffen!«

Bereits auf den ersten Blick erkannte Shane ihn. Es war Mike McHugh, der Junge, den sie in Zelle eins gesperrt hatten.

Wenige Minuten später traf Paddy ein.

»Webster, erzählen Sie ihm, was er letzte Nacht verpasst hat!«, sagte Shane, und Paddy wurde blass, als Webster ihm berichtete, und noch blasser, als Shane das Phantombild auf seinen Schreibtisch segeln ließ.

Paddy nickte. »Das ist Mike McHugh.«

»Die Jungs haben viel gelernt, die sind in Ordnung! Waren das nicht Ihre Worte? Paddy, ich hab gedacht, Sie seien ein besserer Menschenkenner und vor allem nicht sentimental.« Shane war laut geworden. »Warum saßen die?«

Paddy zog die Nase hoch. »Wegen Körperverletzung, haben einen Schwarzen krankenhausreif geschlagen. Und wegen Diebstahls. Haben Alkohol geklaut.«

Shane lachte künstlich auf. »Paddy, ich fasse es nicht! Wann war das?«

»Vor vier oder fünf Jahren. Aber seitdem war nie ...«

»Wieso sind Sie da so sicher?« Shane schrie jetzt. »Wenn Sie Ihre fetten Arme so schützend über die beiden breiten?«

Paddy schüttelte den Kopf, redete dann mehr mit sich selbst als mit Shane: »Die kenn ich schon fast so lange, wie sie leben. Ich kannte die Mutter, eine liebe Person, musste sich mit den Kindern allein durchschlagen – nein, das glaub ich nicht. Das ist ein Missverständnis, 'n böses Missverständnis.«

Shane wandte sich ab. »Webster, holen Sie diesen Mike! Jetzt kriegen wir ihren Arsch!«

Der Besitz der Kreditkarte eines Toten, die Vergewaltigung Jos, der Diebstahl bei den Smiths – all das war Kleinkram. Shane wollte sie drankriegen: wegen Mordes an Frank Copeland und Betty Williams!

Die Nacht in der fensterlosen Zelle hatte aus Mike McHugh ein Häufchen Elend gemacht. Schweigend, mit gesenktem Blick und zitternden Lippen hockte er auf dem harten Stuhl vor Shanes Schreibtisch.

»Kennst du den?«, fragte Shane und hielt ihm das Phantombild unter die Nase.

Mike schluckte, antwortete nicht.

»Sieht dir verdammt ähnlich, findest du nicht?«

Mike schwieg noch immer.

»Okay.« Shane steckte das Foto wieder ein. »Du hast in Roma mit einer Kreditkarte, ausgestellt auf den Namen Frank Copeland, bezahlt.« Shane ließ die Worte wirken, doch sein Gegenüber war zu einer Salzsäule erstarrt. »Woher hast du die Kreditkarte?«

Mike schluckte, dann verengten sich seine Pupillen zu winzigen Punkten. »Ich wollte«, stammelte er, »wollte was fürs Rodeo am Samstag haben, wollte mal wieder mitmachen.«

»Woher habt ihr die Kreditkarte?« Shane war ungehalten, hatte keine Lust auf das Gewimmer.

»Gefunden. Wir haben sie gefunden«, jammerte Mike mit verzerrtem Gesicht.

»Wer? Wo?«

»Ich und Brady, mein Bruder, wir haben sie gefunden.«

Shane beugte sich dicht zu ihm, konnte seinen abgestandenen Geruch wahrnehmen. »Es ist die Kreditkarte eines Toten. Ich bin mal gespannt, wie ihr euch da rausredet. Ihr steht unter Mordverdacht!« Shane lehnte sich betont lässig wieder zurück, bemerkte, dass Mikes Kinn und die bleichen, schweißnassen Hände mit den abgekauten Nägeln zitterten. »Unter doppeltem Mordverdacht.« Er lächelte, und Mike wisperte: »Ich ... ich muss mal ...«

Shane nickte Webster zu, der den mit Handschellen gefesselten Mike zur Toilette begleiten sollte, doch kaum war Mike aufgestanden, stürzte er vorwärts. Webster warf sich blitzschnell auf ihn. Der Junge kotzte ihm auf Hemd und Hose.

»Scheiße!«, fluchte Webster.

Zehn Minuten später begann Mike zu reden.

Am Ende der Straße, die zum Parkplatz führt, wo Billy Henderson sein neues Motel mit Bowlingclub bauen wollte, befindet sich eine tiefe Schlucht. Wenn man sein Auto loswerden will, fährt man dorthin, steigt aus und gibt dem Auto einen Schubs. Wenn man Autoteile braucht, fährt man auch dorthin und klettert den steilen Abhang hinunter.

Das war es, was Brady und Mike an einem Sonntag vor etwa fünfeinhalb Monaten taten. Ihren Wagen, den Ford Falcon, parkten sie ganz am Ende der Straße. Der Abstieg hinunter in die Schlucht war beschwerlich. Es hatte geregnet, und sie mussten aufpassen, dass sie nicht auf dem glitschigen Grund ausrutschten.

Endlich erreichten sie eines der Autos. Das letzte Mal, als sie in der Schlucht gewesen waren, hatte der beigefarbene Holden noch nicht dagelegen. Überhaupt sah er ziemlich neu aus.

Sie kletterten hinunter. Der Wagen befand sich in einem guten Zustand, bis auf die Tatsache, dass er den Abgrund heruntergestürzt war und auch von dort nicht mehr geborgen werden konnte. Sie machten sich daran, die Motorhaube aufzustemmen, die offenbar durch den Sturz verbeult und verkeilt war.

Während Mike Verteiler, Batterie und andere Teile ausbaute, versuchte Brady, eine Tür zu finden, die durch den Sturz nicht allzu sehr in Mitleidenschaft gezogen worden und deshalb noch zu öffnen war. Er rüttelte eine Weile an der Fahrertür, die schließlich aufsprang. Sitze, Lenkrad, Gangschaltungsknopf waren es wert, ausgebaut zu werden, fand Brady und begann zunächst damit, die Türen abzumontieren. Nachdem er mit dieser Arbeit fertig war, bückte er sich, um die Schrauben, die den Fahrersitz an der Bodenschiene fixierten, zu lockern. Gerade wollte er den Schraubenzieher ansetzen, als sein Blick auf etwas fiel, das im Fußraum hinter dem Beifahrersitz lag: eine Visa Kreditkarte. Brady rief Mike, der mit dem Motorblock beschäftigt war. Die Karte war ausgestellt auf den Namen Frank Copeland, gültig bis Dezember diesen Jahres.

Sie gingen davon aus, dass der Besitzer die Kreditkarte sofort hatte sperren lassen, nachdem er ihren Verlust bemerkt hatte. Deshalb hatten sie keine großen Hoffnungen, als sie die Karte zum ersten Mal beim Tanken in St. George benutzten. Sie hatten keine Ahnung, wie viel Geld sich auf dem Kreditkartenkonto befand und wie hoch der Kreditrahmen war. Doch es ging gut, der Beleg kam aus dem Gerät an der Kasse. Brady unterschrieb, so gut er konnte, die Frau an der Kasse händigte ihnen die Karte aus und wünschte ihnen eine gute Fahrt.

Brady und Mike dachten zuerst nicht darüber nach, doch dann fanden sie es seltsam, dass die Karte nicht schon längst gesperrt worden war. Der Besitzer musste die Abbuchungen von seinem Konto doch bemerkt haben. Kurz darauf machten sie Einkäufe in Höhe von fast tausendachthundert Dollar. Dann tauchte plötzlich die Leiche auf und kurz darauf die Polizei. Von diesem Moment an rührten sie die Karte nicht mehr an – bis vor ein paar Tagen.

Da konnte sich Mike nicht mehr zurückhalten, weil ein Rodeo bevorstand, bei dem er unbedingt mal wieder mitmachen wollte. Früher war er öfter Rodeos geritten.

»Und warum habt ihr Betty Williams erschossen?«, fragte Shane ungerührt.

»Was?« Mike war kreideweiß und zitterte.

Shane hielt ihn für nicht besonders intelligent. »Natürlich habt ihr Betty Williams erschossen. Und bei den Smiths eingebrochen. Wir haben Reifenspuren von eurem Wagen sichergestellt. Wo ist die Walther?«

Mike zitterte so stark, dass seine Zähne aufeinander schlugen. Aus ihm war kein Wort mehr herauszubringen.

Shane stand auf. »Gut, dann werden wir uns mal deinen Bruder vornehmen.«

»Wenn der erfährt, dass ich Ihnen alles ...«, wisperte Mike.

Webster brachte ihn in die Zelle zurück. Wenige Minuten später kam er mit Mikes Bruder ins Büro. Shane war klar, dass er es bei Brady mit einem härteren Brocken zu tun hatte.

»Dein Bruder Mike hat uns alles gestanden.«

»Das glaub ich nicht«, erwiderte Brady trotzig und beantwortete keine einzige Frage, sondern wollte seinen Anwalt sprechen. Als Shane ihm das Telefon hinschob, reagierte er nicht.

»Paddy«, Brady setzte eine flehende Stimme ein, »sagen Sie dem Detective, dass Mike und ich unschuldig sind. Sie haben uns ja nur festgenommen, weil wir schon mal saßen. Einmal schuldig, immer schuldig. Stimmt doch, Paddy?«

Paddy Dunegal, der die ganze Zeit über an seinem Schreibtisch gesessen und so getan hatte, als hörte er nichts, antwortete nicht, sondern stapfte schwerfällig zur Kaffeemaschine, goss sich eine Tasse ein. »Auch einen Kaffee, Brady?«, fragte er. Shane wollte sich gerade über Paddys Einmischung aufregen, als Paddy dem Jungen die Kaffeetasse reichte und mitfühlend sagte: »Tut mir Leid, Brady, aber dein Bruder hat uns eben alles gebeichtet. Du kennst ihn ja.« Paddy seufzte, und Shane hätte in dem Moment nicht sagen könne, ob sein Bedauern echt oder gespielt war. Nur dass Paddy ganz sicher nicht mit Mike gesprochen hatte, wusste er. »Er ist eine ehrliche Haut. Er kann nicht lügen«, fuhr Paddy fort.

Brady hielt noch immer den Kaffee in den Händen, ohne getrunken zu haben. »Scheiße, er hat gar nix gesagt!«, brauste er auf.

Paddy zuckte träge die Schultern, fuhr fort: »Er hat uns alles erzählt, das mit der Kreditkarte, mit dem Einbruch, mit der Walther.«

Brady überlegte einen Moment, seine Augen sprangen von Shane zu Paddy und zurück, er schlürfte am Kaffee.

»Er hat gesagt, du hast die Walther«, sprach Paddy weiter. Er setzte sich mit seinem dicken Hintern auf die Ecke von Shanes Schreibtisch. Doch in diesem Moment verzieh Shane ihm das. »Weißt du«, fuhr Paddy fort, »die Vergewaltigung Jos, der Einbruch bei den Smiths und die Sache mit der Kreditkarte bringt euch nicht allzu viele Jahre im Gefängnis. Ich glaube auch erst mal nicht, dass ihr den Journalisten umgebracht und ihm die Kreditkarte gestohlen habt. Aber wenn ihr uns nicht verratet, wo die Waffe ist und woher ihr sie habt, steht ihr bald unter Mordverdacht.«

»Was soll der Scheiß mit dem Mord! Wir haben keinen Mord begangen!«

»Mike hat mir erzählt, dass ihr bei den Smiths mit der Walther rumgeballert habt. Und genau mit der Waffe ist jemand erschossen worden.« Das hatte Mike natürlich nicht ausgesagt, aber Paddy spielte seine Rolle gut, das musste Shane zugeben.

»Gut, Brady, dann müssen wir euch beide einlochen.« Paddy seufzte, stand auf. »Du kannst das wahrscheinlich besser wegstecken als dein Bruder. Ich erinnere mich noch, wie wir damals alle Hebel in Bewegung gesetzt haben, um euch in dieselbe Zelle zu kriegen. Aber diesmal ...«

»Scheiße noch mal! Das ist 'ne fiese Tour!«, schrie Brady plötzlich. »Okay, wir haben die Knarre in diesem verdammten Auto gefunden. Wie die Kreditkarte. Da haben wir sie eben mitgehen lassen! Wir haben nichts mit 'nem Mord zu tun, das schwör ich!«

Shanes Telefon klingelte. Er gab Webster ein Zeichen, das Gespräch entgegenzunehmen.

»Und wo ist die Waffe jetzt?«, fragte Paddy weiter.

»Zu Hause. Im Werkzeugkasten in der Garage«, brachte er schwach hervor. »Aber mit einem Mord haben wir nichts zu tun, das schwöre ich. Das müssen Sie glauben!«

»Und was ist mit eurem rothaarigen Freund? Hat der bei euch mitgemacht?«

Brady schüttelte den Kopf. »Auf den kann man sich nicht verlassen. Das ist kein Freund.«

Als Brady von Webster abgeführt worden war, sagte Shane: »Alle Achtung, Paddy, haben Sie so was mal im Fernsehen gesehen?«

Paddy brummte nur und ließ sich in seinen Sessel sinken. »Auch 'nen Rum? Hab immer noch keine Coke.«

Webster kam wieder herein, hängte den Gefängnisschlüssel in den abschließbaren Schrank und erklärte: »Vorhin am Telefon, das war Dr. Lee. Sie meinte, die zahnärztlichen Unterlagen beweisen, dass der Schädel eindeutig der von Frank Copeland ist.«

Nach Moodroo Graham wurde ab sofort im gesamten Land wegen Mordes gefahndet.

Andy

Er fürchtete, dass Brady und Mike der Polizei berichteten, dass er beim Einbruch dabei gewesen war. Jeden Moment rechnete er damit, dass man kommen und ihn festnehmen würde.

Er saß im Lager auf einer Kiste mit Tomatendosen. Wohin sollte er heute Nacht?

Jo ging ihm aus dem Weg. Die Erinnerung an die vergangene Nacht war ihr peinlich. Als Brady und Mike aufgefallen war, dass er mit ihrem Auto weggefahren war, hatten sie sich auf Bradys klappriges Motorrad geschwungen, das irgendwo im Schuppen vor sich hin rostete, und waren in die Stadt gefahren. Es hatte nicht lange gedauert, bis sie den Ford Falcon am Supergrocer entdeckt hatten.

Es lag alles daran, dass er zu lange geblieben war, dachte er.

Das Neonlicht leuchtete kalt. Jetzt hatte er alles verloren.

Seinen Vater, seine Freunde, seine Pläne, Jo – und vielleicht bald auch seine Freiheit. Er sollte wenigstens jetzt abhauen, solange es noch ging. Doch etwas in ihm hinderte ihn daran, hielt ihn fest, als wartete noch etwas auf ihn ...

Shane

Crime Scene Officer Talbot, die Heuschrecke, zog Bradys Werkzeugkasten aus dem hinteren Teil des Regals, das an der Rückwand der Garage stand. Er öffnete den Deckel, schlug einen alten Lumpen zurück und reichte Shane die Walther. Man würde sie sofort in die Ballistik nach Brisbane schicken, wo man sie in einem Wasserbehälter abfeuern würde, um letzte Gewissheit über die Identität der Projektile zu erhalten.

Brady und Mike waren dabei, als die Polizei mit einem Kran den Wagen aus dem Abgrund des Autofriedhofs herauszog. Die Kennzeichen des beigefarbenen Holden waren entfernt worden, aber Typ und Farbe stimmten mit dem Wagen überein, den Frank Copeland besessen hatte. Die Überprüfung der Fahrgestellnummer würde eventuell letzte Gewissheit bringen.

Talbot und sein Kollege untersuchten das Auto nach allen möglichen Spuren, die Näheres über den Besitzer und die Umstände aussagen konnten, die dazu geführt hatten, dass der Wagen unten im Abgrund lag. Im Kofferraum fand man einen mit dunklen Flecken bespritzten Regenmantel, ein dünnes Ding aus billiger Folie. Genauere Untersuchungen würden vielleicht noch weitere Anhaltspunkte bringen.

Am Nachmittag erhielt Shane ihren vorläufigen Bericht. Auf der Regenjacke befanden sich Blutspritzer. Die Blutgruppe würde noch festgestellt werden. Im Aschenbecher hatte man ein zusammengeknülltes Stück Papier gefunden. Es war eine Quittung mit einem Stempel von der Tankstelle in Eulo, ausgestellt auf den dreiundzwanzigsten April.

»Webster, sattel die Pferde, wir reiten nach Eulo.«

Für einen Moment starrte ihn Webster etwas irritiert an, bis Shane ihm auf die Schulter klopfte und ihm den Autoschlüssel in die Hand drückte. Auf der Fahrt sagte Webster plötzlich:

»Vielleicht gehörte die Walther ja Frank Copeland. Und er hat Betty Williams erschossen. Und wurde dann aus Rache von Bettys Bruder Moodroo umgebracht.«

Shane musste zugeben, dass das eine plausible Erklärung sein konnte. Aber in diesem Fall hatte es schon so viele plausibel erscheinende Erklärungen gegeben, die schließlich doch nicht zugetroffen waren.

Der Mann an der Kasse der Tankstelle in Eulo bestätigte, dass der Kassenzettel von dieser Tankstelle stammte. Aber er konnte sich nicht mehr an den Kunden erinnern. Auch als Shane ihm das Foto Frank Copelands zeigte, zuckte er nur mit den Schultern, murmelte: »Kann sein, kann nicht sein.«

Shane sah sich um. Der Ort war nicht sonderlich groß. Vielleicht hatte Copeland hier gegessen oder etwas gekauft. Es blieb ihnen nichts anderes übrig, als alle Läden abzuklappern. Nach einer halben Stunde standen sie vor dem Motel *Eulo-Queen*.

Shane legte Frank Copelands Foto vor der Frau mit dem blonden, altmodisch toupierten Haar auf die abgewetzte Empfangstheke. Sie nahm das Foto in die Hand, betrachtete es, reichte es Shane zurück, sah ihm in die Augen und sagte klar und deutlich:

»Ja, das war er.«

»Haben Sie die Anmeldungen?«

»Sicher. Bei mir geht alles nach Vorschrift.« Sie holte einen dicken Ordner hervor und blätterte.

»Hier, am dreiundzwanzigsten. Und vom dreißigsten April auf den ersten Mai.«

Shane erinnerte sich, dass Betty am ersten Mai gestorben war.

»War er allein?«

»Nein, ich glaube nicht. Ja, er kam mit einer Frau.«

»Können Sie die Frau beschreiben?«

»Jesus, das habe ich mir gedacht, dass Sie das jetzt fragen!« Sie seufzte, setzte ihre Brille ab und putzte sie, als könnte sie sich mit sauberen Gläsern besser an die Frau erinnern. »Wie sah sie aus? Blond, attraktiv... Wie soll ich eine Frau beschreiben?«

»Sie war also blond und attraktiv. Weiß? Groß? Klein? Dick? Dünn? Augenfarbe? Gesichtsform? Kleidung?«, insistierte Shane.

»Jesus. Wie soll ich das noch wissen? Weiß natürlich, blond und attraktiv, das ist alles. So groß wie er, jedenfalls fast.«

»Name?«

»Es muss nur ein Name eingetragen werden. Er hat nur seinen in die Anmeldungspapiere geschrieben.«

»Wann sind sie gekommen?«

»Sie wollen es ja ganz genau wissen! Hier steht es doch.« Sie deutete auf den Anmeldungszettel in ihrem Aktenordner. »Samstag, um fünf Uhr nachmittags. Abgereist am Sonntag.«

Shane schrieb mit. »Wie hat er gezahlt?«, fragte er dann.

Sie blätterte in ihren Unterlagen. »Bar, er hat bar bezahlt. Ach, ja, er hat ein bisschen mehr gezahlt, weil er länger bleiben wollte. Beim zweiten Mal hatte er nicht genug Bargeld dabei und wollte dann mit seiner Kreditkarte zahlen, ich erinnere mich noch. Und dann war er ganz aufgeregt, weil er sie nicht finden konnte. Die Frau hat daraufhin bar gezahlt.«

»Ich würde gern das Zimmer sehen.«

»Das ist belegt.«

»Mit welchem Auto kamen sie?«

»An was soll ich mich denn noch erinnern?«, erwiderte sie unwirsch.

»Haben sie was gegessen, getrunken, was bestellt? Haben Sie irgendetwas bemerkt?«

»Sie quetschen einen ja ganz schön aus. Ich spionier meinen Gästen nicht nach. Keine Ahnung, was sie gegessen und getrunken haben. Verhungert sind sie in dem Zimmer ja offensichtlich nicht!«

»Moment noch – würden Sie sagen, die beiden waren ein Liebespaar?«

»Vielleicht haben sie sich ja das Wochenende über zum Schachspielen in dem Zimmer eingeschlossen.«

Wer war die Frau, mit der Frank Copeland zwei Wochenenden im Motel verbracht hatte? Die Beschreibung der Motelmanagerin passte auf zwei Frauen, die Shane in Coocooloora kannte: Helen Morgan und Jo Hill.

Es wurde langsam dunkel. Eine lange Fahrt durch Känguru-Gebiet stand ihnen bevor. Nachts fuhren nur die Lebensmüden und die Trucks. Shane waren schon ein paarmal in seinem Leben Kängurus ins Auto gelaufen. Auf ein weiteres Mal konnte er verzichten. Die Tiere duckten sich im Scheinwerferlicht ins Gebüsch am Straßenrand, und in dem Moment, in dem man an ihnen vorbeifuhr, bekamen sie es so mit der Angst zu tun, dass sie aufsprangen und irgendwohin rasten. Wenn man Pech hatte, direkt ins Auto. Und wenn man noch mehr Pech hatte, wurden sie von der Stoßstange durch die Frontscheibe geschleudert. Wenn nicht schon ihr Gewicht tötete, dann gewiss ihre im Todeskampf krampfenden Vorderbeine, mit denen sie den Fahrer erwürgten.

Shane war froh, dass Webster am Steuer saß. Er selbst stellte sich den Sitz ein wenig nach hinten und versuchte zu dösen. Im Halbschlaf fielen ihm oft Zusammenhänge auf, die er im Wachzustand gar nicht bemerkte.

Wer war die Frau, die Frank Copeland begleitet hatte? Hatte sie etwas mit dem Tod des Journalisten zu tun? Wem gehörte die Waffe, die die McHugh-Brüder in Franks Auto gefunden hatten? Sagten sie wirklich die Wahrheit, oder gehörte die Waffe doch ihnen? Oder hatte Webster Recht mit seiner Annahme, dass die Waffe Frank Copeland gehört hatte, dass er Betty Williams erschossen hatte und dann selbst ermordet worden war? Aus Rache von Moodroo? Welche Rolle spielte Moodroo? Wo war er? Warum war er verschwunden? Wieso fand man vor seiner Höhle Frank Copelands Schädel? Shane warf sich vor, Moodroo nicht beobachtet und ihn von vornherein als unschuldig eingestuft zu haben. Das war das ewige Problem: Wenn es sich um einen Schwarzen handelte, neigten die einen dazu, ihn gemäß ihres Vorurteils zu behandeln, die anderen waren versucht, ihm automatisch einen Bonus zuzugestehen, weil er ja unter besonders schwierigen Verhältnissen lebte. Wie man sich verhielt, war es falsch. Vielleicht hatte er, Shane, auch falsch gehandelt, und jetzt war Moodroo ihnen durch die Lappen gegangen.

Andy

Die Sonne begann, sich hinter den Büschen und Eukalyptusbäumen zu verstecken, als er in die Richtung ging, in der Bradys und Mikes Haus lag. Die Polizei war noch nicht im Laden gewesen. Dabei hatte ihm Jo erzählt, dass Brady und Mike noch immer im Gefängnis saßen. Warum verrieten sie ihn nicht? Er wollte heute Nacht allein sein.

Coocaburras krähten. Den Traum vom großen Glück hatte er ausgeträumt. Nichts war übrig geblieben.

Shane

Am nächsten Morgen lagen drei Faxe auf seinem Schreibtisch. Eines vom Fingerprint Bureau, eines von der Ballistik und eines von ihr, Eliza Lee. Ohne Zögern griff er zuerst zu Elizas. Formal, ohne jeglichen persönlichen Gruß, bestätigte sie noch einmal, was sie Webster am Telefon bereits gesagt hatte: dass es sich bei dem Schädel um den von Frank Copeland handelte. Der Vergleich mit den gleich zu Beginn der Untersuchungen von Copelands Londoner Zahnarzt angeforderten Röntgenbildern hatte jeden Zweifel beseitigt. Noch nicht einmal ihren Namen hatte Eliza handschriftlich unter die Nachricht gesetzt.

Das Fingerprint Bureau versicherte die völlige Übereinstimmung der im Haus der Smiths gefundenen Fingerabdrücke mit denen von Brady und Mike.

Die Nachricht von der Ballistik bezog sich auf die Herkunft der Walther PPK. Die Waffe war zuletzt auf einen österreichischen Polizisten zugelassen. Im Jahr neunzehnhundertsiebzig hatte er sie als gestohlen gemeldet. Konnte es sein, dass die Waffe von Österreich nach London zu Copeland gelangt war?

Webster kam herein, legte Shane ein Huhn-Avocado-Sandwich auf den Tisch. »Bevor Sie ganz verhungern«, meinte er und wurde ein wenig rot.

»Matilda will nicht mehr«, murmelte Paddy, und Shane erinnerte sich, dass Matilda das Faxgerät war.

Gerade als er ins Sandwich beißen wollte, läutete das Telefon. Enttäuscht ließ er es sinken. Es war jemand aus der Forensik, der ihm mitteilte, dass auf der Regenjacke Blutspritzer zweier unterschiedlicher Blutgruppen festgestellt worden waren: Gruppe 0 Rhesus positiv und Gruppe B Rhesus negativ. Frank Copeland hatte die Blutgruppe 0 Rhesus positiv gehabt.

Beim nächsten Telefonklingeln schluckte er noch vorher rasch den Bissen, den er im Mund hatte, herunter. Die Nachricht, die ihm der Ballistiker in Brisbane übermittelte, versetzte Shane einen Adrenalinstoß. Der Fall bekam eine weitere Dimension:

Recherchen in der Datenbank, dem ViCLAS-Programm, in der seit neunzehnhundertvierundsiebzig alle Daten gespeichert werden, die mit Kapitalverbrechen in Verbindung standen, förderten ein fünfundzwanzig Jahre weit zurückliegendes Verbrechen zutage:

Am zweiten März neunzehnhundertvierundsiebzig nahm die Polizei in Caboolture, nicht allzu weit von Brisbane entfernt, den sechsundvierzigjährigen Lastwagenfahrer James, genannt Jim, Hammett fest, nachdem Nachbarn drei Schüsse gehört und die Polizei verständigt hatten. Jim Hammett gestand ohne Umschweife, seine dreiundvierzigjährige Frau Claire durch drei Schüsse getötet zu haben. Seltsamerweise sagte er nie, warum er es getan hatte, und auch die Waffe wurde niemals gefunden. Die Untersuchungen der Projektile ergaben, dass es sich um eine Walther Kaliber .22 handeln musste. Und dann kam das Unerwartete: Die ballistischen Daten stimmten, trotz der langen Zeit, die dazwischen lag, mit denen aus dem Einbruch bei den Smiths vor zwei Tagen überraschend gut überein.

Der Mörder, Jim Hammett, war seit zehn Jahren wieder auf freiem Fuß. Inzwischen musste er einundsiebzig Jahre alt sein. Detective Ernest Evans hatte den Fall damals bearbeitet. Er war ein Kollege seines Vaters gewesen, erinnerte sich Shane.

Webster, der alles mitbekommen hatte, fragte: »Das heißt also, mit ein und derselben Waffe wurde vor fünfundzwanzig Jahren ein Mord begangen, bei dem Einbruch in Coocooloora rumgeballert und Betty Williams erschossen?«

Shane nickte.

»Sollten wir diesen Hammett aufsuchen?«, schlug Webster vor.

Bevor Shane antworten konnte, hatte er seinen Kollegen Jack aus Brisbane am Apparat, der ihn mit einer weiteren Nachricht bombardierte:

Sie hatten den Serienmörder gefasst. Er wurde gerade verhört. Ein Roadworker, der zehn Jahre in der Psychiatrie verbracht hatte, nachdem er als Dreizehnjähriger seine Mutter erschlagen hatte. Zerknirscht gratulierte Shane ihm. Anschließend beauftragte er das Headquarter, den Aufenthaltsort Jim Hammetts ausfindig zu machen.

Könnte Frank Copeland in den Besitz der Waffe Jim Hammetts gekommen sein? Je mehr Shane darüber nachdachte, ob Frank Copeland Betty Williams erschossen haben könnte, desto unwahrscheinlicher erschien es ihm. Er war sicher: Es gab einen anderen Täter ...

Andy

Er hatte versprochen, ihr noch am Samstag während des Rodeos beim Hot-Dog-Verkauf zu helfen. Am Sonntag dann, wenn sie ihren Mann aus dem Hospital in Charleville abholen würde, wo er Anwendungen bekam, wollte Andy wegfahren, hatte er ihr gesagt. Sie hatte nur genickt. Und er hatte endgültig die Hoffnung aufgegeben, dass sie mit ihm fortgehen und ihren Mann verlassen würde. Diesmal würde er zum Highway gehen und mit dem ersten Auto, das anhielt, wegfahren – egal, wohin.

Seit Bestehen des Geschäftes besaß Peter Hill einen Wagen, aus dem heraus er bei Veranstaltungen Hot Dogs verkaufte. Heute, am Freitag, hatte Andy mit Jo alle Vorbereitungen getroffen. Bis spät in die Nacht waren sie damit beschäftigt, den Wagen zu säubern, vierzig Kilogramm Rindswürste, dreihundert Brötchen und zehn Liter Ketschup in die Kühlboxen einzuräumen und den Grill betriebsfertig zu machen. Servietten und Pappkartons durften nicht vergessen und der Gaskocher musste überprüft werden. Eine Menge Arbeit also, für die Andy dankbar war, weil sie ihn von seinen Grübeleien ablenkte.

Auch Jo schien es besser zu gehen. Ab und zu lächelte sie ihn sogar an, und zweimal schon hatte sie ihm einen flüchtigen Kuss auf die Wange gedrückt.

Die Nacht blieb er sogar da. Doch sie ließ ihn auf der Couch schlafen.

Shane

Helle Wolken spannten sich über den Himmel, wie eine Hülle, um das Blau vor Verderbnis zu schützen. Shane schwitzte in seinem Kurzärmelhemd und der Moleskinhose. Er trug den Akubra, den Helen ihm geschenkt hatte, ohne den die Sonne ihm alle Flüssigkeit aus dem Hirn brennen würde, und schlenderte über den Festplatz. Die verschiedensten Organisationen hatten Zelte, Ausstellungsstände und Wohnwagen aufgestellt. Menschengrüppchen spazierten träge durch die Reihen der Zelte, Kinder spielten Fangen, rannten zwischen den Erwachsenen hindurch. Aus der Richtung, in der die Tribüne für das Rodeo aufgebaut war, drang die Stimme des Ansagers für den Bullenverkauf. Im Zelt der CWA, der Country Women Association, saßen drei Frauen, die strickten. Pullis hingen an den Wänden zum Verkauf.

»Hi, Detective.« Es war Kate aus dem Pub, die auf der anderen Seite des Zeltes mit einer mageren Frau hinter einem blechernen Topf stand.

»Das beste Irish Stew, das Sie je gegessen haben!«, sagte sie und lud ihm einen Schöpflöffel auf einen Plastikteller. »Geben Sie Acht, ist verdammt heiß!«

Shane bedankte sich, ging langsam weiter, bemüht, beim Essen keine Flecken auf seine Kleidung und keine Fliegen, die ihn sofort umschwärmten, in den Mund zu bekommen. Er musste gestehen, das Stew war tatsächlich nicht übel. Im nächsten Zelt warben die Pfadfinder Mitglieder. Fotos von Aufenthalten im Busch prangten stolz an Schautafeln. Der Schwimmverein von Augathella hatte ein rundes Plantschbecken aufgestellt, in dem sich kleine Kinder mit bunten Badesachen tummelten.

»Haben Sie Kinder?«, sprach ihn die Frau am Plantschbecken an. »Wissen Sie, wie viele Kinder in den heimischen Swimmingpools ertrinken, nur weil sie nicht rechtzeitig schwimmen gelernt haben?«

Er schüttelte den Kopf.

»Ich bin Jay Bryant. Spenden Sie was für unser Bemühen!« Sie lächelte ihn so herzlich an, dass er einen Zehn-Dollar-Schein in die Box neben dem Pool warf.

Der gemeinsame Chor von Coocooloora und Augathella sang im großen Zelt schräg gegenüber Evergreens a capella. Aus einem längeren weißen Wohnwagen heraus verkaufte Jo Hill mit ihrem rothaarigen Freund Hot Dogs. Plötzlich sah Shane einen kleinen, mit Seilen abgesperrten Platz, auf dem herausgeputzte Oldtimer, Neuwagen und Landmaschinen blinkten.

Er schob sich durch die Männergruppe mit neuen, steifen Akubras, die mit bewundernden Blicken und fachmännischen Kommentaren zu den Exponaten nicht sparten. Neben Cobb&Co.-Kutschen stand da tatsächlich ein Lieferwagen, ein Ford aus den Fünfzigern, makellos lackiert in einem dunklen englischen Grün. Auf den Türen prangte in frischer weißer Farbe das Firmenlogo: *Henderson – Butcher – Charleville.*

»Ist das ein Original?«, fragte Shane einen der umstehenden Männer.

»Darauf können Sie wetten! Ist direkt aus dem Museum in Charleville!«

Frank Copeland hatte sich die Farbe des Lieferwagens in der Geschichte wohl doch nicht aus den Fingern gesogen. Ian Henderson und Alfred Morgan waren in Hendersons grünem Lieferwagen unterwegs gewesen ...

»Hallo, Shane! Da sind Sie!« Shane erkannte Jeff. Er trug ein weißes, sorgfältig gebügeltes Hemd, aus dessen Ärmeln die Oberarme wie Teleskopstangen aus viel zu weiten Hülsen hervorkamen.

»Da hinten ist gerade der Woodchopper-Wettbewerb im Gange! Kommen Sie, da gibt es noch richtige Männer zu sehen!« Er lachte.

Sie bahnten sich ihren Weg durch herumstehende Grüppchen und kamen gerade rechtzeitig zum Start der zweiten Runde von Teilnehmern, Männern mit dicken Bäuchen in durchgeschwitzten weißen Unterhemden, weißen langen Hosen und weißen Schuhen. Mit polierten, blitzenden Äxten hieben sie beim Startschuss in unbeschreiblichem Tempo auf das dicke Baumstammstück ein, auf dem sie breitbeinig standen. Holz spritzte. In wenigen Minuten hatten die Ersten den Keil herausgeschlagen, der den Baumstamm brechen ließ. Gewinner der Runde war ... Billy Henderson.

»Ich weiß schon, was Sie denken, Shane! Ich würde es ja auch denken, wenn ich Sie wäre.«

»Und was würden Sie an meiner Stelle *tun?* Ich hab keine Beweise. Ich kann nur ins Feld führen, dass der alte Henderson einen grünen Firmenwagen besaß und sein Sohn mit der Axt umgehen kann und dass Henderson eine Wut auf die Morgans hat, weil die seine Frau totgefahren haben – vielmehr ein Arbeiter von ihnen«, fügte er hinzu. Dass Donald der Schuldige war, musste er ja jetzt nicht an die große Glocke hängen.

Jeff zuckte die Schultern. Plötzlich klopfte mehrmals rasch hintereinander eine Hand auf Shanes Rücken. Es war Webster mit vor Angst geweiteten Augen.

»Haben Sie denn das Telefon nicht gehört? Bei Paddy hab ich's auch schon versucht!«, schrie er gegen den Lärm der Zuschauer an, die die nächsten Woodchopper anfeuerten.

»Sie hören doch selbst, wie laut es hier ist!«, gab Shane zurück.

»Es ist wieder eine Frauenleiche gefunden worden! Am Mitchell-Highway, dreißig Kilometer von hier! Die Kollegen aus Charleville sind schon unterwegs!«

Shane glaubte, sich wegen des Lärms verhört zu haben. »Was?«

»Der Serienkiller hat wieder zugeschlagen!«

Ein Fausthieb in den Magen wäre nicht schlimmer gewesen.

Sie drängten sich zum Polizeiwagen. Jeff rannte zu seinem Auto; drei Minuten später rasten sie stadtauswärts.

Wen hatten aber dann die Brisbaner Kollegen festgenommen?, fragte sich Shane.

Moodroo

Der Geist existiert, bevor er menschliche Form annimmt. Im Tod trennt sich der Geist vom Körper. Dann schwebt er wie vorher über das Land. An einem bestimmten Platz kommt er in die Frau, befruchtet sie. Nach dem Tod kehrt der Geist wieder an diesen bestimmten Platz zurück. Der Kreis wird geschlossen.

Moodroo war glücklich. Die alten Songs wurden immer lauter, und seine Lippen bewegten sich zu den Worten, die er glaubte, vergessen zu haben.

»Wohin führt dich deine Reise?«, fragte der Blackfella neben ihm, der ihn in seinem Auto mitgenommen hatte.

»Die Alten haben mich geschickt. Sie haben die Zeichen gedeutet. Halt da an. Da muss ich raus.«

»Viel Glück.«

Und Moodroo kletterte aus dem Wagen. Er hörte die Frage immer lauter, die Frage des Inquest: *Wer trägt die Schuld?*

Er sah sich um. Es war das Gebiet des Feindes.

Shane

Der orangerot glühende Sonnenball zog seine Fühler zwischen den silbrigen Bäumen und den Büschen ein, nahm Farben und Hitze mit. Zikaden knirschten, trockene Haut der Bäume und die ausgedörrten messerklingenförmigen Eukalyptusblätter klangen wie brechender Toast unter ihren Schritten. Springendes rotes und blaues Licht von den Polizeiautos und dem Krankenwagen im Rücken. Hinter den stacheligen Zweigen eines krüppeligen Buschs erkannte Shane weißgrau schimmernde Masse. Früher gesehene Bilder explodierten in seinem Kopf. Welches Bild würde sich ihm jetzt bieten?

Er umging den Strauch, um etwaige Gewebereste der Kleidung des Täters nicht zu zerstören.

»Er ist da drüben mit dem Auto hinter die Bäume gefahren. Wir haben die Reifenspuren. Hat ihr wahrscheinlich dort im Auto die Kehle durchgeschnitten, sie dann hierher geschleift, ihr die Kleider aufgeschnitten und dann das alles mit ihr gemacht.« Detective Philipp Russell hatte die Arme in die Seiten gestemmt, als müsste er sich selbst stützen.

Shane betrachtete die nackte tote Frau. Diesmal hatte der Täter offensichtlich ein Messer benutzt. Getrocknetes Blut und ein dunkler, klaffender Spalt am Hals. Es hätte nicht mehr viel zur Enthauptung gefehlt. Die Augen weit, brünette Locken im grauen Staub. Auf ihren Brüsten blutige Abdrücke der Messerklinge, scharf gezackte Schnitte im Bauch, dunkelrote Blutkrusten auf der Haut und an den Oberschenkeln.

»Ich bin die Straße entlanggefahren und hab das offene Gatter gesehen. Ich hab hier ein paar Mutterkühe mit Kälbern stehen und hab mich ziemlich geärgert, dass einer das Gatter geöffnet hat. Da hab ich sie gefunden«, erklang eine bekannte Stimme hinter Shane. Als er sich umdrehte, blickte er in John Morgans markantes Gesicht. Seine behaarten Arme hingen herab. Schweißflecken tränkten seinen schmutzigen und durchlöcherten Hut, und sein Gesicht war staubverschmiert.

»Ich geh schon mal zum Wagen«, murmelte John, stapfte schwer zur Straße. Shane sah ihm nach. Webster und ein Kollege aus Charleville rollten das rot-weiße Band zur Sicherung des Tatorts aus.

»Tja«, brummte Philipp Russell, der sich wegen seines Rippenbruchs noch etwas vorsichtig bewegte, »wann wird das mal ein Ende haben?«

Talbot Wood von der Spurensicherung sprang herbei, drängte alle zurück und widmete sich wortlos seiner Arbeit. Der Fotograf war ihm schwerfällig gefolgt.

»Mein Gott, das ist ja Sue!« Dr. Kilian stand plötzlich neben Shane.

»Wo kommen Sie denn her?«, fragte Philipp Russell.

»Wollte zum Rodeo. Da komm ich hier vorbei und seh das Blaulicht.«

»Sie kennen die Frau?«, hakte Shane nach.

»Aber ja!« Dr. Kilian schrie fast. »Sie ist meine Sprechstundenhilfe in der Klinik!« Das Gesicht verzerrt, wandte er sich Shane zu, hilflos.

Jetzt erkannte Shane sie auch: die dralle Mittvierzigerin mit dem fettig glänzenden roten Lippenstift und den roten Wangen aus dem Wartezimmer im Hospital. Der Lippenstift war grob über das Gesicht verschmiert, und die Wangen waren weiß.

»War das wieder der Frauenmörder?«, wisperte Dr. Kilian. Sein weißes T-Shirt hatte unter den Achseln und am Hals graue Schweißflecken.

Es gab keinen Zweifel: Sie hatte die typische Schnittwunde am Nabel, das Detail, das niemals in der Presse erwähnt worden war, von dem niemand wissen konnte außer Eingeweihten – und dem Mörder.

»Shane, sehen Sie mal«, rief Talbot, er kniete vor einem Kaninchenloch in der Erde, zog mit Handschuhen Kleiderstücke heraus. Dunkelblaue Stoffshorts, ein hellblau-weiß gestreiftes, weites T-Shirt, weiße Unterwäsche und ein paar ausgetretene dunkelblaue Sandalen.

Shane suchte nach Vorwänden, den Fall nicht dem Serienmörder zuzuschreiben, aber außer dass diesmal statt einer Axt ein Messer benutzt worden war, fand er keine.

Zwischen den dunklen Wolkenstapeln klemmte nur noch dünn rötliches Licht. In spätestens einer Viertelstunde würde es stockdunkel sein. Scheinwerfer wurden aufgestellt. Zikaden zirpten schrill, Fliegen schwirrten umher, verbrannten knisternd. Jeff lehnte außerhalb der Absperrung an der Kühlerhaube des Polizeiwagens und diktierte mit leiser Stimme in sein Tonbandgerät. Zurück am Wagen, ließ sich Dr. Kilian auf den Fahrersitz fallen, seine Hände zitterten.

Philipp Russell rieb sich mit der flachen Hand unablässig über den kurz geschorenen Schädel, sagte: »Die Leute werden's nicht fassen, dass der Frauenmörder direkt vor der Nase eines Detectives von der Homicide-Squad aus Brisbane zugeschlagen hat.«

An Shane prallte der Seitenhieb ab. Es war keine Zeit und kein Platz mehr für persönliche Verletzlichkeiten – jetzt ging es nur noch und ausschließlich darum, den Killer endlich zur Strecke zu bringen. Er griff zum Funkgerät und verlangte Jack in Brisbane zu sprechen. Die Verbindung zur Zentrale war schlecht. Nach Minuten erst konnte er mit dem Kollegen sprechen. »Jack, bist du sicher, dass ihr den Richtigen habt?« Einen Moment bekam er keine Antwort. Dann fragte Jack:

»Wieso?«

Shane unterrichtete den Kollegen über den Mord. Jack stammelte nur noch, und Shane legte auf.

»Sie hatte heute Nachmittag frei. Ich hab sie noch um zwei gesehen.« Dr. Kilian sprach mehr zu sich selbst.

»Erzählen Sie uns alles, was Sie über sie wissen«, verlangte Shane.

Sue Zucker hatte allein gelebt und ein kleines Haus zwanzig Kilometer außerhalb von Charleville bewohnt. Seit vier Jahren hatte sie als Sprechstundenhilfe und Krankenschwester im Charleville Hospital gearbeitet, seit einem Jahr für Dr. Kilian.

»Sie war resolut, aber auch sehr warmherzig. Wir hatten unsere Kämpfe, doch sie war immer loyal.« Dr. Kilian setzte die randlose Brille ab, rieb sich über die Augen. »Haben ... haben Sie vielleicht einen Schluck Whisky?« Seine Lippen waren aufgesprungen.

»Russell, Sie fahren zu Sue Zuckers Haus! Und wir, Webster, machen uns auf den Weg ins Krankenhaus nach Charleville. Kommen Sie, Doc.«

Während der Fahrt drehte sich Webster, der am Steuer saß, plötzlich abrupt zu Shane um. »Ich hab vergessen, Ihnen was zu sagen!« Und er berichtete, dass die Frau aus dem Motel in Eulo angerufen habe. »Sie hat die Zeitung aufgeschlagen, und da war eine Jubiläumsanzeige des Supergrocer drin. Und ein Foto der Besitzerin. Sie hat Jo Hill als Copelands Begleiterin erkannt!«

Shane war erleichtert, dass es nicht Helen war. In seinem Kopf schwirrten die Mosaikteile des Falles wie aufgescheuchte Papageien umher.

Andy

Er stand neben ihr an der Theke, packte immer mehr Würste, Brötchen und Toasts aus, verkaufte Cola und Limonade und dachte daran, dass er morgen abreisen würde. Es machte ihn traurig. Einmal, als sie seinen Blick auffing, nahm sie seine Hand und drückte sie fest. Da hoffte er, dass sie ihre Meinung ändern und doch mitkommen würde.

»Warum hauen wir nicht jetzt ab?«

Sie starrte ihn an, schüttelte dann den Kopf und lachte. Es war ein unangenehmes Lachen. »Du hast Ideen! Du bist verrückt!«

Dass sie so dachte, enttäuschte ihn. Eines hatte er in diesen Tagen in Coocooloora gelernt: Wenn das Glück vorbeikam, musste man es fassen. Es kam nicht öfter vorbei – und vor allem: Es wartete nicht.

Shane

Um Himmels willen, Sue?« Die Schwester am Empfang, eine blasse Grauhaarige, deren weißes Häubchen wie eine schlecht gefaltete Papierserviette wirkte, wurde noch blasser. »Ich hab sie doch heute Nachmittag noch gesehen! Mein Gott. Wenn er jetzt schon hier ist ... Ich ... wollte gerade gehen. Ich will Polizeischutz!«, rief sie, die hervortretenden Augen aufgerissen.

»Wir sind ja hier«, beruhigte Dr. Kilian sie in ärztlichem Überlegenheitston, während seine Hände zitterten, wie Shane bemerkte. Ob wegen des Alkoholentzugs oder der Umstände wusste er nicht zu sagen.

Die Schwester am Empfang hatte die ermordete Sue zuletzt nach deren Dienstschluss um kurz nach zwei Uhr am Nachmittag gesehen. »Ich hatte gerade mit meiner Schicht angefangen.« Ihre Augen schienen immer weiter hervorzutreten, und die Papierserviette auf ihrem Kopf wirkte seltsam schlaff. Weiter berichtete sie, dass Sue ihren weißen Kombi gewöhnlich auf dem Parkplatz für die Angestellten abstellte. Ihr Wagen war jedoch nicht da, wie Webster sofort abklärte.

Shane bat Webster, unten am Eingang zu warten, während er selbst mit Dr. Kilian in den ersten Stock zu Sue Zuckers Arbeitsplatz eilte. Eine junge blonde Krankenschwester mit eng stehenden Augen und blau geschminkten Lidern starrte sie erschrocken an. Sie schielte leicht.

»Wissen Sie, ob Sue Zucker eine Verabredung hatte, sich mit jemandem treffen wollte, vielleicht auch schon vor ein paar Tagen? Mit einem Freund, einem Bekannten?«, fragte Shane.

Die Krankenschwester schüttelte den Kopf.

»Wir sollten die Nachtschwester anrufen«, mischte sich Dr. Kilian, wieder ruhiger geworden, ein. »Sie hatte vorher Dienst.«

Shane roch Whisky. Wo hatte der Arzt den so schnell herbekommen?

Die Nachtschwester erklärte, dass Sue wie üblich um vierzehn Uhr ihren Dienst beenden und Mister Hill zu seinem Vater bringen wollte.

»Peter Hill? Den Besitzer des Supergrocer?«, hakte Shane nach. Er war mehr als überrascht.

Peter Hills Vater lebe in dem kleinen Altenheim in Charleville, einer Initiative der christlichen Kirche, erklärte die Schwester. Sue habe Peter Hill erst nicht dorthin bringen wollen, weil sie nicht besonders gut mit ihm auskam. Er habe sich ein paarmal beschwert, weil sie ihn seiner Meinung nach zu ruppig behandelt hatte. »Peter Hill ist krankhaft eifersüchtig. Er glaubt immer, dass man ihm andere vorzieht, nur wenn man mal seinem Nachbarn zuerst die Teetasse hinstellt, und außerdem ...« Sie stockte.

»Ja?«, fragte Shane.

»Das soll Ihnen Dr. Kilian erzählen.«

In seinem großen, mit rötlichem Leder gepolsterten Gebärmutter-Schreibtischsessel fühlte sich Dr. Kilian wieder wohler. Er holte eine Flasche hervor, goss sich einen Whisky ein, kippte ihn herunter, lächelte gequält. »Ich nehme an, Sie trinken nicht, wenn Sie im Dienst sind. Sehen Sie, das ist mein Vorteil. Mein Ruf ist schon zerstört!« Er lächelte bitter. »Peter Hill hatte vor einem halben Jahr einen Autounfall.«

»Ich weiß«, erwiderte Shane.

»Seitdem kann er nicht mehr gehen, hat vom Bauchnabel abwärts kein Empfinden.« Dr. Kilian spitzte den Mund, die Lippen grau und trocken. »Mister Hill war in verschiedenen Kliniken zur Behandlung. Inzwischen habe ich die Akten, weil er zu regelmäßigen Anwendungen und Untersuchungen zu uns kommt.« Er goss sich noch einen Whisky ein, trank das Glas in einem Zug aus, wirkte nun vollends klar. »Vor drei Wochen etwa war er plötzlich an den Füßen schmerzempfindlich, was sich dann aber wieder gelegt hat, seltsamerweise. Mehrere Kollegen finden keine Erklärung für Mister Hills Lähmungen. Laut Röntgenaufnahmen und verschiedener Tests ist er nicht gelähmt. Wir erklären es uns mit einem Trauma.«

Shane verstand nicht ganz. »Soll das heißen, Peter Hill ist gar nicht gelähmt, er tut nur so?«

»Nein, nein, nein! Sie verstehen mich falsch. Er ist organisch gesund – aber seine Psyche nicht! Er ist durch den Unfall psychisch geschädigt. Steht immer noch unter Schock.

Und Sue Zucker, na ja, Sie haben Sie ja einmal kennen gelernt, glaube ich. Sie ist, wie soll ich sagen, eher ...«

»Direkt?«

»Ja, so könnte man es ausdrücken. Sie hat ihn nicht mit Samthandschuhen angefasst, dachte, er bräuchte, wie sie es nannte, ›einen Tritt in den Arsch‹, damit er endlich aus dem Rollstuhl aufsteht. Mister Hill hat sich deswegen bei mir beschwert. Er ist sehr empfindlich.«

»Weiß seine Frau, dass er eigentlich gehen kann?«

»Nein. Er wollte nicht, dass wir es ihr sagen. Er hat Angst, dass sie es nicht verstehen und ebenfalls Druck auf ihn ausüben könnte, was ich auch nachvollziehen kann.«

»Ist Peter Hill inzwischen von seinem Vater zurück?«

Die Augenbrauen in Dr. Kilians grauem Gesicht zuckten hoch. »Das nehme ich doch stark an. Hier ist ja schon Nachtruhe. Und im Altenheim erst recht.«

»Ich will mit ihm reden.« Shane stand auf.

Die schielende Schwester starrte Dr. Kilian für einen Moment an. »Aber Mister Hill ist nicht da. Ich dachte, Sie wüssten Bescheid, er hätte Sie davon unterrichtet.«

»Nein, hat er nicht.« Dr. Kilian war unruhig, seine Stimme klang dünn und hoch.

»Wo ist sein Zimmer?«, fragte Shane. Er hatte keine Geduld mehr.

Peter Hill hatte allein in einem Zimmer gelegen. Auf dem Nachttisch stand ein billiger, alter Wecker, daneben lag die Schachtel mit den einzunehmenden Tabletten. Sie war komplett leer. Keine persönlichen Dinge.

»Haben Sie in den Toiletten, in den Treppenhäusern nachgesehen? Vielleicht steckt er irgendwo fest, kommt nicht mehr raus.«

Sie schüttelte den Kopf. »Nein, er ist nirgendwo.«

»Vielleicht wollte er nach Hause, hat es nicht mehr ausgehalten?« Dr. Kilian wirkte nun doch ein wenig nervös.

»Aber er sitzt doch im Rollstuhl, er kann nicht Auto fahren, er kommt ja nirgendwohin!«, rief die Schwester verzweifelt. Eine Falte zwischen ihren eng zusammenstehenden Augen schnitt sich in die Haut. »Oh Gott«, wimmerte sie, hielt sich die Hände vors Gesicht, »wenn ihm das Gleiche passiert wie diesem Journalisten in Coocooloora!«

»Wo ist das Altenheim?«, wollte Shane wissen.

»Am Mitchell-Highway, Richtung Cunnamulla«, antwortete Dr. Kilian. »Auf der rechten Seite, vor dem Tourist Information Center und dem Graham Andrews Park.«

Moodroo

Den Schädel mit den Kleidern hatte er unter dem Stein gefunden, der all die Jahre nicht an der Stelle gelegen hatte. Deshalb hatte er vor Monaten den Stein hochgehoben, dort, wo sie den Parkplatz bauten. Der Schädel hatte zu ihm gesprochen. Er musste eine Aufgabe erfüllen, er hatte Verantwortung übertragen bekommen. Er hatte eine Spur zu verfolgen. Der Inquest war bald zu Ende. Bald musste er am Ziel sein. Den Schuldigen gefunden haben. Er ging weiter durch die Straßen mit den hässlichen Häusern. Durch fremdes, feindliches Land.

Shane

Webster startete den Wagen. Sie bogen von der King Street rechts in den Mitchell-Highway ein, passierten die Western-Railway-Linie und waren in wenigen Minuten am Ziel. Gleich gegenüber der Straße zweigte der Airport Drive ab. An dem unbeleuchteten, alten zweigeschossigen Holzgebäude mit Giebeldach klingelten sie Sturm. Ein unfreundlicher, verschlafen wirkender Pfleger mit zerknittertem, kurzem weißen Kittel stand in der Tür.

Shane klappte seinen Ausweis auf und zu. »Wir suchen Mister Hill.«

Der Pfleger fuhr sich mit der Hand durch die fettigen kinnlangen Haare, zog die Nase hoch, schüttelte den Kopf. »Muss 'n Irrtum sein. Hier gibt es keinen Hill.«

»Dann sind Sie es, der sich irrt. Zeigen Sie mir die Liste mit den Namen aller Bewohner.«

»Moment, Moment, dürfen Sie das überhaupt?«

»Ich darf noch ganz anderes.« Shane drückte den Pfleger zur Seite, ging an ihm vorbei; Webster folgte ihm.

Da er merkte, dass er keine Chance hatte, holte der Pfleger das Buch mit den Namen der Bewohner aus dem Büro. Mit dem Finger fuhr er die Namensliste herunter.

»Sehen Sie, da gibt es keinen Hill, wie ich's Ihnen gesagt habe!«

Doch Shanes Blick blieb an einem anderen Namen hängen. Er las den Namen dreimal, aber er blieb derselbe: Hammett, James, genannt Jim. Der Mann, der vor fünfundzwanzig Jahren seine Frau mit einer Walther PPK .22 erschossen hatte.

»Ach, Hammett meinen Sie? Klingt aber ziemlich anders als Hill, hab ich Recht?« Der Pfleger grinste, und Shane schleuderte ihm erst einen wütenden Blick entgegen und knallte dann das Buch auf die Empfangstheke, dass der Pfleger und auch Webster zusammenzuckten.

»Bringen Sie mich zu ihm!«, forderte Shane.

»Aber er schläft!«

»Das ist mir scheißegal!«, zischte Shane, und der eingeschüchterte Pfleger beeilte sich, vor ihnen die Treppe hochzusteigen.

»Hammett?«, flüsterte Webster. »Aber wieso heißt dann sein Sohn Hill?« Er hatte Mühe, mit Shane Schritt zu halten.

Im ersten Stockwerk öffnete der Pfleger die Tür eines Zimmers. Stickige Luft quoll Shane entgegen. Der Geruch von lange nicht gewaschenen Kleidern. Vor ihnen im Bett ein Männchen, kauernd, wie ein Embryo mit gebeugtem Rücken.

»Mister Hammett?«, vergewisserte sich Shane.

»Der redet nix«, brummte der Pfleger.

»Könnten Sie das Fenster öffnen?«, bat Shane.

»Dann bekommt er einen Zug.« Der Pfleger ging hinaus, schloss die Tür hinter sich. Bis auf den rasselnden Atem des alten Mannes war es still. Webster blieb an den Türrahmen gelehnt stehen, Shane rückte den einzigen Stuhl im Zimmer hinter dem Plastiktisch hervor und setzte sich nahe vor das Bett.

»Mister Hammett, ich bin Detective Shane O'Connor.«

James Hammett drehte langsam den Kopf. Shane sah in ein graues, zerfurchtes Gesicht mit Augen wie erloschene Kohlen. Er war offenbar vor Tagen zum letzten Mal rasiert worden. Weiße Bartstoppeln bohrten sich durch die Haut.

»Mister Hammett, hat Ihr Sohn Peter Sie heute besucht?«

Der Mann atmete tief, und das Rasseln klang schauerlich. Sein Atem stank. Seine dünnen, pergamentenen Lider schlossen sich, und Shane fürchtete, er würde einfach einschlafen. Doch Hammett öffnete die Augen wieder, unendlich müde. Kaum merklich schüttelte er den Kopf, den Blick an die Decke gerichtet, durch die er hindurchzusehen schien.

»Wissen Sie, wo er jetzt ist?«

Der Alte zeigte keine Reaktion. Ein süßsäuerlicher Geruch umgab ihn. Plötzlich bewegte er die graubraunen Lippen, begann zu sprechen. Mit einer Stimme, die alle Kraft verloren hatte: »Möge Gott richten über die Wahrheit.«

Die Luft war unerträglich. Shane riss das Fenster auf, setzte sich wieder.

»Mister Hammett, Sie erinnern sich doch noch an den zweiten März neunzehnhundertvierundsiebzig. Hat Ihr Sohn Peter die Waffe?«

Für einen Moment kehrten die Augen des Alten aus der Unendlichkeit zurück, dann wurden sie wieder matt und ziellos, und er sagte mit seiner leisen Stimme: »Gottes Gesetz ist hart und grausam.« Hammett ließ seine Augenlider fallen und hob sie langsam wieder hoch. Sein Atem rasselte unentwegt. »Gott allein weiß die Wahrheit.«

»Was? Was weiß er?«

»Die Wahrheit.« Sein Mund verzog sich zu etwas, das Shane als Lächeln deutete. »Ich habe gebüßt.« Dann drehte er seinen Kopf weg und schloss die Augen. Diesmal hob er die Lider nicht mehr. Sein Atem wurde tiefer. Er begann röchelnd zu schnarchen.

Shane fluchte und eilte mit Webster hinaus. Sie mussten so schnell wie möglich nach Coocooloora. Jo Hill war in Gefahr. Wenn ihr Mann so krankhaft eifersüchtig war ...

»Sie haben ja doch das Fenster aufgemacht!«, schrie der Pfleger noch hinter ihnen her.

Webster fragte atemlos, als sie die Treppe hinunterrannten: »Peter Hill ist also der Sohn von Jim Hammett, der seine Frau erschoss – aber Sie meinen doch nicht, dass Peter Hill den Journalisten und Betty und diese Krankenschwester um ... Aber woher wusste er, dass der Frauenmörder seinen

Opfern diesen Schnitt in den Bauch zufügte, wie bei der Krankenschwester?«

Sie rissen die Autotür auf. Webster drehte den Zündschlüssel, der Wagen schoss auf den Highway in Richtung Ortsausgang.

»Sie meinen, er ist auch der, der Frauenmör...?«, murmelte Webster nach einem Moment.

Per Funk leitete Shane eine Fahndung nach Peter Hill und nach Sue Zuckers weißem Kombi ein. Philipp Russell, der zunächst keine Hinweise in Sue Zuckers Wohnung gefunden hatte, übernahm die Kontrolle der Straßen um Charleville, die Kollegen in Longreach die der anschließenden Streckenabschnitte.

»Und bewachen Sie Hills Haus. Vielleicht kehrt er ja dahin zurück! Aber tun Sie es unauffällig! Wir dürfen ihn nicht warnen.«

Jetzt war es halb sieben. Wenn er tatsächlich mit Sue Zucker um vierzehn Uhr das Hospital verlassen hatte, war er seit viereinhalb Stunden weg.

»Jo Hill wird noch beim Rodeo sein. Da fängt jetzt gleich das Bullenreiten an«, bemerkte Webster, der keine Anzeichen von Ermüdung zeigte. Noch immer glühte sein Gesicht, und seine Augen leuchteten wach.

»Wir fahren zum Rodeo!« Als Shane das Wort aussprach, erinnerte er sich an Steve Himmelreichs Profil des Serienkillers. Hatte er nicht damals beim Meeting in Brisbane erwähnt, dass die Morde jeweils bei einem Rodeo stattfanden?

»Lassen Sie uns noch schnell bei Dr. Kilian Halt machen. Und rufen Sie Paddy an, er soll ein Auge auf Jo haben.«

Als Shane in das Büro des Arztes stürzte, machte der keinerlei Anstalten, die Flasche und das Glas vor sich zu verstecken. Zusammengesunken hockte er in seinem Sessel. Er sah nur müde auf.

»Welche Blutgruppe hat Peter Hill!«, fragte Shane.

Wortlos sah Dr. Kilian in die Akte, die aufgeschlagen vor ihm lag.

»Peter Hill hatte Blutgruppe B Rhesus negativ.«

Genau wie die Blutspritzer auf der Regenjacke.

Dr. Kilian grinste zynisch. »Sie glauben, dass er es ist, der Frauenkiller. Nicht wahr?« Er seufzte. »Wie kann man dieses Leben ertragen, ohne zu trinken? Lüge, Verrat, Täuschung! Er kam viel in der Gegend rum, weil er verrückt nach Rodeos war und überall seine Hot Dogs verkaufte. In Tambo, in Roma, Barcaldine, überall, wo Frauen ermordet wurden. Hab ich Recht, Detective?«

Shane war schon wieder auf dem Sprung. Doch der Arzt schien das nicht zu bemerken. »Wissen Sie, ich hab mich mit ihm sogar noch über Frauen unterhalten!« Er lachte schrill und kurz. »Dass man ihnen nicht trauen kann! Dass sie einen sitzen lassen, wenn's ihnen nicht mehr passt! Dass sie einen verdammt demütigen können.« Dr. Kilians Zunge war schon schwer. Trotzdem stürzte er das nächste Glas herunter. »Detective – ich erzähle Ihnen jetzt etwas über Peter Hill, und ich weiß, dass ich damit die ärztliche Schweigepflicht verletze.« ... Er lachte höhnisch auf. »Aber wozu braucht man bei dieser Menschheit noch ethische Ansprüche? Sie ekeln mich, die Menschen ...«

»Sie wollten etwas sagen. Über Peter Hill«, unterbrach Shane ihn.

»Ja. Wissen Sie, warum er seiner Frau nicht erzählte, dass er lediglich ein psychisches Problem hat, aufgrund dessen er nicht laufen kann?« Der Arzt fixierte Shane, holte tief Luft und sprach dann weiter: »Er sagte zu mir, dass er sie prüfen wolle. Er erzählte mir, dass sie eine Affäre mit einem Journalisten gehabt und sich mit ihm in Motels getroffen hatte. Das war noch, als Peter gesund war. Dann verschwand der Journalist plötzlich. Und Peter Hill erlitt den Unfall. Nach einer Weile im Rollstuhl wollte er wissen, ob sie ihn noch liebte, auch wenn sie ihm aufs Klo helfen musste.«

»Das ist sadistisch.«

»Gottvater war sadistischer. Hat er nicht Abraham befohlen, ihm seinen kleinen Sohn zu opfern? Es war ein Spiel.«

»Nur wenn man es noch rechtzeitig abbricht.«

»Ach, Detective, was heißt schon ›rechtzeitig‹? Manche haben das Spiel schon am Anfang ihres Lebens verloren und brechen es nicht ab, weil sie gar nicht wissen, dass sie verloren haben!«

Als Shane aus der Tür eilte, hörte er in seinem Rücken noch das hohle Lachen des Arztes.

Unterwegs nach Coocooloora unterrichtete er per Funk Al Marlowe, der schon auf dem Nachhauseweg war, über die Ereignisse.

»Shane, bist du dir darüber im Klaren, dass wir dann zwei Frauenmörder haben? Sieh zu, dass du hieb- und stichfeste Beweise hast – immerhin haben wir einen, der alle Morde gestanden hat.«

»Keine Angst, Al. Ich schnapp ihn mir in flagranti.«

»Das würde ich dir nicht raten, du hast nicht die richtigen Leute bei dir!«

»Vertrau mir, Al!« Shane legte auf. Er würde Peter Hill in flagranti fassen, im letzten Moment, wenn er nichts mehr abstreiten konnte. Adrenalin durchfloss seine Adern. Die heiße Phase der Jagd begann ...

Webster unterbrach seine Gedanken. »Glauben Sie, Hill geht nach Hause?«

»Wohin soll er sonst gehen? Er weiß ja nicht, dass wir ihm auf der Spur sind. Vielleicht ahnt er es. Aber er weiß nicht, dass wir wissen, wer sein Vater ist, und auch nicht, dass wir seine Blutgruppe auf der Regenjacke festgestellt haben.«

»Aber spätestens mit seinem Verschwinden hat er sich doch verdächtig gemacht. Er muss damit rechnen, dass wir eine Verbindung herstellen zwischen Sue Zuckers Tod und seinem Verschwinden.«

»Warum? Wenn man Sue Zucker erst morgen oder wie in den anderen Fällen erst Tage oder Monate später gefunden hätte, wäre womöglich niemand auf die Idee gekommen, ihn mit dem Mord in Verbindung zu bringen. Vielleicht wollte er am nächsten Tag wieder im Krankenhaus auftauchen, oder vielleicht ruft er auch an und teilt Dr. Kilian voller Freude mit, dass er plötzlich wieder laufen kann und das an jenem Nachmittag, an dem er verschwand, ausprobieren wollte. Nein, er weiß nicht, dass wir hinter ihm her sind. Und wir sollten auch so unauffällig wie möglich vorgehen. Haben Sie Paddy erreicht? Er soll Jo zur Polizeistation bringen!«

Webster schüttelte den Kopf. »Meldet sich nicht. Was machen wir jetzt?«

»So schnell wie möglich zum Rodeo! Ich wette, Peter Hill kommt nach Hause. Wenn er Frank aus Eifersucht getötet hat, dann ...«

»... dann sind auch Jo und der Junge in Gefahr«, beendete Webster den Satz und trat das Gaspedal durch.

Peter Hill

Als er seine Mutter erschoss, konnte er zum ersten Mal in seinem Leben frei atmen. Und jedes Mal, wenn er danach wieder tötete, konnte er es für Stunden, Tage und Wochen spüren: Freiheit und Frieden. Doch dann kamen die anderen Gefühle wieder: die Angst vor den anderen, vor ihren Worten, die verletzten, vor ihrem brutalen Lachen, der Hass auf die, die ihn demütigten. Und dann wusste er, dass er sie nicht alle würde töten können, sie waren zu viele. Überall traf er sie, an den Kassen der Supermärkte, als Kundinnen in seinem Laden, an der Tankstelle, in Kneipen, auf der Straße, seine Mutter hatte tausend Leben. Er musste sie immer wieder töten, denn sie erstand immer wieder auf.

Jo war anders. Das hatte er wenigstens am Anfang gedacht. Sie war jung, sehr jung und ganz anders als seine Mutter. Sie lachte ihn nicht aus, sie bewunderte, liebte ihn. Bis dieser andere Mann kam, dieser Journalist, und ihr den Kopf verdrehte. Dabei hätte sie ihm, Peter, dankbar sein müssen. Was hatte sie denn für ein Leben geführt, bevor er sie damals in Sydney kennen gelernt und sie nach einer Woche mit nach Coocooloora genommen, sie geheiratet und ihr einen Großteil des Geschäfts anvertraut hatte? War Bedienung in einem Schnellrestaurant voller Rucksacktouristen und asiatischer Sprachschüler – ihr Freund, ein heroinsüchtiger Arbeitsloser, der ständig mit der Polizei zu tun hatte. Ein bisschen erinnerte sie ihn an sich selbst. Ihre Eltern waren gestorben, als sie sechzehn gewesen war. Er war vierzehn gewesen, als er seine Mutter erschossen hatte und sein Vater ins Gefängnis gegangen war. Sein Vater war ein Waschlappen. Sagte Ja und Amen zu allem, was seine Frau, Claire, befahl, ging Konflikten aus dem Weg, in den seltenen Zeiten – in denen er überhaupt zu Hause und nicht unterwegs war – in seinem auf Pump gekauften Truck, den er Woche für Woche abzahlen musste. Er kannte seinen Sohn ja kaum, wie sollte er an dem zweifeln, was seine Frau über ihn erzählte, über die angeblichen Böswilligkeiten, Lügen, Diebstähle. Er wusste ja nicht, dass sein Sohn nur log, weil sie ihm sadistische Verbote auferlegte, ihm verbot zu essen, obwohl er Hunger hatte, ihm verbot zu schlafen, wenn er abends müde war, ihm verbot, in die Wärme zu gehen, wenn er fror. Sein Vater glaubte nicht, dass er, Peter, das Essen in Supermärkten und Restaurants nur stahl, weil er zu Hause nichts zu essen bekam, weil seine Mutter ihm, wenn er von der Schule kam, den Finger in den Hals steckte, damit er sich übergab, alles auskotzte, was er in seiner Not irgendwo gefunden oder geklaut hatte, um nicht zu verhungern, sogar Tiefgekühltes. Sein Vater wusste das alles nicht. Erst als er Pleite ging, sie ihm den Truck pfändeten, er für ein paar Monate zu Hause blieb, musste ihm klar geworden sein, dass sein Sohn nicht log, dass seine Frau nicht nur schon morgens besoffen, sondern auch psychisch krank war. Jetzt richtete sich ihr blinder Hass auch gegen ihn, ihren Mann, sie demütigte ihn, lachte ihn aus, sah ihn verächtlich an. Als er, Peter, dann eines Abends, als beide betrunken in der Küche hockten und sich stritten, die kleine Walther aus der Schreibtischschublade seines Vaters nahm, die dieser früher für Notfälle unterm Sitz in seinem Truck versteckt hatte, da unternahm sein Vater nichts. Er konnte nur zusehen, wie sein Sohn auf die zeternde Frau feuerte und sie mit ungläubigem Gesicht auf ihn zuwankte und nach dem dritten Schuss vor seinen Füßen zusammenbrach. Da erst wurde der Vater wach, nahm seinem Sohn die Waffe aus der Hand und rief die Polizei, der er erzählte, er hätte seine Frau erschossen. Doch der Sohn nahm, unbemerkt vom Vater, die Waffe, bevor die Polizei eintraf, und versteckte sie draußen im Garten. Es war ja dunkel, und niemand sah ihn. Die Waffe hatte ihm die Freiheit gebracht. Er würde sie nicht so ohne weiteres abgeben. Sein Vater tat ihm nicht Leid, als er abgeführt wurde, obwohl er ihm, Peter, einen leidenden Hundeblick zuwarf und ihm zuflüsterte, er habe es für ihn getan. Ins Gefängnis gehen war das Mindeste, was ein Vater für einen misshandelten Sohn tun konnte! Viele, viele Jahre später erst empfand Peter so etwas wie Mitleid und kümmerte sich um einen Platz im Altenheim in Charleville. Anfangs wollte er seinen Vater öfter besuchen, aber dann war er in acht Jahren doch nur achtmal da gewesen. Auch das Mitleid war in ihm erstorben wie jedes Gefühl – außer dem Hass.

Seine erste Verlobte, da war er zwanzig, musste sterben, weil sie begann, sich über ihn lustig zu machen, da es im Bett zwischen ihnen nicht richtig klappte. Sie schrie ängstlich, wenn er sich ihr mit Gewalt und Rohheit näherte, was ihn erregte. Das war doch nicht seine Schuld!

Jo hingegen spielte die Spiele mit, ließ sich fesseln, demütigen, es machte ihr Spaß, sie war wild und genauso erregt wie er. Aber dann kam dieser Mann, Frank Copeland, und sie veränderte sich, wies ihn, Peter, immer öfter ab, lehnte sich gegen die Spiele auf, verweigerte ihm seine Lust. Er musste diesen Mann töten, um sie, Jo, wieder auf den richtigen Weg zu bringen. Deshalb ließ er den Toten verschwinden. Sie sollte glauben, dass Copeland sie wegen einer anderen Frau verlassen hätte. Das würde ihr besonders wehtun. Das hatte er geschickt eingefädelt. Und diese schwarze Frau musste er auch beseitigen. Sie wusste sicher, mit wem Frank sich traf. Immerhin war es sehr wahrscheinlich, dass sie es wusste, und dieses Risiko wollte er nicht eingehen. Der Abschiedsbrief klang gut. Bettys vermeintlicher Selbstmord aus enttäuschter Liebe ließ keinen Zweifel an Franks Abreise mit einer anderen Frau aufkommen. Er hatte gewusst, dass Dr. Kilian die Untersuchung der Leiche in der Badewanne durchführen würde. Er war immer montags in Augathella und Coocooloora. Dr. Kilian war ein Säufer, das war kein Geheimnis, und er warf stets nur aus der Ferne einen Blick auf einen Toten, weil ihm regelmäßig dabei übel wurde. Und Peter wusste, dass Moodroo erst am Montag von einem Treffen zurückkommen würde.

Immer wieder hatte er Frauen töten, ihr Todesurteil fällen müssen, weil sie ihn gedemütigt hatten. Meistens geschah das, wenn er allein unterwegs war, auf den Rodeos, wo er aus seinem Wagen Hot Dogs verkaufte. Er liebte Rodeos, die buckelnden Bullen, die in jedem Augenblick mit ihren Hufen die Körper der jungen Männer zertrampeln und ihre Köpfe zu Brei stampfen konnten, und immer wünschte er, dass sie es taten, die Kreaturen, denen man die Hoden einschnürte, damit sie vor Schmerz wild wurden. Frank Copeland musste er genauso richten wie die Frauen. Schließlich hatte Copeland ihn auch gedemütigt, indem er ihm die Frau weggenommen hatte. Deshalb musste er genauso sterben: nackt und kniend und um Gnade flehend, die er, Peter, ihm nicht gewähren würde. Er hatte genau geplant, wie er diesen Frank umbringen wollte.

Es war Samstag, und Jo war seit Tagen wieder so anders, ablehnend, als sie angeblich wie am vergangenen Wochenende zu Elaine, ihrer Freundin, aufbrach. Sie brauche ihre Hilfe, hatte Jo ihm erklärt, da ihr Mann sie verlassen habe und sie nun mit einem einjährigen Kind allein sei.

Von Anfang an glaubte er ihr nicht. Dass sie vor acht Tagen mit diesem Journalisten im *Eulo-Motel* gewesen war, wusste er von einer alten Freundin in Eulo, die seine Frau am vorangegangenen Wochenende erkannt und ihn angerufen hatte.

Und so fuhr er am Sonntag zuerst zu Betty Williams, dem ersten »Teil« seines, wie er fand, genialen Plans.

Als sie ihn arglos in die Küche ließ, in der sie gerade kochte, empfand er nichts. Doch, ein wenig Trauer. Diese Frau tötete er nur, um Franks freiwilliges Verschwinden und die Affäre mit einer anderen Frau glaubhaft erscheinen zu lassen. Jo würde Frank daraufhin hassen. Da war er sicher.

Er griff Betty von hinten, jagte ihr die Kugel in den Hinterkopf. Es ging schnell. Das Kaliber war klein, und er hatte eines gewählt, dass im Kopf stecken blieb. Das dichte Haar der Frau verdeckte das kleine Loch. Die übrige Inszenierung war so perfekt, dass niemand an einem Selbstmord zweifeln würde.

Er schleppte die Tote ins Badezimmer, das sich glücklicherweise gleich neben der Küche befand, wie er feststellte, hob ihren Körper in die Badewanne und drehte den Hahn auf. Das Blut aus der Wunde floss in die Badewanne. Dann ging er zurück in die Küche, nahm ein Küchenhandtuch und wischte damit über ihre Hände, an denen Hackfleisch klebte, und über seine behandschuhten Hände, die von der Kopfwunde blutig waren. Dann nahm er ein Küchenmesser aus der Schublade, hoffte, dass es scharf genug war, kehrte ins Badezimmer zurück und schnitt die Pulsadern an ihren Handgelenken auf.

Da sie bereits tot war und das Herz nicht mehr schlug, floss das Blut nur langsam aus den geöffneten Adern. Er legte das Messer so auf den Boden neben die Badewanne, dass es aussah, als wäre es ihr aus der Hand gefallen, und kehrte in die Küche zurück.

Den Abschiedsbrief hatte er zu Hause verfasst, zusammengefaltet und in die Brusttasche seines Hemdes gesteckt. Bevor er ihn auf die Küchentheke legte, überflog er ihn noch einmal.

Warum quälst du mich? Ich habe dir nichts getan. Wenn man um die Liebe gebracht wird, ist es aus.

Es klang plausibel. Und die Schrift, fand er, war ihm gut gelungen. Ihm fiel ein Bild auf, das die Unterschrift Betty Williams' trug, wie er bei näherem Hinsehen feststellte.

Besonders genial fand er sich, als er unter den Abschiedsbrief die Signatur kopierte, die sich auf dem Gemälde im Wohnzimmer befand.

Ruhig und zufrieden mit seiner Arbeit ging er aus der Tür und stieg in seinen Wagen, den er unter den Bäumen abgestellt hatte, sodass man ihn von der Straße aus nicht sehen konnte. Auf seiner Armbanduhr war es halb drei. Die Sonne brannte. Es war schwül. Jetzt erst fiel ihm auf, dass sein Hemd vollkommen durchgeschwitzt war.

Sie würde nicht vor halb sechs am Sonntag zurückkommen, hatte sie gesagt. Ihm blieben also noch ein paar Stunden, bis dieser Frank nach Hause kommen würde. Und so beschloss Peter, auch um sich ein Alibi zu verschaffen, im Pub vorbeizuschauen und sich eine Weile das Rugbyspiel anzusehen.

Er bemühte sich, mit möglichst vielen Leuten zu sprechen und dabei auch die Uhrzeit zu erwähnen. Nach zwei Stunden, um Viertel vor fünf, verließ er den Pub und fuhr in die Richtung zurück, in der Betty Williams' Haus lag. Er bog jedoch einen Kilometer vorher in die Einfahrt zur Baustelle ein, drehte, sodass er nach vorn zur Straße blicken konnte, auf der Frank, der ja mit Betty bei deren Bruder wohnte, vorbeifahren musste.

Bisher waren Bäume und Sträucher niedergerissen worden, da man den Parkplatz bauen wollte. Dort, wo die Wurzeln der Bäume sich in der Erde festgekrallt hatten, waren nun Löcher, ideale Gräber. Er würde nur Sand darüber schaufeln müssen, denn er wusste, dass in zwei Tagen eine Teerschicht darüber gegossen werden würde. Niemand würde den Toten jemals finden. Und Jo würde nie daran zweifeln, dass Frank sie einfach wegen einer anderen sitzen gelassen hatte. Bei dem Gedanken musste Peter ein wenig lächeln. Mit besonderen Aufmerksamkeiten würde er sie wieder ganz für sich gewinnen. Dessen war er sicher.

Von der Straße aus war er kaum zu sehen, da das ausgerissene Gestrüpp und Bäume den Wagen an dieser Stelle gut verbargen. Er kurbelte die Fenster herunter und wartete. Eine Krähe in einem verzweigten Baum hinter ihm schrie unablässig. Am liebsten hätte er sie mit dem Revolver abgeschossen. Aber das wäre töricht gewesen.

Endlich hörte er ein Auto. Da die Straße etwa einen Kilometer vorher eine Kurve machte, konnte er das Auto durch die Büsche sehen. Ein beigefarbener Holden Kombi kam auf ihn zu.

Frank Copeland

Frank Copeland träumte vor sich hin. Er hatte es nicht eilig, nach Hause zu kommen. Noch spürte er ihre Haut und roch ihren Duft. Heute Morgen hatten sie sich mit dem Sex Zeit gelassen. Gegen einen Aufpreis hatten sie das Zimmer im Motel bis zum Nachmittag mieten können.

Sie war bereit, ihren Mann zu verlassen, hatte sie ihm gestern Abend eröffnet. Für ihn, Frank, kam das allerdings etwas überraschend. Noch hatte er sich keinerlei Gedanken über ein Leben mit ihr gemacht. Sie kannten sich noch viel zu wenig, und außerdem wusste er nicht, wie er seine Zukunft sah. Doch er hatte sie zunächst einmal beruhigen können, hatte gesagt, er liebe sie und würde alles für sie tun, er wolle einen Plan ausarbeiten, und sie solle erst mal nichts ihrem Mann erzählen.

Er spielte auf Zeit, zunächst war ihm sein Buch am wichtigsten. Ihm musste es gelingen, einen Bestseller zu landen, der ihn von seinem schlechten Ruf befreien würde.

Glücklicherweise hatte er Betty Williams zu dem Buch überreden können. Er würde enthüllen, dass die Mutter der bekannten Malerin Betty Williams vom Vater eines reaktionären Politikers vergewaltigt worden war. Er würde keine Namen nennen, aber man würde spekulieren. Und er war ein Skandal-Reporter, was sich immer gut verkaufte. Er würde Bettys Kindheit beschreiben und eine tränenrührige Geschichte schreiben. Die Menschen liebten so etwas. Und noch mehr liebten sie authentische Geschichten. Er war sicher, ihm würde endlich der große Wurf gelingen. Ein signiertes Exemplar würde er dem Verleger, seinem früheren Arbeitgeber in London, zukommen lassen. Er lachte.

In dem Moment sah er jemanden auf der Straße, nur hundert Meter vor ihm. War das nicht Peter, Jos Mann? Was wollte der hier? Er bremste, hielt an.

Peter Hill

Hi«, sagte Peter Hill, trat ans Fenster. »Können Sie mir helfen, ich habe einen Platten und kriege den Reifen nicht runter.«

»Wo?«, fragte Frank, nicht gerade erfreut, Jos Mann vor sich zu haben. Außerdem hatte er auch keine besondere Lust, Autos auszugraben oder anzuschieben.

»Da hinten«, antwortete Peter, deutete auf die Einfahrt zum Parkplatz und öffnete schon die Beifahrertür. Er stieg ein, ließ Frank den Wagen in die Einfahrt lenken und bat ihn, vor seinem Auto anzuhalten. »Danke.« Er stieg aus. »Es ist das Hinterrad.«

Peter wartete, bis Frank ausgestiegen war und hinter dem Auto stand.

»Da unten«, meinte Peter, und als Frank, der nicht ganz verstand, um was es ging, sich hinunterbeugte, griff Peter blitzschnell unter sein Hemd, das locker über dem Gürtel hing, zog den Revolver hervor und schlug ihn Frank über den Hinterkopf. Frank sackte zusammen. Peter wusste, dass ihm nicht viel Zeit blieb, und so beeilte er sich, die Schnüre vom Rücksitz seines Wagens zu nehmen, und fesselte mit geübten Griffen Franks Füße und Hände hinter dem Rücken, verband mit einer weiteren Schnur die Fuß- und Handfesseln miteinander, sodass sein Opfer nur noch knien konnte, und stopfte ihm einen alten Lumpen in den Mund. Die Frauen zog Peter vor dem Fesseln noch aus, aber bei Frank wollte er das Risiko nicht eingehen, dass er wieder zu sich kam, bevor er ihn ganz gefesselt hätte. Er würde ihn später ausziehen. Zuletzt zog er den dünnen Regenmantel über, den er im Kofferraum liegen hatte. Kaum war er fertig, als sich Frank auch schon wieder rührte. Von diesem Moment an handelte Peter wie in Trance. Er wusste exakt, was er zu tun, was er zu sagen hatte. Er beschimpfte sein Opfer, schlug es, holte dann vom Rücksitz die Axt, die er in eine lange Plastiktasche gepackt hatte, genoss noch einmal die Angst in den geweiteten Augen und hieb dann zu. Er hatte später keine Erinnerung mehr, wie er die Fesseln gelöst, den Körper ausgezogen, ihn in das Loch geworfen und Erde darüber geschaufelt hatte. Wie im Traum musste er den Kopf und die Kleider und Schuhe in ein anderes Loch geworfen haben, das er ebenfalls zuschaufelte und über das er einen Stein legte, weil er an dieser

Stelle nicht genügend Erde fand. Er verpackte die Axt, legte sie zurück ins Auto, fuhr seinen Wagen noch etwas weiter ins Gebüsch, stieg dann in den beigefarbenen Holden, tuckerte zur Straße zurück und fuhr in die Richtung, in der Betty Williams' Haus lag. Nach dreihundert Metern bog er rechts auf den Sandweg ein und blieb kurz vor dem Abgrund, der das Ende der Straße bildete, stehen. Er stieg aus, trat an den Rand und sah hinunter. Mindestens sechs Autowracks lagen da unten, in vierzig, fünfzig Metern Tiefe. Büsche und Bäume hatten Besitz von ihnen ergriffen. Erst jetzt merkte er, dass er die Regenjacke noch trug. Er zog sie aus, knüllte sie zusammen und warf sie in den Kofferraum. Dann schob er den Wagen über den Abgrund. Es krachte, als das Blech auf die Steine knallte, der Holden rutschte über das Blech eines anderen Wagens und blieb schließlich unterhalb eines Überhangs liegen. Peter war mit dem Platz zufrieden. Von hier oben konnte man den Wagen nur entdecken, wenn man danach suchte. Zu seinem Auto war es nicht weit. Nach zehnminütigem Fußmarsch setzte er sich hinter das Steuer und fuhr zum Pub. Dort waren alle mehr oder weniger besoffen, da das Queensland-Team gewonnen hatte. Keiner würde sich daran erinnern, dass er zwei Stunden fort gewesen war.

Peter Hill seufzte. Er hatte geglaubt, sie zurückzugewinnen. Doch sie hatte sich dem Nächsten an den Hals geworfen. Arme Jo, dachte er, als sein Blick auf ihr Foto auf dem niedrigen Couchtisch in der Ecke fiel. Sie hatte ihn zum zweiten Mal gedemütigt, war zuerst mit diesem Frank und dann mit dem Jungen ins Bett gegangen.

Vor knapp drei Wochen hatte er zum ersten Mal seine Zehen bewegen können und ein paar Tage später seine Beine. Aber er hatte es niemandem erzählt. Auch Jo nicht. Zuerst hatte er sie damit überraschen wollen. Aber dann war dieser Junge gekommen, und da hatte er bemerkt, dass Jo sich veränderte.

Er beschloss, Jo zu beobachten, wie sie ihn anlog, wie sie ruppiger ihm gegenüber wurde. Vielleicht würde sie irgendwann wie seine Mutter werden, dachte er, dann hätte er ein Recht, sie zu töten. Und so quälte er sie, indem er sich immer hilfloser gab, in die Hosen pinkelte, sabberte, nicht mehr richtig sprach. Jo wurde tatsächlich ungnädiger, begann, ihn zu beschimpfen, zu beleidigen. Da stand für ihn fest, dass er sie irgendwann töten musste ...

Diese Krankenschwester im Hospital, diese pralle mit dem blutroten Lippenstift und der lauten Stimme, so laut wie die seiner Mutter, machte sich über ihn lustig. Glaubte ihm nicht, dass er nicht laufen konnte. Natürlich hatte sie Recht. Aber sie hatte kein Recht, das von ihm zu verlangen. Er allein bestimmte, wann er sich aus dem Rollstuhl erheben würde. Und dann beobachtete er sie mit einem Jungen, einem Pfleger, knutschend in der Stationsküche. Da verwandelte sie sich in Jo. Er glaubte, Jo nicht mehr töten zu müssen, wenn er die Krankenschwester umbrächte.

Sie war nicht sehr erfreut, als er sie bat, ihn mit zum Altenheim zu nehmen, weil er seinen Vater besuchen wollte. Natürlich nicht, sie wollte doch sicher zu diesem Jungen und sich ficken lassen.

Schließlich ließ sie sich darauf ein, Peter hievte sich auf den Rücksitz. Und sie klappte den Rollstuhl zusammen, legte ihn in den Kofferraum.

Sie wusste nicht, dass er ihr die entgegengesetzte Richtung angab. Die Richtung, in der ihr Haus lag, was er vorher in Erfahrung gebracht hatte. Statt gleich von der King Street, in der sich das Hospital befand, in den Mitchell-Highway in

Richtung Cunnamulla und Bourke einzubiegen, dirigierte er sie nach Nordwesten durch die Stadt und nach dem Warrego River nach rechts in Richtung Augathella und Longreach. Nach fünf Kilometern zweigte ein kleiner Weg von der Straße ab, der durch ein Gatter versperrt war. Er sagte:

»Hier, hier rechts, da ist es gleich.«

Sie bog in die Straße ein, stieg aus, um das Gatter zu öffnen. In dem Moment holte er das Skalpell, das er auf der Station gestohlen hatte, aus seiner Umhängetasche und verbarg es in seinem Ärmel. Als sie wieder eingestiegen war, sie das Gatter passiert hatten und sie ungehalten fragte, ob er sicher sei, dass sie hier richtig waren, hielt er ihr das Skalpell blitzschnell an die Gurgel. Sofort versuchte sie, sich zu wehren. Sie dachte ja, er sei so gut wie gelähmt. Da drückte er die lange Klinge, so fest er konnte, gegen ihren Hals. Das Blut spritzte, der Wagen schlingerte. Aber sie war nicht schnell gefahren, und so blieb das Auto nur im Graben stecken. Er kletterte hinaus, öffnete die Fahrertür und zog die Tote heraus. Der Junge muss es sich heute selber machen, dachte er und lachte. Ein paar Meter schleifte er sie durch die Büsche, schnitt ihr die Kleider vom Leib, stopfte sie in ein Hasenloch. Dann stieß er ihr das Skalpell in den Bauch, wie es seine Mutter bei ihm einmal gemacht hatte. Zum Schluss steckte er die Klinge in ihre Vagina. »Mit der ist es jetzt aus!«, lachte er. Das blutige Skalpell wickelte er wieder in die Wundauflagen, die er aus dem Krankenhaus mitgenommen hatte, setzte sich auf den blutigen Sitz hinterm Steuer und fuhr nach Coocooloora.

Er hatte gehört, dass dieser rothaarige Junge noch immer bei Jo war, dass er sogar nachts bei ihr blieb. Sie hatte ihn erneut gedemütigt. Jetzt gab es keine andere Lösung mehr. Er seufzte. Er wollte sie noch einmal mit dem Jungen sehen und fuhr zum Rodeo. Im Auto lag der breitkrempige Hut der Krankenschwester, den er sich tief in die Stirn würde ziehen können. Am Morgen hatte er sich den Schnauzer abrasiert, was ihn sehr verändert hatte. Inzwischen sahen die Leute doch nur seinen Rollstuhl, wer wusste denn überhaupt noch, wie er wirklich aussah? Er lachte. Es dämmerte bereits, was ihm auch noch zugute kam. Er parkte zwischen den vielen Besucherautos, drückte sich den großen runden Hut mit der breiten Krempe tief ins Gesicht und marschierte in Richtung der Verkaufsstände. Er wollte wissen, ob sie allein war, gab ihr eine allerletzte Chance. Als er aus der Ferne den Jungen erblickte, stand sein Entschluss fest. Er machte auf dem Absatz kehrt, hatte schnell ein nicht abgeschlossenes Auto, einen alten, roten Corolla, am Straßenrand gefunden – nur zur Sicherheit, dachte er, falls man Sue bereits vermisste –, schloss es kurz, fuhr zum Laden und seinem Haus und parkte in der Seitenstraße. Er schloss erst die Gittertür mit den Ornamenten auf, dann die Holztür. Leise drückte er sie wieder zu. Drinnen, gleich neben der Eingangstür zog er die Tür zur fensterlosen Abstellkammer auf. Mit sicherem Griff klappte er die lange, metallene Box auf. Selbst in der Dunkelheit blitzte die scharfe Klinge der Axt.

Shane

Webster jagte den Wagen in der Dunkelheit über den Highway. Shane hoffte, dass kein Känguru plötzlich aufsprang und sich ihnen in den Weg warf. Vor sich sahen sie eine Straßensperre. Die Abriegelung funktionierte also. Webster trat auf die Bremse, die Sicherheitsgurte blockierten. Aber was, wenn Peter Hill diese Stelle schon längst passiert hatte?

Shane ließ das Wagenfenster herunter.

»Ihren Ausweis, Sir!«

Shane seufzte, zog dann aber rasch seinen Ausweis hervor, hielt ihn dem Polizisten unter die Nase.

Der Polizist sah Websters Uniform, studierte Shanes Ausweis, grüßte und winkte sie weiter. Webster trat wieder das Gaspedal durch.

Zehn Minuten später erreichten sie die Ausfahrt nach Coocooloora. Aus vielen Fenstern drang noch Licht. Es war Wochenende, und einige waren vom Rodeo noch nicht zurück. Die Carlton-Midstrength-Werbung am Pub und das Shell-Schild in der Ferne leuchteten. Sie fuhren an Philipp Russells Auto vorbei, das vor dem Eingang des Supergrocers parkte, nahmen die letzte Seitenstraße in Richtung Baustelle und standen nach hundert Metern vor der Einfahrt des nun beleuchteten Rodeogeländes.

Webster blieb im Wagen, falls er Jo Hill vom Platz kommen sehen sollte, während Shane ausstieg und über das niedergetretene Gras zu den Zelten und Wohnwagen lief. Einzelne helle Scheinwerfer warfen ihr hartes Licht gegen weiße Wohnwagenwände und bunte Sonnenschirme. Wenige Menschen schlenderten umher, ein borstiger rötlicher Hund wich Shane aus. Von der Tribüne drang gleißende Beleuchtung, und aus den Lautsprechern krächzte die Stimme des Ansagers:

»Und jetzt, Ladys und Gentlemen, Devil Dancer, eine Charolais-Brahman-Kreuzung und so ziemlich das Wildeste, was mir je in meinem verdammten Leben unter die Augen gekommen ist. Und – das kann ich euch sagen – das war verdammt noch mal nicht wenig. Ich hatte da mal 'ne Kleine in Sydney, die war so was von ... Aber was sag ich? Das gehört nicht hierher. Also, jetzt unser starker Mann aus Dubbo: Matt Potter auf Devil Dancer. Matt, zeig's ihm!«

Die Menge auf der wackligen Tribüne und unten am Zaun schrie.

Shane wusste, dass sie einen armen Jungen anfeuerten, der es immerhin acht Sekunden auf dem bockenden Vieh aushalten musste, eine Hand in die Höhe gestreckt. Jung, aber schon alt genug, um sich zum Krüppel trampeln zu lassen.

»Matt, Matt, Matt!«, hörte Shane die Menge kreischen, konnte sie sich vorstellen, wie sie mit vom Bier glasigen Augen auf Matt mit dem schneeweißen Rodeohut und den glänzenden weiß-roten Westernstiefeln glotzten und jubelten, wie er hoch in die Luft geschleudert wurde und wieder auf den Rücken des Tieres krachte, nur um in der nächsten Zehntelsekunde erneut hochgeworfen zu werden und mit einer großen Portion Glück auf die knochige Wirbelsäule des Tieres zu prallen.

Vor sich sah er endlich den Hot-Dog-Stand, den von einem Scheinwerfer erhellten weißen Wohnwagen. Die meisten Besucher sahen dem Rodeo zu, und sein Blick streifte nur noch einzelne Pärchen, die die Intimität dunkler Ecken suchten, als er im Laufschritt endlich bei Jo Hill ankam. Sie klappte eben das Brett über dem Verkaufsfenster herunter. Der rothaarige Junge rangierte den weißen Lieferwagen rückwärts vor den Wohnwagen.

»Mrs. Hill?«, keuchte er.

Doch sie klappte den Laden nicht wieder hoch. Er eilte auf die Rückseite des Wohnwagens, wo sie gerade das Treppchen herunterstieg und die Tür abschließen wollte.

»Wir haben geschlossen. Ausverkauft!«, schleuderte sie ihm mit schmalen Lippen entgegen. Sie machte einen abgespannten Eindruck. Strähnen hatten sich aus ihrem Pferdeschwanz gelöst, klebten auf ihrer Stirn und an den Wangen. Es war da drinnen den ganzen Tag noch viel heißer gewesen als draußen. Sie roch nach heißen Würstchen. Der Scheinwerfer, in dem die Fliegen zischend verbrannten, warf sein hartes Licht auf ihre Haut, sodass sie totenweiß erschien.

»Ihr Mann ist aus dem Hospital verschwunden.«

»Was reden Sie da?«

»Hat er sich bei Ihnen gemeldet?«

»So ein Unsinn! Wollen Sie mir seine Wunderheilung auftischen?«

»War er bei Ihnen?«

»Was soll das? Nein, natürlich nicht.«

»Mrs. Hill, eine Krankenschwester wurde ermordet, und wir haben Grund zu der Annahme, dass Ihr Mann der Täter ist.«

»Ich verstehe nicht, was Sie die ganze Zeit reden, Detective! Erst ist mein Mann verschwunden, dann soll er ein Mörder sein! Kommen Sie wieder, wenn Sie sich für etwas entschieden haben. Und jetzt entschuldigen Sie mich, ich bin verdammt müde und will nach Hause.«

Shane verzichtete auf eine Widerrede. War es nicht das Beste, wenn Jo keinen Argwohn zeigte? Peter Hill würde nach Hause zurückkehren, und dann würden sie ihn schnappen.

»Na dann, gute Nacht«, sagte er deshalb und warf einen Blick auf Andy, der gerade den Wagen an die Anhängerkupplung angeschlossen hatte. Shane war sicher, dass er mit Jo die Nacht verbringen würde. Und Peter Hill? Wollte er die beiden überraschen?

Shane lief zurück, an der Tribüne vorbei, als ihn Paddy fast über den Haufen warf.

»He, Shane!«, rief Paddy, das Gesicht rot wie eine überreife Paprika. Zog sich vor Aufregung die Hose hoch. Dabei hatte er sie mit einem gigantischen Gürtel festgezurrt, und eine polierte Rodeoschnalle prangte wie ein Sheriffstern über seinem Schritt. »Wo zum Teufel treiben Sie sich den ganzen Tag rum? Haben Sie den Jungen eben gesehen? Sieben Sekunden! So lange hat's noch keiner auf Devil Dancer ausgehalten. Der Junge hat Mumm in den Knochen. Ist übrigens aus

Charleville. Wollte gerade mal pinkeln ... Mensch, Shane, Sie haben das Beste verpasst!«

»Das fürchte ich auch – hab mir stattdessen 'ne Frauenleiche angesehen.«

»Was?!« Paddys Mund stand nun offen, und das Fettpolster unter dem Kinn wabbelte.

»Kommen Sie, wir haben keine Zeit zu verlieren.«

Paddy blieb keine Luft zum Protestieren, er japste hinter Shane her zum Wagen, in dem Webster wartete.

Die Stimme des Ansagers und das Gegröle der Menge wurden immer leiser.

»Webster, fahren Sie Paddy ins Büro und dann zum Supergrocer. Peter Hill darf uns nicht durch die Lappen gehen!«

»Okay.« Websters Gesicht glühte, und seine Haare leuchteten an diesem Abend dunkelrot wie der Kamm eines wütenden Hahns.

Paddy saß auf der Rückbank und lauschte sprachlos Shanes Bericht. »Peter ist gar nicht gelähmt? Und ich hab ihm das Essen und sein Bier gebracht, ihn nachts besoffen im Rollstuhl nach Hause geschoben ... Nein, ich glaub, jetzt geh'n Sie zu weit, Shane!« Paddy schüttelte den Kopf.

Webster bremste abrupt vor der Polizeistation. Ächzend wand sich Paddy vom Rücksitz. Kaum hatte er die Tür zugeworfen, fuhr Webster auch schon wieder an. Nicht zu schnell, um keine Aufmerksamkeit zu erregen.

Kurz vor Jos Haus funkte Shane Philipp Russell an. »Wir sind gleich am Hintereingang, beziehen Stellung. Wie sieht's vorne aus?«

»Unser Objekt ist nicht in Sicht, die beiden sind gerade mit dem Anhänger in den Hinterhof gerollt«, antwortete Russell.

»Sie halten die Stellung.«

»Sicher«, brummte Russell.

Der SUPERGROCER wurde nun von zwei Teams bewacht. Philipp Russell und der lange, dünne Constable Andrew Cassidy saßen in einem Wagen und behielten den Vordereingang im Auge. Shane und Webster kontrollierten den Hintereingang, unauffällig, wie sie hofften. Im Hinterhof sahen sie den Lieferwagen mit dem Hot-Dog-Anhänger parken. Jo und Andy waren wahrscheinlich gerade ins Haus gegangen.

Shanes Auto hatte Webster in der Seitenstraße geparkt, zwischen anderen Autos. Über den Mond legten sich Wolkenschleier. Nur wenn man direkt an ihrem Wagen vorbeiging und durch die Scheiben blickte, konnte man erkennen, dass zwei Männer darin saßen. Wegen der Hitze hatten sie die Scheiben einen Spalt heruntergekurbelt. Zikaden zirpten, und hin und wieder flog ein Fetzen ausgeleierter Countrymusik heran, wenn im Pub schräg gegenüber die Tür geöffnet wurde.

»Warum gehen wir nicht ins Haus, verstecken uns drinnen und warten auf ihn«, meinte Webster plötzlich.

»Jo Hill glaubt nicht, dass ihr Mann ein Killer ist. Sie würde sich sofort verraten, wenn er nach Hause kommt.«

»Und wenn wir nicht schnell genug sind?«, flüsterte Webster.

»Sobald wir ihn kommen sehen oder von Philipp Russell die Meldung bekommen, dass er ins Haus geht, steigen wir aus und sind blitzschnell durch die Hintertür drin.«

Fünf Minuten später sagte Webster plötzlich: »Ich hab immer Angst, nicht gut genug zu sein.«

Shane sah zu ihm hinüber, erkannte in der Dunkelheit nur das Profil, ein leicht nach vorn abknickendes Kinn, eine kurze Oberlippe unter einer breiten Nase und die Stirn wie eine hohe Mauer. Webster lachte leise auf. »Dabei war ich in der Schule immer Klassenbester. Komisch, nicht?«

Andy

»Ich hab das Gefühl, die Welt um mich herum existiert, nur ich existiere nicht.« Er lehnte am Türrahmen zum Bad. Sie kam aus der Dusche, schlüpfte in einen rosafarbenen Bademantel und frottierte sich die Haare.

»Ich bin gar nicht da. Ob ich hier bleibe oder gehe, was spielt das schon für eine Rolle? Es ändert sich nichts. Ich existiere noch nicht mal für die Polizei – und auch nicht mehr für Brady und Mike. Alle tun so, als wäre ich bei den Smiths gar nicht dabei gewesen. Ist das nicht der beste Beweis dafür, dass ich Recht habe, dass ich ein Nichts bin?«

»Würdest du etwa lieber im Gefängnis sitzen? Da ginge die Welt erst recht ohne dich weiter!« Sie klang hart. »Und an mich, an mich denkst du überhaupt nicht. Ist es etwa nichts, zwischen dir und mir?«

»Ich weiß nicht. Vielleicht läuft es am Ende auch darauf hinaus. Auf das Nichts.« Er hatte die Hände in die Hosentaschen gesteckt. Ihre Augen durchbohrten ihn feindselig. Er zuckte die Schultern. »Mit Brady und Mike, da hab ich das Gefühl gehabt, ich nehme plötzlich doch am Leben teil.«

»Dann geh doch zu ihnen ins Gefängnis! Warum bist du überhaupt hier? Was willst du eigentlich von mir?« Sie wandte sich abrupt ab, betrachtete sich kritisch im Spiegel.

»So hab ich's doch nicht gemeint. Ich will ja mit dir zusammen weggehen. Aber du willst nicht. Du hinderst mich daran zu leben!«

»Und wenn du mit mir schläfst, dann hindere ich dich auch daran zu leben?«

Er zuckte zusammen. »Nein, nein, du verstehst mich falsch. Nur – ich kann so nicht weitermachen!« Er wusste, dass er verzweifelt klang. »Ich fühle mich, als steckte ich fest, als könnte ich nicht mehr laufen – wie dein Mann!«

Sie fuhr herum, der Gürtel ihres Bademantels hatte sich gelockert.

»Lass Peter da raus! Der hätte Grund, sich so zu fühlen wie du! Oder ich. Ich hab dir gleich gesagt, dass ich ihn nicht verlassen kann! Ich muss ihm dankbar sein, ich ...«

»Aber du betrügst ihn!« Er wurde nun auch lauter. »Mit mir und wer weiß, mit wem noch! Du belügst dich ja selbst! Du hast deinen Mann doch schon lange verlassen!«

»Du bist gemein! Wie kann man denn so ein Leben aushalten? Wo soll ich meine Kraft denn immer wieder hernehmen, um durchzuhalten?« Sie schluchzte beinahe.

»Ach, und ich bin nichts weiter als deine Batterie?« Er drehte sich um, ging mit steifen Schritten zum Flur.

»Halt«, rief sie hinter ihm her, »du darfst nicht gehen! Andy!« Sie klang verzweifelt, lief hinter ihm her, hielt seinen Arm fest, als er die Treppe erreichte. Ihr Bademantel stand jetzt offen, sie war nackt. Er sah in ihre roten, glasigen Augen. Ihre Lippen zitterten, als würde sie gleich in einen Weinkrampf ausbrechen.

»Lass mich nicht allein!«, flüsterte sie, drückte seine Hand an ihren Mund, küsste sie. »Lass mich nicht allein.« Ihre Küsse auf seinen Lippen, sie umschlang seinen Hals, ihre Finger zupften sein T-Shirt aus der Hose, suchten den Weg auf seine Haut, über die Rippen hinauf zu seiner Brust und hinunter zu den Knöpfen der Jeans, öffneten sie geschickt. Und Andy wusste, dass sich danach wieder nichts ändern würde, aber er sagte sich, noch dieses eine Mal, und er überließ sich ihr – als er in den Augenwinkeln einen Schatten die Treppe hinaufgleiten sah und plötzlich den bekannten säuerlichen Geruch wahrnahm ...

Ein Lichtstrahl, scharf wie eine Klinge, bohrt sich in Andys Augen. Obwohl geblendet, weicht er instinktiv dem niedersausenden, blitzenden Metall aus, dann – eine Explosion, ein Sturz in den Abgrund.

Shane

Shane zielt auf Peter Hills Rumpf, drückt den Abzug. Zeitgleich mit der Explosion im Lauf der Waffe sieht er, wie in Zeitlupe, Webster in die Schussbahn laufen. Shanes Schrei kommt zu spät. Vor ihm auf der Treppe stürzt Webster, weiter oben, am Ende der Treppe, bricht Peter Hill, erst in der Hüfte, dann in den Knien getroffen, ein, sackt zu Boden, die Axt, die er in den Händen hält, schlägt in die tapezierte Wand ein. Reflexartig springt Shane an Webster vorbei, wirft sich auf den blutenden, reglos daliegenden Hill, reißt ihm die Hände auf den Rücken, legt ihm Handschellen an. Dann erst dreht er sich zu Webster auf den Stufen um. Ein verzerrtes Gesicht grinst, die Augen rollen weg, weiße Augäpfel starren, der Kopf fällt auf die Stufe. Shane ist sofort bei ihm, aus der rechten Schulter, dem zerfetzten Ärmel, tropft Blut. Ein Streifschuss. Jetzt erst hört Shane Jos Schreie, dreht sich zu ihr um. Sie kauert an der Wand, ihre nackten Brüste umklammert, die Augen aufgerissen wie brüllende Münder. Der rothaarige Junge liegt bewusstlos am Boden, beginnt sich zu regen.

Eine der Kugeln, die Shane abgefeuert hatte, durchschlug Peter Hills Hüfte.

Philipp Russell blieb keuchend auf der Treppe stehen, warf Shane einen scharfen Blick zu, murrte: »War aber verdammt knapp, Detective.«

Shane nickte nur. Wenn die Funkmeldung nicht vor exakt vier Minuten gekommen wäre, säßen sie jetzt immer noch draußen im Auto. Paddy hatte durchgegeben, dass ein roter Toyota Corolla als gestohlen gemeldet worden war. Kennzeichen: IFC 937. In diesem Moment setzte Shanes Herz aus. Er starrte durch die Windschutzscheibe auf das Kennzeichen des Autos vor ihnen, das sie gerade noch in der Dunkelheit erkennen konnten: IFC 937.

In der nächsten Sekunde rissen Webster und er gleichzeitig die Autotüren auf, stürzten über die Straße zur Hintertür, stolperten die Treppe hinauf und konnten gerade noch sehen, wie Peter Hill mit einer Axt ausholte, die das spärlich von außen eindringende Licht reflektierte.

Beim anschließenden Verhör gestand Peter Hill neben den Morden an Betty Williams und Frank Copeland acht Morde an Frauen, angefangen bei dem an seiner Mutter Claire am zweiten März neunzehnhundertvierundsiebzig. Später folgten der Mord an seiner Verlobten und im Laufe der nächsten zwanzig Jahre sechs weitere Taten.

Als er Jo heiratete, nahm er deren Namen an und löschte seinen Familiennamen damit aus.

Mit fester Stimme beschrieb Peter Hill detailliert die Morde an Frank Copeland, Betty Williams und Sue Zucker und auch die Morde an den Frauen, nach denen Shane ihn fragte. In Peter Hill schien jegliches Gefühl getilgt zu sein.

Al Marlowe gratulierte Shane am Telefon. Der Abtransport Peter Hills nach Brisbane durch die Kollegen wurde eingeleitet. Und Webster wurde im Krankenhaus in Charleville von einem Kollegen Dr. Kilians versorgt.

Noch in der Nacht rief Ernest Evans an, der Detective, der neunzehnhundertvierundsiebzig den Fall bearbeitet hatte. Al Marlowe hatte ihn verständigt.

»Shane, gratuliere. Diesen Tag wollte ich immer erleben! Al wusste das«, berichtete Evans, er klang fröhlich. »Ich hatte gerade geheiratet, und man holte mich doch tatsächlich aus den Flitterwochen!« Er lachte. »Aber ich will Sie nicht langweilen. Also, ich war nicht zufrieden mit dem Ausgang des Falles.«

»Warum nicht?«

»Weil ich nicht glaubte, dass wir den Richtigen verurteilt haben.«

»Aber soweit ich weiß, hatte James Hammett ein Geständnis abgelegt«, erwiderte Shane.

Evans lachte wieder. »Ja, es wird so manches gestanden! Er hat lediglich immer wieder gesagt: ›Ich habe sie erschossen.‹ Betonung dabei auf ›Ich‹. Dieser James Hammett hat vor Gericht kaum ein Wort gesprochen. Hat auch nicht erklärt, warum er es getan hat. Selbst der Anwalt konnte nichts aus ihm rausbringen. Ich war immer der Meinung, er hat den Mord nicht begangen.«

»Sie haben damals schon den Sohn in Verdacht gehabt?«

»Ja. Sie hätten ihn sehen sollen: kalt – kalt bis in die Zehenspitzen, und das mit vierzehn. Die Nachbarn und die Lehrer sagten, dass die Mutter den Jungen ziemlich geschlagen hat, dass er oft verwahrlost rumlief und um Essen bettelte, weil er offenbar nichts zu essen bekam. Ach ja, wir haben auch die Aussage eines Arztes, der bestätigte, dass er als Junge öfter mit blauen Augen, Platz- und Brandwunden zu ihm kam. Einmal soll ihm seine Mutter sogar ein Messer in den Bauch gerammt haben. Er hat jedenfalls fürchterliche Narben dort. Aber niemand hat sich damals weiter um den Fall gekümmert. Als seine Mutter ermordet wurde, war er erst vierzehn. Und der Vater legte ein Geständnis ab. Was sollten wir tun?«

»Was war mit der Waffe?«

»Genauso unbefriedigend. Wurde nie gefunden. Und

dann war da noch was: Sechs Jahre später hat der Sohn seine Freundin als vermisst gemeldet.«

»Peter Hill?«

»Damals noch Peter Hammett, ja. Sie hatte ihm am Vorabend den Laufpass gegeben. Sie ist nie wieder aufgetaucht. Ich hab das damals verfolgt, obwohl es nicht mein Ressort war, doch der Junge hat mich interessiert. Aber man konnte ihm nichts nachweisen. Na, jetzt haben Sie ihn doch noch drangekriegt. Vielleicht gibt es ja doch eine höhere Gerechtigkeit! Und sagen Sie Ihrem Vater, dem Wal, viele Grüße!«

Shane fiel um drei Uhr nachts mit stechenden Kopfschmerzen und todmüde ins Bett, sackte in traumreiche Schlafminuten, aus denen er immer wieder hochschreckte.

Er war erleichtert, als der Morgen graute, und er wusste, dass Kate bereits unten im Pub hantierte. Er duschte kalt, stopfte seine Kleider und Habseligkeiten in die Reisetasche. Es war sein letzter Morgen in Coocooloora. Er hasste Abschiede.

Im schummrig beleuchteten Raum hing noch der Qualm der vergangenen Nacht, inzwischen kalt geworden. Als Shane hereinkam, blieb sein Blick an Paddy Dunegal hängen. Er wirkte inmitten der leeren Tische und Stühle wie ein weiteres Möbelstück. Schemenhaft erkannte er Kate hinter dem Tresen, hantierend mit einem Lappen. Gleich darauf verschwand sie in der Küche.

Paddy winkte ihm. »Leiden Sie seit neuestem auch unter Schlafstörungen?«, murmelte er, schien jedoch keine Antwort zu erwarten.

Shane warf einen Blick auf dessen Teller, Rühreier mit Speck, Würstchen, Baked Beans. Vielleicht sollte er auch was Kräftiges zu sich nehmen. Shane setzte sich an den Tisch links neben Paddy, der sich gerade eine Gabel Bohnen in den

Mund stopfte. Braune Soße tropfte ihm vom linken Mundwinkel. Er merkte es nicht.

»Hallo, Detective. Auch mein Spezialfrühstück für die, die noch richtige Männer sind?«, rief Kate von der Theke herüber.

Shane seufzte, nickte. Kate kam mit einer Tasse und einer großen Kanne Kaffee, goss ihm ein.

»Was, Shane«, begann Paddy mit einer aufgesetzten guten Laune, »geht doch nichts über ein anständiges Frühstück? Haben wir unseren Vorfahren zu verdanken. Ihre kamen doch auch aus unserem guten alten England! Ach, ich war mal dort. Mindestens schon zwölf Jahre her. Wollte meiner Frau 'ne Freude machen, weil sie immer mal nach Europa wollte. Aber, ach«, er schüttelte den Kopf, »ich war froh, als ich wieder hier war! Ist doch alles irgendwie anders. Alles 'n bisschen steif da drüben. Und das Wetter! Also diese Hitze brauch ich auch nicht immer, doch ich verrate Ihnen was, Shane: immer noch besser als diese Kälte, der Nebel und der Regen.« Er stopfte sich Ei und Speck in den Mund. »Wissen Sie, Shane, was ich immer zu Ausländern sage, egal, ob die hier sind oder ob ich bei denen bin? Ich sag immer: Australien ist das beste Land der Welt! Stimmt's nicht? Aber vielleicht sollte ich's nicht so oft sagen, sonst wollen die alle hierher, was?« Er lachte. »Doch was wir den alten Engländern zu verdanken haben, das ist dieses Frühstück. Wer weiß, was wir hier sonst ohne die fressen würden! Schlangenhaut vielleicht oder Känguruohren!« Paddy lachte wieder, schluckte den Brei herunter, spülte Kaffee hinterher. Aber er wirkte nicht mehr so wie früher. Seine Augen waren dumpf, und sein Lachen war kurz.

Kate brachte Shanes Frühstück. Er konnte sich nicht vorstellen, wie er diesen Berg, den Paddy offensichtlich verzehrte, essen sollte.

Niemand sprach. Auch die Musikboxen waren so früh am

Morgen noch still. Plötzlich meinte Paddy, ohne Shane anzusehen:

»Ian Henderson ist Betty Williams' Vater.«

Shane, der gerade in den zu einem Dreieck geschnittenen Toast beißen wollte, starrte ihn an. Paddy holte Luft, begann:

»Mein Vater T. S. war mit Ian Henderson und Alfred Morgan gut befreundet. Alfred hat ihm eines Tages erzählt, was Ian mit dem schwarzen Mädchen gemacht hat, draußen am Fluss, und dass er, Alfred, dabei gewesen, aber nicht eingeschritten sei. Mein Vater hat mit Ian geredet, und sie haben gemeinsam beschlossen, dass es das Beste wäre, dafür zu sorgen, dass man dem Mädchen, wenn es schwanger wäre, gleich das Kind wegnehmen und es in ein Heim bringen solle. Was hätte denn eine sechzehnjährige mittellose Schwarze mit einem Baby anfangen sollen? Und dann wollte Ian natürlich auch nicht, dass es herauskam, dass er der Vater war. Was für 'ne Blamage! Immerhin war er schon verlobt und arbeitete im Geschäft seines Vaters. Mein Vater, der Polizist, hat sich um das alles gekümmert. Er kannte einen in der Krankenhausverwaltung, der hat die Geburt aus den Akten gestrichen, und im Heim waren sie auch erleichtert.« Shane starrte Paddy noch immer an.

»Das haben Sie die ganze Zeit gewusst?«

»Offiziell nicht. Erst als mein Vater im Sterben lag, hat er's mir erzählt. Er hat gesagt: ›Das Kind ist heute sechzehn und weiß nicht, wer seine Eltern sind. Und die Mutter ist jetzt zweiunddreißig und denkt, ihr Kind sei bei der Geburt gestorben.‹ Da hab ich einen anonymen Brief an Betty Williams geschrieben, in dem stand, wer ihre Mutter, aber nicht, wer ihr Vater ist.« Er steckte sich hastig ein Würstchen in den Mund, japste plötzlich nach Luft, er hatte sich verschluckt. Shane betrachtete ihn, während Paddy sich die Seele aus dem Leib hustete.

»Mensch, Shane«, röchelte er, »tun Sie doch was! Schlagen

Sie mir verdammt noch mal auf den Rücken!« Schweißperlen drangen durch die groben Hautporen auf seine Stirn, seine Augen quollen hervor, und sein Kopf wurde beängstigend rot. Shane klopfte ihm schließlich kräftig auf den Rücken, bis Paddy sich endlich etwas beruhigt hatte. »Da ahnt man, was Ersticken bedeutet!« Mit der Serviette wischte er sich die Tränen aus den Augen.

Shane streute Salz und Pfeffer auf das Rührei. Paddy schob den Teller, auf dem noch zwei Würstchen und eine Scheibe Toast übrig waren, weit von sich, sagte nichts mehr.

Shane schüttelte ungläubig den Kopf. »Sie wussten alles – von Anfang an! Und haben mich wie einen Idioten hier herumlaufen ...«

»Ich hab meine Pensionierung eingereicht!«, fiel ihm Paddy ins Wort, lächelte müde. »Was glauben Sie, welch ein Idiot ich bin! Die McHugh-Brüder haben mich hintergangen, Jo hab ich für 'nen Engel gehalten, und mit Peter hab ich jede Woche einen getrunken. Mit einem Serienmörder ...« Er schüttelte den Kopf. »Ich hab gedacht, das hier sei meine Familie.« Paddy lachte dumpf.

»Wo gehen Sie jetzt hin?«

Er hob seine schweren, runden Schultern und ließ sie wieder sinken: »Geh vielleicht erst mal nach Melbourne, zu meinem Sohn. Aber der will mich sicher auch nicht. Irgendwo wird's ja noch 'n Plätzchen für den alten Paddy geben. Das Land ist ja groß genug.«

»Wenn Sie mal nach Brisbane kommen – ich weiß einen Pub, da kriegen Sie das beste Steak in der ganzen Stadt. Melden Sie sich.« Shane stand auf, für einen Moment wollte er Paddy die Hand reichen, aber der starrte gedankenverloren ins Leere, und so unterließ Shane es.

Er trat vor die Tür. Setzte Helens Hut auf. Da rollte ein Grollen über die braune Ebene. Die trockenen Grashalme krümmten sich unter den Peitschenhieben des Windes, die Luft zum Atmen drohte in wenigen Minuten von den heranwälzenden schwarzen Wolkenbergen zu einer erstickenden Masse zusammengepresst zu werden. Die Wände und Dächer der Häuser Coocoolooras erschienen so dünn, dass es ein Wunder wäre, wenn der hereinbrechende Sturm sie nicht in Stücke riss.

Das Wunder geschah. Aber alles, was nicht befestigt war, wirbelte in der Luft herum. Mülleimer, Papier, Blumentöpfe, Teppiche, Handtücher, Kleider – bis der Regen kam und sich der Sturm plötzlich legte. Warum auch immer, die schwarzen Wolken hatten diesen Ort gewählt, um sich auszuregnen. Kein Lufthauch regte sich jetzt mehr, nur der Regen prasselte ausdauernd in dicken Tropfen auf Coocooloora nieder.

»Mein Gott.« Kate trat neben ihn, schüttelte den Kopf. »Sehen Sie sich mal den Himmel an. Das hört so schnell nicht wieder auf. Wenn Sie wegmüssen, sollten Sie jetzt fahren. Sonst kommen Sie nicht mehr weg. Letztes Jahr waren wir vier Tage abgeschnitten.« Sie sah ihn an. »Steht Ihnen übrigens gut.« Kate deutete auf seinen Hut. »Alles Gute – und Sie wissen ja, wo Sie hier draußen im Busch immer 'n warmes Essen und 'n kühles Bier kriegen!« Sie ging wieder hinein.

Shane blieb draußen unter dem Dach des Pubs stehen, starrte in den schwarzgrauen Himmel. Dann rannte er durch den prasselnden Regen die vier Schritte zu seinem Wagen, zog hastig die Autotür zu. Das Wasser tropfte von der Krempe des Hutes, seine Hände waren so nass, dass er sie erst an einem Taschentuch abtrocknen musste, bevor er das Lenkrad anfassen konnte.

Als er den Motor startete, schaltete sich das Radio ein. Der Sprecher – war das nicht Jeff? – verlas gerade die Wettervorhersage. Ein riesiges Regengebiet wälze sich über die Region, es reiche von Charleville bis hinunter nach Birdsville. Es würde tagelang regnen. »Und jetzt weiter mit Jeff Pattersons Country-Hour.«

Shane lächelte und rollte auf die Hauptstraße, vorbei an der Shell-Tankstelle, an der seit ein paar Tagen ein anderer junger Mann arbeitete, vorbei an Jo Hills Laden, dessen *Closed*-Schild noch immer in der Tür hing, vorbei am Pub, an *Best's Coffeeshop*. Der Scheibenwischer lief auf höchster Stufe, in den Schlaglöchern der Straße bildeten sich in Sekunden braune Seen, und im Rinnsal am Straßenrand strömte lehmiges Wasser. Als er auf den Highway einbog, beschleunigte er auf hundertzwanzig Stundenkilometer.

Er traf rechtzeitig am Flughafen ein. Zwanzig Minuten später hob die Maschine der Flight West Airlines ab, beschrieb eine Schleife und ließ die schwarze Wolkenfront, die sich von Nordwesten her heranschob, hinter sich.

Andy

Schweigend saß er neben Scotty im Lieferwagen, hielt seinen kleinen Rucksack auf den Knien und verzichtete auf eine Zigarette. Der Wagen holperte über wassergefüllte Schlaglöcher, die Scheibenwischer kamen kaum nach. Im Radio schlug Slim Dusty die Gitarre und sang *Losin' My Blues Tonight*.

»Mein Gott, Junge, wenn ich das gewusst hätte! Ich mach mir Vorwürfe. Ich hätte dich vor zwei Wochen doch besser wieder mit zurück nach Quilpie nehmen sollen«, meinte

Scotty plötzlich. Er lachte nicht, seine Augen hinter den Brillengläsern waren stumpf, und seine Mundwinkel hingen schlaff herab.

Als sie am Ortsschild vorüberfuhren, drehte sich Andy noch einmal um. Das Schild mit den Einschusslöchern hatte jemand entfernt. Der Abschied von Jo war kurz gewesen. Sie wollte zu ihrer Schwester nach Sydney. Die Ereignisse hatten sie beide verändert.

Vielleicht würde er sich irgendwann mal wieder an den Anfang ihrer Liebe erinnern können. Je eintöniger das Land wurde, durch das sie fuhren, desto freier fühlte er sich.

Zwei Stunden dieselbe Straße, tote Kängurus am Straßenrand, seltener werdende Bäume. Das endlose Grasland dehnte sich bis zum Horizont aus. Und plötzlich hörte der Regen auf. Je weiter sie fuhren, desto mehr weiße Wölkchen klebten am fast makellos blauen Himmel.

»Mach es gut, Junge«, sagte Scotty, als Andy in Quilpie ausstieg. Eine Viertelstunde später hatte er sich Bernies beigefarbenen Holden ausgeliehen.

Der Regen der vergangenen Wochen hatte über die sonst schwarz-rote Steinwüste einen duftigen grünen Teppich wachsen lassen. Viel mehr Vögel als gewöhnlich hockten in den Ästen der Bäume und auf den alten Baumstämmen, in den Furchen standen Pfützen. Immer wieder musste Andy den Wagen um die Schlammlöcher herumlenken. Er hatte die Fenster heruntergekurbelt und roch den würzigen Duft der Eukalyptusbäume. Die schweren Gedanken, die sein Hirn verstopft hatten, lösten sich auf. Die frühe Abendsonne überzog alles mit einer goldenen Haut. Jetzt tauchte das Dach eines Wohnwagens auf. Und drei Minuten später parkte Andy den Wagen vor dem grünen Moskitovordach.

Er stieg aus, Schlamm klebte sich an seine Schuhe. Er rief. Niemand antwortete. Andy stieg die Stufen in den Wohnwagen hinauf, es roch muffig. Sein Vater schien überhaupt nicht mehr aufzuräumen oder etwas zu spülen. Andy flüchtete vor dem Geruch ins Freie.

Mit dem Wagen fuhr er weiter zur Mine. Allmählich überfiel ihn Angst. Unter den Reifen knirschten die spitzen Steine, drohten jeden Moment ein Loch in den Gummi zu bohren. Auch hier hatten sich überall in den Rinnen und Löchern Pfützen gebildet, an vielen Stellen waren sie schon wieder weggetrocknet. Das ging in der brennenden Sonne schnell.

Andy nahm den letzten Hügel und fuhr bis an den Abbruch, von dem er auf die ausgebaggerten Löcher, die aufgeschütteten Hügel, die der Regen wieder abgeschwemmt hatte, die Bagger und die Kabine mit der Trommel sehen konnte. Er stieg aus. Es war still. Nur der Wind pfiff manchmal einen Ton, wenn er durch die engen Ritzen der Kabine oder durch die Ketten des Baggers strich.

Plötzlich hörte Andy das Anspringen des Baggermotors. Er lief den Abbruch hinunter, rannte durch den noch nassen Sand, an den Sandhaufen vorbei zum alten Caterpillar, stellte sich vor die Schaufel und winkte.

Sein Vater streckte den Kopf vor, um besser durch die staubige Windschutzscheibe sehen zu können. Ohne den Motor auszuschalten, kletterte er aus dem Führerhaus, wäre beinahe noch gestolpert, doch Andy fing ihn in seinen Armen auf.

»Gut, dass du wieder da bist!«, flüsterte der Vater. »Ist doch auf Dauer 'n bisschen einsam hier draußen.« Einen Moment standen sie so da, aber plötzlich schlug sein Vater ihm auf die Schulter und sprach wieder mit derselben ruppigen Stimme wie sonst: »Komm, ich hab, dir was zu zeigen!«

Er schlurfte in seinen alten Gummilatschen vor Andy her durch den schlammigen Sand, stieg den Hügel hinauf. Andy stand neben ihm, als sie über das Land nach Norden sahen.

»Das da«, sein Vater klang auf einmal feierlich, zeigte auf

einen einen halben Kilometer entfernten einsamen, grünen Baum, »gehört noch zu unserer Lease!«

Andy sah, dass über dem Baum ein zarter Regenbogen die Erde berührte.

Shane

Er wollte sich gerade auf seiner Veranda in den Queensländer Liegestuhl fallen lassen, als das Telefon klingelte. Der Anrufbeantworter schaltete sich ein, doch als Shane Elizas Stimme hörte, stürzte er ins Wohnzimmer zurück, riss den Hörer ans Ohr. Sie lud ihn zum Essen ein und wollte in einer Stunde bei ihm sein, um ihn abzuholen. Er schlug mit der Faust gegen den Türrahmen, dass es schmerzte.

Pünktlich summte die Türglocke, und als Shane die Tür öffnete, stand Eliza tatsächlich vor ihm und lächelte. Er zog sie in die Wohnung, gab der Tür einen Tritt, dass sie ins Schloss fiel. Ihr Kuss bewirkte, dass ihm die Knie weich wurden. Das schrille Läuten des Telefons ließ sie beide für einen Moment erstarren. Doch Shane hatte nicht die Absicht, an den Apparat zu gehen. Er schob gerade seine Hand unter ihr enges, kurzes T-Shirt, als er Al Marlowes Stimme erkannte:

»Shane, ich hab gerade einen Anruf von einem Kollegen gekriegt. Der Aborigine Moodroo Graham ist auf dem Friedhof in Caboolture aufgegriffen worden. Er hat vor dem Grab einer gewissen Claire Hammett gestanden und gefaselt ... Warte mal, ja, hör zu! Er hat gesagt: ›Der Schuldige muss nicht immer der sein, der den Speer wirft.‹ Kannst du damit was anfangen? Sie haben ihn wieder laufen lassen. Bis dann.« Klicken in der Leitung.

Shane blickte zu Eliza, die nachdenklich wirkte. »Meinte

er«, fragte Shane, »die Schuld trage die Mutter – nicht Peter, der Sohn, der die Morde begangen hat? Wieso ist Moodroo auf Claire Hammett gekommen? Er wusste überhaupt nichts von unseren Ermittlungen.«

Sie zuckte die Schultern, ihre schwarzen Augen wurden wässrig. Er wollte in ihnen versinken. »Manchmal«, flüsterte sie, »gibt es Dinge, die man einfach weiß.« Sie sah zum Fenster hinaus. »Der Schuldige muss nicht immer der sein, der schließlich den Speer wirft. Diesen Satz hat seine Schwester auch öfter gesagt.«

»Betty? Betty Williams?«

»Früher in den alten Zeiten, da fragten sie, wenn jemand starb, warum derjenige sterben musste«, begann sie. »Dann suchten sie nach dem Grund, nach dem Schuldigen. Und sie schickten jemanden aus, der den Schuldigen töten musste.« Sie war auf die Veranda hinausgetreten und sah auf den Fluss, auf dem weiße Yachten kreuzten. Er stellte sich neben sie an das Geländer. Unter ihnen dröhnte der Verkehr der nachmittäglichen Rushhour. Der Wind wehte eine Strähne ihres Haares in sein Gesicht. Obwohl er sie nicht berührte, spürte er die Wärme ihres Körpers.

»Heißt das, Moodroo hat schon lange gewusst, wer der eigentliche Täter ist?«, fragte er leise.

Sie wandte sich ihm zu, zuckte leicht die Schultern und lächelte. »Frag ihn. Vielleicht erzählt er es dir. Vielleicht auch nicht.«

»Woher ... woher weißt du das alles?«

Eliza wartete mit der Antwort, doch als Shane sie noch immer fragend ansah, antwortete sie: »Du hast mich doch mal gefragt, woher ich von Lorraines Beziehung zu Betty und Tracy weiß.«

»Ja?«

Sie schaute wieder auf den Fluss. »Ich hatte auch etwas mit Lorraine. Damals begann ihre geschäftliche Beziehung mit Betty Williams. Lorraine und ich trafen uns oft mit Betty und redeten über Kunst und Aborigine-Kultur.« Sie sah ihn an. »Dann verließ Lorraine mich wegen Betty.«

Er schluckte. »Du ... und Lorraine, ihr wart ... habt ... habt miteinander Sex gehabt?«

Ihre Augen brannten sich in seine, und er wusste, dass er ihr nicht widerstehen wollte.

»Komm jetzt.« Ihre Stimme war samtig. »Ich habe einen wahnsinnigen Hunger und freu mich den ganzen Tag schon auf einen Cocktail ...«, sie streifte mit der Hand über seinen Nacken, »mit dir ...«

»Moment«, bat er leise. »Sag mir eins.«

Sie sah ihn wieder so an, dass er Mühe hatte zu sprechen.

»Woher hast du die Narbe, die Narbe am Bauch?«

Für einen Augenblick glaubte er, einen tiefen Schmerz in ihrem Gesicht zu erkennen, dann entspannte es sich wieder, und ihre Augen wurden warm, tauchten in seine. »Ein Unfall, der mein Leben veränderte. Ich erzähle es dir ein andermal. Ich weiß, dass wir noch viel Zeit zusammen haben.« Ihre Lippen näherten sich seinen, und er ergab sich.

»Jeder neue Thriller von Greg Iles ist ein Ereignis.
***24 Stunden* ist sein bisher bestes Buch.«** THE TIMES

24 Stunden – so lange dauern in der Regel die pefekt geplanten Entführungen eines Kidnapper-Trios. Die schockierten Eltern zahlen das geforderte Lösegeld, und die geraubten Kinder gelangen wohlbehalten nach Hause. Doch im Fall der kleinen Abby Jennings verläuft nichts nach Plan: Denn das entführte Mädchen benötigt dringend ein lebensnotwendiges Medikament, und ihre Eltern gehören nicht zu der Sorte von Menschen, die sich widerstandslos geschlagen geben. Die Jagd nach den Kidnappern wird zu einem Kampf auf Leben und Tod ...

ISBN 3-404-14810-X

BASTEI
LÜBBE